3

초판 1쇄 찍은 날 | 2016년 10월 27일
초판 1쇄 펴낸 날 | 2016년 11월 15일

지은이 | 류도하
펴낸이 | 예경원

편집 | 유경화 · 안유진

펴낸곳 | 예원북스
등록번호 | 제396-2012-000132호
등록일자 | 2012. 7. 25
YRN | 제1-0168호

주소 | 경기도 고양시 일산동구 호수로 646-24 위너스 21-Ⅱ 206A호 (우) 10401
전화 | 031-819-9431 팩스 | 031-817-9432
http://cafe.naver.com/yewonromance
E-mail | yewonbooks@naver.com

ⓒ 류도하, 2016

ISBN 979-11-5845-254-4 04810
ISBN 979-11-5845-251-3 (세트)

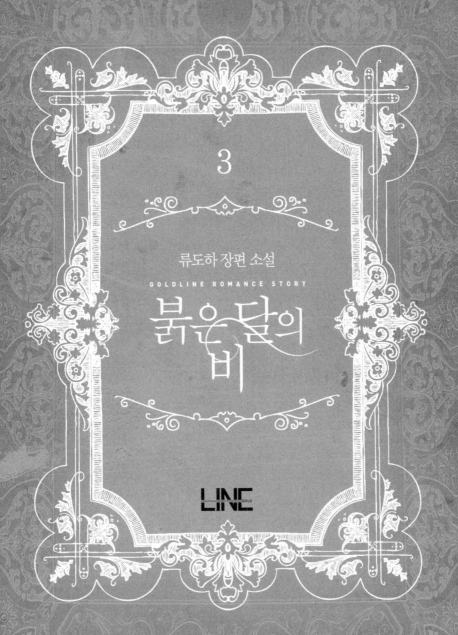

3

류도하 장편 소설

GOLDLINE ROMANCE STORY

붉은 달의 비

LINE GOLD

❖ 目次 ❖

제29장 동상이몽 ················· 7

제30장 동행 ················· 39

제31장 위험한 동행 ················· 69

제32장 덫 ················· 99

제33장 몸에 좋은 건 입에도 좋아야 한다 ····· 131

제34장 꼬리를 파먹는 잠자리 ················· 167

제35장 융숭한 대접 ················· 197

제36장 늑대 소굴의 만찬 ················· 229

제37장 산호와 오문 ················· 259

제38장 아버지의 진심 ················· 289

제39장 이루어질 수 없는 운명 ················· 321

제40장 재수가 없었다 ················· 353

제41장 잘못 건드렸다 ················· 385

제42장 두 마리의 투견 ················· 417

제43장 비운의 공주 ················· 449

제 29 장
동상이몽

유강이 실수로 들어왔거나 어쨌거나, 오문은 불쾌한 기색도, 두려워하거나 의심하는 기색도 없었다.

'자고 있는데 사내가 들어왔다고, 오문아! 놀란 가슴에 손을 얹고 혼란스러워하는 기색이라도 보여야 하는 게 아니냐! 엉?'

오문이 사내아이인 줄 알았을 때는 저희도 편안하게 대했지만 태자께서 오문을 아끼시는 데다 계집인 게 밝혀진 후로는 일행 모두가 알게 모르게 오문을 조심스럽게 대했다.

한데 정작 당사자인 오문만 달라진 게 없었다. 저희들이야 이미 서로 친분이 쌓여 그렇다 치고, 낯선 사내는 경계를 해야 할 것 아닌가.

"너는! 넌 웃음이 나오느냐!"

"예?"

영춘이 화를 내자 오문이 영문을 모르겠다는 표정을 지었다.

'하아. 그러니 오문이지. 오문한테 뭘 바라겠나. 저런 걸 태자비로 생

각하고 계시다니, 전하가 문제지!'

침상에 앉아 있는 모습도 무방비하고 자유분방하기 짝이 없었다. 아마 제가 아니라 태자가 이 꼴을 봤다면 분명 크게 화를 내셨을 것이다.

"잠을 잘 거면 문단속도 좀 하고, 그래야 할 게 아니냐! 그리고 지금 사내가 둘이나 방에 들어와 있는데 뭘 멍청하게 헤실거리고 웃고 있냐 말이다."

어젯밤 태자의 여인이 되었는데 이렇게 조심성이 없다니, 대놓고 가르칠 수도 없고 답답해 미칠 노릇이었다.

"무슨 말씀이신지 모르겠습니다. 대낮에 문을 왜 걸어 잠그란 말입니까. 다른 사람들은 어찌 드나들라고요."

"형님이 아니라 못된 사내가 들어와 있으면 어쩔 뻔했느냐! 병사들이 우글거리는 이런 곳이 더 위험한 법이다!"

"제 눈에는 이상한 상상을 하시는 호위님이 더 위험해 보입니다. 개 눈에는 똥만 보인다지 않습니까?"

"뭐, 뭐가 어쩌고 어째? 누가 개고 똥이란 말이냐!"

"똥 같은 말씀을 하시니 그렇지요. 설사 제가 나쁜 일을 당했다 해도 그게 왜 제 잘못입니까? 왜 저한테 화를 내시냔 말입니다. 나쁜 짓을 한 사람들이 문제지!"

"그, 그거야……. 조심해서 나쁠 게 없다는 뜻에서……."

오문의 말이 틀린 게 아니라서 영춘은 흥분을 가라앉히고 한발 물러났다.

"갑자기 왜 이러시는지 모르겠습니다만……. 혹시…… 혹시 말입니다……."

"혹시라니? 또 무슨 억측을 하는 게냐!"

"저를 위한답시고 화를 내시는 게 아무래도 수상해서 그러는데요……

혹, 저한테 딴맘이 있으십니까?"

"……뭐?"

"어제 예뻐진 저를 보고 반하셨다거나? 그렇지요? 그래서 유강 님과 제가 한 방에 함께 있는 것을 보고 질투 나서 괜히 화를 내시는 거 아닙니까?"

"……."

영춘은 어이가 없어서 대답을 못했다. 아니, 대답할 가치도 느끼지 못했다.

하지만 그 때문에 오문은 그가 인정해서 말이 없다고 생각했다.

"후……. 어제 본 제 모습은 잊어주십시오. 제가 늘 그렇게 꾸미고 다닐 수도 없는 노릇이고요. 의형제이긴 하지만 두 분의 의리가 저 때문에 상해서야 되겠습니까?"

"……."

영춘은 조금 전 태자가 했던 말이 떠올랐다.

자신을 내조할 수 있는 여인은 저 정도는 미쳐 있어야 한다는 말. 한데 지금 영춘이 가만히 따져 보니 오문은 태자보다 더 많이 미친 상태 같았다. 그러니 화를 내서 무엇하겠는가. 대신 영춘은 이를 갈면서 말했다.

"나도…… 취향이라는 게 있다."

"사내들은 예쁘면 다 취향 아닙니까? 저 정도면 뭐 딱히 꾸미지 않아도 괜찮은 편이지요."

자화자찬도 이 정도면 약이 없었다.

"그래. 뭐 그런 자신감이 사는 데 힘이 되는 법이다."

"그 말씀, 이상하게 기분이 나쁘네요."

영춘은 고개를 절레절레 흔들며 지친 음성으로 말했다.

"목소리가 완전히 갔구나. 잠이나 자거라. 전하도 참, 적당히 하실 것이지······."

"헉! 무, 무슨 소리를 하시는 겁니까!"

영춘이 다 안다는 듯 말하자 아무리 낯 두꺼운 오문도 더 이상 입을 열지 못하고 이불 속으로 홱 들어갔다.

유강은 두 사람이 무슨 말을 하는 건지 잘 알아듣지 못하고, 오문이 태자께 야단이라도 맞았다는 건가 생각했다.

"우린 이만 나가보는 게 좋겠습니다."

"아······. 그, 그래."

영춘은 멍하니 서 있는 유강을 끌고 밖으로 나오자마자 질책했다.

"형님. 방향치이신 줄은 몰랐습니다. 미리 말씀해 주시지, 여기는 여인들 숙소라 오해받기 십상입니다. 다음부터 길을 못 찾으시겠거든 사람이 올 때까지 기다리십시오."

영춘의 목소리에 근심 반, 짜증 반이 섞여 있자, 유강이 이를 알아차리고 매우 죄스러운 얼굴로 말했다.

"미안하다. 내가 큰 실수를 했다. 나도 모르게 그만······."

그의 어두운 표정을 본 영춘은 다시 마음이 약해졌다. 분명 유강의 행동이 가볍고 잘못되긴 했지만 달리 생각해 보면 있을 수 있는 일이기도 했다. 아무래도 조금 전에 오문을 태자비로 만들겠다는 태자의 포부를 들은 탓에 제가 신경이 곤두선 모양이었다.

'후. 형님이 그냥 실수하신 거겠지.'

어젯밤 과음을 한 탓에 판단력이 흐려진 것이겠지, 좋게 생각하기로 했다.

"그럴 수도 있지요. 아무튼 저와 함께 가시지요. 전하께서 보자고 하십니다."

"전하께서 나를?"

"예. 나쁜 일은 아니니, 걱정 마십시오."

영춘은 안심하라는 듯 활짝 웃어 보이며 유강을 태자에게로 데려갔다.

태자는 귀빈 접객용으로 마련된 내실에서 장우와 함께 유강을 기다리고 있었다.

"앉지."

겨우 네 사람밖에 없는데, 그는 긴 탁자의 맨 끝에 유강의 자리를 마련했다. 그리고 태자는 그 반대편 상석에 앉아, 마치 저와 유강의 사이가 이렇듯 멀다는 것을 상기시켜 주는 것 같았다.

"무슨 일로 저를 뵙자 하셨사온지……."

유강은 약간 겁을 먹은 듯이 조심스럽게 물었다.

"영춘이 한참을 찾았다던데 어디 있다 왔는가?"

"아……. 그것이……."

유강이 멋쩍은 표정으로 대답하려는데 영춘이 얼른 나섰다.

"어휴! 이 형님이 알고 봤더니 방향치라지 뭡니까. 길을 잃고 헤매는 것을 데려왔습니다."

괜히 오문의 방에 들어갔다는 걸 알게 되면 가뜩이나 그리 곱지 않은 태자의 시선에 불똥이 튈 것 같았다.

"방향치라? 그런데도 수레를 끌고 장사를 왔다?"

태자의 의심에 영춘도 '그러고 보니'라는 표정으로 유강을 바라보았다.

"아……. 저 혼자가 아니었습니다. 모두들 그만…… 저라도 살려보겠다고……. 간신히 도망을 쳤는데 산에서 길을 잃고 헤매다…… 부끄럽게도 다시 그놈들이 있는 소굴로 들어가 버렸습니다. 그때 영춘을 발견해서 풀어주고 함께 싸워 살아 올 수 있었습니다."

도망을 쳤는데 다시 돌아갔다니, 방향치다운 실수였다. 그는 머리를 긁적이고 뺨을 붉히며 차마 부끄러워 말하지 못했다는 듯이 주저하며 말했다.

영춘은 고개를 끄덕이며 납득했지만 태자는 그렇지 못했다.

"영춘과 함께 단둘이서 산적 무리와 인육을 판매하는 일당까지 물리쳤는데, 어째서 네 동료들과 함께 싸우지 않고 도망쳤느냐? 네 실력이라면 너의 동료들과 힘을 합해 충분히 싸워 이길 수 있었을 듯한데."

태자의 질문에 영춘의 머리가 번뜩였다.

수레에 실려 있던 그때 갑자기 다가온 유강을 산적 일당으로 오해하고 몸부림쳤었다. 유강은 그런 자신을 힘으로 누르면서 조용한 목소리로 구해주겠다 했었다. 비록 제가 묶여 있긴 했으나 유강은 서생처럼 보이는 체격치고 꽤 힘이 셌다. 그뿐만이 아니라 검도 꽤 잘 써서 웬만한 무인들보다 뛰어난 듯했다.

영춘조차 의심스러운 눈으로 바라보자 유강이 그럴 줄 알았다는 표정으로 한숨을 푹 내쉬며 말했다.

"후……. 속았기 때문입니다. 자신들이 태자 일행이라면서 무기를 전부 버리게 했습니다. 그때까지만 해도 저희들은 정말로 태자 전하인 줄 알았습니다."

유강, 아니, 단유천은 모든 것을 치밀하게 구상해 왔기에 말하는 데 막힘이 없었다.

"한데, 그자들이 저희 재물을 약탈하려 했습니다. 진짜 태자 전하라면 그럴 리가 없지 않겠습니까. 저희가 반박하기 시작하자 그자들은 본색을 드러내며, 아니, 오히려 저희가 그리 나오길 기다렸다는 듯이 돌변했습니다. 아마 인육 때문이었겠지요. 어쨌든 무기가 없으니 상대가 되지 않았습니다."

사실 태자를 사칭하는 산적 무리들은 단유천이 귀문을 시켜 뒤에서 조종한 것이었다. 태자 일행에 자연스럽게 합류할 수도 있고, 재수가 좋아 산적이나 관군이 진짜 태자를 죽여준다면 더 좋았을 테지만, 불행히도 그런 요행은 일어나지 않았다.

하지만 거의 대부분이 계획대로 진행되었다.

본래는 영춘이 만났던 산적들과 맞닥뜨려야 했으나 우여곡절 끝에 일행에 잠입하는 데는 성공했다. 이제 태자에게 신임을 얻고 일행과 가까이 지낸 후, 오문에게 접근하기만 하면 제가 할 일은 끝났다.

한데, 떠돌이 기예단 나부랭이도 아무렇지 않게 달고 다니는 태자가 유독 제게는 강한 의심을 보내는 통에 오문에게 접근하는 것이 쉽지가 않았다.

"어쩌다 보니 다시 돌아갔을 때, 제 식솔들은 이미 참혹한 죽음을 당해 시신조차 찾을 수 없었습니다. 너무 분노한 나머지 제가 죽는 한이 있더라도 복수하려 했는데, 영춘을 만나 함께 살 수 있었나이다."

의심 많은 태자가 과연 이 말을 믿어줄 것인가, 믿어주지 않는다면 무엇으로 믿게 할까 빠르게 머리를 굴릴 때였다.

"그랬군. 내 호위인 영춘은 나에게 친형제나 다름없는 존재다."

그 말에 영춘은 잠시나마 유강을 의심하던 시선을 거두고 감격한 표정으로 태자를 바라보았다.

"그를 구해주어 진심으로 고맙게 생각한다."

"아니옵니다. 그가 아니었다면 저 역시 산에서 내려올 수 없었습니다."

"그것은 네 문제고, 나는 빚지는 걸 싫어하니 보답을 해야겠다."

"아, 아니옵니다. 정말 그런 것을 바라고 한 일이 아니오라, 그저 저는 태자 전하를 이리 가까이서 뵐 수 있는 것만으로도 영광스럽게 생각하고 있사옵니다."

"그것 역시 네 사정이고, 나는 상을 내려야 직성이 풀리겠다. 네가 잃어버렸다는 상단의 재물이 얼마나 되는가. 내 그것을 보상해 주겠다."

"헉! 아니옵니다! 그것은 이미 잊은 지 오래입니다. 사람을 잃은 것이 아프지, 재물을 잃은 것이 무에 아깝겠나이까! 아무것도 필요 없사옵니다."

"상인이 재물을 마다하다니, 영춘을 이용해 내게 연줄을 대려는 것이라면 포기하는 게 좋을 게다. 나는 상단의 이권 다툼에 관여할 만큼 한가하지 않다."

태자가 냉정하게 딱 잘라 말하는데도 유강은 물러서지 않았다.

"그런 오해를 받을 수 있다는 걸 생각 못했나이다. 하오나 절대 그런 일은 없을 것이옵니다. 저는 이번 일로 상인이 되지 않기로 마음먹었습니다. 하니, 이제 재물은 필요치 않습니다."

"다른 바라는 게 있다는 뜻인가?"

"전하께서 허락만 해주신다면⋯⋯."

"말해 보거라."

"저는⋯⋯ 오문이라는 아이를 데려가고 싶습니다."

"⋯⋯!"

순간, 아니, 꽤 오래 정적이 감돌았다.

영춘은 유강이 오문의 방에 있었던 게 실수가 아니었구나, 뒤통수를 맞은 기분이었다.

"형님!"

"왜, 왜 소리를 지르느냐? 전하도 계신데⋯⋯."

유강은 왜 이런 분위기가 되었는지 전혀 이해 못하는 듯했지만 영춘은 답답했다.

얼마 전 유강이 손금을 봐주겠다고 했다가 태자가 오문을 향해 집착을 보인 적도 있지 않았나. 낯을 가리네 어쩌네, 억지를 부리긴 했지만 그것은 명백히 질투였다. 절대 두 번 다시는 오문에게 눈길조차 주지 말아야 했다. 게다가 어젯밤에도 제가 분명히 충고하지 않았던가. 오문을 보는 눈빛이 예사롭지 않다 했더니, 아니라고 우길 때는 언제고 역시나였다.

　"전하의 앞이니 더욱 말씀을 삼가셔야지요!"

　"그게 무슨……?"

　"오문은 전하께서 매우 아끼시는 아이, 아니, 여인입니다."

　"그것은 나도 알고 있다."

　"알면서 어찌 그런 말씀을 하실 수 있단 말입니까!"

　"내가 말을 실수했구나. 나는 그런 것이 아니라, 오문을 잠깐 빌렸으면 해서……."

　"빌리다니요? 그건 또 무슨……!"

　영춘의 말이 다 끝나기 전에 무호가 말했다.

　"오문은 물건이 아니다."

　그러자 유강이 고개를 조아리며 다급히 말했다.

　"전하. 제 얘기를 조금만 들어주십시오. 아까도 말씀드렸지만 저는 지독한 방향치라 멀리 가지 못합니다. 해서 이제 집안의 가업인 상단을 포기하고, 제 고향인 단왕부에서 큰 객잔을 운영하기로 결심했습니다."

　방금 지어낸 말이었으나 유강의 말과 표정에서는 거짓을 읽어내기 힘들었다.

　"다른 것은 제가 다 어찌해 볼 수 있겠사온데 실력 있는 숙수를 구하는 게 만만치 않은 일이라……. 오문의 요리를 먹어보니 눈이 번쩍 뜨였습니다."

말끝을 흐리긴 했지만 모두 대강 알아들었다.

"불가하다."

태자는 유강의 요구를 끝까지 듣지도 않고 거절했다.

"전하! 부탁드리옵니다! 오문을 데려가려는 게 아니옵니다. 여기 있는 동안 잠깐만이라도 좋으니…….".

"오문에게 요리 비법을 배우겠다는 것이냐?"

"예! 딱 몇 가지 요리만 배울 생각입니다. 객잔마다 특색 있는 주요리가 필요하니, 그것이면 됩니다. 제게는 그것이 전하께서 보상해 주시겠다는 재물보다 더 큰 상이 될 것이옵니다."

유강의 간곡한 청은 태자의 입장에서는 재물을 주는 것보다야 싸게 먹히는 일이니, 오히려 나을 것이다. 그러니 유강이 마지막에 과분하다, 라는 어감으로 한 말은 사실 이 정도만 주셔도 된다, 라는 뜻으로 들어야 했다. 하지만 무호는 그렇게 듣지 않았다.

"그리 큰 상은 내릴 수 없다."

"예, 예?"

유강은 당황했다.

오문과 단둘이 있을 시간을 만들려는데 그것이 이렇게 어려울 줄이야!

"오문은 내 사람이다."

"그것은…….".

"나의 수족이 아니라 내 부인이 될 여인이란 말이다. 알아듣겠느냐?"

태자의 부인!

"……!"

단유천은 진심으로 놀라고 있었다. 저는 그저 태자가 오문을 무척 아끼는 노비로 여기거나, 기껏해야 가는 길에 데리고 노는 계집 정도로만 생각했다. 한데, 태자비가 될 것처럼 말하고 있다. 기가 막힐 노릇이었다.

'산호가 알면 펄쩍 뛰겠군. 창관에서 데리고 나왔다는 말을 들었을 때부터 이상하다 생각하긴 했었다만!'

산호 같은 여인을 두고 오문 따위에게 반하다니 태자의 심미안이 의심스러울 정도였다.

'어쩐지 불쾌하군. 이어질 운명이었다, 이건가? 하! 운명은 무슨! 내 절대 그리 두지 않을 것이다.'

오랫동안 공들이고 애썼지만 태자도, 오문도 죽이지 못했다. 그 잘난 옥패 하나 뺏는 것도 짜증나게 일이 꼬이고 있는데, 그러는 동안 두 사람은 운명의 실이 이어진 것처럼 정분을 쌓고 있었다니 울컥 화가 치밀었다.

'될 놈들은 된다는 건데, 어디 한번 끝까지 해보자.'

속마음이야 어떻든 간에 유강은 어수룩한 표정으로 태자를 빤히 응시했다.

"나는 오문에게 더 이상 허드렛일을 시킬 마음이 없다. 또한 네게 요리를 가르치려면 오문이 함께 주방에 있을 것인데, 내 눈에 띄지 않는 곳에서 다른 사내와 어울리는 것을 허락할 수 없다."

영춘은 유강이 오문의 방에 들어갔었다는 이야기를 안 하길 잘했다고 생각했다. 이 정도 집착 병이면 유강의 눈을 뽑겠다고 했을 것 같다.

"그러니, 내가 주는 재물을 받고 싶지 않다면 그냥 빈손으로 가거라."

유강이 매우 실망한 기색으로 어깨를 늘어트리고 있자 영춘은 그가 안쓰러웠다. 그러다 갑자기 좋은 생각이 떠올랐다!

"아! 이건 어떻겠습니까. 오문에게 요리 비법을 글로 써 달라고 하면 되지 않겠습니까!"

지금까지 이야기에 끼지 않고 있던 장우도 고개를 끄덕였다.

"그건 괜찮지 않겠습니까? 어쨌거나 영춘이 저자에게 목숨 빚을 진 것은 사실이니, 원하는 것으로 갚아주는 것이 좋을 듯합니다."

모두가 좋은 생각이라고 여기고 있는데 두 사람은 그렇지 않았다.

유강은 원치 않은 요리책이나 들고 단왕부로 복귀하게 될 제 꼴이 그려져 치욕스러웠다.

'요리책이라니! 그것은 안 될 말!'

아버지와 수하들의 낯을 볼 엄두가 안 나는 데다가 산호에게는 제가 꼭 옥패를 찾아오겠다고 큰소리치지 않았던가.

또한 무호 역시 영춘의 생각을 반대했다.

"그 역시 불가한다. 오문과 오문의 요리 또한 내 것이다."

"……."

무호는 욕심과 집착이 강한 자였다. 주방에 들어가지 못하는 오문의 요리를 먹기는 힘들 것인데, 그것을 누군가 먹고 있다고 생각하면 배알이 뒤틀리는 것 같았기 때문이다.

"저, 전하…… 그 정도 양보는 해주시는 것이……. 제 생명의 은인이니……."

태자는 영춘의 말을 무시하고 유강에게 말했다.

"단왕부가 고향인데, 이제 네 길잡이를 해줄 일행도 없으니 곤란하겠군."

"예……. 그래서 사람들에게 물어서 갈 생각입니다."

"하면 너를 단왕부에 데려다 주는 것으로 빚을 갚도록 하지."

"예? 저를 데려다주러 단왕부까지 가시겠단 말씀이십니까?"

"고마워할 것 없다. 어차피 가는 길이니까."

"……!"

유강, 본래 단왕부의 왕세자인 단유천은 태자의 목적지를 듣고 크게 놀랐다.

'이들의 목적지가 단왕부였군! 산호! 산호 그 아이를 데리러 온 것이다! 제길! 한시라도 빨리 옥패를 찾아야 해!'

옥패를 찾는 것도 문제지만 여러 가지 계획이 틀어졌다. 설마 하니 황제가 태자를 단왕부로 보낼 줄이야!

단유천은 자신이 평생 태자를 만날 일이 없거나, 혹은 만난다 해도 그것은 조금 더 훗날일 거라 생각했다. 그렇기에 단왕도 단유천을 태자에게 보냈다. 아직은 단유천으로서 태자를 만날 때가 아니었던 것이다.

'계획이 전부 틀어졌다. 이놈! 태자의 신분을 믿고 제멋대로 굴다니!'

마음을 갈무리하는 데는 최고의 실력자라 할 수 있는 단유천이지만 지금은 분한 마음이 얼굴에 드러날까 봐 참느라 곤욕스러웠다. 항상, 태자가 문제였다. 모든 일이 태자 때문에 틀어지곤 했기에 그와 관련된 일이라면 좀처럼 마음이 진정되지 않았다.

"전하! 대체 어쩌시려고 이러시는 것입니까?"

단유천만큼 화난 장우가 결국 참지 못하고 소리쳤다.

"벌써 두 사람에게나 알렸습니다. 아니, 기예단 사람들까지 알고 있으니, 이제 더 이상 비밀이라고 할 수도 없게 되었습니다. 이런 식으로 가다가는 금방 소문이 날 것입니다!"

"내 생각도 그렇다."

"전하!"

알면서도 그리하셨다니 너무하지 않는가. 장우는 태자를 책망하듯 소리를 높였다.

"벌써 몇 번이나 폐하의 눈 밖에 나신 건지 아시옵니까? 단왕부로 가는 목적을 잊은 건 아니시겠지요?"

무호는 손을 들어 장우가 더 말하지 못하도록 한 뒤 제 생각을 말했다.

"그래서 말인데, 이제 단왕부로 곧장 갈 것이다."

"하아……. 진작 그리하셨어야 할 일입니다."

"우리가 단왕부로 간다는 소문이 나기 전에……."

그나마 듣던 중 반가운 소리였다. 장우는 재빨리 대답하며 일어섰다.

"소문이 나기 전에 먼저 도착할 수 있도록 한시 바삐 서두르도록 하겠습니다."

"단왕부에 기별을 넣어라."

"예?"

잘못 들은 줄 알았던 장우가 일어서려던 그대로 굳으며 다시 물었다.

"단왕부에 내가 간다고 기별을 넣으란 말이다."

"다, 단왕부에 그리하시면……!"

"어차피 소문이 날 거, 우리 쪽에서 먼저 대대적으로 알리자. 이왕이면 성대한 영접 속에 입성해야겠다."

소문이 날 것 같으니 소문을 내고 그냥 밀정을 포기하자는 간결한 결론이었다. 어떻게 하면 그런 결정을 그렇게 쉽게 내릴 수 있단 말인가!

장우의 표정만 썩어 들어간 게 아니었다.

유강의 표정도 결국 무너지고 말았다.

성대한 영접이란 자신들이 해야 할 일이기 때문이다.

오문은 누가 자신을 다급하게 부르는 소리를 듣고 잠에서 깼다.

"오문, 오문아!"

"으……음. 상 언니?"

"얘! 어서 일어나 봐!"

"왜에? 무슨 일인데?"

잠에서 덜 깬 오문이 눈을 비비며 부스스하게 일어나 앉았다.

그런데 몽롱한 눈동자에 비치는 인물은 상 혼자가 아니었다. 제가 잘

못 본 것인가, 눈을 더 비비며 초점을 맞추자 뜻밖의 손님이 와 계셨다.

"헉! 마님? 윽!"

오문은 침상에서 뛰어내리다시피 하다가 아직도 묵직하게 아려오는 허리의 통증에 멈칫했다.

"괜찮다. 몸이 안 좋은 모양인데 누워 있거라."

"아, 아닙니다. 너무 많이 누워 있어서 더 아픈 겁니다. 하하……."

부인이라면 어째서 제가 아픈 건지 눈치챌 것 같아 더 민망했기에 거짓으로 둘러댔다.

부인은 인자한 웃음을 지으며 오문의 머리부터 발끝까지를 찬찬히 훑어 내렸다.

그 시선에 오문이 고개를 떨구며 송구스러워했다.

"죄송합니다. 예쁘게 꾸며주셨는데 제가 멋대로 옷을 바꿔 입었습니다."

오문은 부인의 시선이 저를 나무라는 건 줄 알았으나, 실은 그런 게 아니었다.

"그 비녀는 태자 전하께서 주신 것이냐?"

"예? 아…… 예."

"그렇구나. 아주 예쁜 비녀구나."

"예. 비싼 비녀라서요. 실은 이게 원래는 제게 아니었습니다. 그래서 저랑은 안 어울리는 것 같긴 한데, 밀가루보다는 기뻐서 그냥 하고 있기로 했습니다."

"밀가루?"

부인이 그게 무슨 소리냐는 듯 고개를 갸우뚱하자 오문이 실실 웃으며 혀를 쏙 내밀었다.

"헤헤. 밀가루는 먹으면 똥 되잖아요. 이왕 선물로 받는 거라면 계속 간직할 수 있는 게 좋아서요. 뭐, 본 주인이랑 인연이 아니었던 모양이고, 제 머리에 꽂았으니 이제 제 것이죠."

부인은 오문이 태자가 준 선물을 어쩐지 똥과 비교하는 것 같아서 황당하면서도 웃음이 났다.

"그래. 네 말이 맞다. 그리고 그 비녀, 아주 잘 어울린다."

"에이. 그럴 리가요! 오늘은 어제처럼 예쁘게 입고 있지 않아서 꼴이 우스울 텐데요."

"아니다. 정말 잘 어울린다. 내가 너를 쳐다본 것은 그래서가 아니다."

"예?"

"네가 그동안 어찌 살아왔는지를 보고 있었다."

상과 오문은 서로를 마주보며 고개를 갸웃거렸다.

"저기…… 무슨 말씀이신지……."

오문은 갑자기 찾아온 부인이 분명 제게 무슨 볼일이 있을 거라고 생각했다.

"네 헝클어진 머리와 자유로운 복장을 보니 남의 시선과 체면을 중하게 여기지 않는구나. 아마 여러 곳을 떠돌며 살다 보니 더욱 그럴 테지. 다시 만날 사람이 아니니 부끄러워할 필요도 없을 테고, 굽히지 않고 하고 싶은 대로 하면서 적당히 사람들에게 맞춰주며 살아왔겠구나."

"헉! 제 속에 들어갔다 나오셨습니까?"

"누구든 널 보면 알 것이다. 다만 나는 네가 과연 궁에서 살 수 있을지가 궁금해서 더 깊이 살펴본 것뿐이다."

"예? 궁이라니요?"

"모르느냐?"

"예?"

그러자 옆에 있던 상이 조심스럽게 말했다.

"저…… 오문은 오늘 계속 자고 있어서 아무것도 모릅니다."

"저런!"

"궁이라니, 그게 무슨 말씀이십니까?"

어쩐지 불길한 예감이 든 오문이 물었다.

"태자 전하께서 너를 궁으로 데려가신다는구나. 그러면서 우리 부부가 네 양부모가 되어주길 바라시고 계신다."

불길함은 오문의 머리부터 찬물을 끼얹었듯 촤악 하고 발끝까지 덮어버렸다.

"예? 양부모요? 궁? 그게 다 무슨 말씀이십니까?"

"나도 놀랐다만, 전하의 뜻이 강경하시어 널 수양딸 삼기 전에 한시라도 빨리 널 교육시켜 달라 하셨다."

"세상에! 어쩜 좋단 말입니까! 제가 뭔가 배우는 걸 좋아하지 않는다고 전에도 말씀드렸건만! 무슨 교육을 받으란 말입니까! 그리고 수양딸은 또 뭐고요! 제가 다 낯이 뜨겁습니다. 어찌 그분은 하루도 그냥 넘어가는 일이 없으시고 매번 사고를 치신답니까! 남부끄러워 죽겠습니다, 정말!"

오문은 허리가 아픈 것도 잊고 발을 동동 굴렀다. 태자가 하는 짓에 매번 당하니 짜증이 날 정도였다. 이제 절 가지셨다 이건가? 앞으로 저를 마음대로 하시겠다는 뜻인가?

부인은 오문의 반응에 놀랐다.

진심으로 싫다고 온몸으로 짜증을 내고 분노하고 있었다. 태자의 총애를 받고 명문가의 수양딸이 되어 인생을 바꿀 이런 기회를 똥이라도 묻은 것처럼 펄쩍펄쩍 뛰며 기겁하지 않나.

"신분을 바꿀 기회다. 어째서 기뻐하지 않는 것이냐?"

"제 거취를 왜 마음대로 정하신다는 건지 이해가 안 갑니다. 저는 제 갈 길이 있습니다. 그러니 수양딸로 삼지 않으셔도 정말 괜찮습니다. 정말 하나도 서운하지 않습니다. 제발, 제발 좀 거절해 주십시오."

부인은 조금 전에 제가 오문을 평가했던 것을 떠올렸다.

제가 하고 싶은 대로 살고, 누구에게도 굽히지 않는 고집과 자유분방함.

지금 오문이 딱 그랬다. 누구든 저를 마음대로 할 수 없다고, 신분이 천한 자들은 그런 생각을 감히 하지 않는다. 핍박받으며 고되게 살아오면서도 마음에 대쪽 같은 꼿꼿한 자긍심을 갖고 사는 것이 쉬운 일은 아니지 않은가. 분명 처지가 많이 다른데도 오문에게서는 태자와 닮은 무모하리만치 강한 자존심이 보였다.

부인은 그만 피식 웃고 말았다.

"너라면 궁에서 살 수 있겠구나."

"예?"

"고집도 있고 강단도 있구나. 그래, 전하 앞에서도 제 할 말을 다 한다고 듣긴 들었다만."

"제 할 말을 하면 뭘 한답니까. 들어 먹지…… 아니, 남의 말을 들지를 않으십니다!"

"후훗. 그래, 그건 그렇다. 한데 전하께서 보는 눈은 있으시구나."

"귀가 안 좋으시면 눈이라도 멀쩡하셔야지요."

오문은 진심으로 한 말이었지만 부인은 정말 재밌다는 듯이 입을 가리고 크게 웃으셨다.

그 말이 그렇게 우스웠나, 혹 태자의 귀에 들어가면 어쩌나 이제야 슬그머니 걱정이 일었다.

"후훗! 그래. 네 말이 맞다. 눈이라도 좋으시니 얼마나 다행이냐."

"아니, 뭐, 그것 말고도 좋으신 데가 많으십니다. 미각도 훌륭하시고……. 하하."

오문은 부인 앞에서 어떻게든 태자의 장점을 얘기해 앞에 제가 했던 말을 덮으려고 애썼다.

"괜찮다. 틀린 말도 아니지 않느냐."

"그렇지요? 제가 거짓말을 잘 못해서 큰일입니다."

"그래. 당당해서 보기 좋구나. 남의 이목보다 실리를 추구하고, 웬만한 일에는 자존심이 상하지 않는 강심장이라면 궁에서 사는 것도 어렵지 않을 것이다."

오문은 펄쩍 뛰었다.

"아닙니다! 어렵습니다! 굉장히 어렵습니다! 저는 교육을 받는 것도 싫고 궁에 가지도 않을 겁니다! 그런 갑갑한 곳에서는 못 산단 말입니다!"

오문의 성난 목소리가 밖에까지 울려 퍼졌다.

그러자 갑자기 창문이 벌컥 열렸다.

쾅.

"헉!"

세차게 열린 창문은 바람 때문이라고 생각했으나 놀랍게도 바람이 아니었다. 마침 지나가던 태자가 오문의 목소리를 듣고 문을 열었던 것이다.

창문 소리에 한 번 놀란 사람들은 창 밖에 버티고 선 태자의 성난 얼굴에 더 크게 놀라 두 번이나 심장이 철렁했다.

"전하……."

부인과 방 안의 다른 여인들이 급히 고개를 조아리며 태자 앞에서 쩔쩔 맸다.

하지만 오문은 고개를 숙이지 않고 태자를 똑바로 쳐다보았다. 태자가 제게 할 말이 있는 듯 보였기 때문이다.

"살아보았느냐?"

많이 생략된 그의 질문에 모두들 고개를 갸웃했으나 오문은 대번에 알아차렸다.

"살아봐야만 알겠습니까? 궁 안의 여인들은 함부로 밖에 나올 수도 없지 않습니까."

"황궁이 무슨 이만한 집인 줄 아느냐? 궁은 아주 넓다."

태자의 말은 밖에 나가지 않아도 궁 안에서 지내기 그리 갑갑하지 않다는 뜻이었다. 연못도 있고 언덕도 있고 다리가 아프게 걸을 수도 있으니 문제될 게 없다고.

그렇게 일차원적인 답으로 오문의 속을 더 긁어놓았다.

황궁이 얼마나 넓은지 오문은 가본 적이 없으니 모르는 게 당연했다. 하지만 그곳이 마치 신들이 사는 곳처럼 크고 넓다는 것은 어린아이에게 물어도 알 수 있는 것이었다.

"그런 뜻의 답답함이 아니지 않습니까! 높은 담에 둘러싸인 큰 집일 뿐인데, 아무리 넓은 곳이라 해도 높은 담에 둘러싸여 갇혀 있으니, 감옥과 다를 게 없단 말입니다."

"담이 문제였느냐? 그런 거라면 아무 문제없다. 자고로 담이란 건 넘으라고 있는 것이다!"

"이⋯⋯!"

태자만 아니었으면 욕설이 튀어나갔을 것이다. 주먹을 쥐고 초인적인 인내로 참고 있는데 이어지는 태자의 말에 오문의 속은 화르륵 불이 붙고 말았다.

"왜? 너도 담 넘는 데는 재주가 있지 않느냐?"

"전하는 태자시니까 담을 넘어도 괜찮을지 모르겠지만 저 같은 게 담을 넘다 걸리면 최소한 엉덩이가 터져라 곤장을 맞을 거란 말입니다!"

"음. 알고 있구나."

살인 충동이란 건 이런 것이었다. 우발적 살인을 공감할 수 없었지만 지금은 그 심정이 조금 이해가 되기도 했다.

"예에! 잘 알고 있습니다. 그래서 제 엉덩이가 남아나려면 궁에 가지 않는 게 좋을 것 같습니다."

"애초에 도망치지 않으면 될 일이다."

"그럴 수 있으면 담이 높다고 투덜거리지도 않았을 겁니다!"

"나와 함께 담을 넘으면 종종 바깥 구경을 할 수 있을 것이다."

"저는 제가 원할 때 언제라도 움직여야 하고, 교육을 받아야 할 만큼 복잡한 예법 같은 걸 지키고 살고 싶지 않습니다. 숨 막혀 죽을 겁니다."

"전에도 말했지만 제화국의 황실에 그다지 대단한 예법 같은 건 없다."

"그런데 무슨 교육을 받으란 말씀이십니까!"

"교육을 핑계로 부인과 친해질 시간을 준 것이다. 어머니가 되실 분이니 잘 따라야지. 또한 나는 괜찮다만 가문의 누를 끼칠 수 없으니 손가락질을 받지 않으려면 적당히 예법을 배워두는 것이 좋겠지."

"가문은 무슨 가문입니까! 근본도 모르는 계집이 남의 집에 둥지 틀었다고 그 댁 핏줄이 되겠습니까? 더 심한 손가락질을 받을 겁니다!"

오문은 한마디도 지지 않고 따박따박 말대꾸를 했고 부인은 입까지 벌리고 그 모습을 구경했다.

저래도 될까 싶다가도 속이 시원해지고 체증이 내려가는 것 같았다.

'대인께서 이걸 보셨으면 아주 좋아하셨을 텐데.'

태자 욕을 하며 흥분하던 유현을 떠올리자 부인은 이걸 혼자 보고 있는 것이 안타까웠다.

"그럼 내가 그 손가락들을 다 부러뜨려 주마. 혀를 놀리면 혀를 잘라주지."

"아, 쫌! 그런 게 다 무슨 소용이란 말입니까! 저는 궁에 안 갈 겁니다!

제가 전하와 하룻밤을 보냈다고 해서 저를 마음대로 하지는 말아주십시오! 같이 즐겼을 뿐, 저는 전하 것이 아닙니다!"

듣고 있던 부인의 입이 더욱 벌어졌다. 저는 여태 살면서 한 번도 그런 생각을 해본 적이 없었다.

여인은 잠자리를 즐기면 안 되는 줄 알았다. 그래서 좋을 때도 좋은 것을 표현하지 못하고 참아야 했었다. 그저 대를 이을 아이를 위해 의무적으로 잠자리를 가졌고, 또한 그것은 자신이 부군의 소유라는 낙인과도 같은 것이었다. 한데, 평범한 사내도 아닌 태자와의 하룻밤을 보내고도 태자의 것이 아니라고 말하는 당당함은 부인에게는 충격적인 발언이었다. 아무리 오문을 아끼는 태자라도 이번에는 크게 화를 낼 것이라 생각했다.

하지만 그녀의 예상은 어긋났다.

"좋다. 하면, 네가 내 것이 되려면 어찌해야 하느냐? 네가 하자는 대로 하지. 태자비가 되고 싶으냐? 황후가 되고 싶어? 최고의 권력을 갖게 해주마."

"미······!"

미치셨냐는 말이 튀어나갈 뻔한 오문이 흥분한 자신의 정신을 수습한 뒤에 최대한 다듬은 말로 화를 냈다.

"그딴 거 줘도 안 가집니다!"

"흠······. 권력만큼 인생을 편하게 만들어주는 것도 없는데 잘 모르는군."

"권력에는 책임이 따르는 법입니다! 잘 아시는 분이 그런 소리를 하십니까? 저는 책임지는 건 딱 질색인 사람입니다!"

"하나 내가 가진 권력으로 너 하나쯤 내 곁에 묶어두는 것은 쉬운 일이지."

태자가 옅은 비웃음을 지었다. 오문이 지금까지 태자의 곁에서 도망치지 못한 것은 그의 집요함도 있지만 권력을 이용해 그가 사방천지를 막았기 때문이었다.

"저를 묶어두실 수는 있지만 제가 전하를 향해 갖고 있던 호감은 사라질 겁니다."

"호감이라? 겨우 그 정도밖에 안 되는 감정이었나?"

"떠나야 할 사람에게 그 이상의 감정을 어찌 가지겠습니까! 저는 애초에 전하와 함께 궁으로 가겠다는 발칙하고 주제넘은 생각은 품어 본 적이 없습니다."

"너는 본래 대책이 없으니 애초에 날 좋아할 생각만 했겠지."

"누가 누구더러 대책이 없다 하십니까!"

그것은 정말 억울한 일이었다.

그러나 무호는 오문의 원망스러운 외침을 흘려듣고 딴소리를 했다.

"네가 내 아이를 낳으면?"

"아이를 낳으…… 예? 뭐, 뭐라 하셨습니까?"

열심히 반박하던 오문의 말문이 막혔다. 아이라니? 그런 건 생각해 본 적이 없었다.

오문의 멍한 얼굴을 보며 무호가 물었다.

"아이. 황실의 손을 낳으면 그때도 도망칠 궁리만 할 것이냐?"

"어, 어……. 그, 그때는……."

대답하기 곤란할 때마다 나오는 오문의 질질 끄는 말투를 듣고 무호가 대뜸 창문 안으로 넘어 들어왔다.

"헉! 뭐, 뭐 하시는 겁니까! 문을 놔두고!"

"돌아가기 귀찮다."

문까지 몇 걸음이나 된다고 성미 급하게 창을 넘어 온 무호는 오문의 앞에 딱 버티고 뒷짐을 지고 섰다.

오만하게 눈으로만 저를 내려다보는 태자의 앞에 서자 오문은 그의 위압감에 짓눌려 어쩐지 좀 전처럼 마구 대들기가 힘들었다.

　"대답하라. 아이를 낳게 되면 그때도 날 사랑하지 않을 거냐 물었다."

　"사, 사랑요? 왜 갑자기 호감에서 사랑으로 막 건너뛰신 겁니까? 중간에 뭐가 더 있어야 할 것 같지 않습니까?"

　"귀찮은 건 생략한다."

　"멋대로 남의 감정을 생략하지 마십시오!"

　"대답이나 해!"

　태자가 큰 소리를 냈다. 더 이상 건방진 말대답을 할 분위기가 아니었다.

　"그, 그야…… 아이에게는 아버지가 필요하고……. 또, 또…… 아이가 귀여울 테니까……."

　"보장하지. 아주 귀여울 것이다."

　무호는 턱까지 치켜들고 자신만만하게 말했다.

　"그, 그렇겠죠? 전하를…… 닮았을 테니까."

　"귀여운 아이가 생기면 어쩔 수 없이 날 사랑하게 되겠군."

　"아니, 그게 꼭…… 뭐 그렇게 결론이 나는 건 아니지 않을까요? 애가 사랑스럽다고 애 아빠까지 사랑스럽기는 좀……."

　오문의 현실적인 대답에도 무호는 제 뜻을 굽히지 않았다.

　"너는 날 사랑하게 될 것이다."

　"하아……. 왜 자꾸 강요하십니까?"

　"나는 사내도 홀린 미모의 소유자고, 너는 내 몸을 몰래 훔쳐볼 정도로 밝히는……."

　오문은 펄쩍 뛰어올라 태자의 입을 틀어막았다.

　"헉! 지금 무슨 말씀을 하시는 겁니까!"

여기 지금 자기들끼리만 있는 게 아니지 않나. 오문은 얄궂은 표정을 짓고 있는 상과 큰 충격을 받은 부인의 모습을 힐끗거렸다.

무호는 제 입을 가린 오문의 손을 잡아떼고는 손을 놔주지 않았다.

"사내라면 다 좋은 것이냐?"

"그럴 리가 있습니까!"

"그럼 어째서 네 마음에 솔직하지 못한 것이냐?"

오문은 저의 과거 행적과, 불분명한 신분 때문에 절대 태자의 곁에 있을 수 없는 존재임을 잘 알고 있었다. 그녀가 스스로 쌓아 올린 벽은 매우 높고 견고했다.

"전하께는 태자비가 되실 분이 계시지 않습니까! 저를 죄인으로 만드셔야 속이 시원하시겠습니까?"

"역시. 너는 태자비가 되고 싶었구나."

"누가 태자비가 되고 싶다 했습니까!"

"아무 염려 마라. 그보다 네가 나를 사랑할 수 있도록 힘쓰거라."

"전하!"

"그런 의미에서…… 가자."

"예? 에?"

오문은 무호의 손에 속절없이 끌려가며 어리둥절해했다.

"사랑하지 않겠다고 말하니 나는 더 참을 수가 없구나."

"예? 뭐, 뭐를요? 뭘 참을 수 없단 말입니까? 이 손 좀 놔주십시오!"

불길함을 느낀 오문이 발버둥 치며 끌려가지 않으려고 애썼지만 아무 소용없는 몸부림이었다.

"사랑하게 만들겠다. 최선을 다해 노력하고 싶군."

"아악! 그런 노력 하지 마십시오! 제발요!"

부끄럽고 난감했던 오문이 토해내듯 진심을 다해 비명을 질렀지만 아무도 오문의 심정을 헤아려 주지 않았다.

두 사람이 떠나고 난 뒤 적막해진 방 안에서 부인과 상이 어색하게 마주 보고 웃음을 흘렸다.

"저, 젊음이 좋긴 좋구나."

"예……. 또…… 전하이시니까요."

"그래. 그렇지……."

부인은 무척이나 말도 안 되는, 비상식적인 것을 본 것 같았지만 내심 오문이 부럽다는 생각을 했다.

유강, 단유천은 창밖을 바라보고 있었다.

그의 시선은 졸린 듯 먼 곳을 바라보고 있었으나 사실 그의 속마음은 매우 복잡했다. 졸지에 태자와 함께 단왕부로 가게 되었으니, 일을 수습할 방도를 세워야 했다.

'옥패를 가지고 있는 것은 분명하다. 오문은 어차피 단왕부로 오게 될 것이고, 그 안에 옥패를 뺏는 것은 태자 때문에 불가능하다. 의심받지 않고 옥패를 손에 넣을 수 있는 방법을 찾아야 한다.'

초조했던 그는 짧은 시간에 많은 생각들을 떠올리고 있었다.

'내가 여기 있는 이유는 잘 둘러댈 수 있다. 오문의 옥패를 갖고 가지 못하는 게 문제일 뿐이지. 옥패 따위가 뭐기에 내가 이런 것을 고민해야 한단 말인가. 차라리 태자를 죽일까? 그러면 모든 것이 간단하지 않나. 태자의 측근이 태자를 죽인 것처럼 꾸미면 될 텐데.'

하지만 그것은 너무 위험했다. 자신이 태자보다 모든 면에서 뛰어나다고 자신만만해하는 단유천이지만 그것은 전부 지지 않겠다는 피나는 노력으로 이룬 것이었다. 단유천은 태자에 대해 태생적인 열등감을 갖고 있었고, 그렇기 때문에 일이 잘못될지도 모른다는 두려움을 느끼고 있었다.

'쉽게 죽지 않을 것이다. 무신이니, 사신이니 하는 소문은 헛소문이 아닐 게야. 일이 성사된다 해도 나 단유천이 태자 일행과 함께하고 있는 동안 태자가 죽어버리면 어차피 내가 범인으로 지목당할 테지.'

인정하고 싶진 않지만 현실적으로는 옥패를 가진 산호가 태자비가 되기 위해 태자를 따라 황궁으로 입성하고, 그녀 자신도 모르게 그녀의 손으로 태자를 살해하게 하는 것이 가장 좋은 방법이었다.

충격을 받은 황제 역시 태자의 뒤를 따른 것처럼 꾸며 살해하면 제가 황위에 오르는 것은 순식간일 터. 그 뒤에 산호를 구해주고 그녀를 황후로 만들면 산호 역시 저를 좋아하게 될 수밖에 없지 않겠나.

'오문! 대체 그것을 어디에 숨겼느냐! 멍청하게 그것이 뭔지도 모르고 여기저기 보이고 다닐 때는 언제고 갑자기 꽁꽁 숨겨둔단 말이냐!'

밤중에 괴한으로 위장해 들어가 온 방을 뒤져 볼까 생각할 때였다.

"이거 놓으십시오!"

오문의 목소리가 들리는가 싶더니, 태자가 오문을 끌고 오는 것이 보였다.

"순순히 따라온다면 놓아주지."

"전하! 제발요! 전 정말로 궁에 들어가고 싶지 않습니다."

"단왕부까지다."

"예?"

"거기서도 네 마음이 바뀌지 않는다면 그렇게 하겠다."

"왜 하필 단왕부까지……."

"난 거기서 결판을 낼 것이다. 산호도 너도. 나는 네가 태자비가 되고 싶다 하면 그곳에서 산호를 처리할 것이다."

"헉! 뭐라시는 겁니까! 누, 누굴 처리한다고요? 큰일 날 소리를 하십니다! 어찌 그리 잔인하실 수 있습니까!"

사람을 처리하겠다는 소리를, 그것도 반려로 내정된 분을 처리하겠다는 말을 아무렇지 않게 하자 오문이 펄쩍 뛰었다.

그러자 태자가 눈살을 찌푸렸다.

"내 의사와 상관없이 내정된 사람이다. 내가 내 평생의 반려를 고르겠다는데 왜 잔인하다는 비난을 들어야 하는지 모르겠군."

"아? 처리하겠다는 것이 정리하겠다는 뜻이었습니까?"

"그럼 그게 무슨 뜻으로 들린단 말이냐?"

"후……. 전 또……. 없애겠다는 말씀이신 줄……."

"잔인한 것! 태자비가 되기 위해 그 불쌍한 여인을 죽일 생각을 하다니!"

오문은 기가 막혀서 펄쩍 뛰었다.

"누가 그런 생각을 했단 말입니까! 전하의 말씀이 꼭 그리 들렸다는 것이지요!"

"네가 그런 마음을 품지 않았다면 어찌 그렇게 들을 수 있단 말이냐?"

"애초에 단어 선택이 잘못되신 겁니다. 처리하다니요? 심장이 다 벌렁거립니다!"

창을 통해 밖의 대화를 지켜보던 단유천도 오문의 말이 옳다 여기고 있었다. 저 또한 산호를 처리한다는 말에 당장 뛰쳐나가 태자를 죽이고 싶은 충동에 빠졌기 때문이다.

"아무튼 난 단왕부에서 너와 산호, 둘 모두에 대한 처우를 결정지을 것이다. 그러니 단왕부로 갈 때까지는 군소리 말고, 아무 생각 말고 내 곁에 있어라."

"그 노력 같은 걸 안 하시면 그리하겠습니다."

"노력을 해서 네 마음을 돌려야 할 게 아니냐!"

"그러니까요. 그건 반칙입니다. 전하 말씀대로 제가 음탕한 걸 알면 이러시면 안 되지요! 제 마음을 얻을 생각을 하셔야지. 이건 솔직히 전하 좋자고 이러시는 거잖습니까!"

오문이 입을 삐죽이며 투덜대자 태자가 다시 그녀의 손을 잡아끌며 말했다.

"네 몸은 정직하니, 마음도 곧 몸을 따르겠지."

"그러니까 안 된다고요!"

"즐길 수 있을 때 즐길 거라지 않았느냐? 가자. 마음껏 즐기게 해주마."

오문은 제가 그 말을 했던 것을 후회했다.

'내가 너무 솔직했어! 제길!'

어쨌거나 거짓이 아닌데다가 끌려가는 내내 제게 매달리는 태자 덕분에 설레었었다.

'아……. 이를 어째! 이러다 내가 진짜 태자비 자리를 욕심내겠다.'

속마음은 그렇지만 겉으로 보기에 그녀는 매우 울상을 짓고 있었다.

이를 본 단유천은 오문이 태자의 구애를 매우 난감해하고 있다 여겼다.

'태자가 매달리고 있군. 오문은 태자의 신분 때문에 거절하지 못하고 끌려 다니는 것이었어.'

갑자기 머릿속에 좋은 생각이 떠올랐다.

'옥패만을 갖기 힘들다면, 오문을…… 내가 가지면 되겠군.'

오문을 태자의 마수로부터 구해준다. 그럼 오문이 저를 좋아하게 될 것이다. 그것은 참으로 쉽고 간단해 보이는 계책 같았다.

제 30 장
동행

무호의 숙소 앞까지 끌려왔지만 오문은 들어가지 않겠다고 버텼다.

사실 그렇게 싫지는 않았지만, 태자의 노력이 무서웠다. 태자의 말대로 저는 아무래도 밝힘증이 있는 것 같고, 그럼 분명 넘어가고 말 것 같았다.

'안 돼, 안 돼. 산호 아가씨는 무슨 죄야!'

가뜩이나 그분이 받았어야 할 비녀를 제가 가진 것도 미안했다. 딱 비녀 하나만, 그것만 욕심내려고 했는데, 태자의 달콤한 말이 저를 이야기 책 속에나 나오는 악녀로 만들고 있었다.

'그러다가 내 신분까지 밝혀져 봐. 옥패는 또 어떻고. 산호 아가씨의 편에 있는 사람들이 전부 날 죽이려 들겠지.'

태자와 즐거웠던 한때를 가슴에 묻고 국경을 넘어 새로운 삶을 살려 했는데 제 결심이 흔들리고 있는 게 두려웠다.

"싫습니다. 저 아직 아프단 말입니다!"

"이렇게 힘이 넘치는데 엄살이 심하군."

"엄살 아니라고요!"

오문이 바동거리며 질질 끌려가고 있을 때였다.

"오문! 오문!"

"……?"

뒤에서 유강이 다급하게 부르는 소리가 들려 두 사람은 실랑이를 멈추고 돌아보았다. 유강의 얼굴을 본 무호의 표정은 좋지 않았다.

"무슨 일이냐?"

"아! 전하……. 저, 그게……."

오문은 당황하는 유강의 표정과 그의 손에 들린 음식 접시를 보았다.

"이게 뭡니까?"

"그게, 내가 음식을 좀 만들어봤는데……."

"어머나! 직접 요리를 하셨습니까?"

"객잔을 낼 생각인데, 어제 먹은 네 요리를 한번 흉내 내보려다가……."

유강은 계속 태자를 힐끔거리며 눈치를 보면서 말했다.

"그러셨구나! 근데 이거 좀 망친 거 같은데요?"

"그렇지……. 그래서 뭐가 잘못된 건지만 알려달라고 왔는데 전하와 함께 있는 줄 모르고 내가 방해를……."

"어휴. 방해는 무슨요! 전하, 저 좀 다녀올게요. 이따 봬요."

오문은 구원받은 사람처럼 기뻐했다.

무호는 서둘러 떠나려는 오문의 등 뒤에서 눈을 부라리며 소리쳤다.

"잠깐!"

"……!"

오문은 찔끔 놀랐지만 웃는 낯으로 아무렇지 않게 고개를 돌렸다.

"왜요?"

"너는 오늘부터 주방에 들어가지 못한다. 내가 금지시켰다."

"헉! 그런 게 어디 있습니까!"

"여기 있다."

제가 젤 좋아하는 요리를 못하게 하다니 오문은 단단히 화가 났다.

"자꾸 이러시면 저 정말 당장이라도 도망칠 겁니다!"

"도망쳐. 붙잡혀서 벌을 감당할 자신이 있다면."

"뭐 또 손가락 자른다거나 낙인을 찍겠다거나 그런 협박이라면 이제 안 통합니다!"

"걱정 마라. 난 그런 잔인한 짓을 좋아하지 않는다. 본래 마음이 여린 편이지."

듣고 있던 유강의 표정도 일그러질 만큼 뻔뻔한 말이었다.

"그럼 무슨 벌을 주시려고요?"

오문은 잔인하지 않은 벌로 저를 겁주기는 힘들지 않을까 해서 팔짱까지 끼고 건방지게 물었다.

"궁금하면 도망쳐 보든가."

태자의 음성이 음산했기 때문에 오문은 슬그머니 꼬리를 내렸다.

팔짱을 풀고 유강에게 가려던 걸음을 다시 뒤로 물려 태자의 옆에 섰다. 그러고는 민망했는지 괜히 묻지도 않은 말을 했다.

"벌이 무서워 그러는 건 아닙니다. 태자 전하의 명이니 어쩔 수 없이 따르는 것뿐입니다."

"잘 생각했다. 자, 어서 들어가자."

오문은 무호를 따라 들어가며 유강에게 미안하다는 표정을 지어 보였다.

유강은 괜찮다는 듯이 오문을 보냈지만 곧 그들이 안으로 들어가고 나자 일그러진 표정으로 들고 있던 음식을 땅으로 패대기쳤다. 주방에서 급히 가지고 달려왔는데 제 꼴이 이게 뭐란 말인가.

'어떻게든 저 두 사람을 떨어트려 놔야 해. 제길.'

고민하던 유강은 강수를 두기로 결심했다.

단왕부로 돌아가기까지 아직 시간은 충분했다.

한편 오문을 데리고 방으로 들어온 무호는 다짜고짜 그녀의 앞에 커다란 함을 내려놓았다.

"이게 무엇입니까?"

"네 것이다."

"제 것이요?"

"열어 보아라."

오문은 생각과 다르게 진행되는 듯해서 다행이다 싶으면서도 또 무슨 꿍꿍이가 있나 경계했다.

조심스럽게 자신의 것이라는 함을 열어 본 오문의 눈이 휘둥그레졌다.

"이, 이건……!"

놀랍게도 그것은 은자와 패물 등이 담긴 재물이었다. 평생을 좋은 집에서 먹고 놀아도 다 쓰지 못할 만큼 많은 양이었다. 금은보화는 사람을 홀리는 휘황찬란한 빛을 내고 있었다.

"이게 다 무엇입니까? 이게 어째서 제 것입니까?"

하지만 오문은 눈썹을 찌푸리며 물었다.

"산채를 털었을 때 나온 것이다."

"그때 그자들은 가진 게 얼마 없다고 서운해하지 않으셨습니까?"

"그러니까. 내가 쓸 것까지는 챙기지 못했다."

오문은 이게 다 제 것이라는 것보다 다른 게 궁금했다.

"저기…… 전부터 궁금했는데 왜 그렇게 재물을 탐하십니까? 어차피 태자 전하이신데."

"없이 살아서 그런지 재물이 보이면 챙기고 싶어진다."

"……농이시죠?"

"네가 몰라서 그런데, 황실이라고 다 부자가 아니다. 특히 내 아버지 되시는 황제 폐하께서는 매우 쫌생이시라, 내 주머니는 내가 따로 차는 것이 상책이다."

"그런 것치고는 씀씀이가 크시던데요. 흥청망청 막 쓰시는 것 같던데요."

"모으는 것도 중하지만 쓰는 것도 중한 법이다."

없이 산 사람이 그렇게 쓸 수는 없으니, 정말 없이 산 사람이 들으면 멱살을 잡고 싶을 말이었다.

"그럼 제게 주신 이것도 제 주머니를 차라고 주신 것입니까?"

무호는 누가 보면 눈이 돌아갈 만한 어마어마한 재물 앞에서 돌을 마주한 것 같은 오문의 태도를 보고 타이르듯 말했다.

"네가 재물 욕심이 없다는 것 정도는 안다. 하나 재물이 있어야 유현의 여식으로 머물더라도 네가 큰 소리를 칠 수 있다. 또한 네가 황실로 오지 않아도 그것은 네 것이다. 네가 원하는 대로 살려면 자금이 필요할 테니 가지고 있거라."

오문은 뜻밖의 말에 매우 놀랐다.

"제가 궁에 가지 않겠다 하면 정말 순순히 놔주실 생각이십니까?"

"물론이다. 단왕부까지만이다. 그곳에서 네가 결정하면 된다. 네가 나와 함께 가겠다 하면 나는 너를 유현의 여식으로 여길 것이다. 네가 어떤 과거를 가지고 있는지, 네 정체가 무엇인지, 그런 것은 알려고도 하지 않겠다. 옥패 역시 없앨 것이다."

"그럴 거면 지금 없애시지 왜……."

"오문. 잘 들어라."

무호는 갑자기 장난기도 능글맞음도 사라진 진지한 표정으로 말했다.

"예?"

달라진 태자의 분위기에 오문도 긴장했다.

"네가 알고 있는지, 모르고 있는지 모르겠다만 네가 가진 옥패는 분명 불길한 것이다."

"……."

오문은 그 사실을 너무 잘 알고 있기에 모르는 척도 아는 척도 할 수 없었다.

"너는 옥패 때문에 그동안 몇 번이나 죽을 위기를 맞이했다. 네가 무사할 수 있었던 것은 그야말로 운이 좋아서겠지만 네가 그 옥패를 버렸기에 살 수 있었던 것도 있다."

"저…… 그게 무슨 말씀이신지 저는 잘……."

"창관에서 죽은 계집을 기억하느냐?"

"예……."

"그 계집은 이 옥패를 갖고 있었기 때문에 죽은 것이다. 그날 그 계집을 죽인 놈이 이 옥패를 찾아다닌 정황이 있다."

"……!"

설마 그녀의 죽음이 옥패 때문일 줄은 몰랐기에 오문은 가슴이 철렁하고 몸이 떨렸다.

무호는 그런 그녀의 어깨에 손을 얹었다.

"네 잘못이 아니다. 그것을 탐낸 자가 죄다."

그의 말은 그다지 위로가 되어주지 못했다.

"그, 그 옥패가 무엇인지…… 전하는 아십니까?"

"모른다. 또한 이를 묻는 너 역시 모르고 있다는 것을 나는 믿는다. 때문에 나는 태자로서 옥패에 대해 조사는 할 것이다. 그러나 이 옥패가 네 것이라는 것은 잊을 것이다. 이미 영춘에게도 그렇게 말해두었다. 무슨 말인지 알겠느냐?"

"전하의 말씀은…… 이 옥패가 관련된 단체나 가문, 그런 위험하고 불온한 단체와 제가 관련이 되어 있다 해도 저는 관련 없는 사람으로 여길 것이다. 그런 말씀이십니까?"

"알아들었구나."

"전하……. 그건 안 됩니다."

"네가 말했었지. 너를 죽여야 할 때가 온다면 너를 믿지 못할 때일 것이라고. 그래서 나를 피하는 것이라면 그럴 필요 없다."

"위험합니다. 저란 존재 자체가 위험할 수 있습니다. 제발요. 저를 놔주십시오."

"오문. 네가 만약 내게 위험한 존재라면, 그래서 너를 죽여야 할 때가 온다면 나는 망설이지 않고 너를 죽일 것이다."

"……."

"하지만 나는 해보지도 않고 포기하는 짓은 하지 않는다. 어차피 후회할 것이라면 너를 곁에 두고, 내 곁에서 죽게 할 것이다."

해 보지 않고 후회하는 것은 어리석은 일이라고.

무호는 오문과 똑같은 생각을 하고 있었다.

오문의 눈동자가 흔들렸다. 한참이나 침묵 속에서 갈등을 거듭했다. 그러던 그녀가 조용한 음성으로 입을 열었다.

"한 가지, 제가 정말 궁금한 것은……."

오문은 입술을 깨물고 말을 주저했다.

"괜찮다. 뭐든 물어도 좋다."

"……전하께서 그런 위험을 감수하면서까지 저를 정말 사랑하시냐는 것입니다."

"그래. 내가 생각해도 그것은 매우 이해하기 힘든 일이다."

"저를 사랑하는 건 아니시지요? 그냥 제가 싫다고 하니까 욕심나는 그런 것이지요?"

"그럴지도 모르지."

"전하. 그런 것이라면 그만두십시오. 저는 그렇게까지 전하께서 공을 들일 만한 계집이 아닙니다. 제가 전하의 여인이 되면 저는 더 이상 전하께 맛있는 음식을 해드릴 수도 없습니다."

"내 생각에도 그렇다. 한데 이해할 수 없는 것은, 네가 없는 궁으로는 돌아가고 싶지 않다는 것이다."

"……."

오문의 입술이 놀라움에 살포시 벌어졌다.

"네가 해주는 음식보다 네 입술이 더 탐나고, 네가 건방지게 나불거리는 말이 내게는 어떤 음악보다 즐겁다. 그러니 어쩌겠느냐? 내가 궁으로 돌아가 태자 노릇을 하려면 너를 데리고 가야 하지 않겠느냐?"

심장이 죄어 왔다. 오문은 숨이 잘 쉬어지지 않았다.

답답했다. 너무 좋은 만큼 너무 답답했다.

그가 아는 것과 제가 아는 것이 달랐다. 옥패가 위험한 물건인 것은 저도 안다. 하지만 그 비밀을 알기 전에 제게는 더 큰 비밀이 있지 않나.

가 보지 않은 길을 후회하지 않을 수 있다. 함께 꽃길을 걸어가 그의 곁에서 죽어야 한다면, 그렇게 후회할 게 뻔한 길을 갈 바에야 지금 멈추면 된다. 그가 그 길을 가보지 않고도 후회하지 않도록 지금 멈추게 하면 된다.

지금.

지금 말하면 된다.

말해.

말해야 해, 오문아.

숨이 턱 막혔다. 온몸이 부들부들 떨리고 식은땀이 났다.

"오문?"

태자는 그녀의 얼굴이 하얗게 질리는 것을 보고 놀라 그녀의 어깨를 흔들었다.

"무슨 일이냐? 어디가 안 좋은 게냐?"

저를 걱정해 주는 눈빛을 보고 오문의 눈은 더욱 차갑게 가라앉았다.

'이 눈이 언제 나를 싸늘하게 볼지 몰라.'

따뜻함에 익숙해질수록 차가움은 견디기 힘든 법이었다.

"전하……."

오문은 최대한 담담하게 그를 부르고 싶었으나 목소리가 떨리고 있었다.

"왜 이러느냐? 몸이 안 좋은 것 같구나. 정말 아팠던 게냐?"

미안함이 묻어나오는 목소리에 오문은 겨우 흔들리는 마음을 잡을 수 있었다.

'태자 전하는 좋은 분이시다. 나 같은 것 때문에 이런 분이 잘못되시면 안 돼. 훌륭한 황제가 되셔야 해. 누구나 우러러 볼 수 있는 현명하고 자애로우신 황후와 함께. 흔들림 없이, 굳건하게.'

어쩌면 제 명은 그날 그 불꽃과 함께 끝났어야 했었다.

가장 아름다운 날, 짧지만 아름다웠던 불꽃과 함께 그 하늘을 우러러 보며 눈을 감았어야 했다. 명이 길어졌기에 삶은 더욱 모질게 저를 닦달했다. 어서 죽으라고.

그러다가 태자를 만난 것은 자신의 운이 여기까지라는 것을 경고해 주는 것 같았다. 태자의 입에서 저를 사랑한다는 말이 나오기 전에 그를 멈추게 해야 했다.

　단왕부로 가는 동안 제 마음이 더 깊어져서 그가 제 비밀을 알까 봐 전전긍긍하며 감추고 살기 전에, 서로 망가지기 전에 여기까지만 하자.

　오문은 제 얼굴에서 처연한 웃음마저 지웠다.

　완벽하게 차가운 얼굴로, 소름 끼치게 표정 없는 얼굴로 무호를 바라보았다.

　"......!"

　무호는 순식간에 달라진 오문의 얼굴을 보고 소스라치게 놀랐다.

　어디선가 이런 표정과 이런 분위기의 얼굴을 본 적이 있었기에 더 그랬다.

　인정하고 싶지 않지만 지금 오문은 제가 어린 시절 숱하게 보아 온 귀문의 살수들에게서 풍기던 그런 모습을 하고 있었다.

　탁.

　"......!"

　돌연 오문은 제 품 속에서 단검을 꺼내 태자의 앞에 올려놓았다.

　무호는 연이어진 오문의 돌발 행동에 놀라 아무 말도 못하고 있었다. 이게 무슨 짓이냐고, 이 단검은 또 어디서 난 것이냐고 물어야 했지만 표정 없는 오문의 얼굴만 응시한 채 입술조차 달싹할 수 없었다.

　"전하. 저와 전하는 절대 다시 만나선 안 되는 사람들이었습니다."

　'다시'라고 했다.

　무호는 오문의 말에서 무언가 크게 잘못되었음을 느꼈다.

　"다시라니? 너와 내가 만난 적이 있단 말이냐?"

　"......."

　무호는 날카로운 눈빛으로 오문의 눈을 직시하며 물었다.

　웬만한 장졸들도 무호가 이렇게 쳐다보면 벌벌 떨기 마련이었으나 오문은 눈 하나 깜짝하지 않았다. 살기에 익숙한 사람이 아니면 아무리 강단이 있어도 이럴 수가 없었다. 이를 알기에 무호의 가슴은 더욱 차가워졌다.

"대답하라. 우리가 언제 어디서 만났는지."

오문은 눈을 한 번 감았다가 떴다. 그러자 오문의 눈이 먼 곳을 향하고 있었다.

"전하께서 잘못 알고 계신 것이 있습니다."

"묻는 것부터 대답하라."

"전하. 제 얘기를 들어주십시오. 들으셔야 합니다."

"……."

무호는 입을 꾹 다물고 오문을 노려보았다. 할 말이 있으면 해보라는 듯.

"저는 옥패에 대해 아무것도 모릅니다. 하나, 옥패를 찾는 이들이 그 옥패와 아무 관련이 없는 자들이라는 것은 확실합니다. 그들이 옥패를 찾는 것은, 옥패를 가진 저를 찾기 때문입니다. 그 옥패가 저라는 것을 알려주었기 때문에 그런 것뿐이라는 뜻입니다."

"너는 그자들을 알고 있군."

"예. 압니다. 또한 옥패에 대해서도 짐작 가는 바가 있습니다. 전하께서는 그 두 가지 이유로 저를 죽이고 싶어질 겁니다."

"……."

"죽을 각오가 돼 있습니다. 저를 죽이셔도 좋습니다. 하지만 한 가지만 믿어주십시오."

무호는 대답하지 않았다.

"믿어주시지 않아도 어쩔 수 없겠지만…… 저는 괴롭게 죽고 싶지 않습니다. 그 때문에 밝힐 수가 없었습니다."

"내가 네 얘기를 듣고는 죽이지 않을 수 없다는 뜻이군. 살려달라는 소리는 나오지도 않으니 곱게 죽여만 달라?"

"저는 제가 아는 것 전부를 말씀드릴 것입니다. 하지만 아마도 전하께서는 더 많은 것을 알려고 하실 겁니다. 그럼…… 더 아는 것이 없는 저는 죽을 때까지 고통스러워지겠지요. 저 단검은 전하께서 저를 단번에 죽여주셨으면 하고 드리는 것입니다."

"나는 지금 여기서 한 가지 의문이 드는군."

"무엇입니까?"

"너를 곁에 두겠다는 말에 이렇게 나오는 이유가 의문스럽다. 내가 모든 것을 덮겠다 했는데도 이러는 이유가 무엇이냐?"

"훗날 알게 되면 저를 의심하게 되실 테니까요. 영원한 비밀은 없는 법입니다. 전하께서 저를 놔주셨다면 이리되진 않았을 테지만, 저를 가지려고 하신다면 제 시신밖에 가지지 못하십니다."

"아니. 너는 흔들리고 싶지 않은 게다."

"……!"

무호는 오문에게만큼은 이토록 차갑게 대한 적이 없었으나, 지금 그는 제화국의 태자이자 서강의 장수로서 오문을 대하고 있었다.

"나를 믿지 못해서 언젠가 반드시 내가 너를 죽이게 될 테니, 그때 받을 상처가 두려운 거겠지."

정곡을 찔린 오문은 차라리 잘됐다는 듯이 담담하게 말했다.

"사람 마음을 정말 잘 꿰뚫어 보십니다."

"들어나 보지."

"우선 옥패에 대해 제가 알아낸 것까지만 말씀드리겠습니다."

"말해 보라."

오문은 제가 자신의 가문을 알기 위해 옥패를 들고 여기저기 찾아다녔던 이야기를 풀어놓았다. 장목현 대인의 집에 갔을 때 제화국에는 이러한 문장이 없다며 조심하라 한 이야기, 그리고 창관의 그 여인에게서 들은 말까지 꺼냈다.

"그녀는 옥패의 문양을 분명히 어디서 보았다고 했습니다. 아마도 기억이 가물가물하다는 어린 시절에 보았겠지요. 그녀가 기억하는 것은 자신이 북천 땅 어디쯤에서 왔다는 것이었습니다."

"단왕부로 가겠다 한 것은 그래서였군."

오문은 무호의 말에 고개를 저으며 말했다.

"북천 땅 옆에는 부안국이 있습니다. 장목현 대인의 말씀과 그녀의 말을 조합해 보자면 저는 부안국 사람일 것입니다."

무호는 말이 없어졌다.

부안국은 제화국을 둘러싼 수많은 적들 가운데 가장 강한 적국이었다. 처음 무호가 오문을 부안국의 첩자로 오인했던 것이 이런 식으로 맞아떨어져 버린 것이다.

"부안국으로 가려 했습니다. 제가 누구인지 알고 싶었습니다. 그러다가 전하께서 저를 아끼시자 겁이 났습니다. 만약 제가 전하의 가장 큰 적이라면 어찌 되는 것일까. 해서 차라리 옥패를 버리고 저를 찾지 않을까도 생각했습니다."

"믿어달라 한 것이 그것이냐? 네가 아는 것은 그것이 전부다, 간자가 아니다, 그것을 믿어달라 하는 것이냐?"

"아닙니다. 전하께 믿어달라 하고 싶은 것은…… 저는 부안국이 아니면 아무 데도 갈 곳이 없다는 것입니다. 저는 이미 한 번 크나큰 배신으로 갈 곳을 잃었고, 그로 인해 목숨을 위협받고 있는 처지입니다. 그런 제게서 알아낼 수 있는 것이라곤 아무것도 없을 것입니다."

"배신?"

오문의 나이 이제 열여덟. 어느 곳에서 어찌 살면 그 나이에 벌써 배신을 하고 쫓기는 신세가 된단 말인가.

한편 오문은 한 번 털어놓기 시작하자 태자의 살기가 짙어지는데도 마음이 편해지고 있었다. 그동안 얼마나 사실대로 말하고 싶었는지 모른다. 저에 대해 실망하고 배신감을 느낄 그의 모습을 보는 것이 두려웠었는데, 막상 어둡게 굳어가는 그의 표정을 보아도 그렇게 아프지 않았다.

너무 당연한 반응이라 그럴지도 몰랐다. 상상했던 것보다 그가 차분하게 제 이야기를 들어주어서일까. 오문은 마치 남의 이야기를 하듯 편안한 어조로 가장 말하기 두려웠던 이야기를 꺼냈다.

"두 가지 이유로 전하께서는 저를 살려두실 수 없을 거라 말씀드렸지요."

"네가 부안국 사람이라는 것보다 더 수상한 이야기는 없을 것 같은데?"

무호는 대체 또 뭐가 남았느냐, 노기 띤 음성으로 물었다.

"전하와 저는 어린 시절 만난 적이 있습니다."

"그것이 우리가 언제 만난 적이 있냐는 내 질문에 대한 답이냐?"

"그날은 축제날이었습니다."

"······!"

무호는 뒤통수를 얻어맞은 듯한 충격을 받았다.

"저는 처음 보는 불꽃에 반해 정신을 차릴 수 없었지만 그럴 때가 아니었습니다. 그 혼잡한 인파 속에서 저는 전하의 뒤를 쫓아야 했으니까요."

무호는 오문에게서 풍기는 묘한 냄새가 점점 진해지고 있음을 느꼈다.

또한 어린 시절이라는 말에 오문의 얼굴에서 한 어린 소녀의 얼굴이 겹쳐졌다. 귀엽게 생긴 소녀가 생글생글 웃는 것이 떠올랐다.

무호에게서 살기가 점점 짙어졌지만 오문은 말을 멈추지 않았다.

"저는 전하가 누구인지 몰랐었습니다. 귀하게 자란 듯한 어린 공자에게 독이 든 당과를 건네는 것이 제 임무였습니다."

"……귀문의 어린 살수!"

무호는 신음하듯 그녀의 정체를 중얼거렸다.

오문은 부정하지 않았다.

"저는 아주 어릴 때부터, 아마 말을 못할 때부터일 겁니다. 그때부터 귀문에서 자랐습니다. 제가 받은 교육은 사람을 죽이는 것이고, 첫 살행에서 도망쳤습니다."

"당과를 다시 빼앗아 간 이유는 무엇이냐?"

"……."

무호의 목소리가 매우 음산해졌다. 그는 대답 없는 오문을 다그쳤다.

"내가 태자인 것을 알고 겁이 난 것이냐?"

오문은 그의 눈을 똑바로 보며 말했다.

"사람을 죽이고 싶지 않았습니다."

"사람을 죽이는 훈련만을 받은 네가, 살인 병기로 세뇌받고 큰 네가 사람을 죽이고 싶지 않았다?"

"그것은…… 믿지 않으셔도 괜찮습니다. 믿어달라 사정하지도 않겠습니다. 전에 전하께서 말씀하지 않으셨습니까. 귀문의 어린 제자들도 모조리 없앨 것이라고. 해서 그런 것은 기대조차 하지 않습니다."

"너는 그때 이미 나를 떠보려 했군!"

"예. 살수로 키워진 저를 살려주실 수 있을지, 궁금했습니다. 귀문을 뿌리 뽑겠다 하셨습니다. 예. 좋은 생각이십니다. 저 역시 전하와 같은 생각입니다. 할 수만 있다면 전하를 돕고 싶을 만큼요. 한데, 전하. 저는 전하를 도와드릴 수 없습니다."

오문의 목소리는 매우 침통하게 잠겼다.

"저는 귀문의 일개 훈련제자였습니다. 그것도 함께 입문한 다섯 제자 중 가장 실력이 없다 해서 오문이라는 이름을 받았습니다. 제가 전하를 죽이는 임무를 맡은 것 또한 저는 버리는 패였기 때문입니다. 그런 제가 귀문에 대해 아는 것이 있을 리가 없지 않겠습니까?"

무호는 아무 말도 하지 못했다.

오문이 귀문의 살수였다니!

그것도 저를 죽이려 한 그 꼬마 계집이었다니, 허탈해질 지경이었다. 황제가 그 꼬마 계집을 찾지 않은 것은 아니었다. 독을 거두었다지만 태자에게 살수를 썼고, 귀문의 아이이며, 어리기에 잡기 쉬울 줄 알았기 때문이다. 아이를 붙잡으면 잘 설득해서 귀문의 본거지를 알아내려 했었으나 아이는 온데간데없이 사라졌다. 그날 축제에서 죽은 귀문의 잔당들이 발견되었으나 아이의 시신은 찾지 못했다.

폭포에서 뛰어내리고 지붕을 넘어 도망치고 살수를 안고 강물로 몸을 던진 오문의 독한 면들이 이제야 이해가 되기 시작했다. 귀문이 어떻게 저를 찾아냈을까 했더니, 아니었다. 그들은 오문을 찾으러 왔다가 우연히 저와 마주쳤던 것이다. 오문을 쫓던 중에 뒤쫓던 살수들과 마주친 것도 그래서였던 것이었다.

"절 곁에 두시면 안 됩니다. 귀문은 계속 저를 죽이려 하고 있습니다. 전하를 죽이러 온 살수들이 아닐 겁니다. 제가 죽어야만 끝이 납니다. 제가 부안국으로 갈 수 있게 놓아주실 게 아니라면 그냥 차라리 죽여주십시오."

무호는 오문이 늪에 빠져가면서까지 저를 구한 연유를 알 것 같았다. 그때 오문은 귀문의 살수들이 저를 죽이러 왔다 여겼기 때문임을 깨달았다. 이제야 모든 정황이 이해되었으나 무호의 기분은 그리 개운하지 않았다.

"나를 위해 네 몸을 던졌다 여겼다."

"……?"

오문은 태자의 말을 일순 이해하지 못했다.

"배에서도, 늪에서도 말이다. 나를 위한 희생이 아니라 네 적이기에 네가 책임지려 했을 뿐이었던가."

그제야 무호의 말을 이해한 오문이 그만 피식 웃고 말았다.

"서운하십니까? 배신당한 기분이 드십니까? 제가 전하를 위해 죽음을 각오한 줄 알고 저를 아끼게 되신 거였습니까? 그렇다면 진작 말씀드릴 것을 그랬나 봅니다. 저는 그냥 저 때문에 누군가가 다치는 것이 싫었습니다."

태자는 오문이 단호하게 선을 긋는 것을 보고 저도 피식 웃었다. 그러나 이내 얼음같이 차갑게 굳은 얼굴로 말했다.

"내가 진짜 화가 나는 것은 그런 것이 아니다."

"제가 또 무슨 죄를 지었습니까?"

"너는 내가 태자인 것을 알고 있었다. 내게 힘이 있다는 것도 알고 있었다. 한데 너는 끝까지 내게서 도망치려고만 했어."

"무슨 말씀이신지……. 저는 전하를 죽이려 한 죄인입니다. 도망치는 것이 당연하지 않습니까?"

무호는 오문의 말을 무시하고 말을 이어갔다.

"단 한 번도 내게 의지하려 하지 않았다. 너는 나를 한 번도 네 사람이라 여긴 적이 없다는 것이다."

"전하. 도통 이해가 가지 않습니다. 대체 무슨 말씀을 하시는 것입니까?"

"그들이 너를 죽이러 왔다는 걸 알았다면 내게 도움을 청해야 했다. 그러지 못했다면 날 이용이라도 했어야 했다."

"······예?"

"이것 보라지. 너는 지금도 이해를 못하고 있구나. 너로 인해 누군가 다치는 것이 싫었다? 나는 너의 보호를 받아야 할 만큼 나약하지 않다."

"전하······ 논점이 어긋났······."

"내가 지금 느끼는 배신감은 네가 나를 위해 희생한 게 아님을 깨달아서가 아니라, 내가 너에게 고작 누군가밖에 되지 못한 것이다."

오문은 눈을 깜빡거리며 황당해했다.

"전하. 우리가 함께한 시간은 고작 몇 달입니다. 제가 전하께 의지하고 싶을 만큼 가까워질 시간이 아니란 말입니다."

"비참하군."

"예?"

"네가 진흙탕을 구르는 시간을 보내는 동안 나 역시 너를 위협하는 존재밖에 되지 못한 것이 나를 비참하게 만들고 있다. 너는 내게서 도망칠 궁리만 했다. 살수와 나. 너에게는 똑같은 존재였군."

"······."

"우리가 가까워질 시간이라 했느냐? 나는 어젯밤 네 즐거움을 위한 상대밖에 되지 못했었던가."

"······!"

오문은 그의 날카로운 말이 비수처럼 박혀 심장을 도려내는 기분을 느꼈다.

무호는 제 앞에 있는 단검을 들어 검을 뽑았다.

서슬 퍼런 칼날 앞에도 오문의 얼굴에는 어떤 감정도 떠오르지 않고 있었다.

"네 말이 모두 맞다 치자. 네가 내 목숨을 구해준 것이 몇 번인가?"

"······."

"지금도 너는 내게 도움을 청하지 않았다. 부안국으로 보내달라고? 웃기는군."

우습다 하면서도 무호는 웃지 않았다.

"네가 내게 이런 것을 전부 털어놓았을 때는 적어도 이 단검을 주며 죽여달라 해서는 안 되는 것이었다. 국경을 넘게 놓아달라 해서도 안 되는 것이었다."

"제가…… 어찌했어야 합니까."

오문은 혼란스러웠다. 그래서 오문의 가면이 조금씩 깨어져 나가고 있었다.

"살려달라 빌었어야지. 이런 너라도 살아서 내 곁에 있고 싶다 했어야지. 진짜 내 마음을 가지려 했다면 말이다. 내게 이따위 단검을 주며 날 떠보려 해선 안 되는 것이었다."

"떠보는 것이 아니라……!"

오문이 떨리는 목소리로 억울함을 호소하려 했으나 그마저도 이어지는 무호의 나직한 호통에 막혀 입을 다물어야 했다.

"닥쳐라."

무호의 음성은 너무 어둡고 무거웠다.

"너와 내가 그런 관계밖에 되지 못한다면, 좋다. 네가 원하는 대로 대우해 주지."

오문은 제가 생각했던 것과 전혀 다른 태자의 반응에 당황하며 예상했던 것보다 더 큰 두려움을 느끼고 있었다. 무엇이든 변명하고 싶었으나 말을 할수록 그를 더 화나게 만드는 것 같았다.

그런데 그 무거운 긴장감은 밖에서 들려온 다급한 소리에 잠시나마 무너져 버렸다.

"전하! 전하 나와 보셔야겠습니다."

영춘의 목소리에 무호의 고개가 문 쪽을 향했다.

"무슨 일이냐?"

"황궁으로부터 파발이 당도했나이다!"

줄곧 기다리고 있던 소식이었으나 무호는 움직이지 않았다.

"전하! 파발이 당도하였다니까요. 모두들 기다리고 있습니다."

"……"

안에서 계속 말이 없자 영춘은 이상한 낌새를 쳤다.

"전하. 무슨 일이 있으십니까? 제가 안으로 들어가겠습니다!"

콰앙—

곧장 문을 박차고 들어온 영춘은 단검을 들고 있는 무호와 그 앞에 죄인처럼 앉아 있는 오문을 보고 어리둥절해했다.

"전하. 이게 어찌 된……?"

"지금 당장 이 아이를 가두어라."

"예?"

"어서!"

"예, 예!"

방 안이 쩌렁쩌렁하게 울릴 만큼 큰 호통에 영춘은 화들짝 놀라 허둥지둥 오문을 끌고 나갔다. 끌려 나가던 오문은 무호에게 억울한 시선을 보냈지만 입술만 깨물며 아무 말도 하지 않았다.

대부분의 사람이 잠이 들었다. 늦도록 잠을 자지 못한 무호는 영춘을 물리고 혼자 옥사로 갔다.

다른 죄수들과 동떨어진 곳에 갇혀 있던 오문은 무호를 보자마자 벌떡 일어나 창살을 붙잡고 외쳤다.

"풀어주십시오. 이런다고 일이 해결되지 않습니다."

무호는 오문의 간절함을 무시하고 엄하게 말했다.

"단왕부로 갈 때까지 나를 사랑하라는 말을 취소하지. 대신 그때까지 내게 의지하는 법을 배우라."

"저기…… 제 말을 이해 못하셨습니까?"

"못했다. 하고 싶은 생각도 없다. 너야말로 모르는군. 너는 내게 독이 든 당과를 먹일 수 있었음에도 먹이지 않았다. 그러니 넌 살수가 아니야. 단 한 번도 살행을 나가지 않았는데 살수라 할 수 없지."

"전하께서 말씀하지 않으셨습니까? 살수의 훈련을 받은 자를 살려두면 귀문은 사라지지 않을 거라고요."

"너는 처음부터 귀문이 아니었다. 훈련을 받은 살수가 살행을 포기할 수는 없다. 너는 살수의 자질이 없었어."

오문은 쌓이다 못해 꾹꾹 눌러놓은 속의 말을 토해내기 시작했다.

"저는 열 살에 살인을 했습니다. 전하를 죽이지는 못했지만 열 살짜리 계집아이가 눈 하나 깜짝하지 않고 살인을 했습니다. 그게 다인 줄 아십니까? 그 뒤로도 제가 살겠다고 사람을 죽였습니다!"

무호는 오문의 외침이 마치 그동안 눌러 두었던 죄책감을 토해내는 것처럼 들려서, 그녀의 자백이 놀랍고 화나기보다 씁쓸하고 안타깝기만 했다.

"인두겁을 쓴 짐승은 죽여도 되겠지, 그런 마음으로 죄책감도 없이 저와 같은 사람을 죽였습니다. 그것이 귀문의 아이들입니다. 그런 제가 어떻게 평범하게 누군가를 사랑하고 사람들과 어울리며 살 수 있겠습니까?"

"내가 너를 그 옥에 가둔 것은 나 외에 누군가에게 그딴 허튼 소리를 지껄일까 염려되어서다. 언제든 그 수레에서 나오고 싶으면 이렇게 말해. 살고 싶습니다. 그 한마디면 나는 너를 귀문으로부터 평생 보호해 줄 것이다.”

오문은 깊은 한숨을 내쉬며 무모한 태자를 타일렀다.

“하아……. 살려주신다는데 제게 나쁠 일이겠습니까? 저는 얼마든지 살려달라 매달릴 수 있습니다. 문제는 전하께서 저를 궁으로 데려가겠다 하시는 게 문제 아닙니까.”

“네가 살려면 내 옆에 있어야 한다. 네 말대로라면 너는 아직도 귀문에게 쫓기고 있다. 그 대책으로 국경을 넘겠다는 것은 허락할 수 없다. 왜냐면 넌 이미 내 것이기 때문이지. 네게는 하룻밤이 그냥 즐기고 마는 가벼운 일이었을지 모르나, 너는 한 나라의 태자와 잠자리를 한 것이다. 그 책임을 져야지.”

“정말 그리 생각하십니까? 전하께서는 지금 전하의 감정에 치우쳐 다른 것은 생각하려고도 안 하십니다! 저는 위험한 계집입니다. 저같이 정체를 알 수 없는 계집을 궁에 들이다니요! 저조차도 제 자신을 알 수 없어 불안하고 겁이 나는데, 어째서 전하는 한 나라를 책임지셔야 할 분이시면서 이리도 무모하십니까!”

무호는 저를 책망하는 오문의 앞에서 한 치의 부끄러움도 없다는 듯 턱을 더 치켜 올리며 거만하게 말했다.

“한 나라를 책임져야지. 암, 그게 내가 해야 할 일이지. 한데, 한 명의 여인도 지키지 못하는 사내가 한 나라를 지킬 수 있다는 게 우습지 않느냐?”

“……!”

오문은 가뜩이나 큰 눈을 놀란 토끼처럼 더 동그랗게 떴다.

“나는 내 눈을 믿는다. 네가 평범하지 않다는 것, 살수의 어두운 면이 엿보인다는 것은 인정하지. 하지만 너는 적어도 네 사람을 해치지 않는다. 너는 사유보 같은 놈도 죽이지 못했으니까.”

"사, 사유보는 저를 죽이려 하지는 않았으니까요."

"그래. 나도 너를 죽이지 않아. 그러니 너는 절대 나에게 해를 끼치지 않을 것이다."

"……하지만…… 그 옥패는요? 만약에, 만약에 제가 궁에 간 후에 저의 정체가 부안국 장수의 딸이라든가, 간자라든가, 그런 것이 밝혀지면 어쩝니까? 그럼 그때는 저도 그렇지만 전하의 입장도……."

"일어나지도 않은 일을 벌써부터 걱정하다니. 도망만 다니다 보니 머리가 복잡한 게다. 거기서 머리를 좀 식혀라. 너도 누구 곁에 있는 것이 가장 안전할지 조금만 생각해 보면 알게 될 테니까."

물론 저 역시 생각할 시간이 필요했다.

황제로부터 제게만 은밀하게 보내진 파발의 내용을 보았기에 더욱 오문의 처우와 옥패에 대해 고민이 되었다.

『그 옥패를 절대 누구에게도 빼앗겨서는 안 된다. 만약 그것을 탐내는 자가 있다면 이 옥패를 건네라. 만약 이것을 받고도 옥패가 다른 것을 모른다면 그자는 너의 적일 것이며, 본래 옥패의 주인은 반드시 궁으로 데려와야 한다. 명심하라. 네가 보고 들은 것이 전부가 아님을.』

전에 없이 지엄한 당부였다.

무언가 알고 계신 것이 확실하지만 자세히 말씀해 주지시 않는 것은 제 판단이 흐려질까 염려하셨기 때문이리라. 그러니 황제께서 주신 나머지 반쪽 옥패를 이용해 오문의 정체를 알아내야 했다.

'오문은 이 나머지 반쪽의 옥패가 제 것과 다르다는 것을 단번에 알아차릴 것이니, 오문에게 이것을 보여주는 것은 무의미해. 하면 옥패를 탐하는 무리에게 이것을 보여야겠지.'

무호는 오문이 한 가지를 간과하고 있는 것을 알았지만 이를 일부러 지적하지 않았다. 오문은 자신이 귀문에게 쫓기는 데에만 신경 쓰느라 누군가 이 옥패를 노리고 있다는 것은 모르는 것 같았다. 단지 귀문이 저를 찾고, 또 죽였다는 증표로 옥패를 뺏으려는 줄 아는 것 같았다.

　하지만 창관에서 계집을 죽이고 옥패를 가지고 달아난 놈은 죽은 여인이 오문이라는 것은 확인해 보려 하지 않았다. 그저 옥패만 탐하듯이 얼굴에 화상을 입은 여인을 죽였다. 누가 봐도 그 여인은 오문이 아닌데도 불구하고 옥패만을 가지고 달아나다 붙잡혔다.

　즉, 옥패를 노리는 무리가 있다는 것이다.

　'폐하께서 이 반쪽을 갖고 계실 정도라면 분명 보통 옥패가 아니다. 오문아, 네가 이것을 가지고 있는 이상 너는 반드시 궁으로 가야 한다. 하나, 만약 이 옥패를 가진 것 때문에 네게 큰 위험이 닥친다면 나는 너를 데리고 궁으로 가지 않을 것이다.'

　황제는 옥패의 주인을 궁으로 데려오라 했지, 그 주인을 어찌하겠다는 말씀은 없으셨다. 그러니 만약 황제가 오문을 해하려 한다면 궁으로 데려가지 않는 것이 옳았다.

　"저는 전하가 정말 이해가 안 갑니다. 전부터 이상하신 분인 것은 알았지만, 이 정도로 무모하신 분인 줄은 몰랐습니다. 제가 만약에 다시 마음이 바뀌어 전하께 칼을 내밀면 어쩔 것입니까! 저를 어찌 믿고 이러시냔 말입니다. 설마 절 궁에 데려가 고문을 해서 귀문에 대해 알아내시려는 것입니까? 저는 그리밖에 생각이 안 됩니다!"

　"너 같은 잔챙이를 고문한다고 뭘 알아낼 수 있겠느냐? 나는 그런 수고로운 짓은 하지 않는다. 너야말로 내 말대로 차분하게 생각해 보거라. 궁에 들어가 황제나 다른 대신들로부터 의심받게 될 것을 두려워한다는 것은 이해한다. 산호, 그 여인에 대한 것도 네가 마음 쓰고 있겠지. 하지만 오문, 나는 서강의 사신이다. 나에 대한 소문을 들었다면 너는 나를 믿어야 한다."

당분간은 오문과 이야기를 나누지 않는 편이 냉철하게 생각하는 데 도움이 되리라. 무호는 더 이상 오문을 설득하지 않고 돌아섰다.

그러자 무호의 등 뒤로 오문의 외침이 들렸다.

"누가 저 혼자 살자고 이런답니까! 그깟 하룻밤이 뭐라고! 잠깐 데리고 놀다가 버리는 계집이 한둘도 아닐 거면서!"

저를 도발하려는 것인지, 진심으로 그런 것인지, 오문은 악에 받친 목소리로 외쳤다. 도저히 그냥 지나칠 수 없는 말에 무호가 우뚝 걸음을 멈춰 돌아보며 한 자, 한 자, 힘주어 말했다.

"없었다, 그런 계집은. 네가 그런 계집이 되지 않도록 더욱 힘써 주마."

"거짓말! 그런데 어떻게 그렇게 잘하는 겁니까!"

이 와중에도 그런 생각을 할 수 있는 오문의 머리통이 매우 궁금했지만 무호는 피식 웃으며 친절하게 대답을 해주었다.

"나는 본래 못하는 게 없다."

"전하. 더 성심성의껏 모시지 못한 것을 용서해 주십시오."

"그런 가식적인 인사는 필요 없네."

말에 올라타기 전 무호는 군수 유현의 인사를 거절했다.

유현으로서는 마음으로 우러나오는 것보다 더 정성껏 태자를 모신 셈이었고, 떠나는 무호를 격하게 반기는 중이었다. 때문에 그도 낯간지러운 가식을 벗어던졌다.

"폐하께서 마지막으로 용서해 주신다 하신 것을 잊지 마십시오. 부디

자중하시어야 합니다. 태자비가 되실 산호 아가씨에 대한 것도 현명하게
처리하시길 바랍니다."

"그러지."

무호는 건성으로 대답하며 말에 올라탔다.

그러자 유현이 곁에 바짝 다가와 은밀한 목소리로 물었다.

"한데, 제 수양딸은 왜 저리된 것입니까?"

유현은 창살이 있는 수레에 갇혀 웅크리고 앉은 오문을 가리키며 물었
다. 아직 수양딸이 된 것도 아니지만 일부러 그렇게 말한 것은, 그리도 아
끼던 오문을 어째서 하루아침에 죄인의 수레에 가두었느냐는 질책이었다.

두 사람이 크게 다투었다는 이야기를 들었기에 더욱 그랬다.

모두들 무호가 궁에 가지 않겠다는 오문을 억지로 수레에 가두었다고
생각하고 있었다. 태자를 거부한 것도 죄라면 죄라, 유현은 태자가 치기
어린 사랑싸움 중이라 여겼다.

무호는 모두가 유현처럼 생각하고 있음을 알면서도 그 말을 부정하지
않았다. 오문의 출신과 정체를 아무에게도 말하지 않았기 때문이다. 또한
오문의 말만 듣고 그녀를 죽이거나 보내줄 만큼 제 마음이 가볍지 않다는
것도 깨달았다.

"크흠. 보는 눈도 많으니, 나중을 위해서라도 풀어주시는 게 어떨지요.
저러고 있으니 무슨 대역죄인 같지 않습니까."

아무것도 모르는 유현이 아이를 어르듯이 말하자 무호도 대강 얼버무
렸다.

"그냥 두게. 전부터 죄인의 수레에 타보고 싶어 했었다."

"……."

무호는 벙찐 유현을 내버려 두고 일행을 재촉했다.

"출발하자. 단왕부로 곧장 갈 것이다."

"예!"

말에 올라탄 모두의 모습은 지금까지 기단군의 군청에서 먹고 놀던 한 량들이 아니었다.

태자의 엄한 군령에 한 목소리를 내며 도열을 맞추고는 전장으로 향하는 군사들처럼 비장한 예기를 내뿜으며 행진을 시작했다.

그들이 떠나는 모습을 본 유현은 깊은 한숨을 내쉬었다.

'하아…… . 말년에 복과 화가 한 번에 들어왔구나.'

제 품 속에 있는 조그마한 반쪽짜리 옥패가 바위처럼 가슴을 짓누르는 듯했다.

태자는 유현을 따로 불러 그것을 맡기며 자세한 설명은 하지 않았다.

「이 옥패에 대해 아는 분은 지금으로서는 폐하밖에 없으시네.」

「예? 그런 것을 어째서 제게……!」

유현은 화들짝 놀라며 그것을 사양하려 했다.

「넣어 두게. 내 곧 찾으러 올 것이니, 그동안 이 옥패를 누구에게도 보여선 안 되네. 자칫하다가는 그대의 가문이 큰 화를 입게 될 테니, 아무도 모르게 보관만 하고 있으란 말일세.」

「그러니 말입니다. 왜 이런 것을 제게……. 저는 별로 보관하고 싶지 않사옵니다!」

「그대의 그 꼬장꼬장하고 꽉 막힌 성품이 마음에 들어. 분명 잘 맡아줄 테지. 이것을 가지고 있다는 것을 누구에게도 보이지 않는다면 아무 일도 없을 테니 염려 마시게.」

「하아…… . 전하. 이것이 무엇인지, 무슨 연유로 제게 맡기시는지 정도는 알아야 하지 않겠습니까?」

「그걸 알면 자네에게 맡기지도 않았네.」

「예?」

「이제 이를 알아볼 생각이네. 그러니 그것을 아무도 생각 못한 곳에 맡기려는 것이지. 부탁하네. 이 사례는 언젠가 크게 보답하겠네.」

유현이 태자를 만나고 처음으로 한 나라의 태자다운 풍모를 느꼈다.

이에 홀린 것인지, 태자의 명이라 따르지 않을 수 없었던 것인지, 유현은 그만 덜컥 옥패를 받아버리고 말았다.

'부디, 이호 그놈이 복덩이여야 할 것인데……'

태자 일행이 순식간에 기단군을 떠나고 나자 군청은 매우 적막하고 휑한 기운이 감돌았다. 평소 이렇게 조용한 것을 좋아했던 유현은 어쩐지 쓸쓸하다는 생각이 들었다.

'부인과 식사라도 하러 나가볼까.'

갑자기 북적거리는 사람 소리가 그리워진 탓일까. 유현은 생전 관심이 없던 바깥음식이 생각났다.

제 31 장

위험한 동행

먼 길을 빨리 달리기로 했기에 지난번처럼 유랑하듯 식도락을 즐길 수 없었다. 마을을 지날 때가 아니면 간단한 건량으로 요기를 하며 최대한 빨리 달려야 했다.

때문에 백골 기예단도 말이 끄는 수레를 타고 다녔다. 광두와 금이 마부가 되어 두 개의 짐수레에 나누어 탔다.

금은 가끔씩 제 수레에 탄 상을 힐끔힐끔 훔쳐보았다.

먼 곳을 바라보고 있던 상이 대뜸 금에게 말했다.

"뭐야. 할 말 있으면 하지 그래?"

"뭐, 뭘!"

금은 어깨가 튈 정도로 찔끔했으면서 아닌 척 잡아뗐다.

"내가 오라버니를 몰라? 할 말 있을 때마다 사람 힐끔거리는 짓 좀 고만하지? 사내대장부가 뭐 하는 짓이야?"

"뭐가 어째? 너 내가 지금 말고삐 잡느라 참는 줄 알아! 너 요새 수상해. 말만 한 계집애가 종종 밤중에 사라지질 않나!"

"밤중에 말만 한 계집애가 사라진 건 어찌 알았는데? 오라버니야말로 조심하지? 왜 한밤중에 날 찾아다녀? 그리고 그게 오라버니랑 무슨 상관인데?"

"너 내가 모르는 줄 아냐? 이게 어디서 꼬리를 치고 다녀? 꼬리를 치려거든 사람을 봐가면서 해야 할 거 아냐!"

금은 어차피 요란한 말발굽 소리에 잘 들리지도 않는 목소리를 한껏 낮추며 주위를 둘러보고는 진짜 하고 싶은 말을 꺼냈다.

"네 주제에 친위대 대장군이 말이 돼? 어? 정신 똑바로 차려, 이것아!"

상은 제 처지를 꼬집는 금의 말에 울컥 넘어오는 욕지거리를 삼키며 대답했다.

"내 주제는 내가 알아서 챙길 테니까 뒤돌아보지 말고 말이나 똑바로 몰지?"

"걱정해서 하는 말 아니냐! 괜히 나중에 울고불고하지 말고 너랑 어울리는 놈이랑 짝을 맺고 살 생각을 하라고. 너도 이제 나이가 몇이냐? 어?"

"하! 오라버니 나이나 걱정해. 누가 누굴 걱정해!"

"나는 사내지만 너는 지금 놓치면 정말 아무도 안 데려가. 더 늦기 전에 조신하게 있다가 혼인할 생각해야 할 거 아니야. 어떻게 된 계집애가 나이가 들어도 얼굴 반반한 사내만 보면 사족을 못 쓰고 덤벼! 너 그러다 울고불고한 게 벌써 몇 번째야! 사내들의 혼인하자는 말만 믿고 미련하게 기다리다가 울기나 하고."

"그런 거 아니거든!"

"아니긴! 이번에도 똑같을 거다. 두고 봐라. 네가 먼저 꼬리치면 뭐 다를 것 같냐? 높은 분들이 너 같은 떠돌이를 진짜 데리고 살 거라고 생각해?"

상은 그의 모욕적인 말에 부들부들 떨었다.

그녀는 이를 악물고 경고했다.

"오라버니. 한마디만 더 하면 죽여 버릴 거야."

"하! 이 오라버니 말 듣는 게 좋을 거다. 다 너를 위해…… 아악!"

갑자기 퍼진 다급한 비명 소리에 모두가 뒤를 돌아보았다.

"허……. 대단하네."

누가 말했는지 모르지만 모두 그렇게 생각했다.

상이 달리는 말 위로 뛰어 올라가 금의 머리를 잡아채고 흔들어대는 것은 매우 희귀한 광경이었다.

"아악! 놔! 이 미친! 죽고 싶어? 악! 야! 오라버니 머리 다 뽑힌다!"

"죽어! 내가 죽여 버린다고 했지! 이깟 머리털이 문제야!"

어떤 이들은 휘파람까지 불며 뒤에서 벌어진 난투극을 흥미롭게 바라보고 있었다.

하지만 장우는 그 모습을 웃으며 볼 수 없었다.

"전하. 좀 다녀오겠습니다."

"왜? 재밌는데?"

"전 재미없습니다."

장우의 표정에 매우 불쾌함이라고 쓰여진 것 같아 무호는 한때나마 제 상관이었던 장우를 대우해 주기로 했다.

"가 보거라."

태자의 허락이 없었다 해도 달려갈 기세였던 장우는 쏜살같이 금의 수레로 향했다.

"요즘 장우 형님이 좀 이상하십니다. 상이라는 여인하고 그렇고 그런 사이라고 소문이 파다하던데, 제가 없는 사이에 무슨 일이 있었던 겁니까?"

영춘의 질문에 무호는 심드렁하게 말했다.

"글쎄다. 내 알 바 아니라서."

남의 일에 관심이 없는 것은 여전했다. 그의 눈은 오로지 놀란 눈으로 난투극을 보고 있는 오문만을 바라보고 있었다.

"이게 무슨 소란들이냐!"

장우의 화난 목소리에도 금과 상은 비명과 악다구니를 쓰느라 바로 알아듣지 못하고 있었다.

"아악! 야! 말이 놀라잖아! 같이 죽고 싶어?"

"사과해! 주제도 모르고 꼬리치고 미련하게 군다는 말, 당장 취소하라고!"

"내가 틀린 말 했어? 맞잖아! 아우 씨! 머리 다 뽑히네! 너 두고 봐라. 이번에도 헌신짝처럼 버림받고 방에 틀어박혀서 펑펑 울고 있을 거다! 그때 가서 오라버니, 오라버니 부르기만 해봐!"

"안 불러! 설사 버림받는 일 있어도 오라버니 앞에서는 절대 울지도 않을 거야! 내가 이 머리 다 뽑아버리고 오라버니도 평생 혼자 늙어죽게 할 거니까 두고 봐!"

"야, 이, 미친!"

상이 금의 머리를 가죽까지 벗겨 버릴 것처럼 잡아 뜯으려 할 때였다.

"……!"

상은 누군가가 제 손을 잡자 화들짝 놀라며 돌아보았다.

"너 내 머리 뜯기만 해……!"

금도 갑자기 상이 머리를 잡고만 있자 이상한 것을 느끼고 고개를 돌렸다.

두 사람은 장우의 노기 어린 눈빛을 보고 그대로 얼어버렸다.

"이게 뭐 하는 짓이냐? 둘 다 죽고 싶어?"

장우의 질책은 매우 적절했다.

태자 전하도 계신 행렬에 군식구나 다름없는 자들이 소란을 피워 발목을 잡았으니 말이다.

금은 쩔쩔매며 고개를 조아렸다.

"소, 송구합니다. 언쟁이 좀 있었는데 그만 참지 못했습니다."

"참지 못한 건 자네가 아니라 상이겠지."

"예?"

장우는 의아해하는 금은 못 본 척하고 상을 보면서 엄하게 꾸짖었다.

"너는! 이게 무슨 해괴한 짓이냐!"

상은 제 추한 모습이 들켜 버린 것이 부끄럽고, 이제 장우가 제 본 모습을 보았으니 저 같은 건 더더욱 경멸할 거라 여겼다.

"해괴하다니요? 저희는 본래 이런 것이 일상입니다."

"하! 실망이구나. 영리하고 대범한 여인인 줄 알았더니."

"예. 전 이것밖에 안 되는 계집입니다!"

"모욕을 당했으면 머리를 쥐어뜯을 것이 아니라 목줄을 틀었어야지! 그게 아니면, 너를 비호해 줄 사내를 찾아왔어야 할 게 아니냐!"

"예, 예?"

"어찌해 줄까? 저놈의 혀를 뽑아 줄까, 아니면 머리통을 날려 줄까?"

"……."

장우는 원래 이 정도까지 막나가는 성질머리는 아니었으나 태자에게 물이 들었는지 험한 말을 쏟아부었다. 또 그만큼 화가 났다는 뜻이기도 했다.

상은 겁에 질려 사색이 된 금을 힐끗 쳐다보고는 장우를 흘겨보며 사납게 말했다.

"무슨 그런 무식한 말씀을 하십니까? 제 오라버니를 어찌하시겠다고요?"

그러자 이제 당황한 쪽은 장우였다. 지금까지 죽일 듯이 싸운 금을 어째서 비호하고 드는지 이해가 가지 않았다.

"너를 모욕하지 않았느냐!"

"모욕은 무슨……. 남매끼리 싸우는 거 처음 보십니까?"

"친남매도 아니지 않아!"

"제게는 친오라버니와도 같습니다. 그렇지 않습니까, 오라버니?"

둘의 대화를 듣고 있던 금은 갑자기 제게 질문이 오자 딸꾹질을 하며 말을 더듬었다.

"어, 어……. 그, 그렇지. 치, 친남매나 다름없지."

그렇게 금은 그만 상과 자신의 관계를 친남매로 단정 짓고 말았다.

물론 그 덕분에 장우에게 화를 입지 않고 몸이 성할 수 있었지만 그는 매우 입안이 썼다.

"죽일 듯이 싸우더니 너무 친해서 그렇다? 하!"

"그렇게 됐습니다. 이제 서로 화가 풀렸으니 소란 피우지 않고 조용히 가겠습니다."

상이 차갑게 말하자 장우가 싱긋 웃었다.

"왜, 왜 웃으십니까?"

"너는 부끄러우면 괜히 화를 내는 습관이 있구나."

"그, 그게 뭐가 어때서요! 그럴 수도 있지 왜 비웃으십니까!"

상은 얼굴이 빨개져서 입술을 깨물었다.

장우는 그런 상을 지그시 바라보다가 대뜸 손을 내밀었다.

"뭐, 뭡니까?"

"잡아라."

그의 다정하고 부드러운 음성에 상은 주변을 둘러보면서 어쩔 줄 몰라 했다.

"예? 왜, 왜요?"

"오라버니가 끄는 수레보다 내 말을 함께 타는 게 어떨까 해서."

"뭐, 뭐 하러 그 말을 탑니까?"

그렇게 물은 상은 한껏 목소리를 낮추어 말했다.

"왜 이러십니까? 사람들이 전부 이쪽을 보고 있지 않습니까."

"그게 무슨 상관이냐?"

"상관이 있지요. 대장님의 체면을 생각하셔야지요."

"내 체면을 생각한다면 여기서 오라버니의 머리를 뜯고 싸울 게 아니라 얌전히 내 말을 타고 가는 게 어떨까? 부인 될 여인이 사람들 앞에서 악을 쓰고 싸우는 건 별로 기분 좋은 광경이 아니라서."

상은 그만 '하' 하고 짧은 웃음을 터트리고 말았다.

"왜? 내 말이 틀렸느냐?"

"아직 혼인도 하지 않았는데 너무 저한테 이래라저래라 신경 쓰시는 거 아닙니까? 저는 그런 사내는 별로라고 생각합니다."

상이 감히 팔짱까지 끼고 큰소리를 치자, 금이 입을 떡 벌리고 쳐다보았다. 더 놀라운 것은 장우의 반응이었다.

"참고하겠다. 너무 구속하지 않도록 노력하지. 그래도 일이 이렇게 되었으니 오늘은 내 말을 타는 게 어떨까?"

"왜요?"

"널 데리러 왔는데, 그냥 돌아가면 이 손이 우스울 테니까. 부탁하지."

상은 뽀루퉁한 얼굴로 생각하는 척하다가 헛기침을 몇 번 하고는 장우의 손을 살포시 잡았다.

장우는 그 손을 놓치지 않겠다는 듯이 꽉 잡고는 상이 말에 오르는 것을 도와주었다.

"앞으로는 사람들 앞에서 제게 큰소리치기 없기입니다. 무슨 일이 있어도요!"

"알겠다. 조심하겠다."

그러자 상은 장우가 아무 말 하지 않았는데도 그의 허리를 꼭 껴안고 그의 등에 얼굴을 기댔다.

장우 역시 그런 상을 나무라지 않고 웃으며 말을 움직였다.

사람들이 모두 지켜보고 있었지만 놀라는 이들은 기예단 사람을 빼고는 영춘 정도밖에 없었다. 이미 눈치 빠른 사람들의 입에서 두 사람의 관계가 심상치 않다는 것이 알려진 후였기 때문이다.

그렇게 다정하게 껴안고 가던 상은 죄인의 수레를 지나며 풀이 죽은 오문과 눈이 마주쳤다.

"잠깐만요! 저기, 오문한테 좀 가주세요."

"그건 안 된다. 전하께서 오문과 대화하는 것을 금하셨다. 너도 예외는 아니다."

"아니, 왜요? 애가 고집을 부리면 설득을 해야지, 아예 말을 금지시키면 어쩐답니까?"

"그건 나한테 묻지 말고 태자 전하께 직접 따지는 게 좋겠다."

"아, 아뇨. 그건 좀……."

"왜?"

"전하는 무섭단 말입니다."

"그래. 알면 됐다. 나도 전하가 고집 부릴 때는 따지지 않는다. 그게 신상에 이롭다. 그러니까 오문하고는 눈도 마주치지 마."

어쩔 수 없이 상은 오문에게 미안한 표정을 지어 보이며 수레를 지나쳐 가야만 했다.

'그러게, 왜 전하를 거부해? 얼마나 자존심이 상하셨겠어. 보통 사내들도 화가 날 텐데, 태자 전하를 거부하다니, 제정신이니?

'언니. 그런 거 아니야. 태자 전하가 완전 똥고집이라 그래.'

아련하게 눈빛을 주고받으며 멀어지는 찰나, 갑자기 그녀들이 주고받던 시선 사이로 말을 탄 태자가 등장해 스윽 가로막았다.

이에 놀란 상은 장우의 등을 때리며 얼른 가시라 속삭였다.

장우는 사실 태자가 오문에게 뭐라 하는지 듣고 싶었지만 상의 재촉에 최대한 천천히 자리를 떴다.

그들이 완전히 사라진 후 태자는 오문의 수레 곁을 함께 거닐기 시작했다.

그런데 오문이 태자를 본체만체하자 태자가 툭하고 물었다.

"너도 말을 타고 싶으냐?"

오문은 기가 막힌다는 표정을 지어 보이며 고개도 돌리지 않았다.

"살려달라 하기만 하면 된다는데, 그놈의 고집은."

"저는 전하께서 굳이 지켜주지 않으셔도 잘살 수 있습니다. 지금까지 그래 왔고요."

"그것은 인정한다만, 이제부터는 그리 쉽지 않을 게다. 네가 도주하면 나도 널 쫓을 테니까."

"제가 정말 왜 이렇게 고집을 부리는지 모르시는 것입니까?"

마침내 울컥한 오문이 고개를 돌리고 따져 물었다.

"안다. 단왕부에 있는 산호 때문이겠지."

"예! 잘 아시는 분이 이러십니까? 세상에 어떻게 자기 부인 될 분을 데리러 가면서 궁에 데려갈 새로운 계집을 끼고 갈 수 있단 말입니까? 너무 하시는 거 아닙니까? 저는 또 뭐가 되고요! 제가 사람들한테 돌이라도 맞아야 속이 시원하시겠습니다!"

"그런 게 미안했던 사람치고 비녀는 잘도 꽂고 다니는군."

"이건! 이건 제가 싫다는데 억지로 주신 거잖습니까!"

"계속 하고 다니라고 명한 적은 없다만."

"빼면 될 거 아닙니까! 뺄 겁니다!"

오문이 머리로 손을 가져가자 무호가 말했다.

"네가 썼던 물건은 산호에게 주란 말이냐? 그것참 괜찮은 생각이다."

"이…… 씨."

오문은 작게 씩씩거리며 분을 삭였지만 무호는 귀가 밝았다.

그는 낮은 목소리로 으르렁거리듯이 말했다.

"너는 가끔 내가 태자인 걸 잊는 듯해."

오문도 지지 않고 태자처럼 낮고 위협적인 투로 말했다.

"전하께서는 제가 귀문의 살수인 걸 잊으신 듯합니다."

"성적도 나빠 오문밖에 못된 주제에 잘난 척하지 마라."

"그건 제가 잘 못해서 그런 게 아니라, 일부러 그렇게 한 겁니다!"

"핑계도 좋군. 꼴찌 한 주제에 여태 살아남은 걸 보니 운이 좋아서다."

"저 정말 잘했거든요? 저는 오문밖에 안 된 게 아니라 오문이 되려고 노력한 거란 말입니다!"

무호는 억울해하는 오문에게 비웃음을 날려 주었다.

"꼭 실력 없는 것들이 그런 핑계를 대지."

"와! 자기가 좀 대단하다고 다른 사람들은 전부 못한다고 생각하시는 겁니까? 저 정말 잘했다고요, 잘하는데 못한 척한 거라고요!"

"그래. 뭐, 변명이라도 들어보자. 일부러 오문이 된 이유가 무엇이냐?"

선심 쓰듯 던지는 말에 오문은 그냥 말하지 말까 하다가 못 믿는 듯한 태자의 잘난 얼굴이 얄미워 그냥 말하기로 했다.

"눈에 띄어봐야 사람 죽이러 더 빨리 나갈 거 아닙니까? 전 사람 죽이는 일이 정말 싫었습니다."

"그럼 못하겠다고 하지 그랬느냐?"

"그랬으면 전하와 제가 단 한 번도 만날 일이 없었겠지요."

태자가 오문을 만나러 가고, 장우가 상과 함께 선두 자리로 돌아오자, 영춘이 투덜거렸다.

"형님. 제가 없는 동안 전하를 잘 보필하셨어야지요. 형님께서 다른 데 정신이 팔린 동안 전하께서 저리 이상하게 굴지 않으십니까."

영춘은 자꾸만 저를 떨궈놓고 혼자 행동하려는 태자 때문에 불만이 많아졌다.

장우는 그런 영춘의 말에 콧방귀를 끼며 말했다.

"내 임무는 육아가 아니라 태자 전하의 신변 보호다."

"저, 저도 육아가 임무는 아닙니다!"

"하면 다 큰 전하를 그만 놓아드려라. 괜히 애정 문제에 나서지 말고."

"아니, 누가 애정 문제에 나서겠다고 했습니까. 자꾸 저를 멀리하시니 그렇지요. 저러다가 무슨 일이라도 나면 큰일 아닙니까. 전하께서는 오문에게 정신이 팔려 아무것도 못 보시는 듯합니다."

"글쎄다. 생각이 있으시겠지."

"생각이 있으실 리가요! 언제 우리 태자 전하께서 생각하고 행동하시는 거 보셨습니까!"

영춘이 당당하게 태자를 욕되게 했다.

그러자 옆에 있던 유강이 난감하고 믿을 수 없다는 듯이 말했다.

"어이쿠, 이 사람아! 전하께 그 무슨!"

"아닙니다. 형님이 몰라서 그렇지, 태자 전하는 본래 생각보다 몸이 먼저 앞서는 분이십니다. 머리 아픈 건 딱 질색인 분이시거든요. 그렇지 않습니까?"

영춘의 질문을 받은 장우가 고개를 끄덕이며 말했다.

"그렇긴 하다만, 생각이 없다기보단 생각이 빠르달까, 계산이 빠르달까, 설명을 귀찮아해서 그렇지 아예 틀린 행동을 하신 적은 없는 듯하다."

"허! 갑자기 왜 그렇게 후해지셨습니까?"

영춘은 배신감을 느꼈다. 저만 불충한 놈처럼 돼 버리지 않았나.

"오문과 산호 아가씨 문제 말이다. 오문을 데리고 단왕부로 가는 것이 내 생각에는 아주 괜찮은 계책이란 말이지."

"예?"

"단왕부의 힘이 너무 커진 이 마당에 태자께서 직접 태자비를 모시러 단왕부로 간다? 겉으로 보기에는 젊은 남녀의 모습이 훈훈해 보이고 단왕과 황제의 우정이 돈독해 보이겠지. 과연 그것이 전하께 좋은 일일까?"

영춘은 장우가 왜 그런 당연한 것을 물을까 고개를 갸웃거리며 반문했다.

"황실과 단왕부의 사이가 좋으면 내전의 위험도 없고 평화로워 보이니 좋지 않겠습니까?"

"그게 그렇게 간단하지 않다. 이는 다르게 보면 황제께서 단왕에게 한 수 숙이고 들어가는 모습으로 비칠 수도 있기 때문이다. 단왕부에 힘을 실어주는 격이 되고 말아."

평생 태자만 따라다니고, 태자 외에 아무것도 생각지 못했던 영춘과 달리 장우는 군이라는 곳에서 정치를 배웠다. 그곳은 그곳 나름대로 줄 대기와 알력다툼이 치열한 곳이라, 장우의 눈에는 자연히 관계의 상하와 그것이 어떻게 변해 갈지, 변화가 어떤 영향을 미치게 될지가 훤히 보였다.

"그, 그렇다면 굳이 황제께서 전하께 그런 명을 내리실 리가 없지 않습니까. 형님이 생각하신 것을 폐하께서 모르실 리가 없을 텐데."

"본래 황제께서는 단왕부의 수상한 움직임을 은밀하게 살펴보라 하셨고, 이를 빌미 삼아 산호 아가씨에 대한 혼사 문제도 얼마든지 바뀔 수 있었다. 단왕부에 들어갈 때 이미 단왕부의 약점을 쥐고 있을 테니까."

장우가 그 말을 할 때 유강이 슬쩍 비웃음을 머금었으나 아무도 보지 못했다.

'단왕부의 약점? 개수작을 부리려 했단 말이지? 멍청한 놈들. 우리가 그리 호락호락한 줄 알아?'

유강은 돌연 감탄한 목소리로 끼어들었다.

"오! 폐하께서는 참으로 대단하십니다. 폐하의 현명한 방책으로 태자 전하를 살리시더니, 역시 여러 가지를 내다보시는 분이셨습니다."

장우는 딱히 그 말에 동조도 반대도 하지 않고 가볍게 고개를 끄덕이고는 말을 이어 갔다.

"한데 그것을 전하께서 망치셨지. 이제 단왕부를 비밀리에 조사하는 것은 틀려먹었고, 그렇다면 결국 태자가 단왕부로 가는 명분은 하나밖에 없다. 산호 아가씨를 데리러 가는 것. 그리되면 산호 아가씨의 친정이나 다름없는 단왕부의 힘은 더욱 커질 것이다."

그러자 영춘은 겨우 그것이었냐는 듯이 고개를 저었다.

"아무리 그래도 그렇지, 오문을 내세워 산호 아가씨와 단왕을 눌러 보겠다는 것은 가당치 않습니다."

"정말 아무것도 모르는군. 태자 전하의 총애를 받는 이가 따로 있다, 그 사실을 단왕부에 직접 알리는 것이다. 그 여인이 누구든, 감히 단왕부의 힘에 굴하지 않고 보란 듯이 제 여인을 데리고 들어가는 태자의 힘과 권력은 모두가 알게 되겠지."

상은 청산유수처럼 흘러나오는 장우의 말에 귀를 기울이며 황홀한 표정을 지었다.

'와. 심지어 머리도 좋아.'

어려운 이야기가 오가고 있었지만 장우의 설명은 상의 귀에도 쏙쏙 이해하기 쉽게 전달되고 있었다. 게다가 여인의 이야기가 나오니 상도 입이 근질근질해서 나서고 말았다.

"한데, 단왕부가 반발하면 어쩌지요? 산호 아가씨가 오문을 박대한다거나, 오히려 태자께 직접 불쾌감을 표시한다거나 하면 태자 전하의 권위가 더 떨어지는 거 아닙니까?"

장우는 그런 상을 향해 미소를 지어 보이며 말했다.

"네가 영춘보다 낫구나."

"정말요?"

상이 기뻐하는 것을 보고 영춘이 발끈했다.

"저도 물어보려던 참이었습니다!"

장우는 그 말을 무시했다.

"단왕부는 그렇게 나올 수가 없다. 우선 태자에게 다른 여인이 있다는 것이 그리 흠이 되지 않는 데다가, 오문이 기단군의 군수 유현의 수양딸이라는 것은 단왕부를 견제하는 많은 사람들에게 오문의 편에 설 명분이 되어준다."

"저는 잘 이해가 안 갑니다. 단왕부에 태자께서 점찍은 여인을 데려간다는 것은 자칫 전하가 그동안 쌓아올렸던 신망을 잃을 수도 있는 일입니다. 이미 산호 아가씨는 모든 백성이 기다리던 태자비 아니십니까."

"민심은 바뀔 수 있다. 오문을 봐. 백성들과 함께 어울렸던 아이야. 백성들의 마음을 어르는 법을 누구보다 잘 아는 아이야."

"맞아요. 우리 오문이 얼마나 착한데요. 분명히 백성들도 좋아하게 될 거예요"

상의 맞장구가 장우의 목소리에 힘을 실어주었다.

"오문의 존재보다 더 위험한 것은 단왕부의 끈을 가진 산호 아가씨지. 단왕의 힘이 제화국의 황실에 직접적으로 미칠 수도 있어. 태자 전하와 폐하께서도 이를 원하시진 않아."

"정말…… 그리될까요?"

장우의 말에 완전히 빠져든 영춘이 걱정스럽게 물었다.

"솔직히 말하면……."

"네. 솔직히 말씀해 주십시오!"

"태자 전하께서 정말 거기까지 노렸는지는 나도 자신이 없다만, 뭐, 결과는 그렇게 될 것이다."

두 사람의 대화를 듣고 있던 단왕부의 왕세자 단유천은 속으로 그들을 마음껏 비웃었다.

'놀고들 있군. 아무리 머리를 굴려 봐라, 결과가 달라지나. 오문이 단왕부로 갈 일 자체가 없을 것인데.'

한편 태자는 오문이 귀문에서의 배움을 거부하지 못한 일을 계속 캐묻는 중이었다.

"우리가 만나지 못했을 거라니, 무슨 뜻이냐?"

태자가 잘 못 알아듣겠다는 듯이 묻자, 오문은 대수롭지 않게 말했다.

"제 기억에는 제 뒤로도 아이들이 열 명 정도는 더 있었던 것 같습니다. 다 죽었지만요."

훈련을 따라오지 못하거나, 혹은 훈련 성적은 좋더라도 세뇌가 되지 않아 공포나 슬픔 같은 감정을 느끼는 아이들은 매 시험 때마다 하나둘 죽어나갔다.

시험이란 건 대체로 그것 자체만으로도 견디기 힘든 것들이 많았다.

시험은 매번 달랐지만 시험의 목적은 같았다. 그저 아이들을 죽음의 위기에 몰아넣고 살아남는 아이만 건지는 형태였기 때문이다.

오문까지 다섯 명이 살아남자 더 이상 그 지옥 같던 시험은 없었다.

그때는 정말 괴로웠지만 사실 지금은 감사하고 있었다. 그 덕분에 제가 살아남을 수 있었으니 말이다.

하지만 태연한 오문의 설명을 전부 들은 무호는 그것에 감사할 수 없었다. 어린 오문이 생사를 넘나들며 고통받았을 걸 생각하니 피가 끓어올랐기 때문이다. 하지만 겉으로는 내색하지 않고 무안한 듯 말했다.

"……그건…… 몰랐구나."

"당연히 모르시겠지요. 신경 써서 일부러 오문이 된 건데, 아무것도 모르시면서."

투덜투덜거리는 오문의 자존심이 귀엽기도 하고, 어린 시절을 혹독하게 보낸 것이 안쓰럽기도 해서 무호는 어린 오문을 더 알고 싶어졌다.

"한데, 너는 아주 어릴 때부터 귀문에 있었다면서 어떻게 세뇌당하지 않은 것이냐? 내가 만난 살수들은 사람을 나무나 돌 정도로 생각하는 것 같던데, 넌 사람을 좋아하는 듯해서 말이다."

"실은 저는 다른 아이들과 경우가 좀 달랐습니다."

"달라? 어떻게?"

오문은 머리를 긁적이며 조금 말하기를 주저했다.

"저기…… 그 옥패 말입니다. 그건 제 어머니가 갖고 계셨던 겁니다."

"어머니라니?"

뜬금없는 동문서답이었으나, 옥패가 오문의 어머니가 갖고 있던 것이라는 말에 무호가 심각한 표정으로 다그쳤다.

"하면, 네 어미 또한 귀문의 살수였느냐?"

"아니요. 제 어머니는…… 그냥…… 전에도 말씀드렸다시피, 그냥 미친 여자였습니다."

"……."

"귀문에서 절 잡아올 때 전 아기였습니다. 어차피 어머니가 미쳐 있어서 상관없다 여긴 건지, 젖을 먹일 목적으로 어머니도 같이 데려온 모양이었습니다. 자세한 건 저도 잘 모르지만요."

"그건 아무래도 좀 이상하구나. 귀문이 젖먹이를 데려와 키운다는 것도, 젖을 먹일 어미를 끌고 온다는 것도, 여러모로 앞뒤가 맞지 않는 말이다."

귀문 같은 집단에서 어린 아이를 훈련시킬 목적으로 데려올 때는 말귀는 알아듣는 아이를 데려온다. 젖먹이 아기는 자질을 알 수도 없을뿐더러 젖을 먹이고 기저귀를 갈면서 정성을 쏟아야 할 시간이 어디 있으며, 그럴 수 있는 사람도 없다고 봐야 했다.

"글쎄요. 저도 정말 모릅니다. 그저, 어머니가 가끔 정신이 돌아온 것처럼 또박또박 말씀을 하실 때가 있었는데, 사람을 죽이지 말라고 몇 번이나 당부하셨습니다."

"그렇다는 것은 네 어미가 비록 정신을 잃었지만 그곳이 귀문이라는 것은 알고 있었다는 게 아니냐?"

"음. 제가 훈련을 받고 올 때마다 이야기를 하긴 했습니다. 그걸 어떻게 알아들은 건지, 인두겁을 쓴 짐승 말고는 사람이 사람을 죽음으로 벌할 수 없다는 말을 몇 번 하셨어요. 그것 때문인지 모르겠지만, 저는 완벽하게 세뇌가 되지 않은 것 같습니다."

"세뇌가 되지 않은 걸 귀문이 눈치 못 챌 리가 없을 텐데?"

"그게 참 묘합니다. 그때 일들이 자세히 생각나지 않습니다. 어머니가 돌아가셨을 때만 해도 그렇습니다. 저는 억지로 울음을 참은 게 아니라 정말로 슬프지는 않았습니다. 충격이긴 했지만, 그게 다였습니다. 그랬던

걸 보면 세뇌가 된 것 같기도 하고…….'

"어머니는 어쩌다 돌아가신 것이냐?"

"그게 좀……. 전에 말씀드린데로 자해로 돌아가시긴 했는데요…….'

무호는 제가 너무 당연한 것을 묻는 실수를 했음을 깨달았다. 아차 싶은 무호는 얼른 질문을 철회했다.

"아니다. 힘들면 대답하지 않아도 된다."

"뭐, 지난 일이고……. 제가 어쩔 수가 없던 일이라 이제 와서 새삼 괴롭거나 하지는 않습니다. 다만 그때 일은 뭐라 설명하기가 참 힘든 것이, 두 분이 무슨 말씀을 하는 건지 알 수가 없어서요."

오문이 얼굴을 찌푸리며 그때 일을 떠올리며 말하자 무호가 곧장 이상한 것을 지적했다.

"두 분?"

"아, 웬 높은 분이 오셔서 어머니와 제가 함께 불려갔습니다. 전 땅굴 같은 데서 훈련만 받았지, 그 방에도 처음 들어가 봤거든요."

"그럼 수뇌부로 보이는 자가 그곳을 찾아왔다는 건 어찌 아느냐? 처음부터 그곳에 있는 자가 아니고?"

무호는 귀문의 본거지를 찾을 수 있을까 해서 물었다. 그간 귀문을 찾아냈다는 소식이 몇 번 있긴 했지만 대부분 귀문의 수많은 지부 중 하나였을 뿐이었고, 그조차도 증거 하나 남기지 않고 철수한 뒤였다.

때문에 혹시 아이들을 훈련하는 곳이 바로 본거지가 아닐까 하는 기대로 물었던 것이다.

오문은 고개를 저었다.

"그건 아닐 겁니다. 왜냐면 저희를 데려간 사람들이 시간이 없다고 빨리 오라 했거든요. 금방 떠날 사람이니 시간이 없다하지 않았을까요?"

"아……. 그랬구나."

무호는 실망한 기색을 감추지 못했다.

"보십시오. 제게서 귀문에 관한 정보를 얻기는 힘들다니까요."

"아니, 그걸 알아내려고 물었던 것은 아니다. 하던 얘기를 계속해 보거라. 그자를 찾아간 뒤에 어찌 되었느냐?"

"그자는 제게는 별다른 말을 하지 않았습니다. 그저 어머니와 알아듣기 힘든 이야기를 나누었는데, 갑자기 어머니께서 발작을 일으키시더니 벽에 머리를 들이박고……."

"……!"

오문이 보는 앞에서 그렇게 잔인하고 독하게 죽다니, 보통 여인이 아닌 듯했다.

'제 어미를 닮았군.'

오문 역시 그 고집과 강단이 태자도 꺾기 힘들 만큼 아니던가.

"뭐, 그렇게 돼서 저는 그냥 어머니 시신을 처리하려고 할 때 옥패 목걸이를 제가 가진 것이지요."

간결하게 끝나긴 했지만, 오문의 이야기 속에는 숨겨진 범상치 않은 이야기가 많은 듯했다. 일개 귀문의 훈련제자와 정신 나간 그 어미를 일부러 찾아온 수뇌부, 그들 사이에는 큰 비밀이 있는 게 분명했고, 이를 간과해선 안 될 것 같은 기분이 들었다.

"너…… 그자의 얼굴을 기억하느냐?"

오문은 갑자기 무섭도록 심각해진 무호의 표정에 흠칫했다.

"아, 아뇨……."

"잘 생각해 보아라!"

"절대 알 수가…… 없습니다."

"왜? 어째서 그걸 기억 못해? 쓸데없는 것은 잘도 기억하는 녀석이!"

무호는 오문이 스쳐 가듯 보고 들은 것도 잘 기억하는 것을 몇 번 보앉다.

오문이 인상착의를 말해주면 제가 그림을 그려서라도 그자를 찾을 수 있을 거란 생각에 가슴이 세차게 뛰었다.

"그렇지만……."

"생각해 내! 너와 나, 둘 모두에게 중요한 일이다!"

중요한 일이라는데도 오문은 무호를 빤히 보며 퉁명스럽게 말했다.

"가면이라면…… 기억합니다. 그자가 가면을 쓰고 있어서 얼굴은 기억 못하지만요."

"하!"

오문을 윽박지르던 무호는 허탈해졌다.

"처음부터 그렇게 말할 것이지!"

"저는 분명 말씀드렸습니다. 귀문에 대해 아는 것이 없다고요."

오문은 차분한 말투로 쓸데없는 기대를 말라고 무호를 나무랐다.

하나, 자신의 식솔들인 훈련 제자들 앞에서도 가면을 쓰는 사내라면 분명 보통 인물이 아님은 분명했다. 무호는 아무리 작은 정보라도 놓치고 싶지 않았다.

"다른 것은? 그자의 체형, 목소리, 걸음걸이라든가, 뭐든 좋다. 기억나는 것은 뭐든지 좋으니 생각해 내거라."

오문은 한숨을 내쉬었다.

"후……. 귀문의 살수들은 하나같이 평범합니다. 이를 모르시지는 않지요?"

"……!"

그랬다. 태자가 만난 모든 살수가 군중 속에 섞이면 찾을 수 없을 만큼 평범했다. 그렇게 평범하게 보이기도 힘들 만큼. 그 모습 자체가 그들이 공들여 만들어낸 살수의 형태이리라.

"저 역시 그때 그 가면 쓴 자가 귀문에서 한 자리 차지하고 있는 자라는 건 알 수 있었지만 그게 다일 뿐입니다."

"그자와 어미가 나눈 대화, 네가 무슨 말인지 이해할 수 없었다던 그 말을 그대로 읊어 볼 수는 있느냐? 넌 기억력이 좋으니, 생각해 낼 수 있겠지?"

"저도 그게 이해가 안 갑니다. 도통 생각이 나질 않습니다. 억지로 생각하려고 하면 머리만 아파서 관둔 지 오래입니다."

"조금도 기억나지 않아? 짧은 단어 몇 마디라도 괜찮다."

"예. 그리고…… 기억한다 해도 제 어머니는 미친 여자였습니다. 온전한 정신으로 하는 말이 아닌데, 그것이 무슨 소용이 있겠습니까."

무호는 오문이 화가 나 있는 것을 눈치챘다. 괜찮다고 했지만 사실은 떠올리기 힘든 기억일 것이다. 그것을 더 자세히 생각해 내라고 윽박질렀으니, 마음이 상할 만도 했다.

"미안하구나. 그러려던 것은 아닌데, 지금으로서는 귀문에 대해 너만큼 자세히 아는 자를 만날 수 없으니, 얘기를 듣고 내가 좀 흥분한 것 같다."

"그러니까요. 그러니까 우리가 안 된다는 겁니다."

"……?"

"저를 아끼시는 전하도 이러시는데, 다른 사람들이 이 사실을 알면 절 어쩔 것 같습니까? 죽을 때까지 바른대로 말하라고 고문당하겠지요. 아는 게 없다는 제 말을 아무도 믿지 않을 겁니다."

무호는 제가 지금 참담한 실수를 했음을 인정해야 했다. 가뜩이나 궁에 가기 싫다고 우기는 오문에게 명분을 만들어준 셈이었다.

"그래. 그럴지도 모르겠다. 하지만 아무도 네가 귀문의 사람이라는 것을 모르게 할 것이다. 절대, 그 누구에게도 말하지 않을 것이다."

그 말을 들은 오문은 저도 모르게 태자를 비웃었다.

"세상에서 가장 못 믿을 게 사람 말입니다."

"그러나 믿지 않으면 아무도 얻을 수 없게 된다."

벗도, 충신도, 연인도, 믿음이 있기에 얻을 수 있는 것이 아닌가.

"혹시 압니까? 단왕부에 계신 산호 아가씨에게 완전히 반해서 그녀의 말이라면 무조건 믿게 되실지. 그녀가 저를 죽이라 하면 전하께서는 제 과거를 명분 삼아 죽이려 드실지도 모르지요."

"결국 나를 믿지 못하겠다는 뜻이구나."

"아니요. 전하의 잘못이 아닙니다. 전하께서 저 같은 것한테 빠지셔서 산호 아가씨처럼 귀한 분을 사랑하지 않는다는 것이 말 같지 않은 것뿐입니다."

"그리 단정하지 마라. 나는 산호라는 계집의 얼굴도 본 적이 없다."

"하면, 전하께서도 자신하지 마십시오. 지금은 제가 하는 짓이 우습고 신기해서 곁에 있어주었으면 하시겠지만 사람을 사랑하게 되는 건 그게 다가 아닐 겁니다."

"그러는 너는 꼭 사랑을 아는 것처럼 말하는군."

"글쎄요. 왠지 알 것도 같습니다. 그게 어떤 마음인지, 어떤 각오로 사람을 사랑해야 하는지……. 요즘 들어서 알게 된 것 같습니다."

그렇게 말하는 오문의 표정이 무척 씁쓸했다. 그녀의 눈빛이 아련해졌다.

무호 때문에 그날 일을 떠올린 오문은 기억나지 않는다던 그 대화를 곱씹고 있었다. 다른 것은 정말 기억나지 않지만 어쩐지 두 사람의 이 말만은 강렬하게 기억에 남아 있었다.

「날 선택했다면 이런 비참한 꼴은 당하지 않았을 게 아니냐.」

「내가 당신을 선택한 순간부터가 이보다 더 비참하고 비극적일 텐데, 무슨 후회를 하란 말인가!」

그때는 정말 그 말이 무슨 말인지 몰랐다.

가면을 쓴 사내를 바라보는 어머니의 눈은 미친 사람의 눈 같지 않았다. 가끔 정신이 온전하다 여겨질 때도 어머니의 눈은 넋이 나간 사람처럼, 혹은 먼 곳을 바라보는 사람처럼 멍했지만, 그때는 그렇지 않았다.

또렷하고 선명한 눈동자에 더욱 선명한 증오와 원한이 그를 향하고 있었다. 이제 오문은 그 눈을 이해할 수 있었다.

어머니가 선택하지 않은 것은 그자의 사랑. 어머니가 선택한 사랑 때문에 어머니는 그런 비참한 죽음을 맞이해야 했던 모양이었다.

하지만 어머니는 오문을 아꼈다. 정신이 없는 와중에도 저를 놓지 않으려고 했다.

'나는 어머니가 사랑했던 사람의 자식이었겠지.'

그럼 어머니가 사랑했던 분은 도대체 누구실까? 어디 계신 것일까? 그 사내는 어머니를 납치했고, 그래서 어머니는 미쳐 버리셨을 것이다.

하지만 어머니는 분명하게 말했다. 당신을 선택하면 이보다 더 비참하고 비극적이었을 것이라고. 후회하지 않는다고.

오문은 그런 어머니가 멋지다고 생각했다.

'나도 그렇게 확신할 수 있는 사람과 사랑하고 싶습니다. 죽는 게 하나도 두렵지 않을 만큼요. 절대적인 믿음을 줄 수 있는 그런 사람요.'

오문은 여자에 대해 쥐뿔도 모르는 태자를 바라보았다.

아마 태자는 여자라고는 저밖에 친해져 본 적이 없을 것이다. 그러니 지금은 제가 좋다고 저러겠지만 그런 가벼운 마음을 사랑으로 받아들일 만큼 오문은 호락호락하고 순진하지 않았다.

'하지만 어머니. 전하는 그럴 수 없는 사람 같습니다. 태자 전하는 황제가 될 거고, 황제의 주변에는 많은 사람들이 있을 겁니다. 제가 그 많은 사람들을 이길 자신이 없어요. 전하는 언젠가는 저를 싫어하게 되실 겁니다. 그렇지요?'

이제 그 말의 의미를 알게 됐고 기억도 하고 있지만 모른다고 한 것은 이 이야기야말로 귀문과는 아무 상관 없는 쓸데없는 말이었으며, 어머니의 뜨거운 진심을 아무에게나 말하고 싶지 않았기 때문이다.

무호는 오문이 무슨 생각을 저리 골똘히 하나 자꾸만 쳐다보았지만 오문은 끝내 입을 다물고 얼굴을 무릎 사이에 파묻으며 몸을 웅크렸다.

더 할 말이 없으니 가시라는 무언의 압박이었다.

무호는 오문과 많은 이야기를 나누었고, 또 귀문에 대한 몰랐던 이야기도 들었다.

"네가 나를 믿지 못하는 것, 이해한다. 네가 나에 대해 이토록 아는 것이 없는데 어찌 믿음을 줄 수 있을까."

"……."

무호는 웅크린 채 말이 없는 오문에게 계속 얘기했다.

"너는 곧 알게 될 것이다. 내가 얼마나 끈질기고 일방적인 놈인지. 네 믿음 여부와 상관없이 말이다."

마치 협박처럼 마지막 말을 남긴 후에 무호는 말을 더 빨리 몰아 앞으로 나아갔다.

잠시 후, 행렬이 멈추었다. 어느새 날이 저물고 있었고 사람들은 삼삼오오 모여 잠자리를 만들었다.

태자가 화기를 금지한 탓에 먹을 거라고는 말린 음식들밖에 없었다. 덕분에 식사를 빨리 끝낸 일행은 일찍 잠을 청했다. 거의 쉬지 않고 내내

달려왔기에 다들 곤함을 느끼고 땅에 머리를 대자마자 잠이 들었다.

그러나 생각이 많았던 오문과 무호는 한참이나 뒤척이다가 새벽녘이나 되어서야 잠이 들었다.

그렇게 적막한 밤이 찾아왔다.

몇 명이 돌아가며 보초를 서고 있었지만 사방이 평화로웠다. 간혹 짐승의 소리가 멀리서 들릴 뿐 별문제는 없는 듯했다.

바람 한 점 없는 밤.

오문은 잠이 든 직후, 갑자기 일순 한기를 느끼고 눈을 번쩍 떴다.

사사삭.

약한 바람에 가지가 흔들리는 소리가 아주 작게 들렸다. 별것 아닌 모양인지, 보초를 서던 군사들도 하품을 하며 심드렁해했다.

하지만 오문은 얼어붙은 것처럼 미동도 하지 않고 숨을 죽이며 눈동자만 이리저리 불안하게 움직였다. 그녀의 감각이 도망쳐야 한다고 말하고 있었다.

'또……?'

한동안 잠잠했던 귀문이 다시 나타난 것 같았다.

오문은 벌떡 일어났다.

그와 동시에 태자와 장우, 그리고 영춘도 동시에 검을 집어 들고 일어났다.

"무, 무슨 일이십니까?"

그들의 움직임에 잠이 깬 부하들이 놀라서 함께 허둥지둥 일어났다.

잘 훈련된 친위대의 대원들은 의아함을 느끼면서도 자신이 서야 할 자리를 찾아가 경계했다.

한데 사방은 다시 바람 한 점 없이 쥐 죽은 듯 조용했고, 군사들은 사방을 두리번거렸지만 그림자 하나 찾을 수 없었다.

장우는 잘 때 깨우는 걸 아주 싫어했다. 그렇기에 지금 밤에 찾아온 손님들이 매우 탐탁지 않았다.

군영에서는 야간 훈련을 하거나, 자고 있는 중간에 비상 훈련을 한다거나, 등등의 이유로 잠을 못 자게 괴롭히는 경우가 많았다. 그때마다 장우는 불쾌함이 전신을 덮고 신경이 예민해져서 부하들을 달달 볶곤 했었다.

"붙을 거면 빨리 나오시지, 아니면 잠이나 자게 꺼져!"

장우의 외침 때문일까. 금방이라도 자신들을 덮쳐 올 것 같던 사방에 깔린 기묘한 살기가 갑자기 사라졌다.

"……!"

그렇지 않아도 웬만큼 감각이 뛰어나지 않으면 느낄 수 없는 살기라 군사들은 어리둥절해했는데, 이제는 장우도 느낄 수 없을 만큼 인기척이 느껴지지 않았다. 혹시나 하고 태자를 바라보니 태자 역시 눈살을 찌푸리며 고개를 저었다.

영춘은 지금까지의 귀문과 그 행태가 다른 것이 신경 쓰였다. 들켰다고 그냥 갈 거라면 뭐 하러 이렇게 찾아왔단 말인가.

"전하. 제가 한번 쫓아가 보겠습니다."

"아니다. 함정일 수도 있어."

"하지만…… 이렇게 보내는 것이 더 찜찜합니다."

영춘이 태자를 설득할 때였다. 오문이 큰소리로 태자를 찾았다.

"전하! 전하!"

그 소리에 적막이 깨져 버렸다.

"아니…… 왜 갑자기 소리를 질러……. 이 중요한 시기에."

영춘이 태자의 눈치를 살피며 투덜거리는데, 태자는 말없이 오문에게 다가갔다.

오문은 다급한 눈으로 철장을 움켜쥐고 태자를 바라보았다.

"뭔가 아는 게 있느냐?"

태자는 오문이 귀문의 조직에 대해서는 모르지만 살수 교육을 받았고, 또 지금 그녀가 겁에 질린 듯 보이기에 뭔가 알고 있다는 확신이 들었다.

"전하……. 이건…… 우리 피를 말리려는 겁니다."

"……?"

"우리가 피폐해질 때까지 저 짓을 계속할 거란 말입니다. 일부러 살기를 흘리고, 재빨리 사라지는 짓을…… 계속 우리를 따라오면서 저럴 것입니다."

귀문에서 이런 수법을 쓰는 경우는 주로 강한 상대를 대상으로 했다. 상대가 강하다 보니 살기를 쉽게 느껴서 바로 맞붙으면 이기기 힘들 때, 이런 식으로 상대의 정신을 흩트려 놓고 몸의 기운을 빼놓았다가 방심하는 어느 순간에 덮치는 기술이었다. 혹은 견디지 못한 대상이 홧김에 미쳐 날뛰어 뒤쫓아오면 그때를 노리기도 했다.

한데, 이런 수법을 쓰려면 살수 역시 그만큼 정신력이 강해야 했고 신중해야 한다. 적당한 거리를 유지해서 역으로 잡히지 않아야 하고 그러면서도 미약한 살기를 보내야 했기 때문이다.

"계속이라……. 하면 저들은 우리가 피폐해지지 않으면 공격하지 않겠군."

"예?"

"경계하지 않고 무시하면 되는 게 아니냐? 그럼 절대 공격하지 못할 테고."

"어…… 어? 그게…… 상당히 역발상적인 계책이긴 합니다만, 그렇게 정말 경계심을 풀고 방심하고 있다가 당하면 어쩝니까? 푹 자고 있다가 칼을 맞으면 아무리 전하라도 어쩔 수 없지 않겠습니까?"

"푹 자는 척만 하겠다. 어차피 저들의 살기를 느낄 수 있는 자들도 많지 않으니, 우리가 병사들을 깨우지 않으면 그만이다."

"자는 척만 하는 거지, 피곤한 건 똑같지 않을까요?"

"그건 내게 생각이 있다."

"뭐, 생각이 있으시다 치고요, 아무튼 그게 해결책이 될까요? 그래 봐야 싸우는 시기가 늦어질 뿐 아니겠습니까?"

"내가 노리는 것이 그것이다. 우리 피를 말리겠다고? 시간이 지날수록 놈들도 피가 마르는 심정이 되겠지."

오문은 태자의 계책에 허점이 많은 것 같았지만 말린다고 들을 사람이 아니라는 것은 알고 있었다.

"되도록 천천히 피를 말려 죽여주지."

무호의 사악한 웃음에 오문의 등골도 서늘해졌다.

"저기, 전하. 뭔가 잘못 알고 계신 것 같은데, 쫓기는 건 저희거든요? 피는 저희가 마를 것 같다고요. 네?"

"걱정 말고, 넌 아무 생각 말고 잠이나 자라. 앞으로는 살기를 느껴도 일어나지 말고 그냥 무시하고 자."

"그게 그렇게 맘대로 되냐고요! 네? 전하!"

하지만 무호는 뭐가 그렇게 즐거운지, 오문의 말을 못 들은 척하고 장우에게로 가고 있었다.

"아니, 착각은 안 해야 될 거 아니냐고! 쟤들이야 뭐가 걱정이야! 잠 못 자는 우리가 걱정이지!"

오문은 혼자서 발을 탕탕 구르며 분통을 터트렸다.

제 32 장

덫

태자 일행이 기단군의 군청을 떠나 최대한 빠른 속도로 행렬을 움직인 지, 이제 보름째에 접어들고 있었다.

태자는 돌아가는 법 없이, 아무리 깊고 위험한 산이라도 뚫고 지나가라 했기 때문에 험한 산맥을 넘어 북천 땅으로 곧장 향했다. 길이 어찌나 험한지, 인적은 드문데 종종 맹수를 만나기까지 했다.

그러나 이미 기단군을 완전히 벗어나 북천 땅이 멀지 않은 곳에 있었다. 황성에서 기단군까지 갔던 시간과 비교해 보자면 세 배 이상 빠른 속도였다. 말도 힘들어 헉헉댈 지경이니 병사들의 피로감은 이루 말할 수 없는 지경이었다.

산은 해가 빨리 지는 것이 그나마 이들에게는 다행스러운 일이었다. 더는 못 가겠다 싶으면 어김없이 해가 떨어지고 쉴 수 있었기 때문이다.

오늘도 날이 어두워지기 직전 태자가 병사들을 불러 모았다.

"오늘부터는 번갈아가며 보초를 설 필요 없다. 밤에는 푹 자두도록 해라.”

“…….”

선심 쓰듯 하는 말에 병사들은 서로를 바라보며 떨떠름한 표정을 지었다.

“왜? 무슨 문제라도 있느냐?”

“그, 그래도 누구 하나는 보초를 서는 것이…… 명색이 저희가 친위대인데 말입니다…….”

“어차피 요즘 내가 밤잠을 설치는 중이라 무슨 일이 있으면 내가 직접 깨워 주겠다.”

참으로 감읍할 배려였으나, 다들 표정이 괴이했다. 그도 그럴 게, 태자는 요즘 밤잠을 설친 다기보다 남들이 죽어라 달릴 한낮에 편안히 낮잠을 즐기고 있었기 때문이다.

“정말 그래도 되겠습니까?”

“물론이다.”

“하온데, 전하…… 언제까지 거기 계실 생각이십니까? 저희가 너무 송구하여…….”

태자는 체통과 위엄 따위를 중요시하지 않았다. 너무 심하게 중요시하지 않았다.

창살을 사이에 두고 태자와 대화를 나누던 병사들은 이런 날이 꽤 오래되었음에도 적응되지 않고 있었다. 죄도 없이 스스로 죄인의 수레를 타다니, 대체 이 무슨 해괴한 짓이란 말인가!

명을 내리는 지금도 태자는 자신의 훌륭한 흑마를 내버려 두고 죄인의 수레에 타 있었다. 지엄한 명을 내리기에는 참으로 없어 보이는 자리였다.

병사들은 태자가 죄인의 수레에서 그만 나왔으면 했지만 태자는 손을 들어 보이며 괜찮다고 사양했다.

"말을 모는 것보다 훨씬 편하니, 너무 마음 쓸 것 없다."

누가 편한 줄 모를까! 낮에는 말을 몰지 않고 수레에서 웅크려 자고 있으니 편하긴 편할 것이다. 한데 모양이 그렇지 않은가! 명색이 태자라는 분께서!

'사양하실 일이 아니란 말입니다!'

병사들의 마음의 절규가 곧 오문의 심정이었다.

"저는 안 편합니다."

병사들이 가고 나자 오문이 볼멘소리로 말했다.

"왜?"

"좁습니다. 가뜩이나 좁아서 눕기도 힘든데, 둘이 있으니 더 좁지 않습니까!"

엿새가 넘었을 것이다. 무호가 밤에는 자지 않으니 낮에 자야 한다며 제 수레로 들어온 것이.

무호의 생각대로 살수들은 밤이면 찾아와 살기를 뿜어대며 위협을 주었으나 무호는 자는 척만 할 뿐 나서지 않았다.

장우도 영춘도, 살기를 느끼는 오문도 마찬가지였다. 그들도 낮에는 수레에서 잠을 자고 밤에는 자는 척만 했다. 덕분에 아무것도 모르는 병사들은 밤에 푹 잘 수 있었다.

일행을 피폐하게 만든 후에 공격하려던 살수들은 의외의 상황에 당황한 듯 보였다. 그래서 때로는 더 가까이 다가와 공격하려고도 했으나, 조금만 더 오면 쓸어버리리라 마음먹고 있던 태자의 살기에 오히려 돌아가야 했다.

아마도 태자의 말대로 살수들 쪽이 더 죽을 맛일 듯했다. 낮에는 태자 일행을 멀리서 따라와야 하고, 밤에는 시간차를 두고 위협을 하느라 쉴 틈이 없을 것이다. 본래는 같이 피곤하다 하더라도 심리적으로 쫓기는 쪽이 바짝바짝 말라 가야 하는데 태자가 곤히 잠든 병사들을 깨우지 않고 태연하니, 쫓는 쪽이 더 애가 타고 있을 게 아닌가.

그러기를 며칠째, 병사들이야 영문도 모르고 윗선들의 이상한 행동을 황당하게 여기고 있었지만, 오문은 내막을 알기에 오히려 본심이 의심스러웠다.

"조금 전까지 나한테 기대서 잘도 자던 녀석이 별 투정을 다 하는구나. 체구도 작은 녀석이."

"기댄 게 아니라 좁아서 그렇게밖에 안 되지 않습니까. 저쪽 수레에 타셔도 되는데 왜 굳이 창살 달린 수레를 고집하시면서 절 못 살게 구시는 겁니까. 그리고 굳이 밤에도 여기 이렇게 계실 필요는 없지 않습니까? 벌써 며칠째 다리도 제대로 못 펴고 불편함을 자청하시는 이유를 모르겠습니다."

"난 어디 갇혀 있을 때 자유를 느낀다."

무호의 간결한 대답에 오문이 질린 얼굴로 말했다.

"참으로 변태 같은 감수성을 가지셨습니다."

"아무도 간섭하지 않으니 편하지 않느냐?"

"지금 제가 간섭하고 있지 않습니까."

"네가 옆에서 떠드는 소리는 듣기 좋으니 괜찮다."

"하! 그렇게 좋으시면 노래라도 불러 드릴까요?"

"네 노래가 끔찍하다는 걸 잘 아는구나. 뭐 그것도 나쁘지 않겠다. 이왕이면 한밤중에 불러 보자. 숨어 있는 쥐새끼들이 뛰쳐나오는 걸 보게 될지도."

"그 정도로 끔찍하지는 않습니다! 목청이 좀 커서 그렇죠!"

"그래. 그러니까 이따 한번 그 노래 좀 불러 보거라. 혼자 듣긴 아까울 듯하니."

오문은 도끼눈을 하고 태자에게 화를 냈다.

"진심으로 여기 너무 좁다고요! 편히 자고 싶단 말입니다! 덥지도 않으십니까?"

"하면 같이 나가자."

"절 가두신 건 전하이십니다!"

"잠깐 산책이나 하자. 달구경 정도는 괜찮겠지."

"하! 하늘을 좀 보십시오. 무슨 달구경입니까? 금방 비가 쏟아질 것 같은데."

오늘 밤 하늘은 먹구름이 잔뜩 몰려들어 달을 가렸다.

"어둡겠군."

태자가 전에 없이 어두운 음성으로 말하며 한동안 하늘에서 눈을 떼지 못했다.

한편 오문과 태자가 그러고 있는 사이, 또 한 명 안절부절못하는 이가 있었다.

'하! 멍청한 놈들! 그러게 왜 일을 벌여. 지금이라도 철수하란 말이다. 괜히 태자의 경계심만 일으켜 일을 더 어렵게 만들지 않았나!'

유강이라는 이름으로 영춘의 곁에 있는 단유천은 어찌해야 할지 난감한 데다가, 화가 나서 속이 부글부글 끓어올랐다.

'이런 일을 벌이실 작정이었다면 제게 한마디 언질이라도 주셨어야지요!'

며칠 전 귀문의 살수들이 처음 등장했을 때, 이미 단유천은 아버지인 단왕이자 귀문의 수장에게 매우 서운하고 화가 났다.

자신이 이곳에 숨어 들어왔는데도 어찌서 귀문의 살수들이 태자 일행을 공격하는지 이해가 되지 않았다. 그러다가 곧 알게 되었다.

'이건 작전에 없던 것인데! 혹시……!'

매우 불쾌한, 그러나 확실한 가능성이 떠올랐다.

'아버님!'

단왕인 아버지는 항상 단유천을 못마땅해했다. 늘 아버지를 뛰어넘고자 했으나 그러지 못했던 단유천은 아버지 앞에서는 늘 모자란 아들이 되어야 했다. 그러던 것이 이번에 산호 문제로 아버지와 직접적으로 부딪쳤고, 제가 해 보이겠다며 아버지께 장담하고 위험한 임무에 뛰어들었다.

'어찌 이러실 수 있습니까! 저를 못 믿는 것입니까!'

아버지가 저를 배제한 체 다른 작전을 펼치고 있는 것이 분명했고, 그것은 자신이 실패할 것을 확신하고 계신다는 의미였다.

제가 이 일을 실수하지 않기 위해 얼마나 신중했는가. 오문을 죽일 기회가 몇 번이나 있었으나 하지 않았다.

'태자가 단왕부로 간다는 소문이 벌써 퍼졌군. 내가 이곳에서 크게 다친다면 태자가 죽어도 단왕부는 의심하지 않을 테니, 그것을 노리시는 것인가!'

그 정도 희생쯤은 해줄 수 있지만, 아직 제가 뭔가 해보기도 전에 저를 이렇게 무시하는 것은 참을 수 없었다.

'아버지! 이러실 수는 없는 겁니다! 차라리 제게 맡기셨더라면 더 빨리 해결됐을지도 모르는 일이었습니다!'

단유천이 이를 바드득 갈았다.

"형님. 형님."

영춘이 돌아누운 제 어깨를 흔들었다.

"응?"

"요즘 주무실 때 간혹 이를 갈던데 조심하십시오."

"어, 어? 그, 그래?"

당황한 유강의 모습은 별로 어색해 보이지 않았다. 갑작스럽게 잠이 깼다가 이를 갈았다는 소리에 놀란 것처럼 보일 뿐이었다.

"그러다 나중에 악관절 나갑니다. 뭐 손수건 같은 거라도 입에 물고 주무십시오."

"몰랐구나. 그래, 신경 써줘서 고맙다."

억지로 사람 좋은 미소를 지어 보이는 것도 이제 슬슬 지쳐 가고 있었다.

또다시 적막한 밤이 찾아왔다.

장우와 상은 이제 대놓고 팔베개까지 하고 잠이 들었다.

오문도 좀 전까지만 해도 태자와 다투고 있었으나, 어느새 태자의 품속에서 쌔근쌔근 잠들어 있었다.

평화롭고 고요한 밤.

그러나 오늘 밤을 이렇게 보내고 싶지 않은 자들이 있었다.

어두운 숲속에서 퀭한 눈으로 태자 일행을 쏘아보는 귀문의 살수들은 오늘 밤은 반드시 일을 치르리라 결심했다. 그들은 더 이상 버틸 기운이 없었다. 낮에는 태자 일행이 적진에 뛰어들듯 전속력으로 거친 길을 달렸고, 밤에는 폭풍 수면에 빠져 피로를 풀었다. 한데 저희들은 그럴 수가 없었다. 죽어라 따라간 뒤에도 밤이 되면 이렇게 저들을 감시하며 적당히 위협을 해야 했다.

'태자와 몇 명은 우리를 알면서도 일부러 저러는 것이다. 태연한 척하지만 저들도 우리를 신경 쓰고 있겠지.'

그렇게 서로 눈짓을 주고받으며 오늘 밤의 결의를 다졌다. 자신들의 목표는 오직 하나밖에 없었다.

'태자를 유인해.'

어차피 더 이상 싸울 여력도 남지 않았으니, 오늘 끝장을 내야 했다. 작전은 애초에 실패했지만 만약을 위해 준비해 둔 다른 작전이 있었다.

병사들의 힘은 빼지 못했지만 유인작전으로 힘을 분산시켜 목표물만 제거하고 치고 빠지면 될 것 같았다.

얼마 전 죽은 일귀 대신에 새로 일귀가 된 젊은 사내가 수하들에게 명을 내렸다.

'이제 시작이다.'

세상이 깜깜한 지금. 자신들에게는 이보다 더 좋은 때가 없었다.

바스락.

사사삭.

살수들이 움직일 때마다 풀을 스치는 소리가 들렸다.

하지만 오늘 밤은 바람도 불고 있었으니 다행이었다.

휙.

바람이 횃불을 껐다.

수레 안에 누워 있던 태자가 눈을 떴다. 그와 동시에 장우도, 영춘도, 오문도 눈을 떴다. 횃불이 꺼진 것은 단순한 바람 탓이 아님을 느꼈다.

"전하……."

불길함을 느낀 오문이 나직한 목소리로 태자를 불렀다.

태자는 몸을 일으키며 오문의 입술에 손을 갖다 대며 당부했다.

"너는 여기서 꼼짝 말고 있거라."

오문이 고개를 끄덕인 직후, 병사들도 하나씩 일어났다. 그들 역시 서강의 전사. 살수들이 가까이 다가오자 모두 이상한 낌새를 채고 잠에서 깨어났다. 태자가 수레 밖으로 나오자 병사들이 도열을 갖추었다.

"전하. 숫자가 꽤 많은 듯합니다."

장우가 자신들을 압박해 오는 살수들의 수를 대강 헤아려 봤다. 아마도 자신들보다 두 배는 많은 숫자인 듯했다.

"그래 봤자 저들은 지금 며칠째 제대로 자지도 못해 안달 난 쥐새끼들일 뿐이다."

"발악하고 덤비겠군요."

"쥐새끼들이 발악해 봤자다."

태자가 그들을 싸잡아 무시하는 소리를 살수들도 들었다. 그러나 그들은 딱히 기분 나빠하거나 동요하지 않았다. 오직 목표를 향해서 달려들 뿐이었다.

활처럼 쏘아지는 수십 명의 살수가 태자를 향해 팔을 휘둘렀다.

오직 죽이기 위한 한 수.

정확히 태자의 명줄을 노리고 달려든 살수들은 태자의 근처도 가기 전에 병사들이나 장우와 영춘에 의해 배가 뚫리고 목이 잘려야 했다. 그럼에도 그들은 부나방처럼 달려들었다. 몇몇은 운 좋게 태자에게 다가갈 수 있었지만 그의 옷자락 하나 건드릴 수 없었다.

'이상하군. 아무리 지친 놈들이라지만 너무 쉬운데?'

태자는 자신들이 강하기 때문이라는 생각보다 저들이 너무 약하다고 생각했다. 저를 죽이러 왔으면서 이런 잔챙이를 보낸다는 건 아무래도 이상했다. 죽여도 죽여도 계속해서 달려드는 놈들은 이미 몇 겹이나 태자 일행을 포위했다.

그런데 바로 그때, 태자를 뱅 둘러싼 놈들 외에 갑자기 숲에서 또 다른 살수들이 튀어나왔다.

"……!"

태자가 그것을 보았을 때는 이미 늦었다.

그들은 정확히 오문의 수레로 향하고 있었지만 태자 앞을 가로막은 이가 너무 많았다.

태자는 오문의 곁을 누가 지키고 있는지 보았다.

'유강!'

유강이 다른 병사들과 함께 수레의 창살에 매달려 오문의 곁으로 오는 적들을 해치우고 있었다.

그가 최선을 다해 싸우고 있었지만 어쩐지 태자는 그 모습이 불안했다.

자신이 가야 한다는 생각에 순식간에 세 놈이나 쓰러트리고 길을 열었다. 하지만 무호는 가지 못했다.

무호의 앞으로 뚫린 둑에서 물이 쏟아지듯 계속해서 적들이 몰려왔고, 오문의 수레를 끄는 말 위에 살수 하나가 올라타더니 말을 몰기 시작했다.

"오문!"

놀란 태자가 소리쳤다. 그러자 일행 모두 오문의 수레 쪽을 쳐다보았다.

누군가가 말을 몰아 수레를 탈취했다. 그리고 그 수레에는 오문이 타 있었고, 수레의 창살에는 아직도 유강이 매달려 있었다. 유강은 달리는 수레에서 아슬아슬하게 몸을 앞으로 이동했다.

"형님!"

영춘이 그 위태로운 모습을 보고 외쳤다. 유강이 말을 모는 자를 죽이러 앞으로 가고 있음이 분명해 보였기 때문이다.

"젠장! 이 버러지 새끼들 때문에!"

태자가 욕설을 퍼부으며 전진했다. 제 앞을 가로막는 놈들을 마구 베어 넘겼지만, 좀처럼 나아갈 수가 없었다.

"전하! 괜찮을 겁니다. 우리 형님 실력을 믿으십시오!"

영춘이 그를 달래자 태자는 더욱 큰 소리로 화를 냈다.

"너의 그 형님이 가장 수상하단 말이다!"

❖

오문은 창살에 갇혀 있어서 아무것도 할 수 없었다. 할 수만 있다면 달리는 수레에서 뛰어내리고 싶었다. 수레를 모는 젊은 살수 한 명, 그리고 수레에 뛰어든 또 다른 살수가 있었지만 저를 구하러 온 유강이 그를 상대하고 있었다. 어떻게든 유강을 도와주고 싶지만 창살 안에 갇혀 아무것도 못하고 불안해할 수밖에 없었다.

'망할 태자! 그러게 사람을 왜 이런 데 가두냐고!'

사실 오문보다 태자가 더 발을 구르고 있었지만 이를 알 리 없는 오문은 태자를 원망했다.

유강은 살수를 수레에서 떨어뜨리려고 애 쓰며 죽을힘을 다해 싸우고 있었다. 아니, 사실은 그래 보이는 것이었다.

유강은 살수와 합을 맞추어 싸우는 척만 했다.

'문주께서 속히 돌아오시라 했습니다.'

살수가 작게 입 모양을 움직여 전달한 것을 정확히 알아들었다. 하지만 모르는 척 대답하지 않고 살수를 더욱 강하게 몰아붙였다.

"……!"

그러자 당황한 살수는 점점 수세에 몰리는 듯한 상황이 됐다. 말을 몰던 젊은 살수가 이를 보고 달리는 말은 그대로 내버려 둔 채 합세했다.

"안 돼!"

오문이 이를 보고 소리를 질렀다. 미친 듯이 질주하는 말이 어딘가에 머리를 들이박을 것만 같았다. 그리되면 수레에 타고 있는 저나 여기 있는 유강과 살수도 마찬가지로 위험했다.

"다 같이 죽을 셈이야!"

오문은 더 이상 이런 일이 일어나지 않도록 이 일을 끝내야겠다는 생각이 들었다.

"당신들! 혹시 옥패 때문에 이러는 거야?"

"……!"

세 사람 다 동시에 흠칫 놀라 오문을 쳐다보았다.

"그 옥패가 뭔데! 대체 뭔데 나한테 이래! 이제 제발 그만 좀 해!"

두 명의 살수가 서로 눈짓을 주고받더니, 말을 몰았던 젊은 살수가 긴 검을 창살 사이로 뻗었다.

오문이 칼을 피해 뒤로 물러서자, 젊은 살수가 나무로 된 창살을 자르기 시작했다.

"옥패가 뭔지, 왜 그걸 뺏으려는 건지 말해주면 옥패가 있는 곳을 알려줄게!"

그러자 창살을 자르던 검이 멈추었다. 창을 자르던 젊은 살수는 다른 살수에게 눈짓을 보낸 뒤에 믿을 수 없을 만치 다정한 음성으로 불렀다.

"오랜만이다. 오문."

"……!"

오문은 눈을 깜빡거리며 그를 바라보았다. 매우 젊은 사내는 제 나이 또래밖에 되어 보이지 않았다.

"못 알아보는 게냐? 하긴, 거의 십 년 전이니까. 나다, 일문."

"헉! 일문?"

오문과는 어릴 적 거의 대부분의 시간을 함께한 동료지만 사실 대화를 나눈 적은 별로 없었다. 누구든 제 아래로 밀어내지 않으면 제가 죽을지도 모르니 모두가 경쟁자일 뿐이었다. 게다가 지금은 과거의 기억이 거의 나지 않았고, 그저 일문이라는 말에 놀랐을 뿐이었다. 저와 함께한 동료가 저를 죽이러 온 이 상황이 놀랍지 않은가.

그러나 일문은 오문이 저를 알아보고 놀랐다고 여겼다.

"그래, 나다. 네가 도망쳤다는 소식을 듣고 멍청하다 생각했는데, 여태 안 죽은걸 보니 대단하긴 하구나."

"어…… 운이 좋았지……. 근데, 어쨌든 네가 날 죽이러 온 거잖아? 왜 나한테 널 밝히는 거야?"

동료애가 있는 것도 아닌데, 굳이 자신을 밝히는 일문의 태도가 이해되지 않았다. 분명 무슨 다른 꿍꿍이가 있을 거라 더욱 불안해졌다.

일문은 웃는 얼굴로 말했다.

"어차피 죽을 거면 같이 동고동락한 내 손에 죽어주면 고마울 것 같다. 옛정을 생각해서."

오문은 코웃음을 치며 말했다.

"동고동락은 무슨. 서로 싫어하지 않았던가?"

일문은 불쾌한 내색도 없이 계속 같은 얼굴로 말했다.

"그래. 다행히 나도 널 싫어했다. 제일 먼저 죽을 줄 알았던 놈이 여태 살아 있다니, 기분 나쁘게 운이 좋아. 그게 재수 없어."

"네가 날 어떻게 생각하는지 그딴 감상은 듣고 싶지 않아. 본론만 말할게. 지금 나한테는 옥패가 없어. 그러니까 옥패가 어디 있는지 알고 싶으면 그게 왜 필요한지도 말해야 할 거야. 난 궁금한 건 못 참아서 죽기 전에 알고 죽어야겠거든?"

"너도 알겠지만 우리는 목적 같은 건 몰라. 시키니까 할 뿐이지. 옥패를 가져오라 명을 받았고, 시키는 대로 할 뿐이야. 괜히 반항하고 약은 수쓸 생각 말고 옥패가 어디 있는지 말하고 편하게 죽어."

그러자 유강이 다급하게 말했다.

"오문! 뭔지는 모르겠다만 말하지 마라. 어차피 죽을 거라면 뭣 하러 말하겠느냐!"

유강의 말에 오문은 문득 저 사람이라도 살려야겠다는 책임감이 들었다. 저 때문에 엄한 사람을 죽게 할 수는 없지 않나.

이러는 사이에도 말은 정신없이 달려서 수레가 여기저기 부딪치고 있었다. 오문은 흔들리는 몸을 바로잡느라 넘어지지 않게 창살을 꼭 붙들었고 일문도 수레의 창살을 다시 베기 시작했다.

쾅쾅.

창살 하나가 반쯤 잘리자 그는 창살을 손으로 두드려 우지끈 부러트렸다. 하나만 더 부러트리면 사람이 드나들 수 있을 정도였고 그러면 수레에 갇힌 오문은 꼼짝 없이 죽을 수밖에 없었다.

"잠깐! 저 사람! 저 사람이라도 놔줘! 그러면 얘기할게!"

일단 사람은 살리고 보자는 생각에 되는대로 외쳤지만 역시나 그게 먹힐 리가 만무했다.

"위치부터 말해. 안 그러면 이자의 목이 날아가는 것부터 보게 될 거야."

오문은 이들과의 대화에서 한 가지는 알 수 있었다. 본래 귀문의 살수는 이렇게 말을 많이 하는 법이 없다. 죽일 사람에게 무슨 말을 할까. 게다가 한 번 칼을 뽑았으면 그걸로 끝이지, 그걸 가지고 협박을 하지도 않는다.

즉, 이들은 오문의 목숨보다 옥패를 가져오는 게 더 시급한 것이다. 그것이 무엇이기에 그리도 찾는지는 이들도 모르는 것이 확실했다.

"귀문이 예전 같지 않은가 봐."

"뭐?"

"사람 죽여서 먹고사는 놈들이 심부름까지 하는 걸 보면."

"우릴 도발해서 시간 끌 생각이라면 그만둬라. 옥패를 얻지 못한다 해도 너는 살지 못해."

"알아. 근데 난 혼자는 안 죽어."

어차피 이렇게 된 거 오문은 단단히 각오했다. 제 목숨도 유강의 목숨도, 아무것도 생각지 않았다.

늘 이런 수순이다.

살수들과의 대화는 늘 무의미했다. 항상 절망이 드리우고, 살기를 포기하면 또 다른 길이 보이곤 했다.

"오문. 네가 나를 어릴 적 일문으로 생각하고 편하게 여기는 것은 알겠다만, 난 이제 일귀가 됐다. 그게 뭔지는 너도 잊지 않았겠지?"

일문은 오문의 달라진 분위기를 눈치채지 못하고 비웃었다.

오문도 그런 일귀를 비웃었다.

"알게 뭐야? 그동안 내 손에 죽어간 살귀들도 너보다는 나았어."

"큭. 그래서 네가 날 죽일 수 있다고 기고만장하는 모양이구나."

"아니, 너희들을 죽일 거야."

오문은 섬뜩한 표정을 짓는가 싶더니 갑자기 소매에서 단검을 꺼냈다.

얼마 전 태자에게 내밀었던 단검이었는데, 태자가 그것을 오문에게 다시 돌려주었던 것이다.

"지금 그깟 단검 하나로 우리 둘을 제압하겠다고?"

"내가 운이 좋아 재수로 살아남았다고? 일문, 너야말로 내가 양보한 덕에 재수가 좋아 일문이 되고 일귀가 된 것이다. 너 역시 나처럼 귀문에서 버린 패일 뿐이야."

"뭐가 어째!"

오문은 지금까지 저를 찾아온 살수들이 점점 강해졌는데 갑자기 이렇게 미숙하고 새파란 일문이 찾아온 것이 의문스러웠다. 일문은 일귀가 된 것에 흥분해 제가 이용당하는 줄도 모르는 것 같았다.

"불쌍한 놈. 네가 그렇게 되고 싶어 한 최고의 살수, 넌 절대 못 돼. 왜냐면 넌 오문한테 죽을 거니까."

"……!"

그 말이 끝난 직후 오문은 갑자기 수레 옆의 바퀴로 팔을 뻗어 단검을 박아 넣었다. 수레의 한쪽 바퀴가 단검으로 인해 돌아가지 않는데도 말은 계속 달려 나갔다. 그 와중에 수레가 돌부리에 걸리면서 말이 달리는 힘을 이겨내지 못하고 그만 바퀴 하나가 튕겨져 나갔다.

덜컹. 쾅!

"……!"

"윽!"

수레는 굉음을 내며 한쪽이 기울었고, 거친 길을 달리던 말이 중심을 잃었다. 말은 애처로운 울음소리와 함께 넘어지고 말았고, 연이어 수레도 바닥을 끌며 전복되고 말았다.

콰앙! 콰르르!

수레의 창살이 부서질 정도로 피해는 심각했다.

"으윽."

넘어진 수레의 창살이 땅에 끌리면서 오문도 여기저기 부딪쳤다. 창살을 붙들고 있는 바람에 창살과 땅 사이에 손가락이 끼여서 부러진 듯 아팠다.

그래도 오문은 괜찮은 편이었다.

창살 밖에 아슬아슬하게 서 있던 살수들은 아예 튕겨 나가 피투성이였다. 그중 유강을 위협하던 자는 정말 재수가 없어 부러진 창살이 배를 뚫어 꼬챙이에 꿰인 모양으로 즉사했다.

다행히 유강은 넘어지는 순간 창살을 붙들며 올라타서 혼자 멀쩡해 보였다. 그래도 덜컹댈 때 머리를 부딪쳤는지 의식은 잃은 것 같았다.

"으…… 으……."

하지만 아직 끝난 게 아니었다. 오문은 창살 밖으로 나가지 못해, 창살 바로 옆에서 신음하는 일문과 아주 가까운 거리에 있었다.

그는 수레에 무릎이 깔리면서 다리를 다친 것 같았다. 울퉁불퉁한 땅이라 평지에서 넘어진 것보다 고통이 훨씬 컸다. 일문은 강렬한 살기를 내뿜으며 저를 깔고 있는 수레를 치우려고 했지만 다친몸으로 쉽지 않았다.

"이……잇! 젠장!"

일문은 짜증이 일었다.

"오문 따위한테 당하니까 기분이 별로야?"

"닥쳐!"

"내가 말했잖아. 난 운이 좋아서 살아남은 게 아니라고."

"내가 널 반드시 죽여 버릴 테니까! 잠깐만 기다려!"

하지만 오문은 그런 협박을 비웃으며 벌떡 일어나 창살 밖으로 나갔다. 그러고는 그가 들어 올리고 있는 수레 위로 올라갔다.

"크윽!"

오문의 무게가 더해지자 수레를 들기가 더 힘들어진 데다가 팔을 놓을 수 없는 상황이었다.

오문은 그가 부들부들 떠는 것을 보고 갑자기 그의 얼굴을 붙잡고 꽉 쥐었다.

"일부러 오문이 되는 게 얼마나 힘든 줄 알아? 왜 다들 안 믿는지 모르겠네."

"으으……."

오문의 손아귀는 생각보다 힘이 강했다. 무쇠 솥을 들고 큼지막한 식

칼을 쥐고 질긴 고기의 살과 뼈를 분리하던 손이다. 이를 알 리 없는 일문이 뜻밖의 강한 힘에 놀라 쩔쩔매는데 오문이 싱긋 웃으며 말했다.

"나보다 못했던 너 같은 잔챙이가 날 죽일 수 있을 것 같아?"

그러면서 오문은 그의 벌어진 입속에 무언가를 강제로 집어넣었다.

"컥! 큭!"

일문이 억지로 뱉어내려 했지만 그것은 입에 들어가자마자 녹아버렸다.

"누가 그러더라. 먼 길 떠날 때는 독 정도는 가지고 다녀야 한다고."

"……!"

"그 말을 새겨듣길 잘한 것 같아."

일문은 제가 곧 죽는다는 것을 깨달았다. 그는 마지막 사력을 다해 수레를 들던 손을 놓고 수레와 함께 아래로 떨어지는 오문의 목을 붙잡았다.

"윽!"

반드시 오문을 죽이고 말겠다는 집념 덕분에 그의 몸에 독이 퍼졌음에도 죽지 않고 버티고 있었다.

"흐읍! 끄윽!"

오문은 괴로워하며 주먹으로 그를 때리고 그의 손을 할퀴었으나 아무 소용이 없었다. 숨 막힘이 극에 달하고 주변이 먹물처럼 까맣게 흐려지는 순간이었다.

"끄어……!"

갑자기 목을 누르던 힘이 사라지고 숨통이 트였다.

"컥! 끄으윽. 하아……!"

목에서 쇳소리가 나고 목젖이 끊어질 듯 아픈 것 말고는 아무것도 보고 듣고 느낄 수 없었다. 오문은 그대로 정신을 놓고 말았다. 목에 칼이 꽂혀 죽은 일문의 모습조차 확인하지 못하고.

그리고 그 둘이 누운 곳에 유강, 단유천이 서 있었다. 그는 제가 죽인 제 수하를 감정 없는 얼굴로 내려다보며 속으로 나무랐다.

'귀문의 살수 중에 이렇게 말 많은 놈은 처음이군. 앞으로 어린놈들을 데려오면 혀부터 잘라야 하나.'

끔찍한 생각을 하면서 그에게서 눈을 돌린 단유천은 무심한 눈으로 오문을 쳐다보다가 돌연 털썩 쪼그려 앉았다.

'어디 보자. 드디어 몸수색을 할 수 있게 됐군.'

그는 오문의 손목을 다시 한 번 확인한 후에 그녀의 발목 쪽도 옷을 들추어 보았다.

'없군. 정말 어디에 감춰둔 것인가? 이렇게 이동 중에? 맡기고 갔을 리는 없는데. 분명 단왕부에서 살겠다고 했으니, 맡겼을 린 없어.'

생각해 보면, 오문은 떠돌이 생활을 해서 돈이 없으니 단왕부에서 정착하기 위해 돈이 급해 팔았을지도 모른다. 하지만 녀석은 제 아버지를 찾겠다고 옥패를 들고 여기저기 기웃거려 제 행방을 스스로 귀문에 알렸다.

'그걸 그리 쉽게 포기할 리가 없을 텐데……'

잠시 생각을 정리한 단유천이 오문의 가슴 쪽을 내려다보았다.

'혹시?'

귀한 것이니 품에 가지고 다닐지도 모른다는 생각이 들었다.

'옷을 벗겨 봐야겠다.'

그는 혹시라도 오문이 깨서 오해하는 일이 없도록 기절한 그녀의 얼굴을 꼬집어 보았다. 여기서 오문을 죽일 생각은 전혀 없었다. 옥패의 행방을 알리려면 일단은 살아 있어야 했고, 저 또한 오문을 구해 태자에게 가 신임을 얻어야 했다. 화기애애하게 태자 일행과 합류해야 하니, 옷을 벗기던 중 갑자기 그녀가 깨어나 어색한 상황이 되도록 만들 순 없었다.

몇 번 뺨을 때려보아도 오문이 입을 벌린 채 정신을 잃은 건 확실했다. 단유천은 오문의 저고리 옷고름을 풀기 시작했다.

슈욱— 따악!

"윽!"

가슴 쪽 옷깃을 잡고 있던 단유천은 별안간 돌멩이가 손등으로 날아와 짧은 비명과 함께 손을 움켜잡았다.

"누구냐!"

화가 난 단유천이 날카롭게 묻는데, 저쪽에서 말을 달리는 소리가 어렴풋이 들려왔다.

'왜 이제야 소리를 들었지?'

옥패에만 정신이 팔려 멀리서 말이 오고 있는 것도 눈치채지 못하다니 한심한 일이었다. 그리고 달려오는 말에서 낯익은 목소리가 들렸다.

"당장 거기서 물러나지 못할까!"

위엄과 무게가 실린 호통에 숲이 흔들렸다. 아버지인 단왕 앞에서도 떨어본 적이 없는 단유천이 저도 모르게 어깨를 떨며 오문에게서 화들짝 떨어졌다.

'제기랄!'

본능적으로 몸을 피하고 나서야 제가 태자의 분노에 겁을 먹은 것을 깨닫고 수치심으로 더욱 바들바들 떨었다. 그러나 그 모습은 오히려 태자가 바로 코앞에 당도했을 때 보여주기 좋은 모습이었다.

"지금 네놈이 무슨 짓을 하려 했느냐!"

말에서 뛰어내려 한달음에 오문의 앞에 당도한 무호는 서늘한 호통과 함께 검을 뽑았다.

단유천은 제 목을 겨누는 서슬 퍼런 검날에 마른침을 꿀꺽 삼키며 겁을 먹은 표정을 지었다.

"무슨 짓을 하려 했는지 물었다!"

이제 꾸며낸 표정으로 버틸 수가 없었다. 태자의 살기는 진심이었다. 아마 제가 영춘의 의형만 아니었다면 아까 던진 돌이 손이 아니라 관자놀이에 박혀 즉사했을지도 모른다는 생각이 들었다.

그나마 제게 변명할 시간을 준 것이 감사할 정도로 태자는 이미 저를 죽이겠노라 마음먹고 있는 듯했다.

"저, 저는…… 다만……."

유강이 겁에 질려 제대로 말을 못하는 것을 보고 영춘이 다급하게 태자의 팔을 붙잡으며 사정했다.

"전하! 우선 이야기부터 들으시는 게 어떻겠습니까? 잠시만 칼을 내려놓으십시오. 전하!"

그러자 무호는 당장 베어버리지 못한 걸 안타까워하며 검을 거두었다.

"이제 말하라! 방금 무슨 짓을 하려 했느냐?"

유강은 침을 꿀꺽 삼킨 후에 더듬더듬 말했다.

"무, 무슨 짓 같은 걸 하, 하려던 게 아니었습니다. 오문이 숨통이 막힌 것 같아…… 그…… 어, 어쩔 수 없이 심폐소생술…… 같은……."

유강의 말에 일순 놀란 무호가 오문의 안색을 살폈다. 혈색이 그리 나빠 보이지 않고 숨소리도 고른 편이었다. 그래서 유강이 거짓말을 했다 생각했다.

"네 이놈! 이렇게 멀쩡한데 심폐소생술이라니! 무슨 엉큼한 마음을 품은 게냐!"

무호는 한때 제가 했던 짓을 유강이 하려 한 게 마음에 들지 않았다.

"아, 아닙니다! 아까는 정말 위, 위태로워 보였습니다. 저로서는 어, 어쩔 수가 없었습니다! 저기, 저, 저놈이 오문의 목을 졸라 죽이려 하기에 제가 급히 칼을 찔러 구하긴 했습니다만…… 이미 늦었는지 숨이 막혀 괴로워하다가 정신을 잃었지 뭐겠습니까."

무호는 목에 칼이 꽂혀 죽은 젊은 살수를 힐끗 보았다. 칼뿐만 아니라 몸이 시퍼렇게 된 것이 독에도 중독된 듯했다.

"저자는 이미 독에 중독되어 죽어가고 있었을 텐데, 네가 오문을 구했다고 주장하는 것이냐!"

"도, 독이라니요? 저, 저는 오문 때문에 수레가 전복되는 바람에 정신을 잃었는데, 눈을 떠보니 저자가 오문의 목을 조르고 있어서 당황한 나머지……."

무호는 유강의 말을 다 듣지도 않고 땅에 누운 오문에게 다가가 그녀를 번쩍 안아 올렸다.

"네 말을 더 듣고 있어야 할 필요를 느끼지 못하겠다. 자세한 이야기는 오문에게 직접 듣지."

하지만 이미 무호는 대강 주변을 둘러본 후 상황을 파악할 수 있었다.

수레바퀴에 박힌 단검은 제가 오문에게 주었던 것이다.

'무모했지만 그래도 살았으니 혼내지는 않겠다.'

지난번 배에서도, 늪에서도 항상 오문을 구하러 가면 한발 늦은 기분이 들었었다. 그녀는 혼자서 살수 여러 명을 상대해 왔다. 그것이 일상이라도 된 것처럼 침착하게, 당연히 스스로가 감당해야 할 일인 것처럼 다 감수해 왔다. 제가 보지 못했더라면, 오문에게서 그 얘기를 들었다면 믿지 못했을 것이다.

오문은 제가 두 손으로 힘만 줘도 부서질 것처럼 작고 여린 생명체로 보였다. 그런데 지금까지 이런 흉악한 살수들에게서 잘도 도망쳐 살아남아 왔다. 기특하고, 안쓰럽고, 또 불안하기 짝이 없었다.

'내가 비록 널 구해줬다 할 수는 없으나, 그래도 내 곁에 있어야 안심이 되겠다. 저놈들이 너를 이토록 괴롭히는데 어째서 자꾸 혼자가 되려 하느냐?

저는 오문을 지켜줄 자신이 있다. 제 옆에 있기만 한다면. 하지만 항상 위기의 순간이 오면 저와 오문은 떨어져 있었다.

쓰러진 오문과, 유강이 그녀의 옷을 벗기려 하는 것을 발견하던 순간, 무호는 세상에 태어나 처음으로 두려움을 느꼈다. 유강이란 놈은 처음부터 마음에 들지 않았었고, 오문에게 고약한 짓을 하려는 것처럼 보였기 때문이다.

하지만 그의 말대로 정말 죽을 뻔한 오문을 구한 것이라면 그의 무례함도 더 탓할 수는 없었다.

'기분은 좋지 않지만.'

어째서 제가 먼저 오문을 구하지 못한 걸까. 왜 유강이 오문을 구하러 가게 했을까.

「저는 전하께서 굳이 지켜주지 않으셔도 잘살 수 있습니다. 지금까지 그래 왔고요.」

지난번 오문의 목소리가 귓가에 메아리쳤다.

수레에 가두지 않았더라면 이번만큼은 오문이 제 옆에서 안전했을 거라고 무호는 조금 후회했다.

다행히 오문은 금방 깨어났다.

오문은 깨어나자마자 눈을 번쩍 뜨고 제 목을 움켜잡더니 크게 숨을 헐떡였다.

"하악! 하아악!"

"이제 괜찮다! 괜찮아, 오문!"

놀란 태자가 오문을 안고 등을 두들겨 주었다.

오문은 숨이 막힐 때 기절을 해서 눈을 떴을 때도 그 고통이 기억에 남아 있었다. 태자의 목소리에 안도하고 정신이 든 오문은 주변을 둘러보다 쭈뼛거리며 서 있는 유강을 발견했다.

"유강님! 유강님이 절 구해주신 거지요!"

"어? 어……."

유강은 태자의 눈치를 살피며 소심하게 말했다.

"그럴 것 같았어요. 이번엔 진짜 죽는 줄 알았는데! 정말 뭐라 감사를 드려야 할지 모르겠습니다!"

"아, 아니다……. 괜, 괜찮다."

"난 안 괜찮다."

"예?"

태자가 끼어들자 오문이 의아해했다.

"제대로 처음부터 설명하거라. 어찌 된 것이냐?"

태자가 유강이 저를 해하려 했다고 여기는 것을 알고 깜짝 놀란 오문이 수레 위로 유강이 올라탄 것부터 천천히 설명했다.

"그러니까 결국 네가 수레를 전복시켜 한 놈을 죽였고, 한 놈은 독을 먹어 어차피 죽을 놈이었는데 유강이 목을 찔러 네 공을 가로챘다는 얘기군."

깨어난 오문의 설명을 전부 들은 후, 태자는 유강의 행동을 이렇게 평했다. 자신이 아닌 유강이 오문을 구한 것에 자괴감과 패배감을 느끼고 있음이 잘 드러난 말이었다.

모두가 그것을 느꼈다.

심지어 유강도 태자의 심리를 이해하고 '그렇습니다. 제가 괜히 나섰습니다' 라고 말했지만 눈치 없는 오문이 문제였다.

"무슨 말씀이십니까? 저 진짜 목이 끊어지는 것 같고 숨이 막혀서 눈알이 튀어나오는 줄 알았습니다. 딱 죽겠다 싶을 때 도와주셔서 간신히 산 겁니다. 정말이지 유강님이 절 구하러 수레에 올라타지 않으셔서 얼마나 고마운지 모릅니다. 호위님은 형님을 잘 두신 겁니다. 헤헤."

영춘은 이번만큼은 형님에 대한 칭찬을 듣고 싶지 않았다. 굳이 오문이 유강을 데려온 것이 저라고 상기시켜 주지 않아도 이미 태자로부터 원망 같은 부정적인 눈초리를 받고 있었기 때문이다.

태자의 얼굴이 굳어가고 있으니 다른 이들도 숨죽이며 침묵했다.

한데 오문은 모두의 그런 조심스러운 분위기를 눈치채지 못한 것 같았다.

"호위님의 생명의 은인이시라 형님이 되셨는데, 저도 생명의 은인께 뭔가 보답하고 싶습니다만 감히 오라버니라고 부르기엔 제 신분이……. 아무튼 정말 감사했습니다."

"오, 오라버니는 무슨……. 그렇게 대단한 일을 한 것도 아니고, 내가 아니라, 다른 누구라도 널 구하러 갔을 것이다."

유강은 한껏 겸양을 떨며 오문의 감사를 부담스러워했다. 태자가 저를 노려보고 있으니 눈치가 조금만 있어도 그리해야 했다.

"역시…… 오라버니는 좀 부담스러우시죠?"

오문은 잔뜩 풀이 죽은 듯이 말해 유강을 더 당황스럽게 만들었다.

다른 눈치는 빠르면서 어째서 저와 관계된 눈치만 둔한 것인가! 지켜보던 사람들은 답답해서 가슴을 치고 싶을 정도였다.

"그, 그런 게 아니라……. 너, 너는 전하께서 아끼시는…… 그, 그러니까…… 아무튼 네가 내 누이동생이 되면 전하의 입장이……."

오문은 순진무구한 눈동자를 동그랗게 뜨고 유강의 말을 경청했다.

유강은 너와 내가 의남매를 맺으면 너를 부인으로 삼겠다는 태자와 나는 어떤 관계가 되겠느냐 꼭 집어서 말해주고 싶었지만 차마 그런 말을 입 밖으로 뱉을 자신이 없었다.

"감히……."

아니나 다를까, 대충 둘러댔음에도 분노한 태자가 으르렁거렸다.

"아, 아니옵니다! 저는 오문과 의남매를 맺을 생각이 없사옵니다!"

유강이 다급하게 뒤로 물러나며 손을 내저었다.

그러자 태자가 큰소리로 호통 쳤다.

"감히 네가 오문을 무시하는 게냐! 어째서 오문의 청을 거절하는 것이냐!"

"……."

유강은 기가 막혀 말도 나오지 않았다.

'이것들이 쌍으로 삽질을 해 무고한 사람을 괴롭히고 있구나!'

유강, 단유천은 오문과 태자의 뒤통수를 갈겨 주고 싶은 심정이었다. 제 성질대로 엎어버리지 못하고 계속 쩔쩔매고 있어야 한다는 게 더 미칠 것 같았다.

그런 속도 모르고 오문이 제 편을 든답시고 나섰다.

"전하! 제 생명의 은인에게 무슨 그런 말씀을 하십니까? 저를 무시하셨다면 구해주지도 않으셨을 겁니다!"

"저놈이 네가 오라버니라고 부를 자격이 없다고 괄시하고 있지 않느냐!"

그러자 단유천은 제가 위장하고 있는 유강이라는 인물에 완전히 동화되어 억울함을 호소했다.

"과, 괄시라니요. 전하! 저는 정말 전하의 입장을 생각해서……."

"내 입장은 내가 알아서 정리할 문제이지, 네놈이 생각해 줄 필요는 없다!"

"하, 하오면, 오문과 의남매를 맺겠습니다. 저는 오문을 귀여운 동생처럼 여기고 있어서 정말 아무렇지도 않습니다."

"내가 괜찮지 않아!"

유강의 말이 끝나기가 무섭게 태자가 버럭 소리를 질렀다.

"예, 예? 바, 방금…… 전하의 입장은 제가 생각지 않아도 된다고……."

"누구 마음대로 귀여운 여동생인가! 내가 언제 의남매를 맺으라 허락했느냐!"

유강은 육성으로 욕이 튀어나갈 뻔했다.

'제기랄! 미친놈아! 어쩌라고!'

이를 간신히 억누르며 울상을 지은 채 물었다.

"전하. 방금 하신 말씀과 앞뒤가 다르니, 어떤 말을 따라야 할지 하명해 주십시오. 하면 소인은 그 말씀을 그대로 따르겠습니다."

"앞뒤가 다른 말을 한 적 없다! 의남매를 맺는 것을 허락한 적도 없으며, 네가 내 핑계를 대고 오문의 청을 거절하지 말라는 뜻이었다! 내 의중을 파악하다니 주제넘은 생각이지!"

억지나 다름없는 말에 결국 오문이 참지 못하고 유강 대신 소리쳤다.

"제가 누구와 의남매를 맺든, 어째서 전하의 허락을 받아야 한단 말입니까! 그리고 왜 자꾸 제 생명의 은인을 야단치시는 겁니까! 이분이 뭘 잘못했다고 자꾸 죄인 취급하시냔 말입니다!"

"저놈이 네가 정신을 잃은 동안 무슨 짓을 하려고 했는지 아느냐!"

"심폐소생술요! 심폐소생술! 전하께서 제게 하셨던 거요!"

본의 아니게 큰 소리로 다투다 보니 태자가 오문에게 심폐소생술을 했던 것이 알려졌지만, 두 사람은 개의치 않고 힘차게 다투었다.

"내가 하려던 것은 순수한 의술적 접근이었다! 하나, 저놈이 진짜 심폐소생술을 했을지, 네가 정신을 잃은 틈을 타 몹쓸 짓을 하려 했을지는 모르는 일 아니냐!"

"순수는 무슨! 자기가 하면 순수고 남이 하면 다 더러운 줄 아십니까! 그리고 왜 자꾸 남의 진심을 짓밟고 왜곡하시는 겁니까! 절 살려주신 분에게 자꾸 이러시면 저도 더 안 참을 겁니다!"

"너를 평소 귀엽게 보고 있었다지 않느냐! 알고 지낸 지 얼마 되지도 않는 사내가 너를 지켜보고 있었다는데 너는 어째서 이리도 어리석단 말이냐! 그리고 네가 참지 않으면 어쩔 것이냐!"

"전하와 두 번 다시 말 안 할 겁니다!"

"……!"

그 어처구니없는 협박에 모두의 눈에 허탈함이 감돌았다.

하지만 태자 혼자 경악한 듯 눈을 부릅떴다.

"어서 사과하십시오! 방금 저를 욕보이려 했다고 억측한 것에 대해 사과하시지 않으면 정말 전하와 두 번 다시 말을 섞지 않을 겁니다."

무호는 엄청나게 잔인한 협박을 들은 것처럼 참담한 표정이 되었다.

단유천은 그 표정을 보며 속으로 회심의 미소를 지었다.

'이거 잘하면 내가 오문을 뺏을 수 있겠는걸?'

오문이 저에게 무한한 신뢰를 보이고 있고, 태자가 저를 핍박하니 오문은 더욱 저를 감싸고 들 것이다. 이때 오문을 가져야 했다. 오문이 제게 마음을 주면 살살 구슬려 옥패의 행방을 물어보면 될 일.

'역시 죽이지 않길 잘했다.'

제 결단력을 자화자찬하며 속으로 한껏 뿌듯하고 거만해진 단유천은 태자가 제게 사과를 하는지 어쩌는지 즐거운 마음으로 지켜보기로 했다.

싫어하는 사람에게 고개를 숙이는 건 쉽지 않은 일. 단유천은 태자가 씩씩대고 고민하며 제 성질대로 일이 되지 않아 광분하는 모습 같은, 여러 가지 우스운 꼴을 상상했다.

한데, 단유천의 기대와 달리 무호는 순식간에 마음을 정했다.

"사과하지. 그럴지도 모른다는 의심은 같은 사내로서 충분히 할 만한 오해였으니, 그쪽도 이해하기 바라네. 게다가 내가 본래 그쪽이 이유 없이 싫었던지라 나쁜 쪽으로만 생각되더군. 싫은 사람에게는 당연한 반응 아닌가. 그러니 그것도 이해해 주게."

사과인지, 욕인지, 알기 힘든 요상한 말에 단유천은 입을 뻥긋하며 '예, 예……' 라고 대답할 수밖에 없었다.

그리고 오문의 잔소리가 이어졌다.

"싫은 사람이라고 편견을 가지면 안 되는 겁니다. 저 역시 처음에는 유강 오라버니가 매우 꺼림칙하고 이유 없이 가까이 하기 싫은 사람이었지만, 그렇다고 무작정 나쁜 사람이라고 하면 안 된단 말입니다!"

태자를 나무라는 오문의 말은 단유천을 더욱 심란하게 만들었다.

"그래. 네 말이 틀리진 않았다. 한데 나는 만약을 대비해 내 감을 믿고 의심을 한 것이다. 의심하고 조심해서 나쁠 건 없지 않느냐?"

"나쁜 사람이 목숨을 걸고 저를 구해주었겠습니까! 여러 사람을 만나다 보면 첫인상이 좀 재수 없고 싫을 수는 있지만 그럴수록 더 그 사람의 좋은 점을 알려고 노력해야 인간관계가 원만하지요!"

오문이 저를 좋아하도록 만들겠노라, 그리고 어렵지 않게 그렇게 될 것이라 자신하던 단유천의 얼굴이 일그러졌다. 아무리 좋게 들어도 오문이 저를 욕하고 있는 게 분명하다 느껴진 것이다.

"내, 내가 그렇게 인상이 나빴더냐?"

유강의 질문에 오문은 서슴없이 고개를 끄덕였다.

"네. 꼭 뭔가 뒤가 구린 사람처럼 그래서요."

"흥! 그뿐이냐? 관상이 야비하다!"

"관상도 볼 줄 모르시면서! 그냥 인상이겠지요!"

사람을 앞에 두고 악평을 하는데, 아무리 마음을 단련한 단유천이라 해도 들어주기가 힘들었다.

제 33 장
몸에 좋은 건
입에도 좋아야 한다

무호는 혹여 지나가는 사람들이 살수들의 시신을 발견하고 시끄러워지는 일이 없도록 잘 묻어주라 했다. 마음 같아서는 전부 목을 잘라 성문에 매달고 싶었지만 그러기엔 너무 먼 거리였다.

모든 것이 잘 정리된 듯하자 무호가 말했다.

"산을 내려가야겠다. 마을에서 의원을 찾아야 한다."

단왕부로 곧장 진격, 아니, 행군하던 일행은 태자의 명이 반가웠다. 기단군의 편한 생활이 익숙해졌는지, 거친 산길과 마른 음식에 질려 가고 있던 참이었다.

다들 얼굴이 환해져서 좋다고 말할 참이었다. 그런데 그보다 더 빨리 오문이 반대하고 나섰다.

"의원은 무슨 의원입니까? 전 괜찮으니 괜히 저 때문에 돌아갈 필요 없습니다."

오문은 제가 멀쩡하다는 것을 확인시켜 주고 싶은지, 더 꽐꽐한 목소리로 말해 모두의 눈총을 샀다. 물론 오문은 제가 눈총을 받고 있는지 모르는 것 같았다.

"손가락이 퉁퉁 부어 있는 주제에 잔소리 말고 따라오너라. 또 수레에 갇히고 싶지 않으면."

"잔소리가 아니라, 진짜 괜찮다니까요. 보십시오. 손가락 잘 움직이지 않습니까. 목도 좀 빨갛게 되긴 했지만 다행히 유강님, 아니, 제 오라버니께서 제때 구해주셔서 멀쩡합니다. 생각할수록 천만다행이지 뭡니까. 하필 그때 정신을 차려 절 구해주시고. 헤헤."

오라버니라 불린 유강이 멋쩍게 웃어 보이며 태자의 눈치를 살폈다.

유강뿐만 아니었다. 모두 태자에게서 흘러나오는 검은 질투의 안개를 느끼고 있었다.

"내가 분명 오라버니라는 호칭은 허락할 수 없다 했다."

결국 태자가 그것을 지적했다.

"저를 구해주신 분입니다. 제가 생명의 은인이자 오라버니로 섬기겠다는데 무슨 상관이십니까?"

"상관이 아주 많다. 네 오라버니, 그리고 네가 섬겨야 할 사람은 바로 나다."

"섬기겠습니다. 충성스러운 백성으로요."

"네 오라버니는 이미 둘이나 있다!"

괜히 죄 없는 금과 첨은 자신들을 향한 태자의 손가락질에 숨이 넘어갈 듯 놀라 얼어붙고 말았다.

"어휴, 정말, 사과도 하셔놓고 옹졸하게 왜 이러십니까!"

"사과는 했다만 그것은 허락할 수 없다."

듣고 있던 단유천은 제가 언제 태자의 사과를 받았는지 알 수가 없었다.

'그딴 게 사과면 누가 사과를 하면서 자존심을 굽히고 그것을 어려워하겠나! 얼렁뚱땅 사과했다고 넘어가려 하다니!'

오문을 구하고도 유강은 태자에게 큰 칭찬과 감사의 말을 듣지 못했다.

"어차피 둘이나 있는 오라버니, 셋이 되면 또 어떻습니까! 질투할 걸 하십시오!"

무호가 가만 듣고 보니, 오라버니는 오라버니일 뿐이라는 생각이 들었다.

"좋다. 허락하지. 그래서 말인데 네 오라버니도 너를 걱정해 의원을 찾아가길 원할 것이다. 안 그런가, 유강?"

"예? 예! 지금은 괜찮은 것 같아도 나중에 후유증이 남을 수도 있으니 꼭 의원에게 보여야 할 것 같습니다!"

단유천이 모르는 게 있었으니, 태자는 진심으로 사과한 것이었다.

만약 그게 사과가 아니었다면 지금 태자가 한발 물러나 유강을 오문의 오라버니로 인정하고 있지도 않았을 테니 말이다.

"들었느냐?"

"흠……. 오라버니께서 그렇게 말씀하신다면 따라야지요. 헤헤."

유강은 오문의 천진난만한 얼굴이 꼴 보기 싫어졌다. 그도 그럴 게, 태자 말은 안 듣고 제 말은 듣겠다고 하니 그 탓에 태자의 살기를 온몸으로 받아야 하지 않는가. 아무래도 저를 골탕 먹이려는 고약한 심보처럼 느껴졌다.

매우 조용한 마을이었다. 깊은 산맥에 둘러싸인 마을은 전체적으로 사람들이 차분하고 예의가 바르며 또한 외부인들을 경계했다.

오랫동안 한곳에서 고립되어 사는 사람들의 특징이라 그것은 놀랍지 않았다. 태자가 놀란 것은 이곳에서 만난 의원 때문이었다.

"자네는 혹시…… 마 태의 아닌가?"

"……저, 전하?"

늙은 의원 역시 이런 곳에서 태자를 만난 것을 믿기 어려워했다.

"자네가 어찌 여기 있는가?"

"나이가 들어 낙향을 했사옵니다."

"아! 내가 입대를 하는 바람에 몰랐군! 한데, 여기가 자네의 고향이란 말인가?"

"약초를 공부하기 아주 좋은 곳입니다."

"하긴, 그렇긴 하겠다만. 그래도 출세했군."

이렇게 도성에서 멀리 떨어진 산골 출신이 황제의 전속 태의까지 올라갔으니 대단한 실력이었다.

"전하께오선 어쩐 일이시옵니까?"

"아, 난 폐하께서 단왕부에 다녀오라 명하셨네. 괜한 명을 내려 사람을 귀찮게 하시는군."

"두 분은 여전하십니다."

"더 나빠진 것 같은데. 아무튼 그게 중요한 게 아니라, 이 아이 좀 봐줬으면 해서."

"예?"

의원은 더러워진 도복을 입고 있는 예쁘장한 소녀를 바라보았다.

소녀는 어려 보였지만 또 어찌 보면 어려 보이지 않았다.

"목을 다친 겁니까?"

마 의원은 한 번에 오문의 불편한 곳을 찾아냈다.

"누가 목을 졸랐네. 거의 죽을 뻔했다는데 어디 잘못된 곳이 없는지 봐

다오."

"글쎄요……. 어디 부러지거나 삐뚤어진 데는 없는 것 같습니다
만……."

"한번 자세히 봐주시게. 삐뚤어진 소리만 해대는 게 아무래도 목이 졸
릴 때 혀가 삐뚤어진 듯해."

"……"

의원은 태자가 싱거운 소리를 하는 것을 보니 두 사람 사이가 특별하
다는 것을 눈치챘다.

"제가 어디가 삐뚤어졌다는 겁니까! 전하께서 세상을 삐딱하게 보시니
까 삐뚤어져 보이는 겁니다!"

소녀의 외침에 마 의원은 두 사람이 매우 가까운 사이임을 확신했다.

그리고 십 년, 아니, 태자를 모신 약 십팔 년의 체증이 확 내려가는 듯
개운한 기분이 들었다.

"나는 원래 그런 놈이지만, 다친 이후로 네가 유난히 삐딱한 것은 분명
이유가 있을 것이다. 간이 부었거나, 혀가 삐뚤어졌거나, 머리가 어떻게
됐거나."

"억지 부리지 마십시오!"

"고집 부리지 말고 어서 의원에게 보이지 못하겠느냐!"

태자가 크게 화를 내고 나서야 오문은 입을 삐죽거리며 다가왔다.

마 의원은 소녀의 목을 가만히 살펴보다가 손목을 진맥했다.

"흠……."

의원이 고개를 갸웃하며 신음을 흘리자, 무호가 얼굴을 딱딱하게 굳히
고 심각한 목소리로 물었다.

"왜? 어디가 안 좋은가?"

"흠……. 글쎄요……."

"글쎄라니! 확실히 말을 해야 할 게 아닌가!"

무호는 걱정이 되는지 안절부절못했다.

"이 아이, 언제 목이 졸려 죽을 뻔했습니까?"

"하루 전이다."

"참으로 이상합니다. 죽을 뻔한 게 맞습니까?"

"이상하다니, 무엇이?"

"보통 그런 일을 당한 지 얼마 되지 않으면 심신이 매우 허해지기 마련
인데, 심약은커녕 보통 사람보다 더 건강한지라……. 뭐 목에 붉은 자국
은 치료해야겠지만요."

무호는 의원을 향해 조심스레 물었다.

"자네 혹시, 감이 떨어진 건 아닌가?"

"전하. 그 말씀은 십 년 전에도 하셨습니다. 늘 저를 믿지 못하시는 것
같습니다."

"십 년 전?"

"예. 폐하께서 기억력이 예전과 같지 않으신데 노망이 나신 게 아니냐
물으셨지요. 제가 폐하의 옥체는 매우 건장하고 기억력 또한 젊은 사람
못지않다 아뢰었더니, 매우 실망하시며 제게 그리 말씀하신 적이 있습니
다."

"자네 기억력도 아주 좋군."

"과찬이시옵니다. 아직 노망은 나지 않은 것 같아 다행인 정도입니다."

오문은 침착하고 태연하고 진중한 의원의 말투에 큰 감명을 받았다.

'아, 배우고 싶다. 멋있어!'

제 건강에 대해서는 아무 생각도 없는 듯했다.

의원은 저를 보며 존경의 눈빛을 보내는 소녀를 보고 흠칫했다.

'그러고 보니 어디서 본 것 같은 얼굴인데…….'

호기심으로 반짝이는 눈동자가 총명해 보였다. 흔치 않은 맑은 눈이 낯익은 것이 더욱 이상했다.

"그래서 정말 다른 이상은 없단 말인가? 여기 손가락도 좀 살펴봐주게."

태자가 다그치는 바람에 소녀와 닮은 이를 떠올리려던 마 의원의 기억이 흩어졌다.

"어디 봅시다. 흠. 손가락은 관절이 조금 상한 듯하니, 당분간 손을 쓰지 않으면 금방 좋아질 것입니다."

"그게 다인가? 대충 보지 말고, 제대로 살펴봐 주게."

"글쎄요. 본래 몸이 얼마나 건강했기에 상한 것이 이 정도인지, 아니면 회복이 빠른 것인지, 제가 알기가 힘듭니다. 하나, 지금도 보통사람만큼은 멀쩡하니 별문제는 없을 것입니다."

"본래 더 건강했을 수도 있으니, 보약을 지어주게."

오문은 질색했다.

"보약은 무슨……. 저 약 안 좋아합니다. 쓰고 비려요. 그런 거 먹으면 몸이 더 안 좋아질 겁니다. 비위가 상해서."

"네가 몸을 함부로 굴린 게 하루 이틀이 아니다. 지금까지 살아 있는 것만 봐도 용하니, 언제 몸이 한 번에 갈지 모른다."

"어감이 좀 이상합니다. 몸을 함부로 굴리다니요?"

"말 그대로인데 무슨 생각을 하는지 모르겠군. 걸핏하면 넘어지고 떨어지고 구르다 다친 것이 사실이지 않느냐?"

오문은 그의 배려심 없는 표현이 마음에 들지 않았다.

"저를 섬세하게 다뤄주셨으면 좋겠습니다."

"지금도 충분히 섬세하게 대해주고 있다."

"개…… 강아지처럼 귀여워해 주긴 하시지요. 사람을 수레에 가두고 섬세하게 보호해 주시니 몸 둘 바를 모르겠습니다."

오문은 '개뿔'이라고 말할 뻔했지만 그동안 그래도 수양을 쌓았는지 자연스럽게 넘길 수 있었다.

"그런 의미에서 보약을 해주겠다. 더욱 너를 잘 보살피고자 한다."

"제 말이 어려웠습니까? 그러니까 전 사람이라고요. 강아지가 아니라!"

마 의원은 두 사람의 다투는 모습을 보고 흐뭇한 미소를 지었다.

'젊은 사람들이라 열정적이군.'

그는 꽤 관대한 사람이었다. 또한 공명정대한 사람이었다. 그는 두 사람의 말 같지 않은 다툼을 들으면서도 해결책을 고민하고 있었다.

"자, 하면 몸에 좋고 맛도 괜찮은 그런 보약을 지으면 되겠습니까?"

무호와 오문 두 사람이 동시에 의원을 쳐다보았다.

"와! 그게 가능합니까?"

"그런 게 있는데 왜 나한테는 맛없는 약을 먹였었는가?"

마 의원은 무호의 질문은 무시하고 오문을 향해 친절하게 말했다.

"딱히 어디가 아픈 건 아니고 멀쩡하니, 몸을 보양하는 데 그리 쓰고 독한 약은 필요 없을 게다."

"저도 그렇게 생각합니다!"

"나도 어디가 딱히 아프지 않고 건강했네만?"

무호는 집요하게 과거를 따져 물었지만 마 의원은 자신이 무호에게 일부러 맛없는 약을 준 것을 자백하지 않았다.

"전하. 약을 지으려면 하루 정도 예 머무셔야 하는데 괜찮으시겠습니까?"

마을이 너무 작아서 쉬어갈 곳이 마땅치 않았다. 객점 하나 없는 마을이 아닌가.

"아무데서나 자도 상관없다. 혹 다른 약도 지어줄 수 있는가?"

"다른 어떤 약이 필요하십니까?"

"내 듣기로 여인들을 안달 나게 하는 그런 약도 있다 하던데."

"……."

무호가 너무 당당하게 음탕하고 고약한 약을 주문하자 오문은 아주 큰 소리로 버럭 소리를 질렀다.

"그딴 약을 누굴 먹이시려고요!"

"왜 화를 내느냐? 나한테는 너밖에 없다."

무호는 그 약을 먹일 다른 여인이 없다고 강하게 부정했고, 그 말을 들은 오문의 표정은 분노로 부들부들 떨렸다.

"이…… 씨! 그러니까요! 지금 그걸 절 먹이겠다는거 아닙니까!"

"내가 설마 네 몸에 나쁜 걸 먹일까? 아이가 잘 들어서는 그런 좋은 약을 먹일 생각이었다."

끝까지 부끄러움도 없고 일방적인 무호 때문에 오문은 머릿속에 무언가가 툭 끊어지는 것 같았다.

"저한테 그런 약 먹일 생각은 아예 꿈도 꾸지 마십시오. 제 몸에 손가락 하나만 대보십시오. 저 정말 혀를 깨물고 말 겁니다!"

"그렇게까지 화낼 건 없지 않느냐? 다 너를 위한 것이었다."

"저를 위한 게 아니라 폐하의 목적 달성을 위한 것이지요! 제가 그리 호락호락 넘어갈 것 같습니까!"

무호가 막 뭐라 말하려는데 마 의원이 끼어들었다.

"자, 자, 두 사람 모두 이렇게 열을 낼 일이 아닙니다."

"약을 만들게!"

"만들어도 안 먹을 겁니다!"

흥분한 두 사람은 서로 다른 말을 동시에 뱉어냈다.

"아니, 그러니까 굳이 약을 먹네 마네 싸울 필요가 없다는 겁니다. 저는 그런 약을 만들지 않을 겁니다."

"왜?"

"잘 생각하셨습니다!"

"음. 이 아이의 몸은 그런 약을 먹지 않아도 건강한 아이를 열 명도 넘게 충분히 낳을 수 있는 몸인데 무엇하러 그런 약을 먹이겠습니까?"

듣고 있던 오문의 입이 믿을 수 없다는 듯 떡 벌어졌다.

"제가요? 여, 열 명이나요?"

무호는 꽤 기쁜 얼굴로 말했다.

"호오! 그런 재주가 있었군!"

"또한 그런 약으로는 아이는 얻을 수 있을지 모르나 여인의 마음을 얻지는 못하는 법입니다. 전하께서 진짜 갖고 싶은 것이 무엇이옵니까?"

무호는 얼굴을 찌푸리며 투덜거렸다.

"자네, 예전부터 쓸데없이 너무 깊이 파고들어."

"의원은 병자를 대할 때 묻고 또 묻고 또 물어야 하는 법입니다."

"지금 내가 병자라는 말인가?"

"전하께서는 예전부터 속뜻을 너무 잘 알아차리십니다."

이런 말을 하면서도 마 의원의 목소리는 한결같이 부드러워서 마치 신선 같았다. 그가 잔잔한 음성으로 태자를 누르는데 가려워서 미칠 것 같던 속을 시원하게 긁어주는 것 같았다.

오문은 신이 나서 한 술 더 떠 태자를 놀려댔다.

"하면 의원님! 태자 전하 같은 병자에게는 어떤 약을 처방하는 게 좋겠습니까?"

마 의원은 오문의 맹랑한 독설이 얄밉지가 않아 보면 볼수록 정감이 갔다. 그래서 저도 모르게 입가에 다정한 미소를 짓고 부드러운 음성으로 대답해 주었다.

"태자 전하의 약은 따로 처방할 필요가 없을 듯하다."

"설마! 가망이 없습니까?"

"그게 아니라, 이미 좋은 약을 지니고 계시니 따로 드릴 필요가 없구나."

의원의 말대로 태자는 속뜻을 잘 알아들었다. 비록 직설적인 말은 제가 듣고 싶은 대로 듣는 버릇이 있었지만.

"그렇지. 약이라고 다 쓴 건 아니었군."

오문은 자신만 알아듣지 못하는 것 같은데, 그것이 결코 제게 좋은 것 같지 않아 잔뜩 구겨진 인상이 펴지지 않았다.

계속 날이 흐리다 싶더니만 결국 비가 쏟아졌다. 이렇게 되고 보니 의원을 찾아 마을로 내려온 것은 현명한 결정이었다. 그 험한 산속에서 비까지 맞는다면 꽤나 힘든 밤을 보내야 했을 것이다.

하지만 객점조차 없는 작은 마을에는 갑자기 몰려온 태자 일행이 비를 피할 만한 곳이 없었고, 마을 사람들은 각자의 집에 일행을 몇 명씩 나누어 재우게 되었다. 물론 그에 따른 보수는 태자가 충분히 지불해 주었기 때문에 아무도 불만을 품지 않았다.

일찍 잠이 들었던 영춘은 갑자기 쏟아진 빗소리에 잠이 깼다.

"윽! 이 비를 어째! 일찍 길을 떠나긴 글렀군!"

걱정스럽게 투덜거리던 영춘은 유강이 꼼짝도 않고 창가에 서 있는 것을 보고 의아한 느낌이 들었다. 미동도 하지 않고 창밖을 보고 있는데, 마치 큰 근심이라도 있는 듯 그의 양 어깨가 매우 무겁고 경직되어 보였다.

"형님. 무슨 걱정이라도 있으십니까?"

"아……! 아니다."

유강은 마치 영춘이 일어나 투덜거리는 소리를 못 듣고 이제야 그의 목소리를 들은 것처럼 당황해했다.

"아니긴요. 표정이 어둡습니다. 무슨 일인지 제게 말씀해 보십시오. 도울 수 있는 일일지도 모르지 않습니까."

"후……. 내 속내를 감추려는 것이 아니라, 네가 도와줄 수 없는 일이라 함께 근심할 이유가 없다."

"그거야 모르는 일 아닙니까. 또한 말이라도 해야 조금이나마 가슴이 편해지는 법입니다."

영춘이 회유하며 몇 번이나 조르자, 유강은 어쩔 수 없다는 듯 멋쩍은 표정으로 말했다.

"하면 비밀로 해다오."

"물론입니다. 형님의 비밀을 지켜야지요."

"내가 네 말을 귀담아듣지 않은 것이 후회되는구나."

"예?"

"말했었지. 오문에게 관심 주지 말라고. 한데, 어느샌가 나도 모르게 오문을 사랑하게 된 것 같구나."

"헉!"

영춘은 큰소리로 숨을 들이마셨다.

'아니! 왜 하필 오문이야! 전하도 그렇고 형님도 그렇고, 그 괴상한 계집을 왜 이렇게들 좋아해!'

오문과 함께 지내본 영춘이 보기에 정상적인 사내라면 누구라도 오문을 사랑할 수 없을 거라 생각했다. 그녀는 꽤 봐줄 만한 귀여운 여인이었고, 선하고 밝은 성정이 사람을 편하게 만들어주었지만 그 이상으로 감당하기 힘든 정신세계를 갖고 있지 않나. 특이하다는 이유로 여인을 사랑하는 독특한 사내가 몇이나 되겠는가.

영춘은 두 사람 중 누구를 응원해야 하는가, 이를 고민하고 근심하지 않았다. 대신 다른 문제로 골치가 아파졌다.

'세상에 이렇게 전부 뜯어 말리고 싶은 삼각관계가 어디 있는지 원!'

태자가 오문을 데리고 궁으로 가겠다는 것만 생각해도 황제의 노기 어린 용안이 떠올라 머리가 지끈거리는 마당이었다. 의형의 뜬금없는 고백이 가엾기보다 이건 또 웬 병신 같은 소리인가 황당할 뿐이었다.

유강은 영춘의 다소 얼빠지고 일그러진 표정을 보고 깊은 한숨을 내쉬었다.

"그래. 네 맘 안다. 태자 전하와 내가 한 여인을 두고 다툴 수 없음을 모르지 않아."

"아니, 그게 아니라……."

"어찌 전하께서 궁으로 데려간다 한 여인을 탐할 수 있느냐, 나를 욕해도 할 말이 없구나."

영춘은 유강이 멋대로 제 생각을 오해하자 답답한 마음에 버럭 소리를 질렀다.

"그게 아니라! 어째서 하필 오문일 수 있나 믿기 어려워서 그런 것입니다!"

"응? 오문이 왜?"

"뭐, 태자 전하야 워낙에 독특하신 분이고, 몇 달이나 생사고락을 함께 했으니 정이 들었거니 싶지만, 만난 지 얼마나 됐다고 형님께서 오문에게 반할 수 있단 말입니까? 그 아이가 절세미녀라면 또 모를까!"

"내가 오문을 좋아한다는 것이 그리 믿기 어려운 일인지는 모르겠구나. 생각해 보아라. 오문이 놈들 손에 끌려갈 때 나는 그때 제정신이 아니었다. 오문이 위험하다는 생각에 나도 모르게 그 수레에 뛰어오른 것이야."

"그러니까 왜요? 설마 형님도 오문의 음식 솜씨에 반한 것은 아니시지요? 하긴 전하도 따지고 보면 이해가 안 갑니다. 요리를 시킬 것이면 숙수로 데려가시지. 후⋯⋯."

"그리 물으니 할 말이 없구나. 그냥 저 천진난만함이 나는 좋더구나."

"그 나이에 천진난만한 게 문제 아닙니까?"

"고난 속에서도 해맑은 오문을 보니 상단의 실패로 좌절하고 있던 내 자신이 부끄러워지더군."

유강은 영춘의 말을 제대로 듣지 않는 것 같았다.

"좌절하고 계셨던 겁니까?"

별로 그래 보이지 않았기에 의아했다.

"게다가 나는 그런 오문을 제대로 지켜주지도 못했다. 넌 그 자리에 없어서 자세히 모르겠지만, 나는 부끄럽게도 뭐 하나 제대로 해보지도 못하고 기절했지."

오문이 살수 두 명을 거의 다 혼자 처리한 것과 다름없으니 사내로서, 무인으로서 자책하는 마음은 영춘도 이해했다.

"그러지 마십시오. 어쨌든 오문을 구한 것은 형님이십니다. 형님이 아니었다면 오문은 지금쯤 이 세상 사람이 아닐 것입니다."

유강은 고개를 절레절레 저었다.

"아니다. 오문도 말만 고맙다 하지, 속으로는 내 욕을 할 것이다. 수레에 오르면 뭐 하나, 살수 한 명도 제대로 처리하지 못했다. 오문의 기지가 아니었다면 나 역시 죽었다. 사람들 모두 나를 손가락질하고 있는 것 같구나."

"무슨 그런 말씀이 다 있습니까! 오문은 기지를 발휘한 것이 아니라, 형님도 죽일 뻔한 것이지요. 수레를 전복시키다니! 형님이 간신히 정신이 들었기 망정이지, 정말 큰일 날 뻔하지 않았습니까! 형님은 오문의 생명의 은인이 분명합니다."

"정말이냐? 정말 오문도 그리 생각해 줄까?"

그가 반색하며 묻자 영춘은 깊은 한숨이 흘러나왔다.

"후— 예. 그건 그럴 겁니다. 하지만 오문에 대한 마음은 접으십시오."

"내가 근심하는 것은 사내로서 좋아하는 여인을 구해내는 것이 옳은
지, 아니면 태자께 충성해야 옳은지 그것을 판단할 수가 없어서 이러는
것이다."

"오문을 구해내다니요?"

"내가 보기에 오문은 태자께 억지로 끌려 다니고 있다. 안타까운 일이
지. 좋아하지 않는 상대이지만 태자이기에 어쩔 수 없이 벗어나지 못하고
있지 않느냐. 얼마나 가련한가."

영춘은 오문이 가련함과는 어울리지 않는 것 같아 팔에 소름이 돋았
다. 그래서 되도록 형님이 품은 오문에 대한 환상을 깨 주고 싶었다.

"그, 그렇습니까? 제 눈에는 오문도 전하가 싫은 것처럼은 안 보이던
데……. 둘이 아주 쿵짝이 맞아서 즐거워 보이던데요."

"싫지 않은 것과 좋아하는 것은 다르지 않느냐? 지금 오문은 태자 전하
께 사랑을 강요당하고 있다. 싫지는 않으니 좋아하려고 노력하는 것뿐이
지."

"에이. 그 녀석은 그런 노력을 할 만큼 속이 깊지 않습니다. 싫고 좋음
이 분명한 녀석이라 지금도 대놓고 궁에 안 가겠다고 떼쓰고 있지 않습니
까."

단유천은 영춘을 설득해 오문과 함께 태자에게서 빠져나갈 수 있도록
도움을 받으려 했으나 대화가 뜻대로 되지 않자 짜증이 치밀었다.

"그래! 안 가겠다지 않느냐! 태자 전하에게서 벗어나고 싶은 게 아니냔
말이다!"

"그렇긴 합니다만 진짜 전하가 싫었으면 진작 도망갔을 녀석이라서요. 궁에 가자는 말에 마음이 복잡해졌을 뿐인 것 같더라고요. 태자 전하의 여인이 되는데, 마다할 계집이 어디 있겠습니까?"

"태자비로 내정된 산호라는 아가씨가 있는데 오문의 인생이 어찌 되겠느냐?"

영춘은 머리를 긁적이며 말했다.

"글쎄, 뭐…… 살수들한테 쫓기고 동녀로 팔리지 않나, 창기가 되지 않나……. 지금까지보다는 살기가 괜찮을 것 같은데요?"

그 태평한 소리에 단유천은 뒷목을 잡을 뻔했다.

'이 멍청한 놈! 산호가 오문을 가만히 놔둘 것 같아!'

누구보다도 산호를 오래 봐온 제가 보기에 오문은 지금 사면초가였다.

제게 잡혀 죽거나, 산호의 질투에 죽거나. 그러니, 그냥 제게 잡혀 순순히 옥패를 주고 죽는다면 얼마나 좋겠는가.

단유천은 어수룩해 보이던 영춘이 제 생각보다 더 어수룩해서 전혀 도움이 되지 않는 다는 것을 이제야 깨달았다.

같은 시각, 백골 기예단에서 따로 떨어져 장우와 한 방을 쓰게 된 상 역시 빗소리를 들으며 자지 않고 있었다.

"정말 다친 곳은 없느냐?"

장우는 제 팔에 기대 눈을 감고 있는 상이 잠들지 않은 것을 알고 있었다.

"네. 멀쩡합니다."

장우가 의원이 있을 때 다치거나 안 좋은 곳이 있으면 보이라 했지만 상은 괜찮다고 했다.

계속 함께 싸워오며 느꼈지만, 상뿐만 아니라 기예단은 보면 볼수록 희한한 집단이었다. 고작 떠돌이 기예단의 실력으로 살수들과 대등하게 싸우고 생채기 하나 나지 않는 데다 사람을 베는 데도 그다지 두려움이 없었다. 화려한 볼거리를 보여주는 무예와 실제로 사람을 해치는 무예는 서로 그 길이 달라 곡예단이 살수들과 싸워 버틴다는 게 수상하기까지 했다. 이참에 장우는 상에게 참았던 궁금증을 묻기로 했다.

"잠이 오지 않으면 함께 이야기나 나누는 것이 어떨까?"

그러자 상이 눈을 번쩍 뜨더니 일어나 앉았다.

"술상이라도 봐올까요?"

"응? 술은 왜?"

"적적하셔서 그러시는 거 아닙니까?"

"네가 술이 마시고 싶은 것은 아니고?"

"어휴. 아닙니다. 실은 제가 이러고 있으니 좀 불편해서요."

"무엇이 불편해?"

"아니, 그게…… 호, 혹시 저한테 뭔가 원하는 게 있으신데 제가 눈치 없이 알아차리지 못하는 것인지……."

장우는 살짝 눈살을 찌푸렸다.

"혹시 내가 네 시중을 바라고 널 데려왔을 거라 생각하는 것이냐?"

"그러니까 혹시 몰라서 말입니다."

"네가 바라고 있는 거라면 얼마든지……."

"누가 그걸 바랍니까! 남의 집에서!"

상이 소리를 버럭 질러 장우의 말을 막아버리자 그가 피식 웃으며 말했다.

"하면 내가 남의 집에서 그런 짓을 바랄 놈으로 본 게냐?"

그러자 상이 새치름하게 반문했다.

"사내들이란 본래 때와 장소를 가릴 줄 모르는 그런 족속들이 아닙니까?"

"뭐, 그렇지. 하지만 알아 둬라. 나는 원하면 돌려 말하지 않는다. 그러니 너도 원할 때와 원하지 않을 때를 분명히 밝혀라. 때와 장소에 상관없이."

장우의 자신감 넘치는 대담한 말에 상은 저답지 않게 얼굴을 붉혔다.

"저는 대장님처럼 그렇게 뻔뻔하지 못합니다."

"글쎄다. 네가 내게 다 고백하지 않았느냐? 모를 때라면 모를까, 네가 어떤 여인인지 아는데 내가 그 말을 믿을 것 같으냐?"

장우가 놀리자 상이 고개를 돌리며 투덜거렸다.

"하아! 괜히 말해서는 저만 손해 보는 기분입니다."

"그래서 말인데, 이왕 고백한 김에 전부 털어놓는 게 어떻겠느냐?"

상은 다시 고개를 돌려 장우를 바라보았다. 무슨 뜬금없는 소리인지 모르겠다는 눈빛이었다.

"우선 네가 하는 말을 무조건 믿겠다고 약조하지. 다 들은 후에 그것이 내가 몰라야 할 일이었다면 잊어주겠다. 아무것도 못 들은 것으로 해주겠단 말이다."

"저…… 무슨 말씀이신지? 제가 아직 대장님을 꼬드겨 보려고 수작질을 하는 것으로 보이신다면……."

"대체 너희 백골 기예단의 진짜 정체가 무엇이냐?"

"……예?"

상은 그가 무슨 말을 하는 건지 정말 모르는 표정이었다.

"흠…… 떠돌이 기예단의 무예 솜씨가 아닌 듯해서 말이다."

"글쎄요……. 저희는 그저 단주가 어릴 때부터 가르쳐 준 걸 하는 것뿐입니다. 물론 많은 일이 있긴 했지만요."

"많은 일이라니?"

"몇 년 전에 오문이 그렇게 팔려가는 걸 보고 다들 이를 갈았거든요. 예전에는 광두가 싸우는 법을 가르쳐 줘도 그렇게 열심히 하지 않았는데, 힘이 없다는 게 너무 화가 나서 다들 무예를 죽어라 익혔습니다."

"광두는 왜 너희에게 실전 무예를 가르친 것이냐?"

"실전 무예를 익혀야 곡예도 실제처럼 박진감이 넘친다고, 그리고 또…… 저희가 떠돌다 보니까 산적들이나 건달패들과 시비가 붙었던 일도 많았으니까요. 저희가 어리고 힘이 없을 때는 단주가 혼자 다 상대하느라 늘 당하기만 했습니다."

상이 말하는 것을 들어보면 그녀가 저를 속이는 기색을 전혀 느낄 수 없었다. 그럼에도 장우는 썩 개운하지 않았다.

"흠……. 곡예를 위해 실전 무예를 익히다니, 보통의 기예단들도 그리 하는 것이냐?"

"저기…… 그게 그렇게 이상한 일인가요?"

상은 장우가 광두를 의심하는 것 같아 눈동자가 떨릴 만큼 불안해하고 있었다.

장우는 그런 상의 팔을 잡아주며 괜찮다는 듯이 웃어 보였다.

"내가 아까 약조하지 않았느냐? 혹 내가 몰라야 할 일이라면 끝까지 숨기겠노라고. 그러니 또 알아낸들 뭐 하겠느냐? 게다가 듣고 보니, 괜한 호기심이었던 모양이다. 태자 전하의 친위대장직을 맡은 후로 내가 의심이 많아진 듯해."

상은 격하게 고개를 끄덕였다.

"예! 다른 기예단은 어떨지 모르겠지만 우리 단주는 백골 기예단을 아주 큰, 세상에서 제일 큰 기예단으로 만들겠다는 꿈이 있으신 분입니다. 그러니 아마 실전 무예까지 열심히 가르쳐 준 걸 거예요. 그것 외에는 요즘은 노름도 안 하고 생긴 것과 달리 순박하고 착한 분이십니다."

상이 격하게 광두를 두둔하자, 장우도 그렇다고 고개를 끄덕였다.

아무래도 상에게 광두는 아버지나 큰오라버니 같은 존재인 모양이었다. 그를 의심하는 모습을 더 보여줄 수는 없었다.

하지만 장우가 납득해서 그만둔 것은 아니었다.

광두 혼자 모두를 가르쳤다 했다.

한 가지 무기와 기술을 가르치는 것도 힘든데, 금·상·첨·화 넷에게 모두 다른 무예를 가르친 것은 정말 대단한 일이 아닐 수 없었다. 그의 존재가 더욱 의심스러워진 것이다.

"세상에서 제일 큰 기예단이라……. 포부가 크지만 그것은 이룰 수 없는 꿈이겠구나."

"우리도 그렇게 안 될 거라고 놀리긴 하지만 대장님께서 그리 말씀하시니 어쩐지 기분이 별로입니다. 꼭 저희가 그동안 해왔던 일들이 아무것도 아닌 것처럼 무시당하는 기분입니다."

"저런. 잘못 알아들었구나. 세상에서 제일 큰 기예단을 만들려면 너란 존재가 반드시 필요할 것인데, 너는 앞으로 계속 내 곁에 있을 것이니, 광두의 꿈은 물거품이 됐다 봐야지."

그 듣기 좋은 말에 넘어가지 않을 여인이 어디 있을까.

상의 눈동자에 얄궂은 색기가 비쳤다.

"지금이 바로 때와 장소를 가리지 않고 저를 원하시는 때인 모양입니다."

잠자리에 불만이 있는 사람이라고는 오문밖에 없었다.

오문은 권력의 힘을 이기지 못하고 태자와 함께 의원의 집에 머물게 되었다. 태자를 거부할 수 있었지만, 태자의 눈치를 보는 나머지 일행들이 아무도 오문과 함께 자려 하지 않았기 때문이다.

그리고 그날 저녁 오문은 의원이 말한 태자의 약이 무엇인지도 알게 되었다. 마 의원이 그 둘에게 침상이 하나밖에 없는 방을 내주었기 때문이다.

"비가 옵니다."

한 침상을 쓰는 것이 부끄럽고 저어되는 것은 아니었으나, 태자와 인생을 건 신경전을 벌이는 중이었기 때문에 오문은 창가에 앉아 턱을 괴고 있었다.

"그래. 아예 쏟아지는구나. 이리되면 비가 그치고도 땅이 마를 때까지는 당분간 길을 떠날 수가 없겠군."

"전하는 단왕부에 가고 싶지 않은 것입니까?"

오문은 여전히 창밖을 바라보며 나직이 물었다. 비는 천둥이 치지 않는 것이 신기할 만큼 큰 소리로 땅을 때리고 있었지만 오문의 작은 음성은 신기하게도 태자의 귀에 오롯이 닿았다.

"어려운 질문을 하는군."

"전하께서는 언제나 쉽게 말씀하시는데 어째서 그 질문은 어려우십니까?"

"내 의지로 가는 것이 아니나, 내가 결국 가겠다 선택한 일이라 그렇다."

무호는 황제의 명을 따를 수밖에 없었노라 생각지 않았다. 제가 끝까지 고집을 부리고 가지 않겠다 했으면 가지 않았을 것이다. 하나, 결국 제가 황제와 합의를 보았다. 그러니 이제 와서 가기 싫었다고만 말하는 것은 비겁한 책임회피라 생각했다.

"지금은 가고 싶지 않다는 뜻이군요."

"결국 그리되는군."

"가고 싶지 않은 원인은 저입니까?"

이번엔 오문이 무호를 똑바로 보며 물었다.

"굳이 말하자면 너로 인해 가고 싶지 않았던 이유가 더 커졌다."

"저를 어떻게 소개해야 할지, 솔직히 전하도 난감하시겠지요. 산호 아가씨가 전하와의 의리를 지켜온 것은 사실인데, 전하께서 배신자가 되시고 저는 전하를 홀린 더러운 악녀가 될 테니까요."

"아니. 그런 것을 걱정해서 가고 싶지 않은 게 아니다."

"센 척하지 말고 솔직해지십시오. 이곳에 머무를 수 있게 해준 비를 고맙게 여기지 마시고 그냥 저를 버리시면 됩니다."

"내가 가고 싶지 않은 이유는 단왕부에 도착하기 전에 알아야 할 일이 있어서다."

오문 역시 짐작 가는 바가 있었다.

"그 옥패 다시 돌려주십시오."

"옥패 따위 버리겠다더니 결국 이것 때문에 도망치지 못했느냐?"

"전하께서 그 옥패에 대해 알아내려 하시니, 불안해서 견딜 수가 없습니다. 몰라야 좋은 일도 있지 않겠습니까? 괜한 일에 전하께서 말려들까 두렵습니다."

"어째서 그리 생각하느냐?"

"모든 걸 밝혔으니 거리낌 없이 제 생각을 말씀드리자면, 귀문의 살수들은 전하의 목숨을 노리는 것이 아니라 제 옥패를 찾는 것이 확실했습니다."

사실 무호도 그것은 짐작하고 있었다. 오문을 죽일 거라면 그 자리에서 죽이면 될 것을 굳이 수레를 끌고 멀리 데려갔다는 것은 진짜 목적을 빼가기 위해 미끼를 던졌다고 볼 수 있었다.

"이번에 귀문에서 보낸 자들은 지금까지보다 확연히 실력 있는 자들이었고, 그중에 가장 강하다는 일귀는 제게 보냈습니다. 일귀에게 물어보니, 저를 찾아 죽이려 한 것이 옥패 때문이라고 확실히 말했습니다."

무호는 불쾌한 듯 인상을 구겼다. 예상했던 대로 오문은 그 살귀 중에 가장 위험한 자를 상대했던 것이다. 제가 버젓이 있었음에도 오문을 그들에게 잠시나마 빼앗기고 위태롭게 만들었음이 치욕스러웠다.

"그렇다면 나는 더욱 그 옥패를 네게 줄 수 없다."

"제가 옥패를 갖고 있지 않아서 산 것은 아닙니다. 제 생각에 옥패는 취해야 하는 것이고 저는 죽여야 하는 대상인 것입니다. 어차피 그런 것이라면 제가 해결하겠습니다."

"네가? 어떻게? 어떤 식으로 해결할 것이냐? 옥패를 빼앗기고 네가 죽으면 다 끝날 거라 여기느냐?"

무호는 지금 매우 화가 나 있었다. 오문이 저를 어떻게 생각하고 있는지가 느껴져서였다.

"전하. 혹시 화나셨습니까?"

"혹시가 아니라, 매우 화가 났다. 너는 정말 죽을 뻔했다. 운이 좋아 살았을 뿐이다! 한데 무섭지 않느냐? 겁나지 않아? 옥패를 들고 또 그런 놈들을, 아니, 그보다 강한 놈들을 만나게 될지 모르는데 혼자서 뭘 어찌하겠다는 게냐!"

"하지만 그 옥패 일은 제 일입니다. 제가 알아서 해야 할 일이지, 한 나라의 태자 전하를 위험한 일에 끌어들일 수는 없습니다. 가뜩이나 전하는 처음부터 귀문의 표적이었던 분인데, 옥패까지 연루된 것을 알면 모두 다 전하께 덤빌 것입니다."

"그러니까 너는 결국 나를 제화국의 태자로밖에 보지 않는구나."

"예?"

"너를 지켜줄 수 있는 울타리, 너를 숨겨줄 수 있는 그늘이 되어줄 네 사람이라는 생각은 전혀 못하고 있지 않느냐!"

"……."

오문은 태자를 가만히 쳐다보며 입술도 달싹하지 못했다. 태자가 저를 아끼는 마음을 모를 리가 없나. 하지만 그렇다고 같이 위험해지자 하는 것은 이기적인 생각이었다.

"네가 무슨 생각을 하는지는 안다. 하나, 이제 어쩔 수 없다. 옥패에 대해 몰랐다면 그것은 태자의 일이 아닐 수도 있으나, 태자인 내가 내 나라에서 내가 모르는 거대한 움직임을 찾아냈다. 이를 간과하는 것이야말로 태자의 책임을 다하지 못하는 것이다."

"그런 거대한 것이 아닐지도 모릅니다. 사적인 원한이 얽힌 그런 것일지도 모릅니다."

"아니다. 그만한 일로 귀문이 이렇게까지 움직일 리가 없다. 이들의 움직임은 마치 태자인 나를 시해하려던 때만큼 조직적이다."

오문은 그 말에 반박할 수 없었다.

"너는 이제 나와 한 배를 탔다. 그러니 도망가려만 하지 말고 지금처럼 내게 전부 말해줘야 한다. 네가 느낀 것, 알아낸 것, 모두 다. 나를 위한다면 차라리 그렇게 해. 산호의 거취보다 네게 닥친 일이 우리 모두에게 더 중한 일이란 말이다."

"알겠습니다."

오문이 순순히 그러겠다 하자 무호는 의심스러워 선뜻 기뻐할 수가 없었다.

"정말이냐?"

오문은 조금 차가운 목소리로 말했다.

"전하께서 단왕부에 도착하기 전에 알아내고 싶다 하셨습니다. 저 역시 그렇게 되기 바랍니다. 단왕부에 도착한 뒤의 일은 그때 생각해도 될 테지요. 그러니까 전하와 함께 힘을 합쳐 옥패를 노리는 자가 누구인지 알아내겠습니다."

무호는 침상에서 일어났다.

그는 창가에 있는 오문에게 천천히 걸어가 그녀를 안았다.

제 몸에 손도 대지 말라 소리쳤던 오문은 어쩐지 그를 거부할 수 없었다.

"마 의원의 말을 듣지 못했느냐? 내 병은 네가 있어야 낫는다니, 제화국의 미래를 위해서라도 네가 나와 궁으로 가야겠다."

농처럼 다독거리는 말에 오문이 여전히 긴장감을 풀지 않고 말했다.

"하면 약조해 주십시오."

"원하는 게 있느냐?"

"저는 평생을 누군가에게 기대본 적이 없습니다."

"안다."

"그래서 누가 제 인생을 돌봐주고 책임져 준다는 말이 너무나 이상하게 들립니다."

쫓고 쫓기고, 죽음을 피해 다니는 동안 누군가에게 도움을 요청한 적이 없었다. 당연히 그래야 하는 줄 알았다. 그 어린 나이에도 스스로 숨을 곳을 정했을 만큼, 저를 도와줄 사람을 찾을 생각은 해본 적도 없었다.

그런데 이제는 혼자가 아니어도 된단다. 낯설지만 싫지 않았다. 오히려 너무 달콤한 유혹이라 뿌리치기 힘들었다.

"이상한 게 아니다."

"두렵기도 합니다."

"나는 결코 네게 해가 되는 존재가 아니다."

"저를 온전히 맡겨 버렸다가 만약에 버림받았을 때는요? 저는 제가 다시 혼자 떠돌며 살던 오문이 될 수 있는 것일까 두렵습니다."

달콤함에 길들여지면 쓴 것은 입에 댈 수도 없게 된다. 그렇기에 오문은 그에게 깊이 빠져들기가 겁이 났다.

"너를 버리지 말라 약조해 달라는 것이라면 얼마든지 할 수 있다."

"저는 그런 약조를 믿지 않습니다. 제가 바라는 것은 그런 것이 아닙니다."

무호는 저를 믿지 않는 오문이 서운했지만 그녀가 바라는 것이 무엇인지가 궁금해서 그녀의 다음 말을 기다렸다.

"전하. 만약 전하께서 저를 의심하거나, 제게 실망하는 날이 온다면 저를 다시 세상에 놓아주십시오."

"……!"

무호는 오문이 앞에 했던 이야기와 지금 이야기가 너무 달라 그녀의 마음을 이해할 수 없었다. 버려지는 것이 두렵다면서 버려 달라고 하니, 너무나 모순적이지 않은가.

"저는 언제든 떠날 준비를 하며 살고 싶습니다. 전하에게만 매달리지 않고, 권력에 욕심내지 않고, 그저 전하와 기쁨만을 나누며 살겠습니다. 하니, 제가 질리고 실망스러우면 아무도 몰래 저란 존재를 놓아주십시오. 다시 떠돌이 오문으로 살도록 버려 주십시오."

오문의 각오와 결심이 느껴지는 청에 무호는 그만 피식 웃고 말았다.

"오문아. 너는 나보다 너를 모르는구나."

"……?"

"네가 내게 매달리지 않고 권력에 욕심을 내지 않겠다고?"

"예. 궁에 가면 제게 어떤 자리를 내리셔도, 혹은 아무 자리를 내리지 않으셔도 아무것도 바라고 욕심내지 않을 테니 그런 저를 믿어주십시오."

"너는 이미 글러 먹었다."

"제가요? 저는 정말 그럴 마음이……."

"네가 궁에 가 권력을 갖겠다니, 그런 생각을 할 수 있을 리가 없는 글러 먹은 인간이란 말이다."

오문은 태자의 말이 선뜻 이해되지 않아 멍청한 얼굴을 했다.

"무슨 말인지 알아듣지 못해도 상관없다. 그런 약조라면 얼마든지 해주지."

무호는 오문에게 실망하는 일이 일어나지 않을 것이며, 따라서 그녀를 놓아줄 일이 없을 거라 확신했다. 그러니 그 약조는 어렵지 않았다.

"하지만 나도 한 가지 묻고 싶은 게 있다. 너는 내가 태자라서 나와 함께 있는 것이 부담스러운 것이냐? 아니면 나란 사내에게 아무 마음이 없는데 내가 너를 억지로 데리고 다니는 것이냐?"

"……."

노골적인 질문에 오문은 무호에게서 슬쩍 시선을 돌리고 말을 피했다.

"내 질문이 어려우냐? 하면 나와 함께 있는 지금은 어떠냐? 억지로 이 방에 온 것이냐?"

태자에게 이미 약조를 받아낸 오문이다.

오문은 얼굴을 붉히고 입을 조금 삐죽거리며 말했다.

"뭐…… 저도 전하와 노는 것이…… 싫지 않으니까요."

"그래. 그거면 됐다."

무호의 입술이 오문의 입술로 다가갔다.

그리고 오문이 알아차릴 겨를도 없이 그녀의 입술에 입을 맞추고, 그녀의 놀란 입술이 벌어질 때 그 입술 안을 빨아들이며 더욱 깊은 호흡을 맞추었다.

후둑후둑 떨어지는 빗방울 소리가 오문의 귀를 감미로운 선율로 채워

주었다.

오문은 잠시 다른 세상 속으로 들어간 것 같았다.

달콤하고 몽환적인 세상 속에서 깨지 않으려고 허우적거렸다.

무호는 그런 오문에게서 입술을 떼지 않고 그녀를 번쩍 안아 올렸다.

그리고 푹신한 침상에 그녀를 눕히고 그 위에서 엎드려 입을 뗀 채 내려다보며 싱긋 웃었다.

"입에 쓴 약만 있는 게 아니지 않나."

무호는 세상에서 가장 단 약을 처방해 준 마 의원이 천하의 명의였음을 믿어 의심치 않았다.

"저한테도 전하는 귀하고 단 약입니다."

오문의 달짝지근한 속삭임에 무호는 뜨거운 피가 솟구치는 듯 마음이 급해졌다. 그러나 약은 오래 뭉근하게 끓여야 한다는 것을 잘 알기에 서두르지 않고 불을 지피기 시작했다.

오문이 불만스러워하던 그녀의 가슴은 무호가 한입에 베어 물고 입안에서 짓궂게 희롱하기 딱 알맞았다. 보드라우면서도 탄력 있는 오문의 가슴은 그녀가 생각하는 것처럼 초라하지 않았다. 오문의 몸은 민감했고, 무호가 혀로 그녀의 앙증맞은 유두를 굴리자, 금세 딱딱하게 오므라드는 것이 느껴졌다. 그가 만질 때마다 수줍은 듯 움츠러드는 모양새 같아서, 사내의 마음을 불끈거리게 만들기는 충분했다.

이제 마음과 달리 무호의 손이 성급하게 움직였다. 오문의 다리 사이로 들어가 그녀의 속살을 바삐 문질렀다. 손가락을 감싸주는 살덩이가 뜨겁고 미끈거렸다. 오문의 다리가 떨리고 있음이 느껴졌다. 그것이 쾌감을 참느라 그러는 것인지, 긴장으로 잔뜩 몸에 힘이 들어간 것인지까지는 알 수 없었지만, 이불을 뜯는 그녀의 손을 보며 무호의 손에도 더욱 힘이 들어갔다.

붉게 번들거리며 무호를 유혹하는 오문의 속살은 꼭 다물어진 채 고집을 부리고 있었다. 그러나 결국 오래가지 못하고 뜨거운 물이 왈칵 쏟아져 나왔다.

무호는 그 속으로 손가락을 찔러 넣었다. 오문이 놀라서 제 손가락을 물자, 무호는 오문의 내벽 안을 더듬었다. 온몸이 경련을 일으키다가 마침내 그녀의 속살이 스스로 무호의 손가락을 당기는 듯했다.

무호는 한 손으로 잔뜩 오므리고 있던 오문의 무릎을 활짝 벌렸다. 이불을 쥐어뜯던 오문의 손이 아래를 감쌌으나 그런다고 가려지지 않았다. 이미 음란한 향을 잔뜩 풍기고 있는데 감춰질 게 아니지 않나. 한참 휘저었던 손가락을 빼고 음경을 그녀의 입구에 갖다 대자 가렸던 손은 자연스레 다시 이불로 향했다.

오문은 손가락과는 비교가 되지 않는 크기의 딱딱하고 뜨거운 것이 닿자, 심장이 쿵쾅거렸다. 그가 그것을 제 꽃잎 사이에 문지르며 찌르듯이 희롱하는데도 기대감이 차오르고 뭉클뭉클 무언가 뜨거운 것이 뱃속에 피어오르는 것 같았다.

잠시 후 무호는 오문의 가늘고 흰 다리를 제 허리 뒤로 바짝 잡아당기며 그녀의 입구를 벌리고 제 것을 밀어 넣기 시작했다.

"하아…… 읏!"

꽉 깨물고 있던 오문의 입술이 열리고 참았던 신음을 토해냈다. 허리를 뒤틀며 힘겨운 듯 무호를 받아들이고 있었지만 결코 피하지는 않았다.

처음도 아니건만, 아직 오문은 제 안이 꽉 차는 이물감을 견디기가 쉽지 않았다. 아래를 불로 지지는 듯한 뜨거움이 마치 생살을 찢고 오는 듯 밀고 들어왔다. 어쩌면 앞으로도 꽤 오래 적응하지 못할 수도 있겠지만, 그렇다고 이 느낌이 싫은 것만은 아니었다. 오히려 막상 이렇게 그와 몸을 맞대고 있노라면 하나가 된 것 같은 충만감에 설레어 부끄러움이 물러

가곤 했다.

"이대로 그냥 안고만 있어도 좋겠습니다."

"하! 누굴 죽이려고?"

무호는 생각만 해도 끔찍하다는 듯 진저리를 치며, 그런 소리가 나오지 않게 해주겠다고 허리를 움직였다. 뒤로 물러갔다가 다시금 살이 맞닿을 때마다 질척한 소리가 더욱 커졌으나 두 사람은 개의치 않았다.

비가 세상을 적시는 소리는 세차게 흐르는 계곡물 소리와 함께 모든 소리를 물속에 가두었다. 덕분에 사랑을 나누는 데 거침없는 남녀는 그 갇힌 세상에서 유영하며 비와 함께 흠뻑 젖어버렸다.

오문의 가슴을 타고 빗방울처럼 땀이 흘러내렸다.

"흐읏……."

무호가 허리를 밀어 넣으며 오문의 아랫배에 부딪쳐 올 때마다, 오문은 어김없이 울음 같은 신음 소리를 토해냈다.

그는 오문을 부숴 버릴 것처럼 강하게 찔러 들어가다가도, 이내 그녀의 속살 여기저기를 찔러대거나, 천천히 내벽을 긁어가며 들어오기도 했다.

덕분에 오문은 숨이 차오르는 것도 모를 만큼 정신이 하나도 없었다. 저도 모르게 엉덩이를 들썩이거나 허리를 뒤틀며 음란하게 무호를 물고 당기고 있는 것도 전혀 깨닫지 못하고 있었다.

한참 달려 나가던 무호가 돌연 멈추더니 새빨갛게 물든 오문의 얼굴을 내려다보며 물었다.

"하아……. 어떠냐? 이대로 안고 잠이 들까?"

그러자 오문이 들뜬 목소리를 감추지 못하고 반문했다.

"하아, 하아……. 누굴 죽이시려는 겁니까?"

"그럼 지금 원하는 것을 말해보거라."

오문은 말하지 않았다. 대신 돌연 손을 뻗어 그의 목을 끌어당겼다.

"······!"

그러고는 당장 절정을 맛보지 못하면 죽을 것처럼 오문은 양 발목을 교차해 그의 허리를 꼭 옥죄었다.

"흐으읏!"

덕분에 무호는 더 깊이 오문의 안으로 들어갔고, 그녀가 온몸으로 저를 물고 놓치지 않으려는 통에 더는 여유를 부릴 수가 없게 되었다.

"흐음······. 내가 침상에서 네게 질 수야 없지."

"부······ 디, 이겨주십시오. 하아······ 읏!"

오문의 몸집보다 두 배 남짓 큰 무호의 단단한 몸이 그녀가 쉴 틈을 주지 않고, 성난 파도처럼 그녀를 몰아세우기 시작했다. 인정사정없이 허리를 밀어 그녀를 짓이길 때마다 오문은 숨을 크게 들이마시며 벅찬 쾌감에 부들부들 떨었다.

"흐읍······. 하아아······ 흐읏!"

오문의 입에서 흘러나온 참을 수 없는 신음 소리가 빗소리와 함께 뚝뚝 떨어져 몸을 적셔갔다. 뭐라 형용할 수 없는 초조함이 배꼽 안쪽, 아래에서부터 소용돌이치며 올라오고 있었다. 그것은 뜨겁고 단단하게 뭉쳐져 감질나게 오문의 애를 태웠다.

무호는 그녀가 엉덩이를 들썩거리며 안달 낼 때마다 저 역시 시뻘겋게 달아오른 무쇠가 되어가고, 절절 끓는 용암처럼 곧 폭발할 지경이 되었다. 이성을 잃어가는 무호의 몸은 점점 더 격렬하고 빨라졌다.

오문은 부딪쳐 오는 그의 무게를 제 몸에 오롯이 받아들였고 욕정의 소용돌이 속으로 그것을 빨아들였다. 응축되어 휘몰아치는 그것이 새어 나가지 못하도록 가두려는 것처럼 오문은 허벅지 안쪽에 경련이 일 만큼 힘을 주었다.

그리고 무호가 더 커질 수 없을 만큼 가득해진 쾌감의 덩어리를 부수려는 듯 강렬하게 밀어붙였다.

"아흑!"

짧은 교성과 함께 오문의 숨이 멎었다. 잠깐이지만 그녀는 호흡도 잊고 그의 목을 조르며 온몸으로 그를 옥죄었다.

"하아……. 하아……."

그녀는 다시 숨을 내뱉으며 스르륵 꺼져 갔다. 휘어진 허리가 다시 침상 위로 놓이자 아직도 꿈틀거리는 그의 가슴이 그녀를 가두었다. 오문의 몽롱한 눈동자에 무호의 짙은 미소가 비쳤다.

"하아……."

침상 위로 축 늘어진 오문은 거칠어진 호흡을 가다듬으며 아직도 구름 속을 거니는 듯 여운에서 헤어 나오지 못했다.

하지만 무호는 아직도 침상에 팔을 딛고 단단한 가슴 안에 오문을 가두었다. 그러던 그는 오문의 목에 아직 남아 있는 붉고 푸른 멍 자국을 보고 미간에 주름을 세웠다.

귀문의 살수가 남긴 상처가 마음에 들지 않았다. 더러운 손으로 이 가는 목을 붙잡고 그녀에게 고통과 두려움을 안겨주었다 생각하니 땅속에 묻힌 놈의 시신을 꺼내 난도질하고 싶어졌다.

제 목에 꽂힌 시선과 살기를 느꼈는지, 오문은 손을 들어 그의 턱을 쓰다듬으며 제 눈을 보게 했다.

"흉이 남는 것도 아닌데 그런 얼굴 하지 마십시오."

순식간에 살기를 거둔 무호는 손가락으로 그 부어오른 상처를 쓰다듬었다.

"간지럽습니다."

오문은 간지러움을 참지 못하고 킥킥 웃으며 무호의 가슴을 때렸다.

그러자 무호는 짓궂은 미소를 지어 보였다.

"또 무슨 짓을 하시려고요?"

오문이 눈을 흘기며 새침하게 묻자, 무호는 대답 대신 오문의 목에 아직도 남아 있는 붉고 푸른 멍 자국에 입술을 가져갔다. 그리고 그 자국을 당장이라도 지워 버리고 싶은 것처럼 아래에서 위로 쓰다듬듯이 입을 맞추어갔다.

그 바람에 힘겹게 떨군 오문의 고개가 치켜 올라가고 무호의 입술이 오문의 턱 끝에, 그리고 마침내 입술까지 올라갔다.

열기에 말라가는 오문의 아랫입술을 잘근 베어 물고 아직도 그녀의 헐떡이는 뜨거운 숨결을 삼켰다. 그는 아직 오문을 잠들게 하고 싶지 않고 한참이나 더 그녀의 보드라운 입술에서 입을 떼지 않았다.

그의 손이 오문의 몸 여기저기를 지분거리자 오문은 눈을 감았다. 오문의 다리 사이로 단단하게 커져 가는 사내의 욕정이 닿았다.

그 뜨거운 것이 또다시 저를 들뜨게 만들어줄 것이다. 그가 저를 사랑하는 만큼 제 안을 빈틈없이 채우고 저를 물어뜯을 것처럼 가지려 할 것이다. 그 생각만으로도 식어가던 오문의 몸이 다시 달아오르고 있었다.

이른 아침까지 비가 쏟아져 먹구름에 가려진 하늘은 해가 중천에 솟았을 때쯤에야 파란 빛을 내비쳤다.

그때까지 어둠 속에서 곤히 잠들었던 오문은 햇살이 눈꺼풀을 간질여 겨우 잠에서 깰 수 있었다. 무호의 품에 안겨 자고 있다고 생각했는데 좁은 침상이 허전하게 느껴졌다. 하지만 여전히 온기는 남아 있었다.

반대로 뒤척여 창가를 바라보자 그곳에 그가 햇살을 받으며 서 있는 것이 보였다. 한데, 그녀의 몽롱한 눈동자에 그의 목에 걸린 조그마한 반쪽짜리 옥패가 빛을 내는 것이 보였다. 지금껏 옷 속에 숨겨왔던 것이 보란 듯이 당당하게 빛을 내고 있었다.

"옥패……."

불안감이 깃든 오문의 중얼거림에 무호가 침상으로 다가왔다.

오문이 몸을 일으켜 앉자, 무호도 그 곁에 앉으며 그녀의 허리를 껴안았다. 그리고 무호는 그녀가 하고 싶은 말을 눈치채고, 귓가에 숨을 불어넣듯 속삭였다.

"그래. 너도 옥패도 감추지 않을 생각이다."

부드러운 말속에 꺾을 수 없는 의지가 느껴져서 오문은 말없이 그의 손등을 잡아주었다.

제 34 장
꼬리를 파먹는 잠자리

간밤에 각자 무슨 이야기를 하고 어떻게 잤는지는 서로 묻지도 않았다.

꽤 늦잠을 잤음에도 불구하고 다들 초췌한 얼굴로 일어나 식탁에 앉았다. 태자를 불편해하는 상이 기예단 일행에게 돌아가고, 마 의원과 유강까지 여섯 명이나 있었지만 간단한 인사 후에 아무도 말하지 않았다.

시중 두는 여인이 식탁 위로 음식을 차려놓고 가자 마 의원이 먼저 입을 열었다.

"아침을 거르셨으니 다들 시장하시겠습니다. 자, 어서 드시지요."

마 의원은 자신의 집에 태자가 머물거나 말거나 자신이 늘 먹던 대로 식사를 대접했다. 국물 하나 없이 마른 밥과 산약초 같은 쓰고 텁텁한 풀로 무친 나물이 전부였다.

요즘 건량으로만 배를 채워 달려왔던 이들에게는 따뜻한 밥이라도 있는 것에 감사했다. 그래서인지 꾸역꾸역 맛없이 씹어 넘기면서도 아무도 투덜대지 않았다. 얻어먹는 주제에 뭐라 할 수도 없는 데다 지난 밤 각자의 사정으로 다들 피곤했던지라 말할 기운이 없기도 했다.

마 의원이 천하에 둘도 없을 건강 체질이라 말한 오문 외에는.

"와. 왜 제가 이걸로 나물 해 먹을 생각을 못했는지 알겠습니다! 진짜 맛이 없네요!"

"나는 맛보다 건강을 생각하는 의원이다. 이 풀들은 독성이 강한 약초들이라 찌고 말려 볶아 먹지 않으면 평소에 장복하기에는 좋지 않아 나물로 복용하는 것이 몸에 좋다."

마 의원이 자부심을 갖고 음식을 설명하자 오문도 격하게 머리를 끄덕이며 공감했다.

"네. 네. 그러니까요. 엄청 몸에 좋을 것 같은 그런 맛입니다. 냄새만 맡아도 건강해질 것 같아요. 근데 전 건강 체질이라 하셨으니 이렇게까지 안 먹어도 될 것 같습니다. 저녁에는 고기를 먹는 게 어떨까요?"

안 먹으면서 그런 말을 해도 얄미울 텐데 오문은 제가 제일 많이 퍼먹으면서 그런 소리를 하고 있었다.

"고기가 먹고 싶으냐?"

모두들 오문이 한 소리 듣겠구나 했는데, 뜻밖에도 마 의원은 인자한 음성으로 물었다.

"풀보다는 고기가 맛있으니까요. 헤헷."

오문의 넉살에 마 의원은 마치 귀여운 손녀를 바라보는 듯한 눈빛으로 말했다.

"아직 목이 아플 텐데도 고기가 먹고 싶다는 걸 보니 멀쩡해 보이는구나."

"혀가 아픈 건 아니라서요."

"한데 이걸 어쩌나. 전하께서 일찍 떠나겠다 하시니 고기는 못 해주겠구나."

오문이 태자를 바라보았다.

"땅이 질어서 못 간다고 하지 않으셨습니까?"

"천천히 움직여 볼 생각이다."

그러면서 무호는 목에 줄이 걸리는지, 저도 모르게 손으로 옥패 목걸이 줄을 당겼다.

이를 알아차린 오문이 말했다.

"그러게 그걸 왜 목에 걸고 그러십니까? 그냥 차라리 손목에 감으십시오."

"손목에 달랑거리면 불편할 듯했는데, 이게 더 거치적거리는군."

무호가 목걸이를 빼 손목에 감기 시작했다.

"헉. 이제 아예 애정의 증표로 갖기로 하셨습니까?"

영춘이 목걸이에 매달린 작은 옥패를 보고 놀라며 빈정거렸다.

"내가 비녀를 줬으니, 이것이라도 줘야지. 무슨 옥패가 이리 작은지, 옥을 너무 아끼지 않았나."

"저도 그렇게 생각합니다만, 뭐 만든 사람도 이유가 있었겠죠."

무호와 오문의 대화를 들으며 영춘은 슬쩍 유강의 표정을 살폈다.

전날 밤, 오문에 대한 넘치는 애정을 감추지 못하고 제게 태자에게 붙잡힌 오문을 구해내고 싶다 했으니, 지금 그가 얼마나 충격을 받았을지 걱정이 되었다. 아나나 다를까, 유강의 얼굴은 딱딱하게 경직되어 옥패에서 눈을 떼지 못하고 있었다.

영춘은 태자도 그 모습을 볼까 봐 유강의 어깨를 툭 치며 일부러 목소리를 높여 말했다.

"크흠. 혀, 형님. 식사 다 하셨으면 어서 일어나 갈 준비를 합시다. 아까 뭐 챙길 게 있다 하지 않으셨습니까?"

"어? 어, 어……. 그, 그래. 그래야겠다."

유강은 자신이 옥패에서 눈을 떼지 않고 있었음을 알고 있었지만 어젯밤 제가 영춘에게 했던 말이 있기에 일부러 표정을 감추지 않았다.

'젠장! 벌써 옥패가 태자의 손에 들어가 버리다니! 하면 이제 일이 어찌 되는 것인가!'

아버지인 단왕은 태자와 산호를 궁으로 보낸 뒤 혼례를 치르기 전에 산호를 이용해 태자를 없앨 생각이었고, 저는 그런 산호의 결백을 주장하며 그녀를 부인으로 삼으려 했었다.

합의된 부자의 계획에 옥패는 필수였다. 그런데 그것이 벌써 태자에게 가 있다는 것은 태자가 오문이 옥패를 갖고 있었다는 것을 알고 있다는 뜻이었다.

'완전히 끝났어! 옥패의 주인이 태자비가 된다는 것을 알게 될 것인데, 산호를 태자비로 데려갈 리가 없지!'

게다가 산호가 가지고 다니던 옥패를 어쩌다가 오문이 가지게 된 것인지도 설명할 길이 없지 않나.

'역시 그냥 태자를 죽이는 것이 나았다. 아버지께서 전부 망치신 것이야! 그놈의 명분을 따지다가 소심하게 행동하시더니, 결국 이렇게 되지 않았나! 어차피 이제 남은 건 태자를 죽이거나 반란을 일으키는 방법밖에 없어!'

단유천은 아버지인 단왕에 비하면 한참 모자랐다.

특히 그는 불같은 성정을 다스리지 못해 늘 야단을 맞았었고, 지금도 억지로 눌러놓은 화가 어렵게 만들어놓은 유강의 얼굴을 무너트리고 있었다.

귀문에서 가장 먼저 귀접에 오른 단유천의 능력이야 의심할 바 없지만 마음을 다스리는 일에 있어서는 단왕의 발끝에도 미치지 못하는 것이다. 능력에 비해 아직 젊은 것이 탈이었다.

단왕부의 힘이 아무리 강하다 해도 서강의 구자서가 아직 황제에게 충성하고 있는 시점에 명분 없이 일을 치는 것이 얼마나 위험하고 어리석은 일인지 모르고 있는 듯했다.

어쨌거나 유강은 복잡한 생각을 정리할 틈도 없이 영춘의 손에 끌려 먼저 밖으로 나갔다.

두 사람이 나가고 나자 장우가 물었다.

"그 옥패가 전에 첨이라는 놈이 말한 오문의 옥패라는 것입니까?"

예전에 사유보가 오문을 창관에 팔았을 때 금상첨화를 만나 오문이 계집이라는 것을 확인하는 데 옥패가 그 증거가 되어주었다. 장우는 옥패를 보니 그동안 잊고 있던 것이 기억이 났다.

"어떤가? 예사롭지 않아 보이지 않나?"

장우는 옥패를 자세히 보고 싶어 하는 눈치였지만 무호는 제 손목에 묶어버리고 그의 시선을 모르는 척했다.

마 의원도 거들었다.

"그것이 원래 이 아이 것이었습니까?"

"그렇다는군."

"흠……. 그것참 이상한 일입니다."

"응? 뭐가 잘못됐는가?"

"예. 제가 알기로는 이 옥은 아무 데서나 나지 않고 아무 데서나 팔지도 않는 그런 옥입니다. 얼핏 보기에는 그냥 상품(上品) 옥으로 보이지만 빛을 투과하는 투명도와 비단결 같은 색감 등으로 볼 때 흔한 옥이 아닙니다."

"나도 처음 보는 옥이긴 하네만, 특상의 옥으로만 생각했네. 혹시 뭔가 아는 게 있는가?"

"예. 조금 압니다."

오문은 깜짝 놀랐다. 저는 지금까지 이 옥을 안다고 하는 사람을 본 적이 없었기 때문이다.

"어떻게 아시는 겁니까?"

"나야 의원이니 아는 게다. 그 옥을 지니고 있으면 피가 맑아진다고 하지."

"그렇습니까? 이 옥이 그런 효능이 있었습니까? 그래서 제가 건강 체질인지도 모르겠네요!"

"글쎄, 그럴지도. 어째서 그런 효험을 발휘하는지, 정말 그러한지 정확히 아는 자는 없으나 예부터 그리 사용해 왔다."

"오! 하면 전하! 그거 다시 제가 하고 있는 게 낫겠습니다!"

오문은 몸에 좋다는 말에 진지하게 옥패의 반환을 요구했다.

오문이 손까지 내밀고 달라고 조르자 무호는 오문을 기특하게 여겼다.

"건강을 핑계로 위험한 물건을 네가 갖고 있겠다 하는구나. 역시 너는 생각이 깊어."

"아니거든요? 그런 거 아닌데요!"

오문의 반박을 못 들은 척한 무호가 장우와 의원에게 말했다.

"방금 내가 한 말을 들었겠지? 두 사람에게만 하는 말이지만 귀문의 살수가 오문이 가지고 있던 이 옥패를 노리고 있다. 그러니, 이것이 무엇인지 알기 위해 내가 일부러 이것을 가지고 있는 것이다. 자네, 이 옥패에 대해 아는 것을 더 말해보게."

무호가 의원을 향해 물었다.

그러자 마 의원은 조금 어두운 표정으로 주저하며 말했다.

"흠…… 귀문이 그것을 노린다니……. 하면 제가 아까 이상하다 여긴 것이 틀리지 않았나 봅니다."

"말해 보게. 어느 정도 각오하고 있네. 이 아이 때문에 말하길 꺼릴 필요도 없네."

오문도 의원을 바라보며 고개를 끄덕였다.

그러자 마 의원도 더는 망설이지 않았다.

"이 옥은 용궁옥이라 부르는 옥인데, 실은 특정한 바다에서만 채취할 수 있는 옥입니다."

"바다에서 옥이 나온다고?"

"예. 본래 옥은 바다에서는 절대 캘 수 없는 광물이온데, 아주 오래전 땅이 바다로 가라앉은 곳이 있사옵니다. 누군가 그 땅에 있는 옥을 우연히 구해왔는데, 말씀드린 것처럼 독특한 색과 야광 빛을 내서, 마치 용궁에서 가져온 보물 같다 하여 용궁옥이라 부르게 되었습니다."

"그렇군. 나오는 곳이 한정적이니 귀할 수밖에 없겠군."

"그냥 귀한 정도가 아니오라, 그 옥을 캐러 깊이까지 들어갈 수 있는 자가 없어 우연히 얻는 것이 다이옵니다. 그렇다 보니, 나라의 제일 높은 분이 가지시는 옥이기도 하지요."

나라의 제일 높은 분이라면 황제였다. 태자는 미간을 찌푸렸다. 오문이 어째서 황제의 물건을 갖고 있을 수 있단 말인가.

태자의 의문이 당연하다는 듯 마 의원이 말을 이어갔다.

"또한 이 옥은 제화국에서 나는 것이 아니라 이 나라에서는 더욱 귀한 것이옵니다."

오문은 신비로운 옥에 대한 이야기에 빠져 있다가 제화국의 것이 아니라는 말에 드디어 올 것이 왔구나 싶은 표정으로 마 의원의 말에 집중했다.

"그 바다에 함부로 들어갈 수 없는 이유가 수심이 너무 깊고, 수온이 너무 낮기 때문입니다. 바로 북해를 끼고 있는 부안국의 옥이옵니다."

"……!"

오문은 어느 정도 예상하고 있었기에 크게 놀라지 않았지만 장우는 경악한 눈으로 오문을 노려보았다.

태자 역시 어느 정도 각오를 하고 있었음에도 구체적인 이야기를 듣고 나자 놀라지 않을 수 없었다.

오문은 한숨을 푹 쉬며 제게 집중된 시선을 부담스러워했다.

"후……. 너무 그렇게들 보지 마십시오. 저는 그저 어머니 것을 유품으로 거둔 것뿐이지, 아무것도 모릅니다."

"그래. 난 네 말을 믿는다."

"하, 하오나 전하!"

장우는 오문의 정체가 하필이면 지금 제화국의 가장 큰 적인 부안국 사람일지도 모른다니 당혹스럽고 여러 가지 의심이 가기 시작했다.

'살수들에게서 늘 살아난 것도 단순한 운이 아닐지도 모른다!'

오문이 살수였던 것은 태자만 알고 있으니, 장우는 얼빠진 듯 행동하는 오문이 매번 위험 속에서 아슬아슬하게 살아남은 것이 실은 실력을 감춘 간자이기 때문이 아닐까 하는 생각이 들었다.

"대장님이 무슨 생각 하시는지 얼굴에 다 보이십니다. 한데 어쩝니까. 저도 궁금하고 이상해서 미칠 지경입니다. 저는 십 년 가까이 이 옥패 때문에 온갖 일을 겪었습니다."

오문이 억울한 음성으로 말했다.

"죽을 고비를 수도 없이 넘기고, 한곳에 살지도 못하고, 저 때문에 제 곁에 있는 사람들까지 잘못될까 봐 전전긍긍하면서 벽을 세우고 살았단 말입니다. 이제 더는 그런 짓 못 하겠습니다."

그동안 참았던 설움이 쏟아지는지 오문의 목소리에 물기가 촉촉했다.

그래서 장우는 그녀의 말을 끊고 다그칠 수가 없었다.

"차라리 제가 살아 있으면 안 되는 계집이라 죽어야 하는 거라면, 그 이유만이라도 알게 된다면 저도 기쁘게 죽겠습니다. 제 어머니가 간자여서 이것을 갖고 계셨던 것인지, 그렇다면 이렇게 끈질기게 귀문을 시켜 저를 죽이려 하고 옥패를 뺏어가려는 자가 누구인지, 이유는 무엇인지, 누구보다 제가 가장 궁금하단 말입니다."

"그래. 네 심정은 알겠다. 한데, 나는 온전히 너를 믿어서도 안 돼. 나는 전하의 친위대장이다."

장우 역시 오문을 의심하고 싶지 않았기 때문에 달래듯이 말했다.

"전하께서 전부 밝혀 주시겠다 했습니다. 해서 저와 제 옥패를 맡겼습니다. 이제 저는 절대 전하 곁에서 떨어지지 않을 테니 그런 눈으로 저를 보지 마십시오. 전하의 친위대장이시니, 전하께서 옥패 때문에 위태로워지지 않게 지켜주십시오. 전하께서 아끼시는 저를 의심하느라 더 큰 적을 놓치지 마시고요."

마지막 말은 너무나 따끔한 꾸짖음이라 장우뿐만 아니라 무호도 새삼스러운 눈길로 오문을 바라보았다.

"왜요? 또 왜 저를 그리 보십니까?"

오문은 태자가 왜 저를 그렇게 보는가 해서 아직도 조금 분함이 남아 있는 음성으로 쏘아붙였다.

"네가 권력에 욕심이 없을 거라 장담했던 말을 취소해야 할까 고민이 되는구나."

"예?"

"잘하는군."

"뭐, 뭐가요?"

"권력을 등에 업고 큰소리치면서 아랫사람을 나무라는 것 말이다."

장우에게 야단치듯 말한 것을 두고 하는 말인 줄 알아차린 오문이 순식간에 시뻘게진 얼굴로 쩔쩔맸다.

"아, 아닙니다! 그런 게 아니라 제가 너무 억울해서 한 소리죠! 어떻게 대장님이 제 아랫사람이 될 수 있단 말입니까! 그런 의도로 한 말이 아니었습니다!"

그러자 장우가 심드렁하게 말했다.

"왜? 네가 정식으로 태자 전하의 후궁 첩지라도 받으면 나는 네 아랫사람이 될 것인데."

"어…… 어? 그, 그러네요."

"그럼 또 지금처럼 나를 혼내겠군. 아니지, 지금도 전하의 힘을 믿고 이러니 나중에는 나를 벌레만도 못한 취급을 하겠지."

장우가 안 봐도 훤하다는 듯이 말하자 오문이 버럭 화를 냈다.

"자꾸 놀리시면 저 진짜 그럴 겁니다!"

"그래. 그러려무나. 난 어차피 이미 한 번 겪은 일이다."

아랫사람이 상관이 되는 일쯤, 장우는 이제 아무렇지도 않았다.

"어쨌거나 살수들이 옥패를 찾고 있다는 것이 좋은 의도는 아닐 터. 우리가 이것을 역이용하면 어떨까 싶다."

태자의 말에 장우는 고개를 끄덕였다.

"조금 위험한 방법이긴 합니다만 놈들을 꾀어내기에는 좋을 듯합니다. 꼬리가 길면 밟히는 법이고 그들이 노리고 있는 것을 알았으니, 우리가 먼저 대비하고 반격할 준비를 갖출 수는 있을 듯합니다."

"태자인 내가 옥패를 가지고 있으니, 이제 웬만한 놈들로는 공격하지 않을 것이다. 어찌 됐든, 지금과는 다른 양상을 보이겠지. 그러고 나면 무엇이든 단서가 나올 것이다. 갑자기 움직임이 바뀌니 반드시 빈틈이 생길 것이야."

아마도 적들은 옥패가 태자에게 간 것을 알면 꽤나 당황하고 있을 것이다. 태자를 죽이는 것도 무수히 실패한 귀문이 이제 그가 가진 옥패까지 빼앗아야 하니 일이 두 배는 어려워진 셈이다. 그들의 달라진 움직임을 주시하다 보면 무언가 단서가 나올지도 모른다는 것이 무호의 생각이었다.

"제가 한 말씀 드려도 되겠습니까?"

점잖게 자리를 지키던 마 의원이 그들의 이야기에 끼어들었다.

"말해 보게."

"어쨌든 그 옥은 부안국의 것이니, 부안국에 사람을 보내 옥패에 대해 알아보라 하시는 것은 어떨까 싶습니다. 분명 부안국 내에서도 왕실이나 혹은 그에 견줄 만한 권력 있는 가문을 중심으로 알아보면 필시 답을 찾을 수 있을 것입니다."

"귀문이 옥패를 노릴 정도라면 이 옥패를 가진 자들은 왕족이나 귀족들이 은밀히 만든 사조직일 확률이 높아. 일반적인 방법으로는 찾기가 어려울 걸세."

"하면 폐하께 아뢰어 우리도 은밀히 움직일 수 있는 사람을 구해보는 방법도 있지 않겠습니까?"

마 의원의 의견이 상당히 설득력 있었으나 태자는 그러자고 말할 수가 없었다. 이미 폐하께 옥패에 대해 알렸고, 오히려 폐하께서 가지고 계신 반쪽짜리 옥패를 보내시며 진짜 주인을 궁으로 데려오라 했다.

무호가 옥패에 이토록 매달리는 것도 실은 그 때문이 아닌가. 오문을 궁으로 데려가도 될지, 진짜 옥패의 주인이 폐하와 어떤 관계가 있는지, 무슨 사연이 있는지를 알아야 했다.

"물론 자네 의견이 옳네. 한데 내게 다른 생각이 있어 이러는 것이니, 당분간은 폐하께도 알리지 않았으면 좋겠네. 부탁하네."

황제에게는 아직 오문이 옥패를 가지고 있었다고 말하지 않았다. 마 의원이 황제와 친분이 두터운지라 태자가 거듭 당부했다.

"예. 전하의 뜻이 그러시다면 명을 따라야지요. 이 늙은이가 나설 일이 아니라는 것쯤은 알고 있사옵니다."

"죽는 소리 말게. 어차피 그대는 폐하의 가신이지. 지금 부탁해야 하는 사람은 나일세."

마 의원은 어릴 때부터 보아온 태자의 고집과 소탈함을 잘 알고 있었다. 그래서 그대로 잘 자라준 태자를 흐뭇하게 바라보았다.

"다음에 혹 병이 드시면 이번엔 제가 특별히 약을 달게 지어 드리겠습니다."

"그것은 됐네. 이미 좋은 약을 처방해 주었으니."

이번에는 할 말을 다 쏟아내고 축 처져 있던 오문에게로 모두의 시선이 쏠렸다.

태자의 농에 입장이 곤란해진 오문이 헛기침을 했다.

"크흠. 저기……. 제가 가만히 들어보니, 그 옥패가 엄청엄청 귀한 옥으로 만든 거라 왕족이나 높은 귀족이 아니면 못 하는 거라면서요?"

"그렇긴 하다만, 무슨 짐작 가는 바가 있느냐?"

무호가 묻자 오문은 머쓱한 표정으로 말했다.

"아니…… 뭐, 별 얘긴 아니고요, 그럼 혹시 제가, 음…… 뭐, 공주 같은 걸 수도 있지 않을까 해서요."

"……."

모두들 한 마음으로 침묵했다.

공주라니. 오문이 공주라니……. 너무나 어울리지 않아서 아무도 떠올리지 못한 사연이었다.

"그…… 왜, 그런 거 있잖아요. 왕이 몰래 사랑하던 여인이 있었는데, 그 아이에게 옥패를 주고 왕비의 질투에서 살아남도록 멀리 보냈다든가. 그걸 안 왕비가 귀문에게 의뢰를 했다거나?"

"……."

아무도 지적하지 않아서 더 뻘쭘해진 오문이 재빨리 다른 말을 이었다.

"어…… 너무 뻔한 이야기인가요? 그럼, 음…… 한날한시에 태어난 쌍

생아가 불길하다고 해서 왕이 여아를 죽이려 하니까 왕비가 아이를 돌봐 줄 유모와 함께 궁 밖으로 내친 거죠. 뒤늦게 안 왕이 그 아이가 살아 있어서 나라에 되는 일이 없다고 죽이려 한다거나…….”

계속된 침묵에 오문이 태자를 바라보았다. 어쨌든 태자는 제 편이 아닌가.

“원래 쌍생아는 한날한시에 태어난다.”

무호가 해줄 말은 그것밖에 없었다.

“아…… 예.”

그리고 장우는 다행히 해줄 말이 생각났다.

“잠깐! 그러고 보니 너, 부모님에 대한 기억이 없다더니 아까 어머니의 유품이라고 했느냐? 어머니에 대한 기억은 있나 보구나. 아까부터 자꾸 왕을 아버지로 내세우는 걸 보면 아버지는 모르는 것이 확실한 듯하고.”

“어…… 그게…… 뭐, 그렇게 됐습니다.”

“어머니의 유품이라면 어머니께서 뭐든 말해주셨을 게 아니냐? 또 우리를 속이려 했지!”

이번에는 제가 아니라 태자가 속인 것이라 오문은 펄쩍 뛰며 억울해했다.

“아, 아닙니다! 그런 게 아니라!”

“미친 여자란다.”

“……!”

장우는 갑자기 끼어든 태자의 말에 흠칫했다.

“어미란 여인이 미쳐서 결국 벽에 머리를 들이받고 죽었다는구나.”

“…….”

태자의 말은 꽤 효과가 있었다.

장우는 더 꼬치꼬치 캐묻지 못했다. 자신이 남의 아픈 구석을 후벼판

것만 같아 난감한 기색이 역력했다.

"그, 그랬구나. 오해해서 미안하다."

"지난 일이라 괜찮습니다. 그것보다 제 이야기는 전혀 쓸모없는 추측입니까?"

태자 덕분에 장우의 말문이 막혔지만 오문은 그래도 혹 또다시 제 과거에 대해 물을까 봐 자신이 생각한 이야기로 얼른 화제를 바꾸었다.

"기예단에서 이야기책을 많이 보게 한다더니, 너무 본 것 같다. 식상하다 못해 비현실적이구나."

"그, 그런가요? 어디가 그렇게 비현실적입니까?"

"네가 공주라니, 그게 있을 법한 이야기이겠느냐?"

오문은 장우의 말이 어딘가 불쾌했지만 이어지는 태자의 말에 따지지도 못했다.

"공주가 되고 싶어 하는 것을 보니, 권력 욕심이 없지는 않아."

"저도 압니다! 제가 무슨 공주씩이나 되겠습니까! 그냥 보통은 누구나 그런 경우를 먼저 떠올리지 않을까 해서 말씀드려 본 것뿐입니다!"

어째서 다들 제가 공주일지도 모른다는 가능성을 열어두지 않는가, 당연하게도 일말의 가능성조차 묵살해 버리니 은근히 기분이 나쁜 것이다.

오문의 볼멘소리는 태자의 한마디로 정리되었다.

"그래. 알았다. 이야기책이 문제지, 네 잘못이 아니다."

어쨌거나 대화가 마무리되어 가고 있었다.

떠나는 길까지 전부 정한 뒤에 장우는 문득 생각났다는 듯이 물었다.

"한데, 영춘에게는 말해주지 않아도 괜찮겠습니까?"

오문이 오기 전에는 누구보다도 태자와 가까웠던 영춘이었다.

물론 유강이라는 놈의 등장으로 중간에서 전전긍긍하느라 그 역시 예전만큼 태자를 따르는 것 같지는 않았지만, 그래도 여전히 태자를 가장 사랑하는 영춘 아닌가.

장우는 요즘 태자가 영춘을 영 소홀히 하는 것 같아 이런 중요한 일만큼은 말해야 하지 않을까 물었다.

그런데 불행히도 태자는 영춘에 대해 까마득히 잊고 있었던 것 같았다.

"아! 그렇군. 그놈도 알아야 하지."

장우는 영춘이 조금 불쌍하게 여겨졌다.

"제가 잘 전하겠습니다."

"그래. 또 나중에 알면 저만 몰랐다고 시끄러워질 테니 그리하거라. 그리고 이 일로 오문을 괴롭히는 게 보이면 황궁으로 돌려보낼 것이라고도 전하고."

장우는 가엾은 영춘에게 그 말을 그대로 전했다. 오문의 정체부터 밝혀야 한다고 펄쩍 뛰던 영춘이 그 말에 순한 양처럼 흥분을 가라앉혔다.

"후……. 전하도 그렇고 형님도 그렇고, 어째 다들 오문에게 그리 빠지는 것인지, 그 계집이 아주 요물입니다."

"나 말이냐?"

형님이란 말에 장우가 어이없어하자 영춘이 고개를 저었다.

"그럴 리가요. 유강 형님 말입니다. 오문이 전하께 증표로 옥패를 준 걸 알고 충격이 크십니다. 딴에는 오문이 전하를 싫어하는 줄 알고 작은 희망이라도 품었던 모양인데, 그것이 아니었으니……."

"취향이 독특한 녀석이군."

장우의 말 속에는 태자의 취향마저 비하하는 의도가 다분히 엿보였으나 영춘도 같은 생각이었기 때문에 문제될 게 없었다.

"후……. 그러게 말입니다. 지금 어디 가셨는지 보이지도 않습니다. 혼자 있고 싶다면서 사라지셨거든요."

그러자 장우가 못마땅하다는 듯이 말했다.

"오문을 뭘 얼마나 봤다고 첫사랑에 실패한 어린 소년처럼 찌질하게 군단 말이냐?"

"사람이 순수한 것이죠."

"사내대장부가 순수를 운운하는 것부터가 글러 먹었다. 무위가 강하면 뭐 하느냐? 마음이 저리 나약하니, 무슨 큰일을 할까?"

영춘은 그 말을 하는 장우의 모습에서 흙먼지 흩날리는 서강의 전장에서 피 묻은 칼을 휘두르는 장수의 기개를 보았다.

실연을 한 사람의 등을 토닥거리는 위로로는 쓸데없이 강렬한 모양새라, 지금 유강이 없는 것이 다행이라 여겨질 정도였다.

"뭘 또 그렇게까지 강할 필요가 있겠습니까······. 전쟁 나갈 사람도 아니고······."

"끝까지 동행할 거라면 어서 찾아 데려오너라. 곧 길을 떠날 모양이다. 전하께서 그를 기다리게 할 수는 없으니, 낙오되어도 어쩔 수 없다. 되도록 낙오되길 바라지만."

"불쌍한 사람한테 왜 그리 야박하십니까. 상단 하나가 풍비박산 나서 사람도 잃고 재물도 잃었는데, 새로운 인연을 만나는가 했더니 하필 태자의 여인이라니 얼마나 허망하고 상실감이 크겠습니까."

"그러니 그를 위해 낙오되길 바라는 것이다. 전하께서 이 사실을 아시면 오문에게 흑심을 가졌다는 이유로 가만두지 않을 것이다. 길치만 아니라면 여기서 헤어지는 게 서로를 위해 좋은 일인 것을. 쯧."

장우는 마지막으로 오문과 옥패에 대해 신중할 것을 신신당부하고 기예단이 있는 곳으로 향했다.

영춘도 더 늦기 전에 유강을 찾으러 숲으로 들어갔다.

한편 유강, 단유천은 홀로 한적한 숲으로 뛰어 들어왔다. 그는 따라붙는 사람이 없는지 계속 뒤를 확인하며 인적이 드문 풀숲에 멈춰 섰다.

그러고는 품속에서 꼬깃꼬깃 접은 서찰을 꺼내 풀줄기에 묶어두었다.

조금 전 크게 흥분했었지만 불현듯 좋은 방책이 떠올랐다. 옥패와 오문을 처리할 방법을 이 서찰에 남겼다.

단유천은 자신의 머리가 매우 비상하다 여기며 흡족해했다.

'오문 그 녀석이 제가 귀문의 살수라는 것을 말했을 리 없을 테고, 그렇다면 태자가 오문을 죽이게 하면 그만이지.'

두 사람 사이를 갈라놓고 산호에게 오문의 옥패를 건넬 생각 하니 벌써부터 어깨에 힘이 들어갔다. 항상 무모하다 야단치던 아버지도, 저를 태자보다 못하다 생각하던 산호도 저를 다시 볼 것이다.

흐뭇한 얼굴로 돌아서던 단유천은 저 멀리서 누군가 다가오는 인기척을 느끼고 서둘러 걸어나갔다.

"형님!"

제 뒤를 졸졸 쫓아다녀 아무것도 못하게 하는 영춘이란 놈이었다. 성가시지만 녀석의 끈으로 이곳에 붙어 있으니 어쩌겠는가. 녀석이 아무래도 저를 찾아올 것 같아 서둘렀는데 다행히 돌아가는 길에 만났으니 예상보다는 늦은 편이었다.

"혼자 있고 싶다 했는데 왜 찾아 나서?"

유강이 된 단유천이 침통하고, 그러나 부드러운 표정으로 말했다.

"곧 떠날지도 모른다는데 안 보이시니 찾아야지요. 길도 못 찾으시는 분이 또 어디서 헤매고 계신 게 아닌가 걱정했습니다."

"내가 한두 살 먹은 어린애도 아니고 그렇게 생각이 없을까. 내가 지나온 길이 이렇게 선명하게 남지 않았느냐?"

"아!"

비온 뒤라 땅은 질퍽했다. 영춘이 머리를 긁적이며 멋쩍은 듯 말했다.

"그래도……. 어서 오시라고 말은 전해야지요."

"그래. 고맙다. 날 챙겨주는 것은 너밖에 없구나."

"오문은…… 잊으십시오. 알게 된 지 얼마 되지도 않았고, 인연이 아니었던 겁니다."

"안 그래도 마음을 정리하고 나오는 길이다. 자, 어서 가자. 우리만 늦으면 어찌 되겠느냐?"

그가 마음을 다잡았다는 말에 영춘은 안도했다. 내심 무슨 실수라도 하면 어쩌나 걱정했는데, 다행히 점잖은 사람답게 마음을 잘 추스른 모양이었다.

유강이 아무렇지도 않다는 듯, 보란 듯이 먼저 경쾌한 걸음으로 앞장서 나갔다.

영춘도 활짝 얼굴을 펴고 그 뒤를 따라 걸었다.

'어?'

몇 걸음 뒤따라가던 영춘이 멈칫했다.

똑같은 땅인데 땅에 남은 유강의 족적이 달랐다. 생각해 보니 유강도 영춘처럼 무인이라 걸음을 걸을 때 되도록 흔적을 남기지 않고 가볍게 걷는 버릇이 있는데, 조금 전 숲으로 향한 족적은 마치 보란 듯이 깊이 패여 있었기 때문이다.

"왜 그러느냐?"

뒤에서 따라오던 영춘이 멈춰 선 것을 느끼고 유강이 돌아보며 물었다.

순간 영춘은 당황하고 의아한 기색을 지우고 아무렇지 않게 말했다.

"아무것도 아닙니다. 지렁이를 밟을 뻔해서……."

"원, 지렁이 따위에 놀라느냐?"

"모르고 밟으면 그게 뭐라도 놀랄 수밖에요."

"녀석. 싱겁기는."

유강이 다시 돌아서 걷자, 영춘도 따라 걸었다. 그러나 영춘의 표정은
아까처럼 해맑지 않았다. 유강의 뒤통수를 바라보는 영춘의 눈빛은 매우
복잡하고 어두웠다.

'부디 제가 똥을 밟은 게 아니길 바랍니다.'

분명 한여름을 지나고 있음에도 나날이 서늘해지고 있었다. 하늘과 가
깝다는 북천 땅은 지대도 높고 제화국의 가장 북쪽에 위치해 있어 겨울에
는 굶어 죽는 것보다 얼어 죽을 것을 걱정해야 할 만큼 혹독했다.

하지만 지금은 여름이었고 모두들 선선해진 날씨를 오히려 좋아하고
있었다.

마 의원과 헤어진 후로, 오문은 태자와 한 말을 타고 움직였다. 그래서
인지, 짐짝들과 함께 수레에 타고 있던 때와 달리 모두들 오문을 조금 어
려워하는 눈치였고, 아무도 오문에게 잡일을 시키지 않았다.

오문도 처음에는 음식을 하고 빨래도 하면서 하던 대로 움직여 보려
했지만 그때마다 태자가 나타나 오문을 데려갔고, 이제는 아예 안 하는
것이 익숙해져 버렸다. 대놓고 옥패를 보이기 위해 주로 마을의 객잔에서
묵어가고 있긴 하지만 그래도 북천 땅까지 가는 길은 멀고 험했다.

이렇게 되니 잡일은 전부 기예단의 몫이 되었다. 개울가에서 빨래를
하던 화가 한숨을 푹 쉬며 말했다.

"상 언니랑 오문은 좋겠다."

그러자 첨이 말했다.

"좋긴 뭐가 좋아. 신분 차이가 너무 나잖아. 저러면 살기 힘들어. 사람은

비슷한 사람들끼리 만나야 아무 탈 없이 무난하게 사는 거야. 너랑 나처럼."

"징그럽게 왜 이래? 오라버니는 내 취향이 아니거든? 후. 누구는 태자랑 장군님이 같이 살자 하고, 누구는…… 에휴. 나중에 어떻게 되든 잠깐이라도 저렇게 귀한 대접 받아보고 싶네. 후."

화의 한탄을 듣던 금이 빨래를 세게 두드리며 삐딱한 말투로 야단쳤다.

"빨래하기 싫어서 투덜거리는 거면 헛소리하지 말고 저리 가."

"누가 이깟 빨래하는 게 힘들어서 그런데? 오라버니야말로 요새 왜 말만 하면 짜증인데?"

"요게 까불고 있어! 어디서 눈을 그렇게 뜨고 대들어?"

"상 언니랑 잘 안 됐다고 괜히 우리한테 화풀이야!"

"뭐가 어째! 야! 그런 거 아니라고 내가 몇 번 말했어!"

"아니긴 뭐가 아니야! 다 표시 나는데!"

"어려서 귀엽다고 봐줬더니 이게 갈수록 버릇이 없어! 너 진짜 혼나고 싶어, 엉?"

"내가 뭘 잘못했는데!"

본격적으로 싸움이 시작되자 당황한 첨이 일어나 두 사람을 뜯어 말렸다.

"어이구. 왜들 이래? 엉? 그만들 하자, 좀. 형도 참고, 화 너도 말 그렇게 하는 거 아니야."

"뭐가 아니야? 틀린 말 한 것도 아닌데!"

"후! 이걸 그냥!"

소란이 이는 와중에 긴 그림자가 이들에게 다가왔다.

가장 먼저 이를 느낀 첨이 외쳤다.

"상 누나!"

마침 상의 이야기로 다투던 중이라 두 사람은 동시에 고개를 돌렸다.

"……!"

"언니!"

상은 팔짱을 낀 채 물었다.

"왜들 싸우고 있어?"

"아니, 별일 아니고……."

화는 홧김에 싸우긴 했지만 금을 그렇게 난처하게 만들고 싶지 않아 말하지 않았다. 그런데 상은 전부 들었는지 어쨌는지, 한숨을 푹 내쉬고 금에게 말했다.

"오라버니. 나 좀 봐."

"왜?"

퉁명스럽고 차가운 대답이 돌아왔지만 상은 화내지 않았다.

"할 말 있어서 그래."

"나하고 할 말이 있어? 병풍 취급하더니, 뭐 급한 용건인가 보지?"

금은 지난번 상과 크게 다투어서 꼬일 대로 꼬여 있는 상태였다.

그러자 울컥한 상이 결국 성질을 부렸다.

"아악!"

"오라버니는 꼭 이렇게 해야 말을 듣더라!"

상은 금의 귀를 비틀어 잡고 어디론가 끌고 가기 시작했다.

"아우 씨! 야! 이거 안 놔! 악!"

그들이 멀어져 가는 것을 보고 화가 동경의 눈빛을 보내며 감탄했다.

"상 언니, 진짜 멋지다. 언니는 저게 매력이라니까. 대장님도 저기에 반하셨나?"

화의 혼잣말을 들은 첨이 불안한 기색으로 화를 달랬다.

"아닐걸? 아닐 거야. 저런 거 배우지 마."

한편 상은 일행과 조금 떨어진 숲속으로 금을 데려왔다.

"야! 이거 안 놔! 쓰읍!"

"자, 놨어! 엄살은!"

"엄살이 아니라, 네 손이 얼마나 매운지 알아?"

"그거 알면 말을 들었어야지!"

금은 귀를 문지르며 물었다.

"후……. 왜 보자고 했어? 네 낭군께서 네가 나랑 여기 있는 걸 알면 난리가 날 텐데."

"빈정거리지 마. 중요한 일 때문에 보자고 한 거야."

"흥! 내가 그 중요한 일에 적합한 사람인지는 모르겠다."

"좀 들어나 봐!"

"뭔데?"

"오라버니 혹시 우리 단주에 대해 뭐 아는 거 있어?"

"뭐?"

"우리 중에 제일 먼저 단주랑 만난 사람이 오라버니잖아. 그때 나이가 어떻게 됐지?"

상의 질문이 심상치 않은 것 같아 금도 진지하게 대답하기 시작했다.

"십오 년은 넘은 것 같긴 한데, 그건 갑자기 왜?"

"생각해 보니까 우리 단주 좀 이상하지 않아?"

"생각 안 해봐도 이상하지. 정상적인 사람이 떠돌이 기예단을 하면서 살겠냐? 무슨 사연이 있을 거란 건 알고 있었잖아."

"그렇긴 한데, 우리가 너무 잘 싸우는 것 같아서."

"응? 그건 또 무슨 소리야?"

"떠돌이 기예단이 무예를 배운들 귀문의 살수들하고 싸우는데 어떻게 이렇게 잘 싸울 수 있어? 우리가 열심히 했던 것도 있지만 이걸 누가 가르쳐 줬는지 생각해 봐. 전부 단주가 가르쳐 줬어. 한 사람이 우리 모두를 다 다른 무예로 가르쳤잖아. 자기가 전부 알고 있다는 거지."

"에, 에이……. 서, 설마. 어중간하게 어디서 보고 배웠겠지."

상의 이야기를 듣던 금은 광두가 가족도, 친구도 없는 사람이라는 게 떠올랐다. 가족 얘기만 나오면 이야기를 피하고, 놀기 좋아하는 중년 장한이 친구도 없다는 것이 생각해 보면 여간 이상한 게 아니었다.

하지만 저는 광두와 십오 년 이상을 함께해 왔다. 광두가 아니었다면 지금쯤 다리 밑에서 먹고 자며 동냥하는 신세거나 고약한 사람들에게 붙잡혀 노비가 되었을 운명이었다.

"고향이 어딘지도 못 들은 것 같고 단주의 사연에 대해서는 우리가 너무 아는 게 없지 않아?"

"너 그러는 거 아니다. 우리가 어떻게 광두를 의심할 수 있어? 네가 친위대 대장과 잘되어간다고 어깨에 힘주고 은혜를 원수로 갚으려고 하면 내가 가만 안 놔둬."

상은 금이 윽박지르는데도 흥분하지 않았다.

"뭔가 아는 게 있거나 알게 되면 오라버니가 눈치껏 단주를 잘 챙겨. 그러라고 하는 말이야."

"흥! 너나 그 잘난 분 잘 챙겨."

"오라버니."

"왜?"

"미안해."

"……."

"근데 이번엔 진짜 같아. 진짜 나 오라버니한테 기댈 일은 없을 것 같아."

상이 울 것 같은 눈으로 말하자 금이 제 뒤통수를 마구 헝클며 짜증스럽게 말했다.

"에이 씨. 나도 그 정도 눈은 있거든? 그리고 네가 왜 사과를 해! 화 고 것이 부러워 죽을 만큼 잘 먹고 잘 살기나 해."

상은 고개를 끄덕이며 그러겠노라 대답했다.

"난 그럴 테니 오라버니도 나 대신 단주 좀 잘 살펴봐 줘. 혹시 모를 일 에 대비해야지. 대장님이 의심하는 것 같아서 그래."

"그 사람이 왜? 왜 가만있는 우리를 의심해?"

"가만히 있는 게 아니지. 오문 핑계로 태자 전하와 동행하고 있잖아."

"……!"

금은 그제야 자신들이 공연도 포기하면서까지 태자 일행에 섞여 들어 간 괴이한 기예단이라는 것을 깨달았다.

"호위님. 제 오라버니 못 보셨습니까?"

오문이 사방을 두리번거리며 유강을 찾자, 바위 위에 앉아 쉬고 있던 영춘과 태자가 동시에 오문을 쏘아보았다.

태자야 그렇다 치고 왜 호위가 저를 그렇게 보나 오문은 고개를 갸우 뚱하며 물었다.

"왜요? 혹시 질투하십니까?"

태자에 이어 유강까지 제게 뺏긴 기분이 드는가 하는 질문이었다.

영춘은 황당해서 화도 나오지 않았다.

"너, 우리 형님한테 오라버니라고 부르는 거 그만둬라. 이왕이면 좀 거 리를 두는 게 좋겠다."

"왜요? 제 생명의 은인이고 오라버니로 여기기로 했는데, 이제 와서 그만둘 수는 없지요. 사람의 도리가 아닌 겁니다."

"글쎄다. 네가 그러지 않는 편이 은인의 마음을 더 편하게 만들어줄 것 같은데?"

"영춘이 네가 옳은 소리를 할 때도 있구나."

"모르셔서 그렇지, 제가 하는 잔소리가 다 쓸 만한 말이었습니다."

태자의 칭찬에 영춘이 잘난 척 우스갯소리를 했다.

하지만 오문에게 그 얘기를 한 데는 여러 가지 의미가 있었다. 오문에게 실연당한 사내를 안쓰럽게 여기는 마음과, 최근 그 사내의 수상한 행동을 목격하고 주시하고 있었기 때문이다.

그날 그 옥패를 본 뒤로 유강은 오문을 일부러 멀리 하려는 듯 거리를 두었는데, 영춘은 그 행동에서 오문을 귀찮게 여기는 듯한 인상을 받았다. 그전까지 사랑해 마지못해 안쓰러워하던 사람을 하루아침에 귀찮게 여기는 태도가 이상했다. 물론 다른 사람들 눈에도 그렇게 보이는 것은 아닌 듯했다.

영춘은 유강을 찾으러 숲으로 들어갔다가 그가 남긴 족적이 수상한 것을 알아차렸고, 그때부터 그가 여간 신경 쓰이는 게 아니었다. 가만 보니 길치라는 사람이 일행과 떨어져 종종 홀로 어디론가 사라지고 했는데 어렵지 않게 길을 찾아 돌아왔다. 아마 영춘이 몰래 지켜보지 않았더라면 처음부터 사라진 걸 몰랐을 정도로 어느새 사라졌다가 다시 자연스럽게 일행에 섞였다.

또한 혼자 있기를 좋아하는 사람처럼 오문뿐만 아니라 제가 따라오는 것도 귀찮아하는 것 같았다.

'길치라는 사람이 무리에서 낙오되는 걸 두려워하지 않고 함부로 이탈하고 있다니 분명 그건 거짓이다. 아마 오문을 좋아했다는 것도. 한데 왜 그런 쓸데없는 거짓말을 한 거지?'

영춘은 제가 데려온 생명의 은인이라는 자가 거짓말쟁이라는 사실에 분노하고 있었지만 확실히 밝혀진 게 없어 혼자 애태우고 있었다.

"그러고 보니 요즘 네가 잔소리가 뜸하구나. 무슨 일 있느냐?"

"정말 그렇습니다. 어디 편찮으신 거 아닙니까? 요새 통 말수가 적어지셨습니다."

남의 속도 모르는 두 사람이 얄밉기 그지없었다.

"것보다 이제 강만 건너면 북천 땅인데 귀문이 너무 잠잠해서 불안합니다."

"그건 그렇습니다."

때마침 장우까지 나타나 영춘의 말을 거들었다.

"그렇지 않아도 꿍꿍이를 알 수가 없구나. 오문이 옥패를 가지고 있을 때는 종종 나타나던 놈들이 옥패의 행방을 알려주고 다니는데도 움직임이 없다."

"전하를 상대하기 어려워 의뢰를 포기한 것은 아닐까요?"

영춘은 차라리 그랬으면 좋겠다는 마음으로 물었다. 요즘처럼 신경 쓸게 많을 때에 귀문과 옥패까지 주시하려니 머리가 아팠다.

"그런 것은 아닌 듯하고, 아무래도 강을 건너기 전이나, 강 위에서 무슨 사달이 일어날 것 같습니다."

"흐음⋯⋯."

장우의 말에 무호가 무거운 신음을 흘렸다. 지난번 배 위에서 있었던 전투가 떠올랐기 때문이다. 배 위에서의 전투가 통제하기 힘든 어려움이 있다는 것을 경험했다. 운신이 자유롭지 않고 진으로 움직이기도 쉽지 않았다. 지난번처럼 난전이 될 것인데, 그들도 한 번 당했으니 똑같은 수로 덤비지는 않을 것이고 만반의 준비를 해올 듯했다.

오문은 저 때문에 일이 이렇게 어렵게 된 것 같아 죄스러워 고개를 푹 숙이고 앞으로의 일을 걱정했다. 다행히 아직까지는 일행 중 아무도 죽지 않았지만 죄 없는 뱃사공이 저 때문에 죽은 걸 생각하면 아직도 마음이 좋지 않았다. 이번에는 귀문이 더욱 치밀하게 준비를 해올 텐데 뱃사공뿐만 아니라 일행까지 다칠까 봐 조마조마했다.

"오문!"

"예, 예?"

갑작스러운 태자의 부름에 고개를 번쩍 쳐든 오문이 상념에서 깨어났다.

"지난번처럼 물속에 뛰어들면 가만 안 있겠다."

오문은 그의 협박을 가볍게 여기며 물었다.

"가만 안 두고 어쩌실 건데요?"

"어쩌긴. 이미 한 번 겪어보지 않았느냐?"

오문이 한숨을 쉬었다.

"후……. 어디 한 번만 겪었겠습니까?"

폭포며, 지붕이며, 강물이며 함께 뛰어내리지 않은 곳이 있었을까.

"기억하고 있구나. 또다시 같은 어리석은 짓을 반복하지 마라."

"알겠습니다. 죽어도 전하 곁에서 죽겠습니다."

"아니. 그럴 일은 없을 게다."

오문은 대책 없이 자신만만한 태자의 얼굴을 보고 웃음을 터트리고 말았다.

다음 날, 혹시라도 귀문이 나타날까 촉각을 세우느라 밤잠을 설친 일행 앞에 우려하던 일이 벌어졌다.

거대한 강을 마주한 일행은 나루터 앞에서 망연자실했다. 큰 나루터에 배 한 척 매어 있지 않았기 때문이다.

"놈들 짓 같습니다. 배도, 사공도, 심지어 강을 건너려는 손님조차 없습니다."

장우의 말에 무호가 무거운 음성으로 말했다.

"이상하군. 배에서 싸우는 것이 놈들에게는 더 나을 것인데."

"그러게 말입니다."

장우와 영춘, 그리고 태자는 천천히 뒤로 몸을 돌렸다. 그러고는 말이 없어졌다. 가만히 강의 반대쪽 저 멀리 있는 숲을 바라보고 있을 뿐이었다.

무언가 보이는 것인가, 오문도 그들이 보는 방향으로 고개를 빼고 고개를 갸웃거렸으나 아무것도 보이지 않았다.

"……!"

그러다 오문은 그들보다 한발 늦게 땅의 울림을 느낄 수 있었다. 강의 반대쪽 저 멀리서 지축을 흔드는 말발굽 소리가 점점 가까워지고 있었다.

곧 친위대 일행 모두가 명령이 있기 전에 진형을 갖추었다. 한동안 뜸했던 귀문의 공격이 놀랍다기보다 올 것이 왔다는 반응들이었다.

그러나 병사들과 달리 태자와 장우는 걱정스러웠다.

"이상하군."

"예. 이렇게 넓은 곳보다 배 위가 저들에게 더 유리할 텐데 말입니다."

이제 놈들이 보이기 시작했다.

"……!"

숲에서 모습을 드러낸 살수들에 병사들은 크게 놀라 잔뜩 긴장했다. 어디서 이 많은 살수가 튀어나올 수 있었을까 싶을 만큼 개미 떼처럼 많은 숫자가 우르르 달려오고 있었다.

오문은 흡사 작은 전쟁터에 와 있는 기분을 느끼고 몸을 떨었다.

그러자 태자가 오문의 어깨에 손을 얹으며 말했다.

"내 옆에만 있으면 된다."

오문은 믿음직한 그의 눈을 똑바로 바라보며 고개를 끄덕였다. 어쩐지 불안하고 두려운 마음이 사라져 버렸다.

제 35 장

융숭한 대접

거대한 강을 앞에 두고 있는 마당에 뒤에서 새까맣게 몰려든 살귀들은 죽더라도 절대 물러서지 않겠다는 듯이 흉흉한 기세를 내뿜었다. 지금까지 태자 일행이 만나본 어떤 살수들보다도 압도적으로 숫자가 많았고 한 사람 한 사람의 무위 역시 강해 보였다. 전장에서도 이 정도의 압도적인 숫자 차이로 적을 상대한 적이 많았지만 일반 병사 한 명과 살수 한 명은 달랐다.

　장우는 태연한 얼굴로 칼을 뽑았지만 이번엔 다 같이 살아남기 어려울 것이라 예감했다.

　"활을 잡아라."

　장우의 명에 병사들은 순식간에 적들을 향해 활을 겨누었다.

　이런 일이 있을 것 같아 만반의 준비를 해두긴 했지만, 과연 얼마나 살아남을 수 있을지는 미지수였다.

　장우는 옆에 있는 상을 바라보았다.

상은 괜찮다는 듯 웃을 뿐, 아무 말도 하지 않았다.

보살펴 줄 수 없다. 함께 도망가 줄 수도 없다.

알아서 하라는 냉정한 표정에도 상은 고개를 끄덕이고 검을 잡았다.

장우는 한숨이 나오려는 걸 삼키고 태자에게 말했다.

"전하. 저희가 활을 쏘면 일각도 지체하지 마시고 가까운 관청으로 달려가셔야 하옵니다. 영춘. 너는 끝까지 전하를 엄호해야 한다."

"예! 걱정 마십시오!"

분위기가 사뭇 무거워졌다. 놈들이 어떤 식으로든 움직일 거라 예상했지만 설마 하니, 이렇게 무식하게 밀어붙일 줄 누가 예상했겠나.

"전하. 어서 준비하십시오."

장우가 부하들에게 활을 쏠 준비를 시키고는 태자를 재촉했다.

그러나 태자는 늘 그렇듯이 적진의 한복판에 홀로 서서도 태연했던 것처럼 이번에도 여유로워 보였다.

장우는 그것이 태자가 감싸고 있는 오문 때문이라고 생각했다. 오문이 불안해하지 않도록 애써 건재한 모습을 보이고 있는 것뿐이라고.

"장우."

"예. 전하. 저희는 알아서 할 것이니……."

"활을 땅에 쏘게 해라."

"예?"

"울타리를 만들 겸."

"……!"

이 와중에 무슨 맹한 소리인가 싶었던 장우는 태자의 기막힌 발상에 소리를 지를 뻔했다.

"모두들 들었느냐! 싸울 자리를 만들 것이다. 놈들이 눈치채지 못하게 내가 신호하면 그때 활을 쏘아라."

"예!"

다들 척하면 착하고 알아들었다. 그리고 태자가 결정을 내린 이상 이제 그것으로 실랑이할 시간이 없었다.

말을 달려온 살수들이 꽤 가까워졌을 때였다. 강을 등진 친위대의 병사들은 태자를 중심에 두고 호를 그리듯 앉아 장우의 신호를 기다렸다.

"지금이다!"

쌔액— 퍽.

쌔애액— 파바박.

한 사람당 서너 발이나 연속으로 쏘아진 화살은 사람이나 말을 공격하지 않고 땅에 박혀 그들의 앞을 막는 울타리가 되었다.

그와 동시에 갑자기 앞을 막아선 울타리를 보고 놀란 말들이 급격하게 멈춰 섰다.

"히이이잉—!"

"히이잉!"

빠르게 달리던 속도를 미처 조절하지 못하고 몇 마리의 말들이 균형을 잃고 쓰러졌고 그 때문에 울타리가 무너졌다.

"히이이이잉—!"

하지만 대부분의 말은 앞발을 들어 기수를 떨어트리고 뒤에 달려오던 말과 부딪혀 넘어지면서 연이어 얽히며 나뒹굴었다.

"계속 쏘아라!"

이 와중에도 장우는 무너진 울타리를 다시 만들 겸, 울타리 안으로 들어오는 놈들을 한 놈이라도 더 줄이기 위해 넘어진 살수의 몸에도 화살을 쏘았다.

"으악!"

"히이잉—!"

놀라고 고통스러운 말의 비명으로 강변은 순식간에 아수라장이 되었다.

적의 피해는 매우 컸다. 하지만 남아 있는 살수들이 더 많았고 그들은 결국 죽어가는 동료들을 발판 삼아 울타리 안으로 넘어 들어왔다.

친위대는 활을 버리고 검을 잡았다.

뒤쪽은 다행히 깊은 강물이 있어 등 뒤를 걱정할 필요는 없었다. 앞으로 넘어오는 적을 막고 베며, 이 인이 한 조로 움직였다.

태자 일행이 필요한 만큼만 만들어놓은 공간에서 다수의 살수들은 한꺼번에 덤비지 못하고 순차적으로 덤벼야만 했다. 결국 총 인원 수와는 상관없이 일대 일의 싸움이 되고 만 것이다.

한데 처음에는 우위를 점령한 친위대가 조금씩 밀리고 있었다.

울타리를 넘는 적들의 숫자도 더 많아져 가고, 안쪽으로 압박이 가해지자 무호가 나서야만 했다.

"넌 여기 가만히 있어."

"전하……."

오문은 이렇게 몸을 부딪쳐 가며 싸워본 적이 없었고, 그렇게 싸우는 법을 배운 적도 없었다. 그녀는 늘 잔 꾀를 부려 상황을 모면해 왔을 뿐이라 지금 같은 상황에서는 할 수 있는 게 아무것도 없었다. 멋지게 싸우는 상과 화를 보니, 제가 걸림돌밖에 되지 못하는구나 하는 생각에 미안해졌다.

'아……. 검술 가르쳐 주신다고 할 때 배울걸.'

이제 와서 그런 후회가 무슨 소용일까.

오문은 제 옆에 있으라던 태자가 등을 보이며 밀리고 있는 부하들을 도우러 가자 불안함을 느끼며 심지어 외롭기까지 했다.

'나만…… 쓸모가 없어.'

이 아비규환 속에서 얼마나 어리석은 생각이며, 배부른 생각인가 스스로를 꾸짖어 보지만 감정이란 괴물은 그녀를 소심하게 만들고 있었다.

그런데 갑자기 적을 베러 가던 태자가 멈칫하더니 오문에게로 다시 돌아왔다.

"……?"

제 속마음을 읽기라도 하신 것인가, 갑자기 왜 돌아오시는가 의아함이 이는데, 태자가 다가와 말했다.

"내가 내 옆에 있으라고 해놓고서는 너를 두고 가다니."

"아, 아니. 지금은 그럴 때가 아니니까요……."

저를 잊지 않고 있었노라, 그것이 담긴 지금의 한마디면 충분했다. 이제 괜찮다. 마음껏 가서 싸우시라 등을 떠밀어 드릴 수 있었다.

한데, 이번에는 태자가 그럴 마음이 없었나보다. 그는 도포를 벗더니 뒤로 주저앉아 오문을 돌아보며 말했다.

"업혀."

"예?"

"어서 업혀라. 꾸물댈 시간 없다."

"전하, 그렇지만……."

"괜찮다. 너는 가벼워서 업고도 싸울 수 있다."

"그렇지만……."

오문은 제가 감히 태자의 등에 업혀도 될까, 고민한 게 아니었다. 저를 업고 어떻게 싸우겠다는 건지, 그게 걱정되어 업힐 수가 없었다.

"네가 이러고 있으면 나도 움직이지 않을 것이다."

결국 오문은 그의 너른 등에 엎드렸다. 모두들 죽어라 싸우는데 저 혼자 호강하는 것 같아 얼굴을 들 수가 없었다.

무호는 아무렇지 않게 벌떡 일어나 호기롭고 당당하게 도포 자락을 펼쳐 오문의 등을 감싸고 제 허리에 묶었다.

아이를 업은 것 같은 꼴로 검을 들고 나서자 그를 본 사람들은 아군 적군 할 것 없이 흠칫했다.

"전하. 아무래도 모양이 좀 빠지는 것 같습니다."

"다들 부러워하는 눈빛이다."

오문은 등 뒤에서 얼굴을 일그러트렸다.

'아뇨. 뒤에서 욕이라도 해주고 싶은 그런 얼굴들입니다.'

다행히 부끄러움은 오래가지 못했다.

태자가 검을 휘두르자, 오문은 제 얼굴까지 튀는 핏방울에 경악했다.

'으악!'

하지만 그 핏방울이 오문의 얼굴에 닿기도 전에 태자가 몸을 비틀며 다른 적을 베어 나갔다.

'헉! 빠르다!'

그의 몸놀림은 어느 누구보다 경쾌하고 빠르며 또 거침없이 획을 긋는 화공의 손놀림처럼 아름답고 정확했다. 팔을 휘두른 자리에 검은 먹물 대신 붉은 피가 뿌려지긴 했지만 사랑하는 연인을 등에 업고 잔혹한 전투를 벌이는 그의 모습은 처절해 보이기까지 했다.

'모양은 이상하지만 멋있어!'

그러나 오문은 곧 업혀 있는 것도 얼마나 힘든지를 깨달았다.

'으악! 너무 그렇게 움직이시면……! 으아악!'

아무래도 검에 너무 심취해 버린 태자가 등에 업은 오문의 존재를 잊은 듯했다. 허리를 너무 세웠고, 허리를 너무 빨리 돌렸다.

오문은 떨어지지 않기 위해 무호를 필사적으로 껴안아야만 했다.

'어휴! 사람을 업어 봤어야 알지!'

그렇게 투덜거리긴 했지만 오문은 그를 껴안으며 슬쩍 미소를 지었다.

'태자 등에도 업혀 보고, 온갖 호사를 다 누려보네.'

어쩐지 죽을 것 같지 않았다. 아니, 죽어도 죽은 것 같지 않을 듯했다.

지난 시간 저와 살수들의 싸움은 꼭 살아남아 보이겠다는 집념에 지나지 않았던 것 같다.

이렇게 죽고 싶지 않아.

이런 식으로 아무것도 모른 채 죽을 수는 없어!

왜 나는 이렇게 죽어야 하는데!

홀로 싸우고 이겨내야 하는 고독감에 발버둥 쳤다. 위험이 닥칠 때마다 지옥으로 끌려가는 절망감을 맛보았다. 시커먼 소용돌이가 아가리를 벌리고 제가 떨어지기를 기다리는 것 같았고, 악착같이 제 힘으로만 절망의 구렁텅이에서 기어 나와야만 했다. 지금처럼 이렇게 웃을 수 있는 여유가 있을 리가 없었다.

기댄다는 게 이런 거구나.

지켜 준다는 게 이런 거구나.

사랑받고 보호받는 느낌이 이렇게 좋은 거구나.

지금 죽는다 해도 기쁘게 죽을 수 있을 것 같았다.

제가 너무 몰랐다.

누군가에게 기댔다가 버림받으면 더욱 견디기 힘들 거라고, 그 상실감을 견뎌낼 자신이 없을 거라고.

그렇게 말했던 건 자신이 사랑받은 적이 없어서였다. 사랑을 해보고, 기대보니 상실감보다 더 큰 가슴속의 구멍이 가득 메워졌다. 아마도 버림받게 된다면, 더 이상 그에게 기댈 수 없게 된다면 철철 흘러넘치는 이 벅찬 감동을 기억하게 될 것이다. 그 기억이 조금이나마 가슴을 메워 줄 것이고 저는 지난 시간만큼 외롭고 두렵지 않게 될 것이다.

오문은 태자의 목을 껴안으며 다짐하듯 속삭였다.

"전하. 절대 떨어지지 않을게요."

무호는 당연하다는 듯이 말했다.

"내가 너를 떨어트리지 않는다."

"예. 예. 믿고 있습니다."

시간이 지날수록 전투는 더 치열해졌지만 그 많던 살수들이 이제 얼마 남지 않았다.

승기를 잡은 친위대는 더욱 강하게 밀어붙였다.

'이제 조금만 더 하면 된다.'

다들 그렇게 생각할 때였다.

두두두두—

"……!"

혼전으로 정신이 없는 와중에도 모두가 똑똑히 들었다.

제 앞에 알짱거리는 한 놈을 베어버린 무호가 고개를 들어 앞을 보았다.

"젠장!"

고립무원이란 이럴 때 쓰는 말일까.

무호는 죽어 자빠진 살수들의 수만큼 새로운 살수들이 말을 타고 달려오는 것을 보고 욕설을 뱉었다.

"전하. 이번에는 제가 하자는 대로 하셔야겠습니다."

장우가 다급하게 말했다.

그러면서 두 사람의 머릿속에 동시에 한 가지 의문점이 들었다.

'대체 이 옥패가 무엇이기에 부나방처럼 대책 없이 달려든단 말인가!'

이만한 살수들을 내보낸다면 귀문에도 피해가 클 것인데, 도대체 이 옥패의 무엇이 이를 감수할 만큼의 값어치가 있는 것인가.

영춘은 상황이 매우 심각해진 것을 알게 되었다.

'전하만큼은 이런 데서 잃을 수 없어!'

영춘의 눈에 태자의 등에 엎드린 오문이 보였다.

'그래. 넌 똑똑하니까 전하를 잘 모실 수는 있을 거야.'

일단 여기서 빠져나가기만 하면 되겠다고 여긴 영춘이 저돌적으로 검을 휘두르며 태자의 앞을 가로 막았다.

"전하! 이제 어쩔 수 없습니다. 제가 뒤를 엄호할 것이니 무조건 달리십시오!"

그런데 그런 영춘의 앞에 피를 뒤집어쓴 듯 처절해 보이는 유강이 또 막아섰다.

"어딜 혼자 가느냐! 나도 같이 가겠다!"

"……!"

"전하. 제가 끝까지 보필하겠습니다!"

"형님. 차라리 도망을 가십시오. 아무도 뭐라 하지 않을 겁니다."

"무슨 소리! 나 역시 제화국의 사람이다! 전하의 안위에 내 목숨을 거는 것이 당연하지 않느냐!"

영춘은 조금 전까지만 해도 그를 의심하고 있었다.

그리고 지금 그 의심은 더 강해졌다.

섣불리 말은 하지 않았지만 유강의 말과 행동을 계속 주시하고 있었고, 이 강가에서 사달이 벌어진 것도 혹시 그가 벌인 일이 아닐까 하는 생각이 들었었다.

귀문에서 보낸 규모가 너무 컸다. 마치 자신들에 대해서 꼼꼼히 파악한 후에 계산된 인원을 보낸 것 같았다. 그것도 하필 강을 건너야 하는 이 시점에서. 강가에 도주할 배 한 척 남아 있지 않는 것만 보아도 그랬다.

바로 옆에서 자신들을 살펴본 사람이라면 백골기예단과 유강밖에 없지 않나. 그런데 그 역시 죽음을 불사하고 싸우고 있었다. 만약 그가 일을 벌인 거라면 이렇게까지 할까.

의심이 점점 옅어질 무렵, 그가 태자를 따라나서겠다고 했다.

그는 태자를 싫어하지 않았던가. 오문 때문에 태자를 질투하지 않았었나. 그렇게 충성심이 강했더라면 처음부터 오문을 마음에 품어서도 안 됐었다.

처음에는 옥패를 가진 오문을 쫓아 수레에 올랐고, 그녀에게 옥패가 없다는 것을 알게 되자 태자를 따라나선다.

영춘은 검을 들어 유강을 막아섰다.

"왜, 왜 이러느냐?"

"정 그렇다면 형님께서 앞에 서 주십시오. 제가 뒤에 서겠습니다."

"너 혼자 다 막을 수 없다!"

"저는 아무에게나 태자 전하의 등을 내어드리지 않습니다."

"……!"

어수룩해 보이던 영춘이 단호하게 말하자 유강은 조금 당황한 것 같았다.

그때 태자가 두 사람 사이에 끼어들었다.

"영춘아. 내 등은 너한테도 내준 적이 없다."

"예?"

"그러게요. 전하의 등은 제가 이미 차지하고 있습니다."

오문도 얄밉게 끼어들었다.

"오문! 지금 네가 농이나 하고 있을 때가 아니다!"

"농 아닌데요?"

그렇게 말한 오문의 손에는 어느새 옥패가 들려 있었다.

"전하! 다녀오겠습니다!"

무호는 오문을 묶고 있던 도포자락을 풀어주었다.

오문은 그의 등에서 뛰어내려 강가로 부리나케 달려가며 소리쳤다.

"이보세요들!"

"……!"

오문의 낭랑한 외침이 멀리 퍼져 나가자 멀리서 다가오던 살수들도, 싸우고 있던 살수들도 주춤하며 그녀를 바라보았다.

"저 이거 던집니다!"

"……!"

그녀의 손에서 달랑거리는 옥패가 햇볕에 빛나고 있었다.

강물은 오문의 허리까지 닿았다. 아직은 물살이 세지 않았지만 오문이 깊고 빠른 강물 속에 옥패를 던지기라도 하면 두 번 다시 그것을 찾을 수 없게 될 것이다.

작은 옥패가 가진 힘은 장우와 태자가 의아하게 생각했던 것 이상이었다. 동료가 죽어나가고 제 살이 베여도 감정 없던 살수들이 동요하기 시작했다.

그리고 무호는 망설이는 그들을 가차 없이 베었다.

서걱―

"……!"

살수들은 어찌해야 할 바를 몰라 주춤거렸다.

"어서 물러가지 않으면 이 옥패 영원히 못 찾을 겁니다! 어서 물러서라고요!"

오문은 계속 옥패를 던질 것처럼 하며 큰 소리로 협박했다.

나아가 싸우자니 옥패를 던지려 하는 오문의 모습이 걸리고, 물러서자니 그럴 수 없어 당황하고 있었다.

무호는 그들의 모습을 보고 한 가지를 알 수 있었다.

'여기서 사생결단을 내야만 했군. 단왕부로 가기 전에 옥패를 차지해야 했다는 것인데…….'

무호는 단왕부와 옥패가 무슨 상관이 있겠구나 짐작할 수 있었다.

그리고 또 하나, 옥패는 사라져선 안 된다는 것. 꼭 가져야만 하는 것이라는 것. 저들은 옥패를 없애는 것이 목적이 아니라 취하는 것이 목적이었던 것이다.

"제가 못 던질 것 같습니까! 저한테는 이 옥패 아무것도 아니거든요? 진작 그냥 달라고 하시지! 왜 일을 어렵게 만들어요!"

무호는 그 소리를 듣고 피식 웃었다. 그러면서 귀문에게 이 일을 의뢰한 자를 비웃었다.

'멍청한 놈들. 오문에게 옥패를 달라 했으면 그냥 주었을 걸.'

오문의 존재가 중요한 게 아니었다면, 그냥 옥패만 빼앗으면 되는 거였다면 차라리 오문을 잘 구슬려 옥패를 달라 했으면 좋았을 것이다.

창관에서 죽은 계집도 오문이 고작 과도 하나와 옥패를 바꿔 준 것 아닌가.

탐욕에 물든 자들의 눈에는 그것이 수백 명의 사람 목숨보다 중할지 모르나, 오문에게는 과도보다 못한 것이었다. 이만한 희생을 하지 않아도 쉽게 옥패를 얻었을 것을 지난 몇 년간 귀문에게 준 의뢰비가 어마어마하지 않겠는가.

'잠깐, 의뢰비?'

귀문은 보통의 살수집단이 아니었다. 그들은 보통 사람은 평생 모아도 모으지 못할 만큼 비싼 의뢰금을 받고 살행에 나선다. 그 의뢰금으로 자신들만의 지하 왕국을 세운 것이나 다름없지 않나.

한데 저 조그마한 옥패 하나 때문에 귀문은 막대한 피해를 입었다.

'그것을 감수할 만큼 의뢰비를 지불할 수 있는 자가 몇이나 될까?'

무호가 따져 보니, 황제나 가능한 일이 아닐까 싶었다. 물론 자신의 아버지는 그 돈을 아까워할 테니 굳이 의뢰금을 주며 일을 맡기지는 않을 것이다.

황제 외에도 몇몇 떠오르는 인물이 있었다.

제화국의 상권을 쥐고 있는 대부호라든가, 그 못지않은 권력과 대대로 내려오는 부를 가진 몇몇 대신이라든가, 그리고 단왕부.

마침 바로 단왕부의 코앞에서 벌어진 일이었다.

무호가 거기까지 생각했을 때, 서로 눈짓을 주고받은 살수들이 뒤로 물러나기 시작했다.

하지만 이번만큼은 무호도 그냥 보내줄 생각이 없었다. 이 정도로 많은 살수라면 생포했을 때 충분히 심리를 흔들 수 있을 거라 생각했다. 생포가 어렵다면 한 놈이라도 더 많이 죽여 저희를 우습게 보지 못하도록 할 셈이었다.

이처럼 많은 숫자로 공격해 와도 이길 수 없다는 것을 보여주리라, 무호와 장우는 도주하는 놈들의 뒤를 쫓았다.

상관들이 움직이니, 병사들도 움직였다. 사생결단을 내고자 하는 마음은 이쪽도 마찬가지임을 보여주기라도 하듯 모두가 시뻘게진 눈으로 달려 나갔다.

그런데 바로 그때였다.

뿌우—

둥둥—

어디선가 뿔 고동 소리와 북소리가 들렸다. 동시에 소리가 나는 쪽으로 고개를 돌리자 폭이 넓은 강 저쪽에서 빠른 속도로 다가오는 배들이 보였다.

"오문!"

무호는 멍하니 서 있는 오문이 거대한 배에 부딪칠까 겁이 나 달려 나갔다.

"전하!"

무호가 강물을 헤치고 달려 나가고, 장우가 그 뒤를 따라가고, 영춘이 유강과 묘하게 대립하고 있는 그 순간이었다. 이번에는 숲 쪽에서 우렁찬 함성 소리가 들렸다.

"와아─!"

"……!"

적색 무복을 입은 훈련된 병사들이 사방에서 튀어나왔다.

살수들도 이는 예상 못했는지 당황하고 있는 눈치였다.

무슨 일이 일어나고 있는 건지 감도 오지 않았다. 태자 일행은 양쪽으로 겹겹이 둘러싸인 형국이었다.

영춘 역시 당황했지만 그 틈을 놓치지 않고 제 앞에 있던 살수를 베었다. 그리고 돌아선 영춘은 유강의 태연한 모습을 발견하고 눈살을 찌푸렸다.

"형님."

유강은 영춘의 무서운 음성에 빙긋 미소까지 지으며 여유를 부렸다.

"뭔가 아시는 게 있는 모양입니다."

유강은 영춘의 어깨를 툭 치며 말했다.

"형님이라? 나도 아우가 있었으면 했었지."

"……."

영춘은 아무 말도 하지 않았다.

"네가 원한다면 앞으로도 나를 그렇게 부르도록 허락해 주마."

선심 쓰듯 하는 말에 영춘은 그만 피식 웃고 말았다.

"글쎄요. 그건 저도 들어봐야 알겠습니다. 형님의 진짜 정체가 무엇인지, 내게 일부러 접근한 것인지."

"만약 일부러 접근한 것이라면?"

"생명의 은인도 아닌데 형님으로 모실 이유는 없지요. 저는 윗사람이라면 태자 전하 한 사람만으로도 벅찬 사람입니다."

유강은 그만 소리 내 웃고 말았다.

"그래. 그건 그렇지. 태자 전하께서 참으로 사람을 곤란하게 하시는 분이시지. 모시기 어렵고말고."

"그래도 제가 전하를 모시는 데 성심을 다하는 이유는 적어도 그분은 겉과 속이 다르지 않기 때문입니다."

유강의 웃는 얼굴이 서서히 표정 없이 굳어갔다.

"저는 사람 마음을 속이고 이용하는 자는 그 의도가 무엇이든 간에 제 사람으로 인정할 수 없습니다."

영춘은 분명하고 단호하게 선을 그었다.

유강은 그런 영춘에게서 흥미를 잃은 것처럼 강 쪽으로 반쯤 몸을 돌려 점점 다가오는 커다란 배들을 바라보았다.

"안타깝군. 날 형님이라 부를 수 있을 때가 좋았을 것인데."

물살을 헤치고 달려 나간 무호는 너무 놀라 굳어버린 오문의 어깨를 잡아 몸을 돌렸다.

"전하……."

무호를 본 오문의 눈이 크게 흔들렸다.

"괜찮다."

"예?"

"걱정하지 않아도 된다."

태자의 목소리에는 단순한 위로와 다독거림이 아니라 정말 괜찮다는 안도감이 담겨 있었다. 이런 상황에서 그럴 수 있다는 게 믿어지지 않아 오문이 고개를 갸웃했다.

"단왕부의 깃발이다."

"……!"

"반란을 꾀하는 게 아니라면 이 몸을 모시러 온 것이지."

자신만만한 태자의 목소리에 오문은 그제야 안심했다. 반란을 꾀한다는 부분에서 조금 섬뜩함이 느껴지긴 했지만 특유의 재수 없는 말투를 들으니 그냥 하는 소리가 아니라는 것을 확신한 것이다. 그가 거만해질 때는 늘 그럴 만한 이유가 있을 때였다.

"역시 아무나 태자가 되는 건 아닌 모양입니다."

"왜?"

"운이 겁나게 좋으십니다!"

"운이란 본래 자신이 만들어가는 것이다."

결국 무호는 제가 잘나 운이 좋은 것으로 단정 지었다. 사실 태자로 태어난 것 자체가 날 때부터 운이 좋은 게 아닌가 싶었지만 오문은 그런 걸 따질 상황이 아니라는 것 정도는 알고 있었다.

다만 심각하게 표정이 굳어 있던 태자가 이제야 평소와 같은 모습으로 돌아온 것 같아 오문도 마음을 놓고 농을 했다.

"그럼 저도 제가 잘나서 운이 좋은 모양입니다. 전 또 제가 전하 덕에 산 줄 알았는데."

"네가 잘나서 운 좋게 태자님을 만난 것이다."

두 사람은 누가 더 뻔뻔한가를 겨루듯 듣기 거북한 이야기를 나누며 강둑으로 올라왔다.

그러는 동안 살수들은 숲에서 나타난 단왕의 병사들에게 속수무책으로 당하고 있었다.

위기에서 벗어난 것이 확실한데도 장우의 표정은 밝지 않았다.

'태자가 단왕부의 도움을 받았다는 건 좋지 않다. 단왕이 그것을 빌미로 황실에 무언가 요구하면 들어줄 수밖에 없어. 큰 빚을 졌다. 아니, 그보다 이 상황 자체가 썩 마음에 들지 않는군…….'

모든 것이 너무 절묘하게 잘 맞아 떨어졌다. 배 한 척 없던 강가에 살수들이 몰려들고, 그 살수들에게 꼼짝 없이 죽을 위기에 처하자 단왕부의 군사가 운 좋게 등장했다. 게다가 그들은 태자 일행에게 무력을 과시하기라도 하듯이 잔인하게 살수들을 죽이고 있었다. 살수들보다 더 흉흉한 살기를 뿜으며 은근히 무력시위를 하는 듯한 인상을 주고 있었다.

'여기부터는 단왕부의 땅이니 함부로 설치지 말라 이건가?'

물론 태자가 지금까지 관청을 돌며 기행을 벌인 일이 알려졌을 테고, 이곳에서는 그런 짓이 어림도 없을 거라 미리 경고하는 것 정도로 볼 수는 있었다. 하지만 그 어떤 말, 어떤 경우를 생각해도 지금 이 순간에 모든 것이 맞아 떨어진 것만큼은 단순한 우연이라 여기기 어려웠다.

찜찜한 기분이 들어 태자를 바라보니 오문의 어깨를 감싸고 있던 태자가 눈짓을 보냈다.

'일단은 저들이 하는 대로 두고 보자.'

태자의 눈빛이 그렇게 당부하고 있었다.

장우는 살짝 고개를 끄덕여 그러겠노라 대답했다.

태자가 강둑으로 올라오고 얼마 후, 다섯 척의 배가 강둑에 닿았다. 이제 살아남거나 도망친 살수들도 없었다. 주변이 적막해질 무렵 가장 큰 배에서 황제만큼 위엄이 느껴지는 인물이 내렸다.

중년을 훌쩍 넘은 나이에 장년보다 더 곧은 등과 단단한 어깨를 가졌으며, 여유와 힘이 동시에 느껴지는 걸음걸이 역시 심상치 않았다. 그리고 그 뒤를 따르는 가신과 장졸들로 보이는 이들도 범상치 않아 보였다.

이런 자들을 수하로 두고 있는, 고귀해 보이는 중년 사내라면 누구겠는가. 아무도 말하지 않았지만 그가 누구인지 대번에 알 수 있었다. 사실 그의 머리에 있는 작은 관모와 입고 있는 의복만 보아도 모를 리가 없었다.

그때 아직도 영춘의 곁에 있던 유강이 앞으로 걸어 나왔다.

유강과 중년인의 시선이 얽혀 들어갔다.

유강은 땅 위에 단정히 무릎을 꿇고 절을 올렸다.

"아바마마. 소자, 무사히 돌아왔사옵니다."

"……!"

아무도 몰랐던 유강, 아니, 단유천의 정체가 밝혀진 순간이었다.

거대한 적막감이 소리 없는 바람처럼 휘몰아치고 간 것 같았다. 놀람과 충격보다는 배신감에 휩싸였다.

배에서 내린 중년인은 누가 보아도 북천 땅 단왕부를 지배하는 단왕이었다. 그런 그를 들으라는 듯 '아바마마'라고 했다. 즉, 자신은 단왕의 하나밖에 없는 왕세자 단유천이라는 얘기였다.

백골 기예단의 화가 놀라서 숨을 들이켜는 소리 외에 태자 일행은 아무도 소리를 내지 않았다.

속았다는 분함과, 그가 자신들 속에 섞여 무엇을 하려 했는가, 커다란 배신감이 덮쳐 입을 열 수가 없었기 때문이다. 하지만 한 사람, 오문만은 속에 있는 말을 솔직히 뱉어냈다.

"헉! 오라버니가 왕세자였어요?"

"그러게 말이다. 첫인상이 별로라 했더니, 역시 구린 구석이 있었어."

무호가 자신들을 속였다는 말을 상스럽게 표현했지만 이번에는 누구 하나 거기에 불만을 품지 않았다. 오히려 더 욕을 해주었으면 좋겠다 싶을 때 오문이 투덜거렸다.

"아니, 태자 전하처럼 밀정을 나가신 것도 아니고, 잠깐 돌아다니다가 집으로 갈 걸 뭐 하러 속이셨답니까? 그냥, 나 왕세자인데 같이 갑시다, 하면 될 걸, 길치다 뭐다 바보 흉내만 내고."

"왜긴. 바보라서 그렇지."

태자까지 서슴지 않고 거들자, 그 소리를 들은 단유천의 어깨가 잠시 흔들렸다. 그러나 곧 꼿꼿이 등을 세우고 앉아 아버지인 단왕이 다가오길 기다렸다.

단왕은 태자를 향해 천천히 걸어와 제 아들인 단유천을 지나며 그의 어깨를 힘주어 잡았다. 눈길 한 번 주지 않고, 어떤 말도 없었지만 '잘했다. 잘 돌아왔다'라는 아버지의 칭찬을 알아듣고 단유천은 흐뭇한 미소를 지었다.

단유천을 지나 여전히 태자 쪽을 바라보며 다가오던 단왕의 표정이 변하고 있었다.

참고 있었으나, 더는 참지 못하겠다는 듯이 뺨까지 파르르 떨며 입술을 달싹거렸다.

'뭐야?'

무호는 불쾌함을 감추지 않고 눈살을 찌푸렸다.

'왜 쓸데없이 감격한 표정이지?'

마치 헤어진 자식을 만난 듯한 단왕의 격한 감정이 부담스럽고 가식적으로 느껴졌다.

'건재한 태자 전하를 뵈었으니 여한이 없사옵니다. 전하를 뵈오니 제 화국의 안녕과 번창을 본 듯하옵니다.'

그런 속이 메스꺼운 말이 튀어나오기 직전의 얼굴이었다.

아무리 제가 산호를 데리러 여기까지 왔다지만 황제의 속뜻을 모를 리도 없으니 지나친 감사의 표현이 낯 뜨거웠다. 더군다나 산호가 단왕의

217

친딸도 아니지 않나.

'적당히 하시지?'

무호가 그렇게 찌푸린 눈썹으로 눈치를 주었지만 단왕은 이제 눈동자에 눈물까지 머금고 있었다. 백성들 앞이라면 모를까 여기서 이렇게까지 하는 건 쓸모없는 가식 아닌가. 무호는 점점 다가오는 그의 얼굴을 피해 뒷걸음질 치고 싶은 심정이었다.

바로 그때였다. 단왕이 갑자기 바로 코앞까지 달려와 소리쳤다.

"오문!"

"……!"

모두가 똑똑히 보고 정확히 들었다. 그가 덥석 오문의 손을 붙잡고 오문의 이름을 부르는 것을. 그리고 누구보다 가장 놀란 오문이 눈도 깜빡거리지 못하고 그대로 얼어붙는 것을.

유강이 단유천이라는 것보다 더 예상치 못한 일이 벌어진 것이다.

단왕은 태자가 앞에 있다는 것을 알면서도 그를 무시하는 것인지, 아니면 정말로 오문을 애타게 찾느라 태자의 존재조차 잊은 것인지, 매우 무례한 태도로 태자를 영접하고 있었다.

"오문! 드디어 오문을 찾은 것인가!"

"저…… 저기, 일단 지금 저보다는 제 옆에 계신 분께……."

오문은 태자의 눈치를 살피며 단왕에게 붙잡힌 손을 살짝 뺐다.

"아……. 저, 전하! 실은 제게 너무 중요한 일이라 전하께 인사를 드린다는 것을 깜빡했습니다."

"괜찮소. 인사를 잊은 것은 피차 마찬가지이오. 것보다 볼일이 있으신 듯한데, 마저 하시오."

무호는 진심으로 그가 하던 것을 계속하길 바랐다. 오히려 맥을 끊어 버린 오문에게 탓하는 눈빛을 보낼 정도로 지금의 상황을 흥미진진하게 보고 있었다.

"예. 전하……. 그, 그럼……."

잠시 절정에 올랐던 감정이 뚝 끊어지긴 했지만 단왕은 다시 한껏 감정을 불어넣고 떨리는 음성으로 물었다.

"오문……. 네, 네가 정말 오문이 맞느냐?"

"어, 어……. 그……게……. 그, 글쎄요?"

감격 어린 단왕의 질문에 잠시 뜸을 들이던 오문의 대답은 황당하기 그지없었다.

"오, 오문이 아니더냐?"

단왕도 잠깐 당황한 모양이었다.

"아뇨, 그게…… 제가 오문이라는 이름을 쓰기는 하는데요……. 저를…… 아십니까?"

오문이 그럴 만한 게, 제 이름은 귀문에게서 받은 이름이라 진짜 이름을 알지 못했다. 그런데 제가 오문이라고 불려온 그 모든 시절의 기억을 떠올려 봐도 단왕처럼 생긴 사람은 기억나지 않았다. 오문은 도대체 단왕이 어떻게 저를 아는 것인지 조심스러울 수밖에 없었다.

하지만 귀문의 문주인 단왕 역시 그 사실을 누구보다 잘 알고 있었다.

"글쎄다. 나도 너를 안다고 해야 할지 모르겠구나."

"그게 무슨 말씀이신지……?"

단왕은 잠시 말없이 오문을 사랑스럽고 애틋한 눈길로 바라보았다.

오문은 모르는 분이 저를 그렇게 보는 것이 영 간지러워 절로 목이 움츠러들었다.

"저…… 왜 그렇게 보십니까? 정말 저를 아시는 것입니까?"

"나 역시 그것이 궁금하구나. 내가 찾던 아이가 정말 오문이라 불리는 아이가 맞는 것인지……."

"저기…… 제가 오문인 것은 맞습니다만, 아마 왕야께서 찾으시는 아이는 절대 아닐 것입니다. 어쩌다 보니 이름이 같았겠지요."

단왕은 고개를 저었다.

"네가 가진 그 옥패가 네 것이라면, 아니, 네 어미가 준 것이라면 너는 내가 애타게 찾던 아이가 맞다."

"헉!"

오문은 화들짝 놀라 가슴이 철렁했다. 그동안 옥패에 대해 아는 사람을 얼마나 찾아다녔던가. 한데 이번에는 귀문이 아닌 다른 사람이 옥패를 가진 자신을 애타게 찾고 있었다고 말하고 있다.

"이, 이 옥패에 대해 아십니까?"

놀라고 떨리는 가슴을 겨우 진정시킨 오문이 물었다.

단왕은 슬프고 참담한 표정으로 얼굴을 일그러트리면서도 처연한 미소를 지으며 말했다.

"내가 이름조차 지어주지 못한 내 딸이 오문이라는 괴이한 이름으로 불리고 있더구나."

"……!"

여태 무슨 소리를 하나 심드렁하게 뒷짐을 진 채 듣고 있던 태자의 표정마저도 달라졌다.

그러니 당사자인 오문은 어떻겠는가.

"예? 지금…… 뭐라 하셨……?"

"너를 찾고자 백방으로 뛰었으나 찾을 수가 없었다. 한데 결국 이 옥패가 우리를 이어주었구나."

단왕이 오문을 끌어안았다.

"헉!"

그 바람에 오문의 손에서 옥패가 툭 떨어졌다.

태자는 발밑에 떨어진 옥패를 들었다. 옥패의 문양을 보고도 그가 오문을 딸이라 할 것인가 무척 궁금했지만 일단은 그것을 감추고 말했다.

"할 얘기가 무척 많은 것 같소만 예서 다 하실 것이오? 저 배가 단왕부로 가는 배가 아니었소?"

"이, 이런!"

단왕은 끌어안았던 오문을 제 품에서 밀쳐 내며 황망스럽다는 듯이 말했다.

"우선 제가 크게 사죄부터 드리겠나이다. 단왕부가 지척인데 전하께서 이런 망극한 일을 당할 뻔하다니 몸 둘 바를 모르겠나이다."

"그러게 말이오. 내가 여기서 죽어 자빠졌다면 단왕부가 자칫 죄를 덮어쓸 뻔했소. 제때 당도해 주어 피차에게 참으로 다행한 일이 되지 않았소."

웃으면서 하는 말에 빈정거림이 가득한 것을 느끼지 못하는 자가 없었다. 그래도 단왕은 표정 하나 변하지 않고 말했다.

"참으로 천운이라 할 수 있습니다. 제 아들 녀석이 수상한 움직임을 발견했다며 도움을 요청한 덕에 제때 당도할 수 있었나이다. 모자라다고만 여겼던 놈이 큰일을 한 것 같아 아비로서도 매우 뿌듯함을 느끼고 있습니다."

"그런 것이었소? 어쩐지 너무나 절묘한 때에 등장하셨다 했소. 하늘의 도움이 아니라 단유천 왕세자의 도움이었던 모양이오. 역시 아무리 모자란 사람도 한 군데쯤은 쓸모가 있는 법이오. 영 눈치가 없는 줄 알았는데."

태자는 공손한 말투로 거침없이 유강, 아니, 단유천을 깎아내렸다.

단왕은 이번만큼은 기분이 상했는지 더 이상 그 이야기를 이어가지 않고 얼른 말을 바꾸었다.

"제가 나이를 이렇게 먹고도 주책없게 마음 하나 다스리지 못합니다. 염원하던 일을 이룬 기쁨에 정신을 차리지 못하고 전하를 너무 오래 서 계시게 했습니다. 자세한 이야기는 안에서 드리겠습니다. 어서 배에 오르시지요."

단왕이 타고 온 배는 아무것도 모르는 오문의 눈에도 매우 격조 높고 품격 있어 보였다.

배에 오른 오문은 난간을 쓸어보기도 하고 뱃머리의 독수리 조각을 만져 보기도 하면서 두리번거렸다.

'이거 딱 태자 전하 취향 아니신가?'

태자가 창관을 제 취향에 맞게 뜯어 바꿨을 때, 딱 이런 모양이었던 것 같았다.

'높은 분들 취향은 다 비슷한가 보다. 나도 이런 눈높이를 여기에 맞춰야 하나?'

방금 전 강둑에서 단왕이 저를 끌어안으며 말하지 않았던가.

'내가 네 아비다.'

물론 단왕은 그렇게 직접적으로 말하지는 않았지만, 오문의 머릿속에서는 다소 상황이 좀 더 극적으로 재구성되고 있었다.

아직 확실한 건 아니지만 제가 정말 단왕의 여식이라면 떠돌이 기예단에 동녀, 소면집 숙수에 이어 창기에 이르기까지, 살아온 인생이 단왕께서 느끼기에는 격 떨어지지 않을까 걱정되었다.

물론 오문 스스로는 제 삶에 티끌만큼도 부끄러운 일이 없었다.

'에라, 모르겠다! 격 떨어질 건 뭐 있어. 높은 분들도 내가 해주는 음식 먹고 똥 싸고 하는 건 마찬가지인데.'

신분의 고하가 있는 세상이지만 그렇다고 사람의 가치와 취향을 격조로 나누고 싶지는 않았다. 맛있는 음식을 먹고 맛있다고 느끼는 건 입맛의 차이지, 신분의 차이가 아니니까.

선실로 들어서자 단왕이 차를 대접하며 무겁게 입을 열었다.

"부끄럽습니다만 제게는 사가에 숨겨둔 신분이 천한 여인이 있었습니다."

"아—"

무호는 대수롭지 않은 일이라는 듯 짤막하게 호응해 주었다.

"제 실수였습니다. 그 여인은 제가 그녀를 인정하지 않는다 여기며 늘 전전긍긍했습니다. 저는 당시에 제 부인과 심한 갈등을 겪고 있던 때였고, 그래서 그녀를 숨길 수밖에 없었습니다. 한데 그 여인이 그만 딸을 낳았습니다."

단왕의 이야기는 길어지고 있었고 무호는 차를 한 모금 마시며 어서 본론으로 들어가라 은근히 재촉했다.

"그런데도 저는 부인의 반대로 그녀를 궁으로 데려올 수가 없었으며 제대로 된 이름도 내리지 못했습니다. 아명이 있긴 했지만 그녀는 궁에서 정식으로 후궁이 되어 딸의 이름을 받길 원했습니다. 그녀는 자신의 신분이 천한 탓에 제가 그녀를 사랑하지 않는다 여겼습니다. 그래서 자신을 궁에 데려가지 못한다고 생각하고 점점 괴팍해져 가고 있었습니다."

이야기의 흐름을 보니, 그 불행한 여인이 오문의 어머니라는 것을 알 수 있었다.

오문은 늘 넋이 나간 그녀의 눈동자에 담긴 아련한 그리움이 떠올랐다.

그 그리움의 대상이 지금 제 눈앞에 있는 단왕이란 분일까? 정말 이분이 제 아버지 되시는 것일까? 어머니는 이분의 어떤 면을 그토록 사랑하셨던 것일까?

저는 단왕에게서 어머니가 느꼈던 사랑의 그림자조차 찾을 수 없었고 낯선 느낌만 들었다. 게다가 어머니는 미쳐 있긴 했지만 어딘가 저와는 다른 기품이 있었다. 손짓 하나, 걸음걸이, 앉아 있는 몸가짐, 그 모든 것이 신분이 천한 여인이 가질 수 없는 태생적인 기품이었다.

'어머니가 정말 신분에 한이 많으셨나? 그래서 억지로 더 그런 것을 흉내 내셨나?'

단왕의 이야기를 들어보면 어머니는 제 기억 속의 여인과 많이 다른 것 같아 혼란스러웠다. 사람을 죽여선 안 된다고 단호하게 가르치시던 어머니의 모습은 미친 여자라고 보기에는 너무나 위엄 있지 않았던가.

"아시겠지만, 그때쯤 제 벗인 은도명의 집에 원인 모를 화재가 일어났고, 저는 그곳에서 젖먹이인 산호를 구해왔습니다. 이제 저는 부인께 산호의 젖을 먹일 사람이 필요하다는 핑계를 대고 그 여인을 궁으로 데려올 수 있었습니다. 그녀가 산호의 어머니가 돼 주기로 한 것이지요. 한데 그것이 제 가장 큰 실책이었습니다."

"지금까지 듣기에는 뭐가 잘못되었는지 잘 모르겠소."

무호는 차를 거의 다 마신 것 같았다.

'남의 얘기라고 그렇게 지루하십니까?'

오문은 태자에게 눈을 흘겼다.

저도 태자를 따라서 차를 홀짝거리고 있었지만 이야기에 집중하느라 다 마시지 못했다. 얼마나 남의 얘기에 집중을 안 하고 있는지 느껴져서 얄미웠다.

"그것이, 아시겠지만 그 여인이 바로 오문의 어미입니다. 그녀는 산호를 귀하게 키워야 한다는 왕비의 압박과 핍박에 점점 미쳐 갔습니다. 본래가 그리 정신력이 강한 여인이 아니었는데, 저는 늘 전장에 나가 있어 그녀를 제대로 보호해 주지 못했습니다."

오문은 속으로 그럴 거면 왜 데려왔느냐 따지고 싶어졌다. 결국 제 어미의 젖을 산호에게 먹이겠다고 데려온 것뿐이지 않나.

"그러던 어느 날 그녀는 무슨 생각이었는지 산호의 목에 걸린 옥패를 빼 오문에게 걸었습니다. 어쩌면 아직 이름도 제대로 받지 못한 자신의 딸의 처지와 산호가 비교되었던 모양입니다. 한데 하필 그것이 마침 왕비의 눈에 띄어 심하게 매를 맞고 정신을 놓아버리고 말았습니다."

오문은 여리고 아리따운 기억 속의 어머니가 정신을 잃을 만큼 매를 맞았다니 크게 흥분했다.

"그 연약하신 분을 때릴 데가 어디 있다고!"

그러자 무호가 그녀를 힐끗 보며 말했다.

"네가 할 말은 아닌 듯하다."

네 몸 간수나 잘하고 다니지 그랬냐, 사유보네 집에서 당한 게 생각나 무호는 또 울컥 화가 치밀어 올랐다.

태자가 보기에는 오문이야말로 작고 유약했다. 그 어린아이도 감금돼서 매를 맞고 살수들에게 쫓겨 다녔는데, 딸을 제대로 보호하지 못한 어미가 당한 일쯤이야 태자에게는 별로 동정의 여지가 없었다.

오문은 태자가 무슨 말을 하는지 잘 알아들었다. 그래서 얼굴을 붉히고 입을 삐죽거렸다.

"전 좀 작을 뿐이지, 그렇게 연약하지 않습니다."

태자는 그 말을 가볍게 비웃어 줄 뿐이었다.

단왕은 두 사람 때문에 잠깐 끊어진 말을 헛기침을 하며 이어갔다.

"크흠. 아무튼…… 정말로 미쳐 버린 그녀가 이번에는 아예 산호의 목걸이를 뺏어 오문을 데리고 달아나 버렸습니다. 백방으로 수소문했으나 어디로 갔는지 종적을 감추었고, 저는 이 일이 단왕부의 왕실에 큰 흠이될 것 같아 덮어버렸습니다."

"한데 덮을 수가 없게 되었겠소. 아무것도 아닌 줄 알았던 옥패를 황제께서 요구하셨으니."

단왕은 태자의 말에 난색을 표했다.

"예……."

"폐하를 속이셨소."

"예……. 산호의 문제뿐만 아니라 단왕부의 흠이라 차마 그 옥패에 대해 무어라 말씀드려야 할지……. 어떻게든 찾아야겠다는 생각밖에 없었습니다."

"그래서 귀문에 의뢰하셨소?"

"……!"

오문이 눈을 크게 뜨고 태자를 바라보았다. 아무리 그래도 어떻게 자기 딸을 죽여서 옥패를 찾아오라고 살수를 보낸단 말인가. 더군다나 무엇이 어찌 되었는지는 모르지만 제가 그 귀문에 있지 않았었나.

단왕도 크게 놀라며 당혹스러운 듯이 소리쳤다.

"그럴 리가 있겠사옵니까! 저는 다만 누군가 옥패에 대해 묻고 있다는 소식을 듣고 찾아 헤매고 있었는데, 매번 한발 늦게 당도하여 길이 어긋나곤 했습니다. 나중에야 귀문의 살수 역시 옥패를 쫓고 있고, 그 옥패를 가진 아이가 오문이라는 여아라는 이야기를 들었을 뿐입니다."

"하면, 이 아이가 그냥 옥패를 가졌을 뿐이지, 오문이 왕야의 여식이라는 증거는 없지 않소?"

단왕은 고개를 저었다.

"어찌 제 딸을 몰라보겠습니까?"

"하나도 닮은 데가 없어서 말이오."

"제가 사랑하던 그 여인을 꼭 닮았습니다. 한 번에 알아보았습니다."

"사랑이라니. 듣기 거북하오."

"예?"

"사랑하는 사람이 핍박 받아 미쳐 가는 동안 전장에 계셨다니, 그런 것을 함부로 사랑이라 부르면 안 될 것 같소."

"……"

단왕은 왜 태자가 그런 것에 집착하는지 이해되지 않아 눈만 껌뻑거렸다. 어딘가 단단히 화가 난 듯한데 이유를 알 수 없었다.

하지만 오문은 태자가 화난 이유를 알 수 있었다.

저 때문이었다. 제가 그렇게 험하게 세상을 떠돌아야 했던 것이 무책임한 아버지 단왕 때문이라는 것에 태자는 화가 난 것이었다.

오문은 태자가 저 대신 화를 내주어 무척 고마웠다. 그래서 그의 손을 잡으며 말했다.

"저 괜찮습니다. 제가 소면집에서 국수를 팔지 않았다면 어찌 전하를 만나 이런 사랑을 받아보겠습니까?"

"글쎄다. 만나야 할 사람은 어떻게든 만나게 되는 법이다. 잘못된 일은 반드시 그 대가를 받게 되는 것처럼."

무호의 마지막 말은 단왕에게 향한 것이었다.

제 36 장
늑대 소굴의 만찬

배에서 내려 단왕부로 들어온 태자 일행은 단왕부의 백성들로부터 큰 환호를 받으며 입성했다.

태자를 맞이할 융숭한 자리가 마련되어 있었고 단왕은 그곳에서 당당하게 제 딸인 오문을 소개했다.

이미 단왕으로부터 오문의 이야기를 전해 듣고 공주를 기다려 왔던 대신들은 오문에게 최고의 예를 갖추어 인사를 올렸다.

이러한 접대를 받아본 적 없는 오문은 몸 둘 바를 몰라 하며 태자를 바라보았다.

무호는 그녀의 등을 툭 쳐주며 귓가에 속삭여 주었다.

"그냥 즐겨."

참 쉬운 조언이었다.

"그, 그래도 될까요?"

"앞으로는 식상해서 별 감흥이 없을 테니까 지금 즐겨 둬."

"제가 공주가 아닐 수도 있잖아요. 어머니랑 제가 왜 귀문에 잡혀갔는지, 귀문이 왜 옥패를 노렸는지, 의문점이 한두 개가 아니라서요."

"공주가 아니어도 앞으로는 나이 든 대신들이 네 앞에 고개를 숙이는 일이 일상이 될 것이다. 설마 몰라서 이러느냐?"

오문은 부끄러운지 귓가로 머리카락을 넘기며 우물쭈물거렸다.

"아니요……. 알긴 아는데요……. 근데 그게…… 그렇게 잘될지……."

제가 정말 단왕의 딸이자 공주라면 일이 더 복잡하게 될 것 같았다. 아무리 정치를 모르는 오문이라지만 단왕부와 황실이 서로 견제하고 있다는 건 알고 있었다. 산호 아가씨가 마치 볼모처럼 됐다고 말하는 사람도 있는데, 단왕의 딸이란 계집이 나타나 태자를 홀렸다 하면 상황이 참 미묘해질 것이다. 지금 자신들을 보는 대신들의 표정 또한 예상대로 매우 난감해 보였다.

"걱정 마라. 네가 정말 공주인지 아닌지는 아직 모르는 일이다."

무호의 말에 수줍어하던 오문의 얼굴이 싸늘하게 굳었다.

"설마, 지금 제가 공주라는 사실을 부정하고 싶으신 겁니까?"

"단왕의 말만 듣고 전부 믿을 수 없다는 사실을 상기시켜 주는 것뿐이다."

"솔직히 말씀하십시오. 제가 단왕부의 공주라는 사실을 받아들이고 싶지 않으신 거죠? 여러모로 골치 아프니까 그냥 제가 떠돌이 오문인 편이 훨씬 상대하기 편하니까. 그렇죠?"

오문이 날카롭게 묻자, 무호가 그녀의 뺨을 잡더니 갑자기 꼬집듯이 쭈욱 잡아당겼다.

"아얏!"

"못난 소리를 하는군."

무호가 손가락을 튕기며 말했다.

오문은 시뻘게진 뺨을 쓰다듬으며 투덜거렸다.

"제가 뭐 틀린 말 한 것도 아닌데요. 그리고 보십시오, 지난번에 제가 말한 대로 제가 정말 공주님이 되지 않았습니까?"

"그래. 네 말대로 되었구나. 공주가 되어서 좋으냐?"

"뭐, 떠돌이보다 공주가 낫지요."

"봐라. 너는 권력 욕심이 아주 많은 사람이다."

"전하께서 춥고 배고픈 설움을 아시면 그런 말씀 못 하실 겁니다!"

"누누이 말했지만……."

"그 개밥 얘기 한 번만 더 하시면 진짜 개밥이 뭔지 제가 맛보게 해드리겠습니다."

무호는 오문이 생글생글 웃는 모습이 어쩐지 살벌해서 입을 다물었다.

남의 시선은 아랑곳 않고 다정하게 속삭이는, 아니, 그 대화의 내용은 들리지 않으니 살갑게 속삭이는 듯 보이는 두 사람으로 인해 가신들의 속마음은 심란했다.

'큰일이다. 산호 아가씨 문제도 그렇고……. 단왕께서 어떤 생각을 갖고 계신지 알 수 없으니 더 앞이 깜깜하군.'

신하들이 보기에 단왕은 황제에게 무작정 충성하고 따르는 분은 아니셨다. 나름의 야망이 있는 분이신데, 태자비가 될 산호 아가씨만큼은 또 매우 소중하게 여기셨다. 왕세자 단유천 역시 산호를 무척 아끼셔서 사람들이 보기에는 차라리 태자비로 보내지 않았으면 할 정도였다.

그렇다면 지금 등장한 공주라는 분이 마침 태자의 연인이 된 건 다행일 것 같은데, 또 단왕께서 자신의 친딸을 태자비로 보낼 수 있는가 하는 부분을 생각하니 골치가 아팠다. 그게 꼭 산호 아가씨 때와는 반대로 볼모가 된 형국이 아닌가.

"전하. 신하들이 인사를 올리고 싶어 합니다만 여독이 풀리지 않으신 듯해 제가 인사는 다음으로 미루라 했사옵니다. 어서 편히 앉으십시오."

단왕이 오문과 태자에게 상석의 자리를 권했다.

태자는 자리에 앉으면서도 얄밉게 한마디를 꼭 보탰다.

"여독이랄 게 있겠소? 단왕부의 병사들이 철두철미하게 호위해 준 덕에 편히 오지 않았겠소."

호위를 빙자한 감시와 압박이 아니었느냐, 따지는 말이라는 건 오문도 알아들을 정도였다.

"왜 그리 다 안 좋게만 보십니까? 저희를 구해주신 건 사실이지 않습니까?"

"누가 뭐라 했느냐? 그리고 우리를 구해주었다니? 우리는 그렇게 위험하지 않았다."

"최후의 수단으로 옥패를 던지려고 했는데 위험하지 않았다고 우기면 다인 줄 아십니까?"

"어쨌거나 잘 먹혔지. 아! 그러고 보니 내가 계속 옥패를 가지고 있었소."

무호는 능청스럽게 이제야 생각난 것처럼 옥패를 꺼냈다.

그것을 단왕에게 돌려주려 하나 단왕이 웃으며 받기를 거절했다.

"전하. 어차피 그것은 제 물건이 아니라, 산호의 것입니다. 산호에게 직접 전해주시면 그 아이가 크게 기뻐할 것입니다."

"그럼 나 역시 이것을 오문에게 받았으니, 오문이 직접 산호 아가씨에게 전해주라 하면 되겠소."

"오문은 제가 지금 공주가 된 것만으로도 혼란스러울 것입니다. 옥패의 일은 전하께서 처리해 주시는 것이 여러모로 보기가 좋지 않겠습니까."

"오문은 공주가 되어 아주 기쁜 듯하고, 진짜 공주가 나타났으니 응당 산호 아가씨가 먼저 인사를 올리러 와야 하오. 그때 옥패를 전해주면 두 사람이 서로 어색하지 않고 인사를 나눌 수 있지 않겠소."

오문은 단왕과 무호 사이에 있었기 때문에 두 사람이 주고받는 말이 견디기 힘들었다. 그런데 무호는 한술 더 떠 옥패를 오문의 손에 쥐여 주었다.

"제, 제가 이걸 어떻게 드립니까. 전하께서 직접……."

"네가 갖고 있던 것이다. 평생을 네 물건으로 알고 살았는데 진짜 주인이 나타났다고 해서 꼭 돌려줄 의무는 없다."

"예, 예?"

"그렇지 않느냐? 진짜 주인이라는 증거가 없는 이상 너 역시 평생 이것을 지니고 다닌 주인으로서 네 권리를 주장할 수 있다."

"그게 무슨 억지랍니까? 엄연히 주인이 나타났고, 심지어 제 어머니께서 훔쳐 간 것이라는데……."

"옥패를 훔쳐 갔다는 네 어미는 죽었다. 그러니 한쪽 말만 믿고 속단할수 없지. 너는 네가 공주가 되는 것이 중하냐, 아니면 네 어미가 결백하다는 것이 중하냐?"

"……!"

오문은 잠시 제가 놓치고 있던 사실을 깨달았다.

어머니는 미쳐 있었고, 그래서 옥패를 훔쳐 간 게 이상하게 생각되지 않았다. 한데 어머니는 아무리 미쳐 있어도 경우는 바른 분이었다. 남의 것을 탐내거나 사람의 목숨을 함부로 하거나 하는 그런 분이 아니셨다. 질투에 눈이 먼 천박한 여자가 주제도 모르고 귀한 것에 손을 대고 미쳐 갔다는 걸 그냥 받아들이면 어머니의 명예를 지켜 드릴 수 없게 된다. 어머니는 이미 돌아가셨으니 사실이 아니라면 얼마나 억울한 일이겠는가.

"아, 물론. 네가 그렇게 생각하면 살아 계신 네 아버지를 믿지 못한다는 뜻일 테니, 면전에서 의문을 품기에는 재회의 감동을 나누기 어렵겠지."

"면전에서 하실 말씀을 다 하시고 사람을 들었다 놨다, 저더러 어쩌라는 겁니까?"

오문의 말대로 면전에서 전부 들은 단왕이 부드러운 미소를 지으며 말했다.

"전하의 말씀이 옳습니다, 예. 생면부지의 사람이 나타나 아비라 말하며 어미를 욕하는데 한 번쯤 의심해 볼 만하지요. 저는 이해할 수 있습니다. 한데 전하께서도 아시지 않습니까? 이 옥패는 폐하께서 찾고 계신 산호의 물건입니다."

"그렇소? 나는 지금에야 알았소."

"예?"

"산호 아가씨가 궁에 오지 못한 이유가 병환 때문이 아니라 이 옥패를 잃었기 때문이라는 것을 말이오. 즉, 옥패를 가지기만 하면 누구나 산호가 될 수 있었겠지요."

"……"

단왕은 말없이 웃기만 했다. 하지만 속으로는 살의가 용솟음 쳤다.

'같잖은 애송이가 나를 떠보려는군.'

그는 동요하지 않고 천천히 말했다.

"전하. 산호가 병을 핑계된 것을 아예 부정하지는 않겠습니다. 한데, 그 귀한 옥패를 잃었다는 것을 알고 오랫동안 마음의 병을 앓은 것은 사실입니다."

"단왕께서는 산호를 직접 구해왔다니, 옥패 역시 단왕께서 먼저 발견하신 모양이오."

"산호의 목에 걸려 있었습니다. 모를 리가 있겠습니까?"

"그렇소. 하나 세상에 비슷한 옥패가 한두 개가 아닐 테지요. 더군다나 어릴 때 헤어진 아이를 옥패를 가졌다 해서 한눈에 알아본다는 게 저는 영 미심쩍어서 말이오."

무호는 귀문을 움직여 오랫동안 오문을 추적한 것이 단왕이 아닐까 생각했다. 문제는 그리되면 단왕의 말도 일부는 사실이 되는 것인데, 오문이 단왕의 딸이라는 점이 영 탐탁지 않고 인정하고 싶지 않았다.

'대체 어딜 봐서! 닮은 데가 한 군데도 없잖아!'

오문의 귀여운 얼굴 어디에도 단왕의 음흉한 이목구비가 엿보이지 않았다.

"전하의 말씀을 이해합니다. 하나, 저 옥패는 제가 가지고 온 것이며 귀한 옥으로 만든 것입니다. 제가 저것을 알아보지 못할 리가 없습니다."

단왕은 사실 저 옥패를 제대로 본 적이 없었다. 주혜령이 처음부터 옷 속에 옥패를 감추었고, 오문이 아니라 늘 주혜령이 가지고 있었다. 그래서 그녀가 죽던 날 오문이 그녀의 목에서 옥패 목걸이를 가져가는 것을 대수롭지 않게 여겼었다. 그것이 산호의 물건인 줄 알았다면 당장에 빼앗아 가짜 산호에게 주었을 게 아닌가.

'주혜령. 영악한 계집.'

하지만 단왕은 제가 그 옥패를 잘 아는 것처럼 말할 수밖에 없었다.

돌연, 무호가 아직 오문의 손에 있는 옥패를 뺏어 단왕의 앞에 놓았다.

"……!"

"가져오신 분이 다시 가져다주시지요. 그게 옳은 것 같소."

단왕은 무호가 둔 옥패를 주워 들었다.

얼마나 찾았던 옥패인가!

이 옥패 하나 때문에 얼마나 많은 희생을 치렀던가. 반쪽 옥패는 죽은 주혜령의 목에서 그랬던 것처럼 빛을 내고 있었다.

'확실하다.'

단왕은 옥패를 찾은 감격을 일부러 감추지 않고 떨리는 음성으로 말했다.

"이것을 다시 보게 될 날이 과연 올까 했습니다. 제가 이 옥패를 찾는 것이 수많은 적들의 귀에 들어갔는지, 귀문까지 나서서 옥패를 차지하려 했지요. 저로 인해 제 아이가 잘못될까 봐 전전긍긍했었습니다."

무호는 회한에 젖은 그의 감정에는 관심이 없었다.

"그건 그렇고, 왕야께서는 그 옥패에 대해 뭐 아시는 게 있소? 폐하께서 왜 그것을 찾으셨는지 말이오."

"글쎄요. 저도 잘 모릅니다만 은도명의 여식이 옥패를 가지고 있다는 걸 알고 계신 게 아니겠습니까. 아마도 전하와의 정혼 증표가 아닌가 추측만 할 뿐입니다. 전하께서도 모르고 계신 모양이지요?"

"금시초문이오. 내게는 그저 산호를 데리고 궁으로 오라는 말씀밖에 없으셨소. 옥패 얘기는 들어본 적도 없으나, 이 아이와 연이 닿아 우연히 알게 되었을 뿐이오. 그 조그만 옥패에 그림까지 새겨 넣은 걸 보고 범상 치 않은 물건이라 생각은 했소만."

아무것도 모른다는 무호의 말은 진짜였다.

진심이 느껴지는 말 때문인지 단왕은 조금 방심했다.

"예. 그건 그렇습니다. 이렇게 작은데도 사자를 정교하게 조각했지요."

단왕의 말을 들은 무호가 회심의 미소를 지으며 말했다.

"예. 사자의 갈기와 이빨까지도 말이오."

"전에 볼 때도 참으로 인상 깊었는데 다시 봐도 대단한 장인의 솜씨입니다. 폐하께서 이 옥패를 찾으시는 것을 보면 아마 이 옥패를 만든 장인도 알고 계시겠지요."

"그렇겠지요."

무호는 오문을 바라보며 싱긋 웃었다.

오문은 무호가 제 손을 아프도록 꽉 쥐고 있는 것을 느꼈지만 아프다고 말하지 않고 입을 꾹 다물었다.

'사자라니……. 사자의 갈기와 이빨이라니?'

오문의 옥패에는 비록 사자처럼 보이는 짐승의 몸통이 있긴 했지만 그 짐승을 보고 사자라는 말은 할 수 없었다. 다리는 마치 말처럼 길었고 날개까지 달렸는데 누가 그것을 사자라고 생각한단 말인가. 오문은 거세게 뛰는 가슴을 진정시키느라 태자가 제 손을 잡고 있지 않았어도 입을 열 수 없었다.

단왕은 옥패를 본 적이 없다!

'한 번 보면 잊을 수 없는 괴상한 문양인데, 옥패가 바뀌었다면 알아봤어야 한다.'

태자가 언제 어떻게 저런 옥패를 가져왔는지는 모르겠지만 저 옥패가 제가 가진 옥패가 아닌 것은 분명했다. 단왕의 말에 거짓이 있는 것을 안 이상 그의 말을 믿을 수는 없게 되었다.

머릿속이 복잡해졌다. 단왕의 속셈이 무엇인지, 제가 그의 딸이 맞는지, 아무것도 정리가 되지 않았다.

"왜 그러느냐? 안색이 창백하다. 몸이 좋지 않은 게냐?"

태자가 걱정스럽게 물어오자, 오문은 거칠어진 호흡을 숨기지 않고 대답했다.

"아……. 예, 예……. 좀…… 어지럽습니다."

"이런……!"

단왕이 안타깝다는 듯 탄식하며 벌떡 일어났다.

"여봐라. 어서 공주를 처소로 데려가고 의원을 불러 살피게 하라!"

그러나 따로 사람을 부를 필요는 없어졌다. 무호가 이미 오문을 안고 일어났기 때문이다.

오문은 무호의 팔에 안겨 팔을 축 늘어트리고, 그의 가슴에 코끝을 갖다 대고 있었다.

"······!"

사람들은 태자가 직접 여인을 안는 수고를 하는 것을 보고 정말로 둘 사이가 깊다는 걸 깨달았다.

"처소가 어딘가? 내가 직접 데려가지."

"다녀오셨습니까?"

산호는 평소와 다름없이 차분하면서도 어딘가 차가운 음성으로 단유천을 맞이했다.

"왜 여기 있느냐? 태자를 보러 제일 먼저 뛰쳐나갔을 줄 알았는데?"

"······."

단유천은 산호가 제 처소에 있는 이유를 알면서도 능글거리며 물었고 산호는 굳이 대답하지 않았다.

"오문이란 아이, 태자와 떨어질 생각을 않더구나. 태자 역시 널 버릴 생각으로 온 것 같아. 더군다나 아바마마께서 오문을 딸이라 발표하시는 바람에 사람들은 벌써부터 산호와 오문 둘 중에 누가 태자비가 될지 점을 쳐본다는구나."

"무탈하게 돌아오신 것을 뵈었으니 이제 그만 돌아가 쉬십시오."

"딸이라니. 아바마마께서 꽤나 진부한 사연을 고르셨더군. 졸지에 내가 그 계집의 오라버니가 됐어."

"······."

태연히 표정을 유지하던 산호의 눈썹이 떨렸다.

"어떠냐? 이러다 닭 쫓던 개 신세가 되지 않겠느냐?"

"오라버니. 오라버니께서 좀 더 빨리 일을 처리하셨더라면 태자 전하께서 오문의 옥패를 발견하지 못하셨을 겁니다. 잘한 게 없으신 분이 너무 기고만장하신 것 아닙니까?"

"내가 잘한 게 없다고? 잘 들어. 내가 아니었더라면 태자께서 그 옥패를 갖고 있다는 걸 아무도 몰랐을 것이다. 그대로 단왕부에 왔다고 생각해 봐라. 일이 얼마나 더 복잡해졌을 것 같으냐?"

"예. 그나마 마지막에 겨우……."

비웃지 않았을 뿐, 비웃는 것과 다름없는 말투였다.

단유천은 제가 산호의 심기를 크게 잘못 건드린 것을 알고 있었기에 오늘은 이만 물러나기로 했다.

"무능한 오라버니는 돌아가 쉬겠다. 만찬이 한창인데 너 혼자 쓸쓸하게 이러고 있는 것이 안타까워 들른 것이다."

그렇게 말하며 단유천이 일어날 때였다.

"왜 모두들 제게 거짓말을 한 것입니까?"

갑작스러운 산호의 질문에 단유천은 다시 자리에 앉았다.

"응? 아! 오문이란 종년이 네 옥패를 훔쳐 달아났다 했던 것 말이냐? 아직 아바마마께 아무 말도 듣지 못한 모양이지?"

"들었습니다. 들어서 묻는 것입니다."

산호는 여태 오문을 증오하고 있었다. 그녀가 자신의 옥패를 훔쳐갔기 때문에 태자비가 되지 못했다고 생각했다.

한데, 알고 보니 그게 아니었다.

만약 정말 그렇다면 태자께도 그렇게 사실대로 말하면 될 것인데 말 같지도 않은 거짓 이야기를 꾸며댔다. 그럴 수밖에 없었던 이유가 무엇일까 생각해 봤다.

"옥패의 본래 주인이 제가 아니라 오문입니까?"

산호는 머리가 나쁘지 않았다.

"옥패의 주인이 살아서 태자와 친분을 쌓았으니, 그 계집이 제 옥패를 훔쳐 간 종년이라 거짓을 말한들 태자 전하께서 믿지 않으실 테니까……."

단유천은 새삼 그것을 느끼고 대답 대신 빙그레 미소를 지어 보였다.

"그래. 잘 아는구나. 지금으로서는 옥패를 돌려받을 방법이 그것밖에 없었다."

"하면…… 저는…… 누구입니까?"

며칠 동안 이 질문을 참아 왔다. 처음 단왕이 산호에게 이 같은 계획을 들려주었을 때는 너무 혼란스러워 거기까지 생각을 못 했다. 나중에야 이 질문을 떠올렸으나 산호는 단왕을 직접 찾아뵙고 물을 자신이 없었다.

사실을 말해줄 것인지도 확신이 없었고, 대답을 들은 후의 충격을 감당할 자신도 없었기 때문이다.

"글쎄? 아바마마께 직접 여쭤 보지 그랬느냐?"

"……."

"확실한 건 말이다. 네가 본래 누구였던 간에 지금은 산호라는 이름으로 살고 있다는 것이다."

산호는 모든 것이 헝클어지고 엉망이 된 기분이었다. 색색의 실로 아름다운 자수를 놓으려 했는데, 그 실이 마구 엉켜서 어디서부터 풀어야 할지, 아무것도 할 수 없게 되고 망쳐 버린 그런 기분.

"저를 산호로 키워서 태자비가 되게 하려는 이유가, 아니, 꼭 그래야만 했던 이유가 있었던 것입니까?"

"하하! 무슨 소리를 하는 게냐? 이유는 네가 알고 있는 그대로다. 폐하께 잘 보이기 위함이었지."

"저는 바보가 아닙니다. 저를 어디에 쓰려 하셨는지 말씀해 주십시오."

산호가 무섭게 다그치자 단유천의 표정도 진지해졌다.

"단왕부로 온 은도명의 일가가 원인 모를 화재로 전부 죽었다. 황제께서 마음만 먹으면 그 일을 우리에게 덮어씌워 그것을 명분 삼아 단왕부를 칠 것이 자명한 일. 아바마마께서는 그 일을 황제께서 벌이셨다 생각하신다."

"……!"

"너도 알겠지만 단왕부는 제화국의 황실에 비해 그 힘이 미미하다. 지난 몇 년간 아바마마께서 황실의 눈치를 살피며 몰래 힘을 키워 올 수 있었던 것도 네가 있었기에 가능했다. 은도명의 딸 산호, 그 아이를 우리가 보살피고 있다는 것만으로도 황제께서는 우리를 핍박할 수 없었지."

"……사실입니까?"

새빨간 거짓말이었다.

"나는 너를 오랫동안 사랑해 왔다. 그런 나를 믿지 못하겠느냐?"

단유천의 애절한 표정에 진심이 묻어 나왔다.

산호는 안도인지, 탄식인지 모를 옅은 한숨을 내쉬었다. 지금으로서는 단유천의 말을 믿을 수밖에 없었다. 아니, 믿고 싶었다. 그러나 반드시 짚고 넘어가야 할 문제가 있었다. 산호는 탁자 아래에서 제 치맛자락을 힘주어 잡았다.

"하면…… 오문 그 아이는요?"

"응?"

"그 아이가 옥패의 주인이라면서요? 그 아이가 진짜 산호입니까?"

"……."

단유천의 침묵은 긍정과도 같았다.

"하면 차라리 그 아이가 진짜 산호였다 공표하시는 게 낫지 않았겠습니까!"

산호는 여태 억눌렀던 불안과 분노가 폭발하고 말았다.

"제가 필요 없지 않습니까! 진짜가 나타났는데! 왜! 왜 이를 감추고 엄한 거짓을 만드시는 겁니까!"

제 것을 빼앗아 갔다고 증오하던 오문이 진짜 산호였다는 것을 알게 되었다. 산호는 지금 천지가 뒤집힌 듯한 충격을 받았다.

단유천은 조용히 일어났다. 그리고 잔뜩 흥분해 가시 돋친 산호에게 가까이 다가갔다.

"산호야. 우린 널 버리지 않아. 죽은 줄 알았던 진짜 산호가 나타났다 해서 우리가 사랑하는 너를 버리지 않아. 너는 끝까지 산호다. 제 이름이 뭔지도 모르는 오문에게 주기에 그 이름은 너무 과분해. 너는 산호가 될 자격이 충분히 있다. 알겠느냐?"

죽은 줄 알았던 진짜 산호. 단유천은 죽여야 하는 진짜 산호를 그렇게 말했다. 이제 와서 산호를 바꾸고 싶지 않다고.

산호는 몰라야 했다. 귀문이 저지른 살겁과 귀문이 단왕부라는 사실을. 산호는 영원히 몰라야 했다.

새장 속의 아름다운 새.

온실 속의 아름다운 꽃.

바다 저 깊은 곳에 숨겨진 신비로운 보석.

제가 사랑하는 산호는 그런 여인으로 남아야 했다. 그래서 단유천은 속으로 다짐했다.

'네가 불안해하지 않도록 진짜 산호를 세상에서 없애주마.'

실리를 추구하는 제화국의 황궁과 달리 풍류와 격조를 중시하는 단왕부의 왕궁은 그 분위기부터가 많이 달랐다.

더운 날은 거의 없고 따뜻한 날보다 추운 날이 많은 북천 땅이니 궁도 삭막할 줄 알았는데, 의외로 진귀한 꽃과 나무가 곳곳에 심어져 화려한 전각과 더불어 좋은 정취를 느낄 수 있었다.

하지만 궁녀들을 따라 처소로 들어가는 태자와 그에게 안긴 오문, 또 그 뒤를 따르는 영춘과 장우는 그런 것이 눈에 들어오지도 않았다.

"전하……."

오문은 무호의 가슴에 대고 들릴 듯 말 듯한 목소리로 그를 불렀다.

"그래."

무호는 오문을 안고 걸어가며 이어질 그녀의 말을 천천히 기다려 주었다.

"전하…… 어지럽습니다."

어지러울 만도 했다. 극적인 순간에 저를 찾아온 아버지가 하필이면 단왕이라 하루아침에 공주가 된 것도 꿈만 같은데, 그 아버지가 수상하기 짝이 없다.

어쩌면 친아버지가 아닐지도 모른다. 머릿속이 터져 버리지나 않으면 다행 아닌가.

그러나 무호는 그게 당연한 거라고 말하지 않았다.

"허기가 져서 그렇다."

"……아닌 것 같은데요?"

"뱃멀미를 했거나."

"저 그런 거 안 하는데요……."

"그럼 뱃속이 허해서 그런 게 확실하다."

"정말 그런 걸까요?"

힘없이 말하던 오문이 태자의 우격다짐에 말려가고 있었다.

"그래. 단왕이 요리를 많이 준비했던데, 제대로 맛도 보지 못하고 왔군."

"그럼…… 다시 돌아가서 먹고 올까요?"

"그럴 것 없다. 방으로 가져오라 하면 되니까."

"오. 정말 그렇습니다."

"배부터 채워야 제대로 생각을 할 수 있다."

오문은 그 말에 격하게 동의하며 고개를 끄덕였다.

"그건 그렇습니다. 배가 고프면 정말 아무 생각도 안 나더라고요."

잠시 후 처소에 당도한 무호는 영춘과 장우에게 처소 주변을 철저히 지키라 이르고, 궁녀들에게는 의원을 들일 필요 없으니 먹을 것부터 가져오라 했다.

모두가 나가고 나자 침상에 쓰러져 있던 오문이 벌떡 일어났다.

"배를 채우지 않아도 한 가지는 확실히 알 수 있습니다."

무호가 침상에 걸터앉으며 물었다.

"무엇을?"

"제 옥패는…… 사자가 아닙니다."

"그래. 나도 안다."

"……전하께서 바꾸신 겁니까?"

"그래. 내가 바꾼 셈이지."

"어떻게요? 어떻게 그 짧은 시간에 그걸 구하셨습니까? 대충 보기에는 완전 똑같아서 전 자세히 보지도 않았습니다. 당연히 문양이 다를 거라고는 생각도 못했고요. 그 옥…… 엄청 비싼 거라면서요."

"천금을 주고도 구하기 힘든 것이지."

"한데 어떻게 구하셨습니까?"

"난 태자니까."

"픕."

조금 전까지 하늘이 무너진 것처럼 떨고 있던 오문이 소리 내 웃고 말 았다.

기어이 오문을 웃게 만든 무호가 말했다.

"이로써 단왕이 옥패를 본 적이 없다는 것은 확실해졌다."

"예……. 기껏 찾은 아버지가…… 아버지가 아닌 것일까요?"

"거기까지 속단할 수는 없다. 무슨 속셈인지는 천천히 알아보면 돼."

"만약에요…… 만약에 단왕께서 하신 말씀이 전부 거짓이라면요……. 왜…… 그렇게 했어야 할까요?"

오문은 매우 조심스럽게 물었다. 태자에게서 제가 듣고 싶지 않은 대답이 나올 것 같아서였다.

"왜일 것 같으냐? 너에 대해서 잘 알고 있기 때문이겠지. 네가 귀문에 있었던 것까지."

"……."

오문은 놀라지 않았다. 저 역시 그것을 예상하고 있었기 때문에 울 것 같은 얼굴이 되었을 뿐이다.

"너무 많은 것을 알고 있으니, 거짓말도 치밀해져야겠지. 네가 아주 어릴 때부터 귀문에 있었다는 것을 알고 네 기억과 자신들의 거짓말을 일치시키기 위해 너도 알지 못하는 네가 태어나기 전부터 이야기를 꾸며댔을 게다."

"그래도 제가 귀문에 있었던 것까지 안다는 건 억지인 것 같습니다."

"아니, 저들은 귀문과 연관이 있다. 네 주변을 맴돌던 단유천의 행동만 봐도 알 수 있지. 지금 생각해 보니 단유천은 너를 살리려 한 게 아니라 옥패를 찾으려 한 것이다. 귀문이 올 것도 미리 알고 있었어. 그러니 그 수레에 자연스럽게 뛰어들 수 있었겠지."

"그렇긴 합니다만 단왕부가 나타나 살수들을 전부 처리해 주지 않았습니까? 한통속이라면 그럴 리가 없지요."

"귀문은 돈을 받고 물건을 파는 장사꾼들과 똑같다. 단왕부가 귀문 살수들의 목숨까지도 의뢰했을지 모르지."

"헉! 듣고 보니 그 말씀이 소름 끼치게 와 닿습니다. 하지만…… 너무 비싸지 않겠습니까?"

귀문이 어떤 곳인지 잘 알면서 거기까지 생각지 못했던 건 그 의뢰금이 말도 안 되게 어마어마할 것이기 때문이다.

"단왕부의 숨겨진 재물이 얼마인지는 아무도 몰라. 심지어 황제보다 왕야가 더 부자라는 소문도 있다."

"에이. 설마요."

오문은 말이 안 된다고 생각했다. 황제보다 부자라는 것도, 단왕부에 숨겨진 재물이 있다는 것도. 도대체 그 숨겨진 재물이 얼마나 되면 귀문에게 백여 명이 넘는 귀문의 살수들을 죽여달라 할 수 있단 말인가.

"북천 땅이 넓다 해도 척박하기 그지없는데, 단왕부는 백성들에게 신망이 높아. 세금을 거의 걷지 않는 데다가, 전쟁에 나가는 자에게는 남은 가족들이 굶어 죽지 않을 만큼 곡물을 주고, 아무리 작은 공이라 해도 공을 세우면 신분고하를 떠나 큰 상을 내린다."

"와. 어마어마하네요. 단왕부가 살기 좋다는 말이 헛소문이 아니었던 모양입니다."

"살기가 좋아? 백성들을 조종하기 쉬운 제 장기말로 바꾼 것뿐이겠지. 단왕부의 충성스러운 백성들은 단왕이 나가 싸우다 죽으라 하면 열에 아홉은 그 말에 따를 것이다."

"흠……. 질투하시는 것 같은데요?"

"질투보다는 괘씸하다 해야겠지. 그 돈이 다 어디서 나오는지는 아무도 몰라. 숨겨놓은 재물이 어마어마하겠구나, 다들 그리 짐작할 뿐이지만. 숨겨둔 재물만큼 구린내가 나는 건 없지."

오문은 한숨을 푹푹 내쉬며 물었다.

"그럼 귀문에 있던 저와 제 어머니는 정말 어찌 된 것일까요?"

"나도 그 점이 가장 이해가 가지 않아. 귀문은 사람을 죽이는 자들인데, 만약 단왕의 의뢰를 받았다면 너희 모녀를 데리고 있을 이유가 없었겠지. 그렇다면 우연히 알게 되었다는 것인데, 어떻게 네 어미가 옥패를 손에 넣었는지가 의문이다."

무호는 안개 속을 걷는 것처럼 알 듯 말 듯 답답하기만 했다.

단왕의 말이 일부는 맞는 게 아닐까, 여러 가지 경우를 차근차근 생각해 내고 있었다. 그러다가 문득 한 가지 사실을 떠올렸다.

'만약 오문이 은도명의 딸, 진짜 산호라면?'

무호는 방금 떠올린 기가 막힌 추측이 제 사심이 섞인 추측이 아닌가, 객관적으로 판단하기 힘들었다. 어떻게 이를 입증해야 할까 고민할 때였다.

"무슨 생각을 그렇게 하십니까?"

오문은 꽤 오랫동안 침묵하는 태자를 이상한 눈으로 살펴보았다.

"음……. 어떻게 네 어미가 그 옥패를 가지게 되었는지 생각 중이었다."

"저도 생각해 보았는데요, 제 생각에 단왕께서 옥패를 알아보지 못한 것은 그 문양을 자세히 들여다보지는 않아서인 것 같습니다. 불길에 아이를 구했는데 목에 걸린 옥패가 뭐가 그리 중요했겠습니까."

"하면 너는 단왕이 한 말을 믿는다는 것이냐?"

"단왕이 귀문과 결탁했다는 건 너무 어마어마해서요. 생각해 보십시오. 뭐 하러 그렇게까지 해서 산호 아가씨를 태자비로 만들겠습니까."

"그럴 이유야 많지만……!"

말을 하던 태자가 갑자기 무언가 떠오른 듯이 말을 끊고 오문을 뚫어 져라 쳐다보았다.

"왜, 왜 그렇게 보십니까?"

"네 어머니 말이다."

"예?"

"어머니의 얼굴을 기억하느냐?"

"예. 뭐, 기억하고 있는 추억은 별로 없지만, 얼굴은 기억합니다."

"영춘아!"

태자는 밖에 있는 영춘을 불렀다.

"예, 전하! 무슨 일이십니까?"

"지필묵 좀 구해와."

"폐하께 서신을 보내시려고요?"

"잔말 말고 가져와."

"그 말씀 하실 정성에 그렇다, 아니다, 대답해 주시면 될 걸……."

"저놈이 어디서 화풀이를……."

영춘이 투덜거리며 지필묵을 구하러 나가자 태자가 짜증을 냈다.

"어휴. 이해해 주십시오. 생명의 은인이자 의형까지 맺은 분이 알고 보 니 목적이 있어 접근했다는데 지금 기분이 어떻겠습니까?"

"남매들끼리 의가 돈독하구나. 한데 서로 동병상련을 느끼기엔 경우가 많이 다르지. 넌 기분이 좋을 테니까. 의남매를 맺은 오라버니가 진짜 오 라버니라서."

"비꼬지 마십시오. 전 별로 그런 오라버니 갖고 싶지 않으니까요."

"왜? 생명의 은인이라고 감싸고 돌 때는 언제고?"

"후……. 알겠습니다. 제가 잘못했다는 말이 듣고 싶은 것이지요? 예.

전하 말씀이 백번 옳고 제가 틀렸습니다. 이제 속이 시원하십니까?"

"좀 낫군."

오문은 입술을 삐죽거리다가 아까부터 궁금했던 것을 물었다.

"그나저나 저도 궁금합니다. 갑자기 지필묵은 왜요?"

한편 지필묵을 가져다 달라 궁녀에게 부탁하던 영춘은 저쪽 앞에 단유천이 제 시종들을 달고 지나가는 것을 보고 얼른 달려 나갔다.

"세자 저하!"

익숙한 목소리에 단유천이 뒤를 돌아보았다.

"아우 아니신가? 만찬이 한창일 텐데 왜 여기 있느냐? 단왕부의 음식이 입에 맞지 않더냐?"

"왜 속이셨습니까!"

돌려 말할 줄 모르는 영춘이 노골적으로 따지고 들었다.

"응?"

"어째서 왕세자임을 속이고 우리에게 접근하신 겁니까!"

"하하. 허물없이 어울리고 싶었지. 소문이 무성한 태자 전하의 있는 그대로의 모습을 가까이서 뵙고 싶었달까."

"태자 전하의 있는 그대로의 모습이라 하셨습니까? 그렇다면 괜한 고생을 하신 겁니다. 우리 태자 전하께서는 언제 어디서 보아도 늘 한결같으신 분이라 굳이 그런 거짓말로 접근하실 필요는 없었을 것입니다."

"어쨌거나 내가 단유천이라 밝히지 않았기에 좋은 아우를 얻지 않았나."

"흥! 좋은 아우뿐이겠습니까? 사랑하는 누이동생도 얻으셨지요. 오문을 사랑한다는 헛소리를 하실 때 알아봤어야 했는데, 제가 모자란 놈이라는 걸 깨닫게 해주셔서 감사할 뿐입니다."

"어찌 그리 배배 꼬였나? 내 누이동생이 맞는지 알고 싶어 가까이하고 싶었지만 기회가 없었다. 사랑한다는 핑계를 대긴 했으나, 가엾은 어린 누이를 향한 사랑은 진심이었다."

영춘은 개소리 말라는 소리를 삼키고 숨을 크게 들이마신 후에 말했다.

"하나만 더 물읍시다."

"그래. 하나가 아니라 열 개라도 아우의 질문에는 얼마든지 대답해 줄 수 있지."

"그 아우 소리 듣기 부담스러우니 집어치우시지요. 저는 왕세자 저하의 아우가 될 만한 주제는 안 되는 놈이라서요."

단유천은 비웃음을 머금고 마음대로 하라는 듯 대답은 하지 않았다.

"절 구해주신 거, 아니, 그 인육만두 일당들에게 제가 잡혀간 것부터가 전부 세자 저하의 솜씨였던 것입니까?"

단유천은 영춘에게 한 걸음 더 다가와 그의 어깨를 툭툭 쳤다.

"너무 상처 받지는 마. 그렇다고 해서 내가 아우에게 무슨 해코지를 하려 했던 건 아니지 않나."

"해코지? 세자 저하, 똑똑히 들으십시오. 속을 감추고 접근하는 사람은 독버섯입니다. 독버섯을 따 먹지 않았다고 해서 독버섯을 품고 있는 산이 안전한 것은 아닙니다."

"……."

자신이 독버섯이고 산이 태자라는 비유에 단유천의 능글맞은 표정이 굳어버렸다.

그러거나 말거나 영춘은 분통을 터트렸다.

"젠장! 내가 그 독버섯을 심은 놈이라는 게 젤 불쾌하단 말입니다!"

그러자 단유천이 영춘의 어깨를 으스러트릴 것처럼 세게 붙잡고는 낮게 으르렁거렸다.

"말조심하라. 네 말대로 내가 독버섯이라면 여기는 온통 독버섯 밭이다. 입 한번 잘못 놀렸다가 독을 삼킬 수도 있어."

그의 경고를 들은 영춘은 제 어깨를 붙잡은 그의 손목을 잡아 힘으로 제 몸에서 떨어지게 했다. 그러고는 입술을 완전히 비틀어 말아 올리며 이렇게 말했다.

"독버섯 밭은 무슨. 똥통에 빠졌으니 먹어봐야 똥이겠지."

"……!"

"태자 전하를 우습게 보지 마십시오, 왕세자 저하. 제 목숨을 살려준 의도가 무엇이었든 간에, 지금 제가 해주는 충고는 그 은혜를 갚으려는 것입니다. 이것으로 빚을 청산했다 여길 것이니, 우리 사이에는 더 이상 아무것도 남지 않은 겁니다. 아시겠습니까? 에잇! 먹어봐야 똥인 줄 아는 나도 모자란 놈이지! 에이!"

영춘은 감히 왕세자에게 하는 말이라고 믿기 어려운 독설을 지껄였다. 심지어 손가락으로 똥을 찍어 먹는 시늉까지 해 보이고는 분노한 단유천의 대답도 듣지 않고 돌아섰다.

단유천은 씩씩거리며 멀어져 가는 영춘의 뒷모습을 바라보다 코웃음을 쳤다.

"하!"

단유천은 자만심만큼은 무호한테 지지 않았다. 그는 영춘의 충고를 우습게 여기고 제멋대로 해석했다.

"꼭 허접한 것들이 저렇게 입만 살았지. 태자가 걱정되니 내게 아무 짓도 하지 마라 괜한 으름장을 놓는구나."

"저하. 저자에게 몰래 사람을 붙이는 게 좋겠습니다. 위험한 인물로 보이옵니다."

단유천의 호위와 시중을 맡은 시종장이 조심스럽게 물었으나 그의 얼굴은 시뻘게져 있었다.

사람을 붙인다는 것은 몰래 손을 봐주겠다는 말도 포함된지라 단유천은 피식 웃으며 그를 말렸다.

"아서라. 네놈들한테 당할 정도로 아둔한 놈은 아니다. 괜히 꼬투리 잡히지 마. 도발하러 온 걸 보면 저들이 원하는 것이 그런 것인 듯하니, 더욱 깍듯이, 큰 손님으로 대접해 드려라."

"예. 저하."

"그만 가자. 저들이 저기 모여 있는 걸 보면 만찬이 거의 끝난 모양이구나. 그런 자리에 단왕부의 왕세자인 내가 빠질 수는 없지. 다들 기다리고 있을 텐데 서두르자."

단유천이 걱정하는 것과 달리 만찬에서 저를 기다리고 있는 사람들은 의외로 많지 않았다.

대신들은 오문을 아끼는 태자의 행동을 눈으로 보았으니 앞으로의 일을 따져 보느라 술이 넘어가지도 않았다.

손님을 위한 자리에 손님들이 먼저 떠났으니, 악공과 무희들 역시 전부 내보냈다. 음악 소리 하나 없이 식어 가는 요리들을 앞에 둔 만찬장은 대전회의와 다르지 않은 모습이었다. 특히 아까부터 말이 없는 단왕 때문에 더욱 분위기는 무거웠다.

「만나야 할 사람은 어떻게든 만난 게 되는 법이다. 잘못된 일은 반드시 그 대가를 받게 되는 것처럼.」

어제 배에서 태자와 나눈 말을 곱씹던 단왕은 뭔가 알고 있는 듯한 그의 말이 신경 쓰였다.

"전하. 세자 저하께서 오셨나이다."

"아……! 그래. 어서 들라 해라."

잊고 있던 아들의 등장에 단왕의 생각은 더 이어지지 못했다.

"아바마마."

"그래. 어서 앉거라."

"공주를 얻으신 즐거운 날인데 어째서 아바마마의 안색이 어두우신지 여쭈어도 되겠사옵니까?"

만찬장에 들어서던 단유천은 제가 생각하던 분위기가 아니라 무슨 일이 있나 하고 물었다.

"아, 이런! 내가 모두에게 결례를 끼쳤군."

"아니옵니다! 전하! 공주 마마께서 쓰러지셨는데, 전하께서 저희 때문에 만찬장을 떠나지 못하고 계신 것이 아닌가 오히려 송구할 따름입니다."

단왕부의 신하들이 연이어 황망스러워하며 공주님께 가보시라 했다.

그러자 단왕이 말했다.

"하하. 아마 공주가 나보다는 태자를 원할 듯해서 감히 가보지를 못하겠군."

"전하……."

신하들은 단왕이 자신들과 같은 고민을 하고 있었다는 것을 알고 있었기에 더욱 말을 잇지 못했다. 태자와 산호, 오문. 이 세 사람을 어찌해야 할지 가슴이 답답했다.

"오문이 쓰러졌다니요?"

오문과 태자가 먼저 숙소로 돌아간 이유를 이제야 알게 된 단유천은 이해할 수 없다는 표정으로 물었다.

오문이 어떤 계집인가. 죽여도 죽여지지 않는, 독한 계집이었다. 의원도 말하지 않았나, 매우 건강한 신체를 타고 났다고. 한데 쓰러졌다 하니, 둘이서 무슨 모의를 하려는 것인지 수상하기 짝이 없었다.

"내가 오문의 어미에 대해 말해주었다. 나중에 천천히 말할 걸 그랬나 보구나."

"아……. 충격이 컸나 봅니다. 하면 제가 가보겠습니다. 저는 그동안 함께 다녀왔고, 또 그 아이가 저를 오라버니라 부르며 잘 따랐었습니다."

"오오! 벌써 그리 가까워졌느냐?"

신하들 역시 단왕만큼 단유천의 친화력에 감탄했다. 그러면서 이번 그의 활약에 대해 입을 모아 칭찬하기 시작했다.

"그렇지 않아도 세자 저하께서 위험을 자처하신 덕에 큰 피해를 막을 수 있었습니다."

"어찌 그런 생각을 다 하셨습니까? 하마터면 단왕부의 땅에서 태자 전하께서 시해될 뻔했습니다."

"그렇고말고요! 생각만 해도 끔찍한 일입니다. 황제의 노여움이 단왕부를 향한다면 내전 아닙니까. 저하께서 제때 정보를 주신 덕분에 제화국의 재앙을 막은 것이나 다름없습니다."

"세자 저하께서 직접 그 길에 나서는 동안 아무것도 하지 못한 저희들이 부끄러울 따름입니다. 참으로 훌륭하셨사옵니다."

단왕은 아들을 칭찬하는 말에 잠시 걱정을 잊었다.

비록 단유천을 태자에게 보내기로 한 것은 제 생각이었으나 그 외의 것은 단유천 혼자 훌륭하게 처리해 주었다. 옥패를 찾겠다고 무턱대고 오문을 죽이지 않은 것도 얼마나 신중했는지 칭찬해 주고 싶었다. 단유천이 참으로 큰일을 한 것이다.

'내 아들이 이제야 제대로 성장했구나.'

그동안 아들에게 실망도 많이 했었다. 혹독하게 훈련시켜 전장으로 내몰고 귀접의 자리에 오르게 했으나 성에 차지 않았었다. 다른 이들은 아들이 훌륭한 장수라고 칭송했으나 단왕은 저와 대등하게 성장한 아들을 원했었다. 그의 눈에 단유천은 늘 어린아이 같았다.

그런데 오늘 태자와 자신의 아들을 놓고 보니 아들은 이미 훌쩍 태자를 뛰어넘고 한 나라를 책임질 어엿한 대장부의 풍모가 보였다.

태자는 속내를 숨길 줄 모르고 내키는 대로 지껄이는 하수였다. 적을 대할 때 적개심을 보이면 정치를 할 수 없다. 한데 자신의 아들은 벌써 오문과 남매처럼 가까워져 적의 심장부에 파고들었고, 덕분에 큰 정보를 얻어냈다.

단왕은 조금 전 태자의 말을 곱씹어 보던 것을 털어버리기로 했다.

태자는 실제 나이로도 단유천보다 어리니 그 연륜이 부족했고 무신이라는 별칭도 다소 부풀려진 것 같았다. 태자의 주변에 있는 장우라는 젊은 장수의 기개와 풍모를 보니 아무래도 부하를 잘 둔 덕일 것이다. 보좌하는 자들의 능력이 뛰어나 모자란 태자를 잘 보필하고 있는 것이리라.

'어린놈이 뭘 알겠나? 전장에서 제멋대로 들쑤시고 다닌 개망나니라는 소문도 있었지. 생각이 없기는 내 아들 녀석보다 더한 놈 아닌가.'

무호가 서강에서 어떻게 지냈는지 자세히 알 리 없는 단왕은 그가 태자임을 이용해 상관의 비호를 받았고, 부하들이 그가 저지른 일을 수습했을 거라 추측했다. 아무렴 황제가 그런 안전장치 없이 정말로 태자를 군에 보냈을까, 그리 여긴 것이다.

서강의 태수 구자서가 버릇없는 개망나니 때문에 얼마나 속을 끓였는지 그 속사정을 안다면 지금과 같이 생각지 못했을 것이다.

하지만 저 역시 하나밖에 없는 아들을 왕세자를 두고 있는 터라 일반 병사로 단유천을 군에 보낸다는 것은 있을 수 없는 일이라 여기고 있었다. 다 방비를 해두었으리라, 태수도 알고 있었으리라, 그러니 제 눈에 태자는 무신이라 이름 떨친 악명 높은 장수가 아니라 그저 그런 철부지, 제 아들놈보다 못한 가소로운 놈으로밖에 보이지 않았다.

'태자는 오문이 귀문에 있었던 사실은 모르겠지. 오문이 그것을 말했을 리가 없어.'

단왕은 앞으로 그것을 이용할 생각이었다.

'그나저나 그 계집애, 보면 볼수록 주혜령을 빼다 박았단 말이지. 내가 느낀 것을 폐하께서 느끼지 못하실 리가 없다. 어떻게든 그 아이가 황궁으로 가기 전에 죽여야 한다.'

단왕은 의젓한 제 아들을 바라보며 다짐을 굳혔다.

'이번 일도 네게 맡겨 보마.'

제 37 장
산호와 오문

방 안에 산해진미가 차려졌다. 공주의 처소로 내려진 침실과 아름답게 장식된 요리는 오문이 태어나 처음 누려 보는 어마어마한 호사였다. 그것들이 전부 오문을 위해서 내려진 것이란 말에 오문은 매우 불편해하며 제대로 먹지도 못했다. 고작 커다란 가재의 집게발에 있는 동그란 과일 하나를 소심하게 집어 들고 입에 넣는 게 다였다.

　"넌 과일을 좋아하는구나."

　오문이 하고 많은 음식 중에 과일을 먼저 먹는 것을 보고 태자는 잘못 짚었다. 지난번 창관에서도 과일을 넙죽 받아먹던 오문의 모습이 인상적이었기 때문이다.

　"높으신 분들이 드시는 과일은 왜 이렇게 달고 시원한지 모르겠습니다. 언제 또 먹어보나 싶어서 먹을 수 있을 때 먹어두려는 것뿐입니다."

　눈치 없는 태자가 얄미워서 오문은 일부러 그렇게 말했다.

　"네가 뭘 모르는구나. 과일은 내가 이보다 더 진귀한 것들로 얼마든지 먹게 해줄 수 있다만, 네가 정말 좋아하는 것 하나는 먹기 힘들어질 것이다. 그러니 그것부터 먹을 수 있을 때 열심히 먹어두어라."

"그게 뭡니까?"

"죽엽청."

"헉!"

오문은 들고 있던 과일을 툭 떨어트릴 만큼 놀랐다. 아니, 놀랐다기보다 깨달아 버렸다.

황궁의 여인들이 취하도록 술을 마시는 꼴을 누가 좋아하겠는가. 나라의 망조가 들었다 욕먹을 일이었다.

'돈 많고 힘 있으면 뭐 해! 좋아하는 술도 맘대로 못 먹을 바에야 그게 무슨 소용이람!'

세상 일이 참 마음대로 되는 일이 없구나 싶어, 오문은 태자를 노려보며 술병째 벌컥벌컥 들이마셨다.

그리고 태자는 회심의 미소를 지었다.

되도록 완전히 취할 때까지 마셔주길 바랐지만 오문은 수육 한 점을 오물거리며 태자의 곁을 기웃거렸다.

태자는 지금 궁녀들이 가져온 지필묵으로 무언가를 그리고 있었다.

오문은 태자의 붓이 종이를 지나가는 것을 눈을 떼지 못하고 신기하게 바라보았다.

"눈이 이렇게 생긴 게 맞느냐?"

"우와! 전하! 지금까지 제가 전하의 여러 모습을 봐오지 않았겠습니까? 한데, 지금이 제일 멋지십니다."

"왜? 붓을 든 모습을 보니 또 달라 보이느냐? 생각보다 취향이 고상한 쪽이군. 난 네가 거칠고 강한 쪽을 좋아할 줄 알았는데."

"왜 그렇게 생각하신 건진 모르겠지만 저는 지성미를 중요시하는 사람입니다."

"배움에 대한 동경심이 있는 모양이다. 원한다면 내가 가르쳐 주마."

"전에도 말씀드렸지만 전 배우는 건 질색입니다. 왜 걸핏하면 뭘 가르쳐 주지 못해 안달이십니까? 전 그냥 전하께서 잘하시는 모습을 보는 걸로 만족하겠습니다."

"재물도 싫다, 권력도 싫다, 배움도 싫다. 내가 뭘 해주겠다고 하면 다 거절하는군."

"전 이게 갖고 싶습니다!"

오문은 태자가 그린 화상을 가리키며 강렬한 욕망을 드러냈다. 신기하게도 기억 속 어머니의 모습이 그림에 그대로 들어가 있었다. 자신은 말로 설명했을 뿐인데, 무호가 그 설명을 듣고 이렇게 그려낸 것이다.

꼭 가지고 말겠다는 의지를 보고 무호가 웃으며 말했다.

"한 장 더 그려야겠군."

"어디에 쓰시려고 이걸 그리시는 겁니까?"

"쓸데가 있다."

"치……. 또 저한테는 아무 말씀 안 해주시고 혼자 뭘 꾸미시는 겁니까? 그리고 제 진짜 옥패는 어디 있는 겁니까?"

"단왕에게 가 있는 옥패도 가짜 옥패는 아니다."

"예?"

"그것도 진짜다. 그 두 옥패가 꼭 맞더구나."

"헉! 전하께서는 그 옥패를 어디서 구하셨는데요?"

"내가 지금 아주 어마어마한 사실을 알아낸 것 같은데 그것을 증명하기 전에는 함부로 말할 수가 없구나. 그것보다 이 그림, 확실한 게냐? 이건 너무 미인이라……. 네 기억에 오류가 있거나, 아니면 살짝 왜곡했다거나?"

"우리 어머니 맞거든요? 제가 어머니 닮아서 미인인 겁니다."

"하……!"

무호는 말을 돌리는 데는 성공했으나 오문의 뻔뻔한 대답에는 맞장구쳐 줄 수 없었다.

"진짜라니까요. 지금 제가 미인이 아니다, 그런 말씀이십니까?"

"안타깝구나. 네 어머니가 네게 다 물려주지 못한 것이 안타까워. 그랬더라면 내가 진정한 천하제일미녀를 얻었을 것인데."

"지금 그거…… 고상하게 돌려서 깎아 내리신거죠?"

"괜찮다. 난 천하제일미녀보다 천하제일기인이 더 좋다."

"제가 왜 기인입니까!"

티격태격하면서도 무호는 손을 가만히 두지 않았고, 어느새 그림 한 장이 뚝딱 완성되었다.

그것을 곱게 접은 무호가 짧은 글귀와 함께 봉투에 넣었다.

『이 여인을 어머니라 부르며 함께 살아온 아이가 있다면 어찌해야 하겠습니까?』

무호는 알고 있었다. 아버지인 황제께서 아직도 주혜령이라는 은도명의 부인을 마음에 두고 있다는 것을. 그 염원 때문에 제가 산호와 혼인을 해야 한다는 것에 반감을 갖고 있지 않았던가.

그림 속의 여인이 정확히 주혜령과 일치하지 않더라도 황제께서는 알아보실 수 있을 것이다. 이 여인이 주혜령이기만 하다면.

"그걸 어디에 보내실 겁니까?"

가까이 다가온 오문이 청량하고 달콤한 주향을 풍기며 물었다.

무호는 코끝을 자극하는 주향에 취해 그녀의 질문이 무엇인지조차 생각나지 않았다.

"것보다, 넌 오늘 예서 잘 것이냐?"

"예. 제가 쓰라고 준 방이라면서요."

"그래. 네 방은 구경했으니, 이제 내 방을 구경 가자."

말 같지도 않은 억지에 말려들 만큼 오문은 순진하지 않았다.

"전 전하의 방이 별로 궁금하지 않은데요? 여기랑 크게 다를 것 같지도 않고요."

"뭘 모르는군. 공주의 방이 이 정도면 태자인 내 방은 얼마나 넓고 화려하겠느냐?"

"특별해 봤자 제 방도 아닌데 왜 그런 번거로운 짓을 해야 합니까?"

"다시 돌아오기 힘들어 그런 것이라면 돌아오지 않으면 된다."

"처음부터 가지 않는 방법도 있습니다."

"네가 가지 않는다고 해서 나 혼자 갈 거라는 기대는 마라."

즉, 따라오지 않으면 제가 여기서 묵어가겠다는 협박이었다.

"좋습니다. 그럼 업어주시면 가겠습니다."

"설마 돌아올 때도 업어 달라는 건 아니겠지?"

"걱정 마십시오. 돌아올 때는 술이 다 깨 있을 테니까요."

오문은 제가 순순히 태자를 따라가는 가벼운 마음을 술 탓으로 돌렸다.

산호가 머무는 궁은 사시사철 꽃이 피었다. 그녀의 화원에 들어서면 늘 좋은 향이 났고 덕분에 차 맛이 더 좋았다. 단왕부의 여름은 선선했고, 이른 아침의 공기는 조금 쌀쌀한 정도라 화원에서 차를 마시면 머리가 맑아지는 기분이 들었다.

평소에도 차를 즐기는 단왕은 벌써 두 잔째 차를 마시고 있었다.

한데 산호의 차는 차갑게 식어 있었다. 그녀는 조금 전 단왕이 건넨 옥패를 목에 걸지 못하고 손바닥에 가만히 올려 두었다. 한번 세게 쥐어 보지도 못하고, 씁쓸한 눈으로 응시하며 아무 말도 하지 못하고 있는데, 지난 며칠간, 그녀의 마음고생이 얼굴에 그대로 나타났다.

그런데도 그녀의 미모는 시들지 않았다. 수척해진 뺨과, 화장으로도 가리지 못한 눈 밑의 그림자가 가련한 아름다움을 더해 주었기 때문이다.

"오랫동안 기다려 온 것을 받았는데 표정이 좋지 않구나."

단왕이 말을 걸자 산호도 더는 가만히 있을 수 없었다.

"아니옵니다. 무척 기쁩니다."

"내가 너를 십 년 가까이 봐왔다. 누굴 속이려 들어?"

그는 인자한 음성으로 장난스럽게 나무랐다.

"전하께서는 제가 태자비가 되길 바라십니까?"

"응? 그건 무슨 소리냐? 너 못지않게 나도 염원하던 일이다."

"다 들었습니다. 듣지 않았다 해도 알고 있었지만요. 진짜 산호가 돌아왔습니다. 여기 이 가짜가 아닌."

산호가 따지듯이 묻자, 단왕은 다 안다는 표정으로 산호의 불안한 마음을 달래 주었다.

"그렇다 한들, 달라지는 것은 없다. 이제 와서 너는 가짜고 진짜 산호를 찾았다 하면, 나는 그동안 황제 폐하를 기만한 것이 된다."

"폐하께서 원하시는 것은 진짜 산호입니다. 전하께서 은애하시는 그 아이. 두 분 모두 그 아이를 마음에 두셨다니 공교롭지 않습니까? 저는 그 아이가 결국엔 자신의 자리를 찾아갈 것만 같습니다."

처연한 산호의 음성에 단왕이 천천히 고개를 저었다.

"네가 그 아이를 만나보지 않아서다."

"태자 전하께서 사랑하시는 여인입니다. 분명 아름답고 현숙한 여인이 겠지요."

"현숙하다? 하하. 네가 나를 웃길 줄도 아는구나."

"……."

산호의 처소는 늘 고요했다. 시중을 드는 궁녀들은 산호가 묻는 말 외에는 아무 말도 하지 않았다. 그녀가 수다를 떠는 것을 좋아하지 않았기 때문이다. 그래서 산호는 오문이 어떤 여인인지 제대로 듣지 못했다.

물론 그전에는 제 옥패를 훔쳐 달아난 천박한 계집의 딸이라 생각하고 그녀를 업신여겼다. 한데 이제 알게 되었다. 그녀가 본래 있어야 할 자리가 지금 여기, 자신이 앉은 자리라는 것을. 어제 단유천이 찾아와 그녀를 달라고 용기를 주었지만 산호는 밤새 한숨도 자지 못하고 고민했다.

은도명의 딸. 그런 여인이라면 저와 비교도 되지 않을 거라 생각하고 점점 자신이 없어졌다.

"네가 무슨 생각을 하는지 잘 알겠다만, 그 아이는 네가 생각하는 것보다 훨씬 모자란 아이다. 살아온 환경이라는 것을 무시 못 하지. 동녀로 팔려간 것은 물론 창관의 창기가 된 계집이 현숙하다? 하하하하!"

"전하……."

산호는 단왕이 너무 자신만만해하는 것도 불안했다.

"염려 마라. 그 아이의 지난 일은 황제께서도 알게 되실 것이고, 결코 태자비가 되지 못해. 그뿐만이 아니다. 내가 알아본 바, 그 아이는 죽으면 죽었지, 절대 태자비가 될 수 없는 과거가 있다. 태자비뿐만 아니라 궁에 발도 딛지 못해. 성문에 목이 걸린다면 모를까."

"그게 무슨……!"

"아직 밝힐 수는 없다만 그런 게 있다. 아무튼 예서 이러고 있지 말고 너도 태자를 만나보는 게 어떻겠느냐?"

"……."

"어젯밤 오문이 만찬장에서 쓰러져 함께 처소로 돌아갔으나, 곧 의원도 물리고 단둘이서 먹고 마셨다는구나. 어떤 것 같으냐? 그 아이 수작질이 보통이 넘는 듯한데, 그냥 두고 볼 것이냐?"

"단왕부의 공주가 되었는데도 그리하였단 말씀이십니까?"

산호가 얼굴을 찌푸렸다. 사가에서 자유분방하게 자란 것을 흠이라고 지적하기에는 제가 너무 뻔뻔한 것 같았다. 하지만 감히 단왕부에 들어와 공주라는 본분을 잊고 그같이 문란하게 행동하다니, 그동안 단왕부의 공주처럼 자라온 자신까지 격이 떨어지는 기분이었다.

"태자는 어릴 때 궁을 나와 사내들과 전장에서 뒹굴었다. 그러다 보니 계집을 보는 눈이 낮을 수밖에. 네가 가서 그의 눈을 깨끗이 씻어주고 와야 하지 않겠느냐?"

영춘은 밤새 제대로 자지 못하고 장우와 번갈아가며 태자의 처소를 지켰다. 문 앞에 주저앉아 꾸벅꾸벅 졸고 있던 영춘은 볕이 들자 엉덩이를 떼 슬쩍 그늘로 자리를 옮기고 다시 눈을 감았다.

그의 앞에 궁녀들과 병사들이 지나가며 수군댔지만 코까지 골며 잠을 잤다.

어차피 영춘은 저와 태자에게 위협을 줄 만한 대상이 나타나면 절로 몸이 반응하는지라 안심하고 잘 수 있을 때는 어디서건 잘 잤다. 그것은 황궁에서도 마찬가지였고, 종종 황제가 발길질로 깨우긴 했지만 그렇다고 크게 야단맞을 일도 아니었다.

겨울에는 찬 데서 자다가 입 돌아간다고 야단맞았고, 여름에는 더위 먹을 일 있냐 혼났고, 봄가을에는 젊은 놈이 날도 좋은데 빌빌댄다고 한 소리 들었을 뿐이다.

그런데 오히려 황궁보다 더 작은 왕부의 분위기가 엄격했다. 물론 황제께서 비상식적으로 관대하기 때문이다. 황제는 형식적인 규율보다 효율적인 업무 방식을 더 좋아하셨다. 어떻게 일하든 결과만 좋으면 책임을 묻지 않았고, 반대로 아무리 열심히 일해도 결과가 나쁘면 황제의 눈 밖에 났다.

황실에서 오래 일을 한 영춘은 그 방식에 너무 익숙해져서 단왕부에서 아무리 눈치를 주고 혀를 차고 손가락질을 하고 지나가도 귀를 후벼파며 잘 뿐이었다.

"크흠! 이보십시오!"

웬 여인의 날카로운 호통에 영춘은 눈썹을 찌푸리며 게슴츠레 눈을 떴다.

"에? 저 말이오?"

잠이 덜 깬 목소리를 듣고 궁녀로 보이는 여인이 더욱 엄하게 목소리를 높여 나무랐다.

"태자 전하의 호위님 아니십니까? 지금 예서 뭘 하고 계시는 것입니까?"

"뭘 하긴요. 전하께서 주무시니, 보시다시피 호위를 하고 있는 중입니다만?"

"감히 전하의 호위가 태평스럽게 주저앉아 잠을 자놓고 어디서 뻔뻔하게 호위랍시고!"

그때 맑고 위엄 있는 젊은 여인의 목소리가 끼어들었다.

"그만."

"······!"

영춘은 티끌 하나 없이 영롱하고 차갑게 들릴 정도로 차분한 음색에,

눈을 더 크게 뜨고 궁녀의 뒤를 바라보았다. 그곳에는 영춘이 살면서 한 번도 본 적 없는, 도자기 인형같이 곱고 새하얀 여인이 서 있었다.

'우와. 어디서 이런 절세가인이!'

아마도 태자 전하도 이런 미인을 본 적이 없을 것이다.

넋을 놓고 그 여인을 바라보던 영춘은 궁녀가 여인을 부르는 소리에 정신이 번쩍 들었다.

"아, 아가씨……."

단왕부에서 마치 공주처럼 귀하게 받들어지고 궁녀들의 시중을 받고 자란 여인은 산호 아가씨밖에 없었다.

'아! 산호 아가씨로구나!'

궁녀는 영춘을 더 야단치고 싶어 나서려다가 산호의 매서운 눈에 목을 움츠리며 물러났다.

그러자 산호가 한 발 더 다가왔다.

영춘은 가까이 올수록 더 빛나는 산호의 미모에 빠져 제가 그녀를 빤히 올려다보고 있다는 것도 모르고 있었다.

산호는 거만하지도 비굴하지도 않게 딱 필요한 만큼의 예를 갖추어 양해를 구했다.

"나는 은산호라고 하는데 태자 전하께 안부를 드리라는 전하의 명이 있었소. 안내해 줄 수 있겠는지요?"

"……!"

퍼질러 앉아 있던 영춘이 그제야 정신이 번쩍 들어 일어났다.

"아, 아…… 저! 저는 태자 전하의 호위 영춘입니다!"

자고로 상대가 자신을 밝히면 저 역시 밝히는 게 예의였다. 그러나 그 것은 허례허식을 모르는 순박한 영춘의 생각일 뿐이었다.

첫 만남에 인사를 나눈다는 건 서로가 서로에게 볼일이 있어 만남을 가질 때나 통하는 얘기였고, 산호는 그저 방문자로서 제 신분을 밝힌 것뿐이라 지금 영춘의 행동이 당혹스러웠다.

"이, 이 사람이 지금!"

궁녀는 영춘이 지금 아가씨를 조롱한다 오해하고 얼굴이 시뻘게졌다.

"……?"

영춘은 제가 뭘 잘못했는지도 모르는 표정이었다.

산호는 그의 표정에서 그가 아무런 사심이 없다는 걸 눈치챘다. 그래서 손을 들어 올려 궁녀의 호들갑을 저지했다.

"이야기는 많이 들었습니다. 전하를 보필하느라 수고가 많으시다지요."

"아, 아닙니다. 수고는 무슨……. 워낙 괴팍하신 분이라 다른 사람은 힘들지 몰라도 전 적응돼서 괜찮습니다."

제 주군의 욕을 하며 자신을 칭찬하는 화법은 산호가 단왕부에 와서 한 번도 들어본 적 없는 화법이었다. 모두들 제가 모시는 주군을 높여 주기 바쁘고 행여 말 한마디라도 실수해서 주군께 나쁜 말이 들어갈까 봐 전전긍긍했다. 한데 태자비로 내정된 제 앞에서 태자를 깎아내리다니 단왕부에서는 곤장을 맞아도 할 말이 없었다.

산호가 눈을 깜빡이며 어이없어하자 영춘은 제 머리를 긁적거리며 부끄럽다는 듯이 말했다.

"제가 초면에…… 너무 많은 것을 떠벌렸나 봅니다. 주책없게……. 하하."

'아니. 수다스러운 게 문제가 아니라…….'

산호가 그것을 지적해야 하나 어쩌나 고민할 때였다.

타악.

문이 벌컥 열리고 누군가 눈을 비비며 나타났다.

"……!"

산호는 웬 어려 보이는 여인이 헝클어진 머리 꼴을 하고 눈을 비비며 나타난 것을 보고 경악했다.

"호위님. 왜 이렇게 시끄러워요? 전하께서 한 번만 더 떠들면 엉덩이를 차줄 거래요."

오문은 눈도 제대로 뜨지 못하고 졸린 목소리로 말했다.

영춘이 눈치가 없다지만 이 상황이 어떤 상황인지는 잘 알았다. 그는 눈을 크게 뜨고 있는 산호와 눈을 거의 감고 있는 오문, 그리고 안에 있을 태자를 떠올리며 허둥지둥 오문을 안으로 밀어 넣었다.

"헉! 넌 하필 이럴 때!"

"응? 뭐가요?"

"아무것도 아니다. 가서 더 자."

쾅—

"……."

오문을 밀어 넣고 손을 털고 돌아서자 산호가 설명을 요구하는 표정으로 쳐다보고 있었다.

"아……. 이게 참……."

"저 아이, 아니, 저분이 오문이란 공주님 되시나요?"

"예……. 아, 알고 계시죠?"

영춘은 어차피 이렇게 된 거 피차 다 알고 있는데 무슨 설명이 필요하겠나, 뻔뻔하게 나가기로 했다.

"공주님께 '야'라는 표현은 좀 듣기 거북하군요."

"예? 아…… 그것이, 공주님이 된 지 얼마 되지 않아……."

"단왕부의 공주님이십니다. 신분이 밝혀진 이상 함부로 대하지 말아주시지요."

영춘은 산호라는 이 아가씨가 보통 까다로운 여인이 아니구나, 태자비가 되시면 여러모로 피곤하겠다는 생각이 들었다.

"예……. 주, 주의하겠습니다."

주의해서 산호 아가씨를 피해 다니겠노라, 그는 마음에 있는 행동 지침서에 새겨 두었다. 물론 멀리서 지켜보는 건 괜찮을 것 같았다.

"한데, 공주 마마께서 왜 이곳에 계시는 겁니까?"

"예? 아까, 다 아신다고……. 설마 모르십니까?"

산호는 다 안다고 말한 적이 없었다. 그러나 영춘이 무슨 말을 하는지 알면서도 모르는 척 잡아뗐다.

"제가 뭘 더 알아야 합니까? 이곳은 태자 전하의 처소입니다. 공주 마마께서 왜 이곳에 함께 계시는지 답을 해주시지요."

영춘은 제가 왜 그 설명하기 어려운 일을 설명해야 하나 골치가 아팠다. 가뜩이나 잠도 제대로 못 자 머리가 돌아가지 않았다.

"그게……. 그, 두 분이 함께 유람, 아니…… 밀정을 다니는 동안 여러 우여곡절을 겪었고, 덕분에 많이, 아주 많이 가까워지셔서……. 그러니까, 그, 뭐랄까요, 우정보다 더 깊은 그런……."

버벅대며 힘겹게 설명을 하는데 산호가 다 알면서도 태연하게 말했다.

"공주 마마께서 왜 여기 계신지가 그렇게 어려운 질문이었나요?"

영춘은 이제 산호가 저를 괴롭히려는 것으로밖에 여겨지지 않았다.

"아시는 것이죠? 알면서 이러시는 것이죠?"

산호는 영춘에게 더 묻길 포기하고 궁녀에게 말했다.

"너는 가서 어젯밤 공주 마마의 처소에 불편한 점이 있었는지, 뭔가 미흡한 점이 있었는지 알아내서 더는 이런 불미스러운 일이 없도록 정성껏 모시도록 전하라."

"예, 예!"

영춘은 그녀가 순진하거나, 그게 아니면 아주 고단수의 여우일 거라 여겼다. 설마 하니 오문이 잠자리가 마음에 안 든다고 태자의 처소에서 잤겠는가. 아무 생각도 없는 듯한 검고 잔잔한 눈동자가 이제 보니 너무 많은 생각들로 꽉 차 있었다. 아마도 후자인 여우 쪽인 듯했다.

'아이고. 우리 오문이 힘들겠네.'

하지만 지금은 오문을 걱정할 때가 아니었다. 산호가 갈 생각을 하지 않고 저를 빤히 보고 있지 않나.

"아……. 태, 태자 전하는 아직 주무십니다."

"아직 주무시다니……. 지금 해가 머리 위에 있습니다."

"원래는 부지런한 분이신데 어제 못 주무셔서."

"왜요? 먼 길을 오셔서 피곤하셨을 터인데 못 주무실 리가 없지 않습니까? 혹, 전하의 잠자리도 불편하신 건지……."

"아니, 그게……. 정말 모르시는 건 아니시죠?"

"……."

산호는 무표정한 얼굴로 영춘을 가만히 쳐다보았고, 영춘도 고집스럽게 자세한 설명은 해줄 수 없다는 태도를 고수했다.

한참이나 그렇게 마주 보고 있는데 산호가 먼저 포기했다.

"하면 기다리지요."

"예? 기, 기다리다니요? 그냥 돌아가 계시면 제가 전하께 말씀 전해 드리겠습니다."

"인사는 전하는 법이 아니라 했습니다. 직접 뵙고 인사 올리고 싶습니다. 마침 공주님도 함께 계시다니 제가 때마침 잘 온 것 같습니다."

이 도도한 아가씨는 현실을 받아들이고 싶지 않은 건지, 받아들이면서도 대범한 척하는 건지, 아니면 순진한 척하는 건지, 곧이곧대로 올곧은 성품인지 알 수가 없었다.

그래서 영춘도 그냥 애써 눈치 보기를 포기했다.

"잘…… 오신 걸까요? 예, 뭐…… 따로 두 번 걸음하실 필요는 없겠습니다. 저쪽에서 기다리십시오. 자리를 마련해 드리겠습니다."

영춘은 친위대 대원들에게 장우를 불러 오라 하고 저는 산호를 다른 방으로 데려갔다.

"차를 내오라 할까요?"

궁녀들이 있었지만 영춘은 마치 집사인 양 행동하고 있었다. 늘 태자의 뒤치다꺼리를 하던 버릇인데 아무도 지적하지 않아서 그냥 그렇게 호위 겸, 유모와 집사가 되고 말았다.

"차는 마시고 왔습니다."

"아…… 음…… 전하께서는 허기가 지시면 눈을 뜨실 테니 조금만 더 기다려 주십시오."

"저런……. 하면, 지금 식사를 준비해 놓고 깨워 드리는 것이 어떻겠습니까? 어제 만찬을 함께하지 못해 죄송했는데, 이렇게 온 김에 같이 식사를 하고 돌아가도 괜찮을 것 같습니다."

별로 좋은 생각 같지 않았지만 영춘은 이 고집 세고 답답한 아가씨와 굳이 언쟁을 하고 싶지 않아서 궁녀들에게 그렇게 지시를 내렸다.

"하면 저는 이만……."

태자비가 되실 분과 한 공간에 있는 것이 썩 편하지 않았고, 되도록 말을 섞지 않는 편이 나을 거라 판단한 뒤라 영춘은 슬쩍 자리를 뜨려 했다.

"전하의 호위라 하셨지요?"

굳이 확인할 필요가 없는 질문을 하는 데는 말을 붙여 붙잡아 두겠다는 뜻이었다.

영춘은 오도 가도 못하고 어정쩡하게 서서 대답했다.

"……예."

"전하께서 어린 시절부터 살수들로 인해 고초를 많이 겪으셨다 들었습니다."

"예……. 제가 무능한 탓에……."

"아닙니다. 오히려 그 반대입니다. 훌륭한 호위님을 두셔서 지금까지 무사하셨던 모양입니다. 앞으로도 전하의 안위를 잘 부탁드리겠습니다."

정중한 감사 인사를 받자, 영춘은 쑥스러우면서도 기분이 좋았다. 또한 제가 지금 그녀를 어렵게만 생각하고 피하려던 것이 미안해졌다.

"저, 전하께서 워낙에 뛰어나신 분이라 제가 뭐 그다지 한 게 없습니다."

"보기보다 겸손하신 분이군요."

"제가 어째 보였기에 그런 말씀을……."

첫인상이 얼마나 별로였냐 묻고 싶었는데 그녀가 재빨리 다른 이야기를 꺼냈다.

"것보다 뭐 하나 여쭈어도 되겠는지요?"

"예……. 제가 아는 것이라면……."

"공주님은 어떻게 만나신 겁니까?"

돌려 말할 생각은 마라. 나는 전부 꼼꼼하게 들을 것이다.

깐깐한 그녀의 표정에 영춘은 몹시 피곤해졌다.

'아우! 잘못 걸렸다!'

한편 한 번 잠이 깨서 그런지 오문은 피곤한데도 잠이 깊이 들지 못하고 뒤척거렸다. 곰곰이 생각해 보니, 아까 밖에 웬 여인들이 서 있었던 것 같기도 하고, 호위님은 어째 허둥거렸던 것 같기도 하다.

'설마…… 산호 아가씨가 오셨나?'

영춘이 하필 이럴 때 나왔냐고 소리치며 저를 안으로 밀어 넣었던 게 생각나자 잠이 확 깼다.

'아! 맞아! 산호 아가씨였나 봐! 아우!'

정신적으로 괴로웠던 오문이 몸을 홱 돌려 몸부림을 쳤다.

"......!"

그런데 언제 깨어났는지 태자가 한쪽 팔을 침상에 괴고 손을 머리에 기댄 채 저를 흥미롭게 바라보고 있는 게 아닌가. 탄탄한 상체는 햇볕을 받아 더욱 보기 좋은 음영을 만들어냈으나 오문은 홀리지 말자 스스로의 마음을 다잡았다.

"왜 그러고 있느냐?"

"제가 묻고 싶은 말씀입니다만, 왜 그러고 계십니까?"

"네가 언제쯤 나를 봐줄까 기다리고 있다가 뒤척거리면서 이불을 차기에 그냥 두었다."

"왜요? 왜 그냥 두십니까? 왜 그러느냐 물어는 보셔야지요!"

오문은 저의 우스꽝스러운 모습을 들킨 것이 억울했다.

"네가 우스워서. 온몸으로 감정을 표현하다니, 기예단에서 배웠느냐?"

"이게 다 전하 때문입니다! 왜 절 이리로 데려오셔서는! 저만 이상한 계집 취급 받게 생겼습니다!"

오문은 유독 산호에게 열등감을 느끼고 있었다. 태자비가 될 귀한 여인이라 그런지, 태자가 그녀를 좋아하게 될까 봐 그런 건지는 저도 알 수 없었다.

산호 아가씨와의 첫 대면이었다. 그런데 부스스한 몰골로 나가 태자의 처소에서 잠이 든 것을 부끄러움 없이 떠벌린 꼴이니 후회막심이었다. 가뜩이나 교양도 없고 무식하고 노비에 창기까지 전락했던 과거가 부끄러웠는데 예쁜 모습을 보여주지는 못할망정 이게 뭐란 말인가!

"음. 네가 잘 모르는 모양인데, 너는 본래 좀 이상하다."

"누가 누구한테 그런 충고를 하십니까!"

무호는 침상에서 일어나 옷을 걸어둔 곳으로 걸어가며 말했다.

"그나저나 누가 널 이상한 취급 했다는 게냐?"

태자가 또 제 할 말만 하자 오문은 휘말리지 않으려고 애썼다.

"은근슬쩍 말 돌리지 마십시오."

"혹, 산호가 왔더냐?"

하지만 소용없었다.

"……그런 모양입니다."

꼭 이렇게 대답을 할 수밖에 없는 질문을 하는 것이다.

"잘됐군."

정혼녀인 산호가 찾아왔다는데 둘 다 완전히 예의 없고 문란한 인간들로 오해 받게 되었거늘 무엇이 잘됐다는 것인가. 오문은 벌떡 일어나 앉아 이불을 쥐어뜯으며 분통을 터트렸다.

"뭐가요? 첫인상부터 완전히 미운털 박히게 생겼습니다!"

그러자 태자는 뻔뻔하게도 오문을 더 이상한 사람으로 몰아갔다.

"첫인상? 하. 네가 무슨 말도 안 되는 기대를 하고 있는지 모르겠구나. 난 애초에 너희 두 사람이 사이가 좋을 거라고는 생각도 하지 않았다. 설마 잘 지내보려 했더냐?"

"잘 지내볼 생각이란 게 아니라요! 적어도 일부러 분란을 만들고 싶진 않단 말입니다!"

등을 돌린 무호가 옷을 주워 입으며 말했다.

"네가 내 침소에서 잔 것을 문제 삼아 분란이 일게 된다면 내가 어찌할 것 같으냐?"

표정을 볼 수는 없었지만 어쩐지 그가 무서운 얼굴을 하고 있을 것만 같았다. 그가 무슨 짓을 저지를 것만 같아서 오문은 한풀 꺾인 음성으로 시무룩하게 말했다.

"그런 게 아니라…… 제가 산호 아가씨보다 별로인 게 싫은 겁니다……."

"호오!"

무호는 옷을 입고 돌아서서 기특하다는 듯 탄성을 뱉었다.

"호오는 무슨 호오입니까! 그게 감탄할 일입니까!"

"감탄할 일이고말고. 적어도 싸울 준비는 돼 있다는 뜻이니까."

산호는 오문을 우습게 생각했다. 지난밤까지만 해도, 아니, 단왕께서 찾아와 오문이 얼마나 저보다 못한 계집인가 설명했을 때에도 저는 오문에 대해 그녀 나름의 넘치는 매력이 있는, 상대하기 어려운 여인일 거라 생각하고 있었다. 한데 조금 전 그녀를 직접 대한 후에 단유천과 단왕이 오문을 비웃었던 것이 이해가 되기 시작했다.

그렇게 꾀죄죄하고 교양이라고는 눈곱만치도 찾아볼 수 없는 계집을 그동안 제가 두려워하고, 저와 비교하고 있었다는 것이 허탈할 지경이었다.

'태자께서 여인을 가까이한 적이 없어 사랑에 빠지신 게 맞구나. 아직 뭘 잘 몰라 그러시는 게 맞아.'

자신감을 얻은 산호는 오늘 반드시 태자께 제 모습을 보여 드려야겠다 생각하고 물러나지 않고 있었다. 제가 할 수 있는 최선의 방법으로 저를 꾸몄고, 자신이 웬만한 여인들보다 아름답다는 건 제 주변의 궁녀들만 봐도 알 수 있었다. 자만이 아니라 실제로 그랬다. 단왕부에 들어오는 궁녀들은 하나같이 재주 많고 아름다운 여인들인데, 그녀들도 제 앞에서는 부러움 가득한 눈으로 고개를 숙이곤 했다.

"전하께서 오고 계신다고 합니다."

영춘은 생각보다 일찍 태자가 온다니 다행스러웠다. 산호 아가씨는 자꾸만 대답하기 어려운 것만 물었다. 태자가 오문과 언제부터 각별한 사이가 되었는지, 계속 같이 잠을 잤는지, 그런 것을 전혀 서슴없이 물어왔다. 슬슬 짜증이 난 영춘은 숨길 필요가 뭐 있나 싶어 곧이곧대로 다 말해주었다. 그러면 또 한동안 무슨 생각을 하는지 입을 꾹 다물고 있으니 함께 있는 자리가 너무 불편했다.

"다행입니다. 음식이 식기 전에 오시겠습니다."

궁녀들이 식사를 내오는 걸 보고 산호가 말했다.

"뭐, 식어도 잘 드실 겁니다."

영춘이 구시렁거리듯 말하자 산호가 고개를 갸웃하며 그 특유의 높낮이도, 감정도 없는 무뚝뚝한 목소리로 물었다.

"본래 말투가 그런 겁니까? 제가 마음에 안 드시는 겁니까?"

"예? 태자 전하요?"

"전 지금 태자 전하와 얘기하고 있지 않습니다."

"저, 저 말입니까?"

"예. 아까부터 절 짜증스럽게 생각하시는 듯한데요."

"헉. 어떻게 아셨……!"

"……"

산호의 변함없는 표정을 보며 영춘은 또 머리를 긁적거리면서 자포자기하며 물었다.

"아, 아니…… 그게…… 음……. 표시가 많이 납니까?"

"예. 너무 솔직해서 놀라울 정도입니다."

"아가씨는 표정으로는 도통 속을 알 수 없어서 그게 더 놀랍습니다. 사람이 어떻게 그렇게 가면을 쓴 것처럼 딱딱한지, 제가 사람하고 얘기하는지, 인형이랑 얘기하는지 모르겠습니다. 아, 물론, 인형처럼 예쁜 분이라는 뜻도 있습니다."

"제가 가면을 쓴 것 같다고요?"

"예. 웃을 줄은 아시지요?"

"……"

"뭐, 됐습니다. 이런 사람도 있고 저런 사람도 있고, 아가씨는 예쁘시니까……"

산호는 아주 미세하게 미간을 찌푸렸다.

"예쁘면…… 다 괜찮은 겁니까?"

"태자 전하도 조금 이따 보시면 아시겠지만 겉은 멀쩡하다 못해 아주 한 미모 하십니다. 그나마 그거 아니었으면 큰일 날 뻔했지요."

"예?"

"속이 개차…… 아니, 엉망이란 뜻입니다."

"……"

"크흠. 실수한 건 잊어주십시오."

"재밌는 분이시네요."

"비꼬시는 겁니까?"

"아니오. 진심입니다."

산호는 단왕부의 누구도 자신을 앞에 두고 저를 평가하는 짓을 하지 않았기 때문에 그것만으로도 충격을 받았다. 저더러 예쁘다고 말한 것은 칭찬이 분명한데, 인형이니, 가면이니 하는 것은 욕처럼 들려 혼란스러웠다.

혹, 태자가 저를 괄시해도 된다 한 것인가, 태자의 아랫사람이 태자비가 될 자신을 대하는 태도가 불손한 것이 마음에 걸렸다. 한데, 이제 태자까지 함부로 말하는 걸 보니 원래 이런 사람이라는 걸 알게 됐다.

한 번도 접해 보지 못한 사람이라 신선하기까지 했다.

"다행입니다. 기분 나쁘시지 않았다니……."

"기분 나쁘라고 한 얘기입니까?"

"아니, 뭐 그런 건 아닙니다만, 말하고 보니 듣기에 따라서 기분이 나쁠 수도 있겠다 생각했지요. 보기보다 마음이 넓으십니다."

"첫인상은 그렇지 못했단 뜻이군요. 제가 차가운 편이긴 합니다만 아예 틀린 말이 아니라면 화를 낼 수 없지요."

"그것참……. 다행인지, 불행인지……."

생각보다 산호라는 아가씨가 괜찮은 사람이라는 게, 아니, 사실 지금까지 태자에게 의리를 보여주었던 것만 보아도 대단하다 생각했었지만, 조금 다른 의미로 괜찮은 여인이었다.

웬만한 일로는 흥분하지도, 흔들리지도 않고, 권위를 내세워 꼬투리를 잡지도 않으니 의연하고 담담한 모습이 아무리 봐도 태자비감이었다. 그러니, 이렇게 좋은 분이라면 오문과 잘 맞을까 싶어 다행인 건가 싶다가도, 너무 잘난 사람이라 태자 전하께서 반하시면 또 오문에게는 불행한 일 아니겠는가.

"누구에게 다행이란 말씀이십니까?"

"……."

산호는 한마디도 그냥 넘어가지 않고 예리하게 파고들었다.

영춘은 그 때문에 기가 빨리는 것 같아 이번에는 아예 대답을 하지 않았다.

그러자 산호가 다른 것을 물었다.

"전하께서는 저를 어찌 생각하실 것 같습니까? 가면을 쓴, 인형 같은 저를 예뻐서 다행이다 생각해 주실 것 같습니까?"

그걸 왜 저한테 묻냐, 따지려는 순간이었다.

"태자 전하께서 당도하셨습니다."

영춘은 산호의 표정 없는 얼굴 안에 감춰진 흥분을 눈치챌 수 있었다. 조금만 이야기를 나눠보면 참 알기 쉬운 여인이구나 싶기도 했다.

산호는 영춘의 생각처럼 머리로 피가 솟구칠 만큼 흥분하고 있었다. 콩닥콩닥 가슴이 뛰고, 어릴 때부터 자신의 짝이라 여기고 있던 태자의 모습을 기대했다.

문이 열리고 햇볕을 등진 두 사람이 나타났다. 장신의 사내는 소문으로 듣던 태자가 분명했고, 그 옆에 붙어 있는 작은 체구의 여인은 오늘 아침 제가 본 오문일 것이다.

그들이 안으로 들어오자 문이 닫혔다.

마침내 태자의 얼굴이 선명하게 눈에 들어왔다.

"……!"

영춘이 말했던 것처럼 태자는 놀라울 만큼 잘생긴 분이었다. 사내에게 감히 곱다는 말을 쓸 수 없다는 게 안타까울 만큼. 그가 전장에서 사신처럼 칼을 휘둘렀다는 게 믿어지지 않을 정도였다.

"전하를 뵈옵니다. 산호라고 하옵니다."

산호는 놀란 내색을 조금도 하지 않고 평온한 투로 고개를 숙여 인사를 올렸다. 그녀가 다시 고개를 들었을 때 태자가 그녀를 빤히 보며 화답했다.

"처음 뵙겠소."

"……."

그게 다였다. 영춘도 해주었던 아름답다는 칭찬을 그는 하지 않았다.

"저…… 안녕하십니까? 아까 뵌 것 같기도 한데, 맞으시죠? 경황이 없어서 인사를 못 드렸습니다."

태자 대신 그 옆의 여인에게서 목소리가 들렸다.

산호는 그제야 오문을 바라보았다.

"······!"

오문은 아까 본 여인과 너무 다른 분위기였다. 경박하게 아무렇게나 흐트러진 모습으로 나와 눈을 비비며 징징거리는 소리를 내던 여인은 온데간데없었다.

크고 동그란 눈동자에는 총기와 선량함이 내비쳤고, 험하게 살아왔다던 그녀의 피부는 고울 뿐만 아니라 건강미가 넘쳤다. 생기를 머금은 듯한 뺨은 보는 사람이 기분 좋아질 만큼 밝은 인상을 주었고, 앙증맞은 코, 그리고 오물거리는 입술이 여인인 제 눈에도 귀여워 보였다.

'강아지 같은 느낌이네······.'

단왕과 단유천은 태자가 여인과 어울려 보지 않아 신기한 맛에 오문을 곁에 둔다 했지만, 자신이 보기에 태자는 제대로 사람을 본 것 같았다.

'어떻게 살아도 태생은 속일 수 없다는 것일까?'

믿었던 자신의 태생이 실은 오문의 것이라는 걸 안 후부터 그러한 자격지심이 생겨 버렸다. 귀여워 보이긴 했지만 자신은 느낄 수 있었다. 오문과 절대 가까워질 수 없다는 것을. 그녀는 자신의 적이었다.

"오문 공주님이시지요? 인사는 제가 먼저 드리는 것이 옳은 듯합니다. 인사가 늦어 송구하옵니다. 은도명의 여식, 은산호라 하옵니다."

오문은 오문대로 산호를 보고 감탄했다. 그리고 오문은 산호처럼 특별한 이유 없이는 일부러 속을 감추지 않았다.

"와! 제가 본 중에 산호 아가씨처럼 예쁜 분은 아마 없었을 겁니다!"

"······별······ 말씀을요. 오문 공주님이야말로······."

뜻밖의 반응에 놀란 산호가 그녀답지 않게 당황하여 대답이 조금 늦어졌다. 그런데 그 말을 다 잇지도 못했다.

"어우, 저야 뭐 아가씨에 비하면 아무것도 아니지요. 그렇죠, 전하? 정말 아름다우신 분 아닙니까?"

산호는 당황함을 채 수습하기도 전에 또 한 번 당혹스러웠다. 태자에게 저에 대해 직접 묻다니, 보기보다 영악했기 때문이다. 태자가 저에 대해 좋게 말해준다 해도 이제 와서 억지로 하는 듯한 말은 자존심 상하는 일이고, 또 태자가 나쁘게 말한다면 그건 그거대로 무척 부끄러운 일이 아니겠는가.

'순진한 얼굴로 착한 척해서 사람을 방심하게 만드는구나. 기분 나쁜 수작질이군.'

산호는 어떤 말을 들어도 흔들리지 않으려고 마음을 다잡고 태자의 대답을 기다렸다.

"그래. 우리가 예상했던 대로다."

"……!"

무슨 이런 대답이 다 있단 말인가!

제가 예쁘다는 걸 알면서 심드렁할 건 또 뭐란 말인가! 마치 못생기길 바랐던 것처럼 실망한 투였다. 게다가 사전에 오문과 저에 대해 이야기를 나눴다는 것을 대놓고 말하는 건 또 무슨 예의일까!

"그러니까요. 괜히 꾸미고 왔나 봅니다. 어차피 상대도 안 될 걸, 이게 다 무슨 소용입니까?"

한술 더 떠 오문은 대놓고 저와 비교하며 적대감 같은 묘한 경쟁심을 표출하고 있었다.

"상대도 안 되는 정도는 아니다. 게다가 그나마 그러고 있으니 공주처럼은 보이지 않느냐? 네 무기는 그것이다."

"이제 와서 허울뿐인 공주 신분이 뭐가 그렇게 대단하다고요."

묘한 경쟁심 따위가 아니었다. 산호는 이 상식을 벗어난 대화를 들으면 들을수록 저들의 강한 적대감을 느낄 수 있었다. 대놓고 싸우자는 것이다. 세상에 누가 연적과의 싸움을 이렇게 시작한단 말인가.

"사내들은 전장에 나갈 때 검을 들고 갑옷을 갖춰 입는다. 여인들 또한 싸움에 임할 때는 제가 가진 모든 것을 이용할 줄 알아야 한다. 화장과 의복은 갑옷과 같고, 신분은 무기와 같은 것이다."

태자는 마치 이 싸움은 저와 상관없다는 듯, 오문을 격려하고 있었다. 심지어 힘주어 말하는 것이 비장하기까지 했다.

"글쎄, 그 무기가 녹슨 것 같다니요?"

오문 역시 마찬가지였다. 저와 싸우러 왔음을 감추지 않았다. 사람을 앞에 놓고 이게 뭐 하는 짓들인가 황당하기 그지없었다.

"잘 갈아 써."

"……."

산호는 이제 영춘이 했던 말을 이해했다.

「속이 개차…… 아니, 엉망이란 뜻입니다.」

그의 말대로 태자는 겉만 멀쩡했다. 하늘이 그의 겉모습에만 모든 것을 쏟아부은 것처럼.

그는 모두를 침묵하게 만들고 따뜻한 김이 올라오는 식탁으로 가 앉았다.

"날 기다리느라 다들 시장했을 텐데, 먹으면서 얘기 나누지."

"예! 정말, 꾸민다고 시간만 보내지 않았어도 이렇게 배가 고프지는 않았을 겁니다. 뭐가 이렇게 오래 걸리는지. 아가씨, 아가씨도 어서 앉으십시오."

"……예."

산호는 따져야 할 게 너무 많아서 머리가 어지러웠기 때문에 일단은 하자는 대로 따르기로 했다.

"호위님. 호위님도 어서 앉으세요."

오문은 제 손바닥으로 옆자리 의자를 탁탁 치며 영춘을 불렀다.

"야, 난…… 아, 아니. 고, 공주님. 저는 거기 앉으면 안 됩니다."

"왜요?"

"저는 호위니까요."

"새삼스럽네요. 지금까지 같이 먹었는데."

"궁이니까요. 더군다나 남의 궁이라서요."

"아……."

오문이 아쉽다는 듯이, 어떻게 좀 해달라는 듯이 힐끗 태자를 쳐다보았다.

그러자 태자는 오문과 눈도 마주치지 않고 젓가락으로 고기를 집으며 말했다.

"앉아."

"앉으라 하십니다! 식사는 역시 다 같이 해야 맛이 있죠. 누구는 서 있고 그러면 불편해서 밥이 안 넘어갑니다."

오문이 기뻐하며 영춘을 제 옆에 앉혔다.

"예. 그럼 감사히 잘 먹겠습니다."

원탁이다 보니 자연스레 영춘은 산호와 오문의 사이에 앉아 태자와 마주보게 되었다.

한동안 네 사람은 식사에만 열중했다.

산호는 견디기 힘든 침묵 속에서 다들 열심히 잘 먹는 것을 보고 저도 모르게 작게 한숨을 쉬고 젓가락을 내려놓았다.

"왜요? 왜 더 안 드십니까?"

오문이 걱정스럽게 묻는데도 산호는 태자만 똑바로 바라보며 물었다.

"정말 식사를 하러 오신 것은 아니지 않습니까? 전하께서도 식사를 하며 이야기를 나누자 하시고는 어째서 드시기만 하십니까?"

태자는 이름 모를 북천 땅의 요리를 바라보며 말했다.

"내가 낯을 가리는 편이오."

심지어 오문은 그것을 거들며 이렇게 말했다.

"그렇게 안 보이시겠지만 진짜입니다. 낯을 안 가리게 되면 욕을 하십니다."

"예?"

"제가 보기에는 처음 보는 사람한테는 욕을 속 시원하게 못 하시는 게 답답해서 낯가림이라고 생각하시는 것 같습니다."

영춘은 산호의 얼굴이, 아니, 그녀의 가면이 조금씩 벗겨지는 것을 보고 저도 모르게 웃음이 났다.

산호는 뺨을 파르르 떨며 말했다.

"이런 식으로 저를 놀리지 마시고, 제게 하실 말씀이 있으시면 그냥 하시지요."

오문은 눈썹을 살짝 찌푸렸다.

"음…… 놀린 적은 없었는데……. 전하가 정말 낯가림을 하십니다."

산호는 더 이상 참지 못했다.

"저는 이 자리에서 태자비가 될 사람으로 전하께 인사를 올리고 싶었습니다. 한데, 두 분은 그런 진지한 제 마음을 조롱하고 계십니다."

분노하는 산호의 말을 듣고 오문은 더욱 심각해진 표정으로 말했다.

"저…… 그거 말입니다. 저도 진지하게 한말씀 드리러 나왔습니다. 정말 죄송한데…… 저도 처음부터 이러려던 건 정말 아닌데 말입니다."

"편하게 말씀하십시오."

"그, 그게…… 그러니까…… 태자비 말입니다. 그 자리…… 그냥 저 주시면 안 되겠습니까?"

제 38 장

아버지의 진심

산호는 이틀간이나 처소에 틀어박혀 책을 읽거나 악기를 연주했다. 때로는 난을 치며 그림에 집중하기도 하고 화병에 꽃을 꽂기도 했다. 그러는 동안 태자는 단 한 번도 찾아오지 않았고, 산호의 처소는 평소와 다름없이 정적이 감돌았다.

　그랬다. 달라진 건 없었다.

　독서도, 연주도, 꽃꽂이도, 그림도, 늘 그녀가 하던 것들이었다. 평소처럼 웃음기 없는 얼굴로 그 모든 것을 했다.

　'지루해.'

　지루함을 처음 느낀 것이 언제였을까. 아주 어릴 때였던 것 같다. 철이 들어 여러 가지를 배우면서 그 지루함은 전부 사라졌다 여겼는데 평소와 똑같이 하고 있음에도 지난 이틀간은 지루했다.

　산호는 지루함의 원인을 알고 있었다. 기다림이라는 감정 때문이었다.

　'태자는 내가 찾아가기 전에는 날 찾지 않을 거야.'

제가 가면 되지만 이상하게 자신이 없었다.

'오문 그 아이와 늘 함께하고 계시겠지.'

그날 식사를 하며 정식으로 처음 인사를 나누는 자리에서 오문이 말했다.

"태자비 말입니다. 그 자리…… 그냥 저 주시면 안 되겠습니까?"

"……"

산호는 제가 잘못 들었나 잠깐 생각하다가 눈치채기 어려울 만큼 작게 피식 웃으며 말했다.

"그 자리가 제가 준다고 가질 수 있는, 조른다고 되는 자리인 줄은 몰랐습니다."

하루 만에 공주의 신분이 되더니 눈에 뵈는 것이 없는 것일까, 들뜬 듯한 오문의 모습이 역겹게 느껴지기 시작했다.

'그러면 그렇지.'

잠깐 그녀를 귀엽게 본 것이 후회스러울 만큼.

"역시…… 그렇지요? 제가 생각해도 억지스럽긴 합니다. 혹시나 하고 한번 말해봤어요. 죄송합니다."

금방 고개를 숙이는 그녀가 자존심도 없는 게 멍청하기까지 하구나, 제법 여우 짓을 하는 줄 알았더니 그것도 아니었구나, 가소로워졌다.

"공주님은 귀여우신 분이시군요."

"어…… 예? 어…… 뭐……. 가, 감사합니다."

오문이 당황해하는데 또 태자가 끼어들었다.

"좋아하지 마라. 비웃는 게다."

그러자 산호보다 오문이 더 발끈했다.

"그 정도는 저도 알고 있거든요! 자꾸 끼어들지 말고 가만히 계십시오!

이러실 거면 저 안 따라오겠다고 했습니다! 따로 찾아뵙고 이야기 나누는 게 나을 뻔하지 않았습니까! 도대체 왜 절 졸졸 쫓아다니면서 못살게 구십니까!"

오문의 말에서 울분이 느껴져서 그녀의 말이 거짓 같지는 않았다.

하지만 산호는 조금 속이 쓰렸다. 태자가 오문을 잠깐도 내버려 두지 않을 만큼 사랑한다고 생각하니 아무래도 저는 어려울 것 같았다.

"알았다. 가만히 있지."

산호는 이죽거리던 태자가 작고 힘없는 오문의 호통에 금방 꼬리를 내리고 덩치만 큰 순한 개처럼 엎드리는 것이 신기하고 황당했다.

점점 자신감이 없어졌다. 아침에 본 그녀의 흐트러진 모습은 이미 태자께서 그 모습마저 사랑하고 계신다는 증거였던 것이다.

"후……. 실은 저도 여기까지 오는 동안 태자 전하와 많은 이야기를 나누었습니다. 저를 놓아 달라, 궁에 가기 싫다, 산호 아가씨 앞에 죄인이 되고 싶지 않다, 전하의 속을 많이도 썩였습니다."

"한데, 이제 공주가 되고 보니 마음이 바뀌신 겁니까?"

속이 뒤집어질 만한 상황이었지만 산호의 목소리는 담담했다.

"태자 전하께서 제가 없으면 안 된답니다. 저도 그걸 얼마 전에야 깨달았습니다."

산호는 마음을 가다듬고 말했다.

"태자께서 여러 여인을 품는 것이 무슨 흠이 되겠습니까."

"하지만 전 공주라 태자비가 되어야지, 후궁이 될 수 없다고 합니다."

"……."

틀린 말은 아니라서 산호는 잠시 아무 말도 할 수 없었다.

"염치없는 건 알지만, 산호 아가씨 마음이 어떨지도 잘 알지만, 저는 아가씨께서 태자 전하를 기다려 주셨던 마음이 사랑은 아닐 거라 생각했습니다. 한 번도 뵙지 못한 분을 사랑하실 리가 없을 테니까요. 해서 이렇게 용기를 내어 부탁을 드리고 싶었습니다."

오문의 목소리는 간곡하고 송구한 마음이 가득했다.

진심이 전해졌지만 산호는 태자를 포기할 마음이 조금도 없었다. 그렇다면 자신의 지난 시간이 너무나 안타깝고 가혹하지 않은가. 제가 해왔던 태자비가 되기 위한 공부와, 오직 그 목표 하나로 살아온 시간들이 허무해지는 것이다.

그뿐인가.

저는 지금 태자까지 잃으면 모든 것을 잃게 되는 것과 마찬가지였다. 옥패의 주인이 제가 아니기에 아버지라 믿고 살았던 은도명과 어머니라 믿었던 주혜령, 그 두 분을 잃었다. 저를 벗의 자식으로 여태 키워 주셨던 단왕의 의리와 그 때문에 그를 존경하던 마음도 잃었다. 이제 태자를 기다렸던 시간과, 태자비가 될 제 운명을 잃게 되었다.

그게 가짜든 진짜든, 제 삶이 송두리째 날아가 버린 느낌과, 자신의 존재가 공기처럼 사라져 버린 것 같은 참을 수 없는 허망함과, 그로 인한 질투심이 치솟기 시작했다.

"태자 전하를 뵌 적이 없는 것도 맞고, 그런 주제에 연모했다 말할 수는 없으나, 그렇다 해서 지금까지 전하만을 기다려 온 저의 의리와 정절의 마음이 말 한마디에 물러설 만큼 가벼운 것은 아닙니다."

"예, 예. 그럼요. 저는 산호 아가씨를 아주 좋아합니다. 아가씨의 마음을 충분히 이해합니다. 지금 제 말이 얼마나 억지인지도 알고, 얼마나 건방지고 주제넘은지도 압니다. 태자 전하께서 외가에서 요양을 가실 때 곁에 있겠다 하셨다면서요. 저는 정말로 산호 아가씨를 존경하고 좋아합니다."

"아시는 분이 이런 말씀을 하시다니, 저를 우습게 여기신 모양입니다."

"아닙니다. 절대 그렇지 않습니다. 태자 전하께서 워낙에 이상하신 분이라 아가씨를 위해서라도 제가 태자 전하의 곁에 있는 게 나을 거라 생각했습니다."

"왜 그렇게 생각하십니까? 아직 전하는 저하고 대화도 나눠본 적이 없으십니다. 태자 전하께서 저를 사랑하게 되실지, 전하의 곁에 제가 더 어울릴지는 아무도 모르는 일입니다."

"그건……."

오문이 말문이 막혀 답답해하는 순간이었다.

"방금 대화를 나눴소만."

태자가 끼어들었다.

산호는 낯을 가린다는 말로 대화를 나누었다기에는 무리가 있지 않은가 묻고 싶었지만, 흥분한 오문 때문에 그 말을 하지 못했다.

"보셨지요? 이런 분이십니다. 제가 궁에 가지 않겠다고 하면 무슨 짓을 저지를지 모를 분이라……."

"그 말씀은 태자 전하를 그렇게 사랑하지 않으면서 어쩔 수 없이 태자비가 되어주겠다는 뜻입니까?"

"어……. 그, 그건……."

"전하를 사랑하지 않는 건 우리 둘이 같군요."

"……."

오문은 이러지도 저러지도 못하고 입술을 오물거렸다.

잠시 침묵이 흘렀다.

식사를 끝낸 태자가 젓가락을 내려놓고 찻물을 마신 후에 느긋한 음성으로 말했다.

"누가 더 날 사랑하느냐는 중요하지 않소. 그렇게 따지면 사내들도 태자비가 될 놈들이 수두룩하니까."

"저, 전하! 끼어들지 않기로……."

"아, 나를 사랑하지 않는 너는 더 이상 나서지 마라."

말 속에 뼈가 느껴졌다. 오문은 태자가 저 때문에 토라진 것을 알 수 있었다.

"아니, 그건요……."

"이제부터는 너를 사랑하는 내가 풀어야 할 문제 같으니."

엎드려 있던 순한 개가 주인을 문 상대를 노려보았다.

산호는 그 살벌하고 노여운 눈빛을 잊을 수가 없었다.

그리고 그가 이어서 했던 말도 자꾸만 머릿속을 맴돌았다. 그의 말이 머릿속에 울리면, 난을 칠 때는 붓을 멈칫하게 했고, 책을 읽을 때는 무엇을 읽었는지 모르게 했고, 악기를 연주할 때는 음이 바뀌었고, 꽃을 꽂다가 꽃대를 꺾어버리곤 했다.

「나는 내가 사랑하지 않으나 나를 사랑하는 자들을 전부 적으로 간주하지. 내 적이 되겠다면 기꺼이 싸워주겠다.」

절대 자신을 사랑하지 마라, 가지려 하지 마라, 만약 그러하면 적으로 대하겠다는 그의 막말이 비수처럼 가슴을 도려냈다.

한데 이상했다.

곱씹을수록 이상하게 마음이 편해지고 속이 시원해지는 것 같았다. 존재를 부정당한 순간에는 가슴이 찢어질 듯 아팠으나, 점점 상처가 아물어가고 그가 도려낸 마음의 빈 공간에 무언가 다른 것을 채우고 싶은 묘한 욕망이 생겼다.

희로애락애오욕(喜怒哀樂愛惡欲).

생각해 보면 저는 이것들을 모르고 살았다. 그런데 그들이 그것을 느끼게 해주었다. 노여움과 미움과 욕심이 어떤 감정인지, 자신의 안에서 솟아오르는 격한 감정을 느꼈다.

'기쁨과 즐거움과 사랑, 그리고 슬픔은 무엇일까.'

예정대로 태자비가 되면 그것을 느낄 수 있었을까?

정해진 대로 태자비가 되어 가장 높은 자리에서 만인의 우러름과 존경을 받으면 기쁨과 즐거움을 느낄 수 있었을까? 태자의 사랑을 받고 제가 태자를 사랑하면서 살 수 있었을까? 슬픔은 또 어떤 감정인가?

태자비가 될 거라고 세뇌당하듯 살아왔다. 이제 와서 너는 태자비가 될 수 없다 하니, 저란 사람은 본래 어떤 사람일까, 태자비가 아닌 자신의 모습은 어떤 것일까 궁금증이 일기 시작했다.

그때 문득 제 안에서 자신을 질책하는 소리가 들렸다.

'무슨 어리석은 소리냐. 넌 태자비가 되어야 해. 그게 아닌 너란 사람은 있을 수가 없어. 태자비가 아닌 너는 단왕부의 짐밖에 더 되겠니? 아무 짝에 쓸모없는, 부모가 누군지도 모르는 그런 계집이라고.'

갑자기 제가 왜 이러고 있는지 한심해지기 시작했다.

'뭐에 홀리기라도 한 건가? 그럼 태자비가 되지 않으려 했어?'

태자가 오기를 기다리며 자존심을 세우고 도도하게 앉아 있을 때가 아니었다. 적이 된다 했다. 그 말 한마디에 십오 년이 넘는 세월을 무로 만들 수는 없었다.

'전하를 직접 뵈러 가자.'

그가 자신을 사랑하게 만들자. 시간은 있다. 태자가 이곳에 머무는 동안 저를 돌아보게 만들면 된다.

산호는 자신이 이틀간 만들어놓은 화병 중 가장 멋진 작품을 골라 품에 안았다.

태자와 오문은 단왕을 만나러 갔다가 접견실에서 기다려야 했다.

정무에 바빠 이틀이나 두 사람을 만나지 못한 단왕은 허겁지겁 달려나와 황망한 척 태자를 맞이했다.

"여기까지 걸음하시게 해 몸 둘 바를 모르겠나이다."

"괜찮소. 구경 삼아 와본 거요."

"전하. 식사는 하셨사옵니까?"

"먹었소."

"입맛에 맞으셨는지 모르겠습니다. 너무 초라한 것은 아닌가 싶으면서도 혹 사치를 부린다 야단치실까 봐 고민을 많이 했습니다.

"북천의 요리가 특색 있어 식사를 즐기고 있소. 초라하지는 않으나 좀 더 사치를 부려도 괜찮을 것 같소."

듣고 있던 오문은 또 제 낯이 뜨거워졌다. 태자와의 대화에 면역력이 없는 단왕이 매우 짧은 시간이긴 했지만 말문이 막힌 것이 느껴졌다. 잠시 잠깐의 침묵이 어찌나 민망한지 오문은 괜히 다른 곳으로 시선을 돌렸다.

"아…… 예. 전하의 식사를 좀 더 신경 쓰라 전하겠사옵니다. 서운해하지 말아주시옵소서."

"서운한 건 없소. 일부러 내 눈치를 보고 절제할 필요 없으니 솜씨를 발휘해도 괜찮다 한 것뿐이오. 이제 이틀 후면 떠날 테고 북천의 요리를 먹어볼 기회도 얼마 남지 않았으니."

단왕은 처음 듣는 말에 화들짝 놀라 물었다.

"이틀 후에 떠나신다니? 갑자기 그리 빨리 떠나신단 말이십니까?"

"그리되었소."

"하……! 이런……. 산호를 보내면서 어찌 그냥 빈손으로 갈 수 있단

말이옵니까? 그럴 수는 없사옵니다. 저희에게 준비할 시간을 좀 주시옵
소서."

"아니. 그럴 필요가 없소. 나는 산호를 데려가지 않을 것이오."

단왕은 정말로 놀랐는지 크게 소리쳤다.

"전하!"

"산호 대신 오문 공주를 모시고 갈 생각이오. 단왕부의 귀한 공주를 데
려가는데 무슨 선물까지 필요하겠소? 이틀 후면 떠날 것이니, 부녀지간
의 못다 푼 이야기들은 되도록 빨리 나누시길 바라오."

"그, 그게 무슨 말씀이시옵니까, 전하. 비록 오문이 저의 여식이긴 하
나, 태자 전하와는 어울리지 않는 아이이옵니다."

"어째서요?"

"전하. 다 아시면서 그러시옵니까? 저 아이가 어찌 살아왔는지, 또 저
아이 어미의 신분 때문에 정식 공주라 할 수도 없사옵니다."

"딸을 앞에 두고 할 말은 아니군. 마치…… 딸이 살아온 것이 부끄럽다
는 듯 들립니다만?"

"전하……. 제 딸이 제게는 귀한 자식이지만 흠이 많은 아이라는 것은
인정하고 있사옵니다."

오문은 아무 말도 않고 무표정한 얼굴로 앉아 있었고, 태자는 웃었다.

"단왕께서는 귀한 따님을 제게 주고 싶지 않은 모양이오. 하니 이리도
딸의 흠집을 잡으려고 혈안이 돼 있는 게 아니겠소. 오랜 시간 찾아 헤맨
공주와 회포를 풀기엔 남은 이틀의 시간이 짧은 것은 인정하오."

"전하. 아니라고는 말씀드리지 못하겠나이다."

"한데, 지난 이틀간은 어찌 그리 딸을 한 번도 찾지 않으셨는지 모르겠
소. 난 또 그래서 오해했지 뭡니까? 내가 아무 문제 없이 공주를 데려갈
수 있겠다고 말입니다."

아버지라는 사람이 이토록 무심할 수 있냐, 꾸짖는 말이었다.

단왕은 낯빛이 붉어지더니 곧 침통하게 말했다.

"전하와 오문의 관계를 제가 모를 리가 있겠습니까. 하나, 저는 산호를 태자비가 되게 해야 할 의무와 책임이 있습니다. 제 딸이라고 제가 감싸게 될까 봐 당분간은 공주를 멀리하려 했습니다. 전하. 태자비는 산호가 되어야 합니다. 부디, 폐하와 저의 염원을 저버리지 말아주십시오."

끝으로 갈수록 단왕의 목소리는 간곡해졌다.

하지만 태자는 가차 없이 말했다.

"폐하와 그대의 염원이란 것이 뭐 그리 대단한 것도 아니지 않소."

단왕은 귀문의 수장이기도 했다. 그는 단유천보다 훨씬 표정을 만드는 데 익숙했고, 웬만한 일에는 평정심을 잃지 않았다. 한데 지금 그는 최고의 천적을 만난 기분이었다. 그것도 아주 기분 나쁜.

'이 애송이가 천지 분간을 못하고 입만 열었다 하면 궤변에 억지를 늘어놓는구나! 말이 통해야 대화를 할 게 아닌가!'

단왕은 벽을 보고 얘기하는 기분이 들었다. 저 벽을 당장에라도 때려 부수고 싶은 마음에 저 역시 이쯤에서 목소리를 높이기로 했다. 아무리 태자라 해도 저는 왕부를 다스리는 왕야니, 조금 거들먹거려 제가 함부로 할 수 없는 인간이라는 것을 알려줄 필요가 있었다.

"전하! 말씀을 삼가 주시지요! 폐하의 뜻이었사옵니다! 폐하께서 그리도 아끼시던 은도명의 허망한 죽음을 가볍게 여겨선 아니 될 것입니다!"

"그것은 죽은 은도명과 폐하, 그리고 왕야께서 짊어진 마음의 짐일 뿐 아니오? 그것까지 내가 헤아려 줄 필요가 있을지 모르겠소."

태자가 물러서지 않고 세게 나오자 단왕 역시 강한 어조로 협박과 다름없는 말을 했다.

"폐하의 뜻이라 몇 번 말했사옵니까! 아무리 아드님이신 태자 전하라 해도 폐하의 뜻을 헤아리지 못하시고 곡해하고 함부로 행동하신다면 저역시 폐하의 뜻을 따라 전하를 가만히 두고 보지는 않을 것입니다."

"죽은 벗을 지켜주지 못한 죄책감을 그의 딸을 태자비로 만드는 것으로 덜어 보려는 것일 뿐. 그녀와 나는 아무 죄도 없이 원치 않은 혼인을 하게 생겼소."

"전하의 마음은 그럴지 모르오나, 산호는 태자비가 되고 싶어 하고 있사옵니다!"

"아니지. 아니야. 그녀는 그저 태자비가 되기 위해 살았던 것뿐이오. 은산호가 어떤 여인인지, 무엇을 좋아하고 싫어하는지, 무엇을 잘할 수 있는지, 그런 것을 알기도 전에 태자비가 되려면 어찌해야 하는지만을 생각해 왔을 거란 말이오."

고개를 저으며 담담한 목소리로 읊조리는 태자의 말에 오문의 입이 서서히 벌어지고 있었다.

"그것은 그대와 폐하의 잘못이오. 지금이라도 바로잡아 그녀에게 새 삶의 기회를 주고 용서를 비는 것이 죽은 은도명에 대한 진짜 의리가 아니겠소?"

"하, 하오나……."

짝짝짝.

오문은 제가 단왕의 말을 잘랐다는 것도 모르고 태자의 언변에 빠져 박수를 치고 말았다.

"와, 전하. 어쩜 그렇게 속이 깊으십니까?"

평소에는 남의 속을 뒤집어놓고 제 할 말만 하고 제 생각만 하는 분이 사실은 이렇게 사람의 속을 잘 헤아릴 줄 아는 분이었다니, 게다가 그것을 이토록 콕콕 꼬집어 표현할 줄이야!

"그거야 내가……!"

오문은 또 잘난 척하려는 태자의 입을 제 손으로 막아버렸다.

"거기까지만요! 지금 제가 막 좀 반하려던 참이었는데 깨질 것 같으니까 거기까지만 합시다. 네?"

"너는 정말 취향이 한결같구나. 지적인 사내를 좋아한단 말이지. 머릿속에 그 쓸데없는 먹물을 집어넣길 잘했다는 생각이 드는구나."

"저 좀 그냥 사랑하게 해주세요. 네?"

아무도 없는 공간인 듯 두 사람이 떠드는 소리에 단왕이 자신의 존재를 상기시키는 헛기침을 했다.

"크흠!"

두 사람이 동시에 단왕을 바라보자 그가 정중히 말했다.

"전하……. 오문과 단둘이 이야기를 나누고 싶사옵니다."

"그것은 안 되오."

당연히 그러라고 할 줄 알았던 태자가 너무도 단호하게 거절하자 단왕은 제가 태자의 대답을 잘못 이해한 것인가 의아해했다.

"예? 지금은 안 된다는 말씀이신지요? 오문과 따로 하셔야 할 일이 있으신지요?"

"단둘이 있는 것은 허락 못 하오."

"저…… 오문은 제 딸이옵니다."

"나와 오문의 사이를 반대하는 그대에게 오문을 혼자 보낼 수 없소."

"제가 오문을 감추기라도 한단 말씀이십니까?"

"감추기만 하면 다행이지. 나는 황실에서 나고 자란 사람이오. 자식이라도 황명에 반하거나, 거슬리거나, 혹은 죄를 지었거나 한다면 명예로운 죽음을 안겨주는 것을 서슴지 않는다는 것을 익히 봐왔소."

"제가 제 딸을 죽이기라도 한단 말씀이십니까!"

"모를 일이지 않소. 오문이 그 옥패를 강에 던지려 하기 전에 살수들이 옥패를 잘 회수해 갔다면 그렇게 극적으로 등장하지 않았을지도."

"전하!"

단왕은 얼굴을 시뻘겋게 물들이며 벌떡 일어났다.

"그럴 수도 있다는 것인데 어째서 그리 흥분하시오?"

"저를 떠보려 하지 마시옵소서! 만약 제가 그런 마음을 먹었다 한들, 단왕부의 궁에 와 있는 지금 제가 오문에게 해코지를 해서 좋을 게 뭐가 있겠습니까! 전하와 같이 저를 의심하는 자들에게 확신을 줄 수밖에 없지 않겠습니까!"

태자는 단왕과 오문이 단둘이 함께 있는 것을 용납할 수 없었다. 생명의 위험은 둘째 치고 세 치 혀로 무슨 짓을 할지 모를 일이었다.

"그게 아니라면 말로 회유하거나."

"전하! 당연히 말로 회유할 것이옵니다. 전하께서 막는다 하셔도 결국은 제 딸이니, 저와 이야기를 할 수밖에 없지 않겠습니까. 지금이 아니면 밤에라도 찾아갈 것입니다. 하니, 더는 억지를 부리지 마십시오!"

"그럴 일은 없을 것이오. 소식을 듣지 못했는가 봅니다. 나는 지난 이틀 동안 오문과 함께 한 방에서 먹고 자고 했으며 한시도 떨어진 적이 없소. 앞으로도 그럴 것이오."

태자는 단왕을 오문의 친아비라고 믿지 않고 있었지만, 어쨌거나 지금 단왕은 오문의 아버지였다.

오문 역시 마음으로는 믿어지지 않고 낯설어서인지 정도 가지 않았다. 게다가 자꾸만 무언가 거슬리는 것이 있어 단왕을 완전히 아버지라 믿는 것은 아니었다.

그게 뭔지 확실히 알 수 있으면 태자에게도 말했을 테지만 불확실한 느낌을 주절거려 태자를 혼란스럽게 만들 수는 없었다. 단왕을 대하면 뭔가 가시가 돋아나는 소름 끼치는 공포감이 드는데, 그것이 왕의 위엄 때문일지도 모른다는 생각이 들었기 때문이다.

'내가 왕을 만나봤어야지. 하늘을 대신해 사람들을 다스리고 벌주시는 천자나, 왕부의 왕 같은 분들은 뭐가 달라도 다르겠지.'

그래서 오문은 애써 그 두려움을 감추고 아무렇지 않은 척하고 있었다.

이렇게 세 사람 모두 부녀임을 인정하고 있지 않지만 그럼에도 불구하고 지금은 아버지다. 태자는 여인의 아버지 앞에서 그녀와 함께 자는 사이라고 말해 버렸다.

"……."

단왕은 충격으로 얼빠진 표정으로 오문과 태자를 번갈아 보았다.

물론 그것은 다 거짓 표정이었다. 속으로는 그를 비웃고 욕하며 분노하고 있었다.

'놀고들 있군. 젊은 놈의 치기도 정도껏이어야지. 단왕부의 궁에서 문란한 짓을 하고 다닌다 소문이 나면 좋을 게 없거늘. 얼빠진 놈 같으니.'

처음엔 제법 날카로운 말을 하는구나, 그 언변에 놀랐으나 이야기를 나눌수록 태자는 껍데기만 멀쩡한 단순 무식하고 예의 없는 철부지에 지나지 않았다.

"이미 우리가 이렇게 몸과 마음을 깊이 나눈 사이이니, 어쩌겠소? 내가 그대의 딸을 더럽혔다 생각되면 그렇다 말해주시오. 그 보상으로 그대의 딸이 태자비가 되게 할 테니."

"……아무래도 제 딸과 할 얘기가 많을 것 같습니다."

딸의 부도덕함에 황망스러운 척한 단왕은 그렇게 말할 수밖에 없었다.

"다시 말하지만 그건 용납할 수 없소."

"전하께서 부녀간의 대화를 막을 권리는 없사옵니다!"

단왕은 진심으로 부들부들 떨며 외쳤다.

"부녀라니, 우습군. 아까도 말했지만……."

"전하!"

한 치의 물러섬도 없이 설전을 벌이던 두 사람은 오문의 외침에 태자의 말이 멈추면서 겨우 끝이 날 수 있었다.

"전하. 저, 왕야와 얘기 나누고 싶습니다."

"안 된다."

"저 어디 안 갑니다. 도망 안 간다고요. 왜 그렇게 불안해하십니까? 수레에 가두시더니, 이제 절 전하 곁에서 꼼짝도 못하게 하고 계십니다. 제가 태자비가 되겠다고 산호 아가씨 앞에서도 이야기하지 않았습니까? 이제 그만 저를 믿어주십시오."

"너를 못 믿어서가 아니다."

"왕야께서 어떤 말로 저를 회유하실지 모르겠지만 절대 제 마음은 흔들리지 않을 겁니다. 약조합니다. 하니, 차라리 전하께서는 산호 아가씨라도 만나 이야기를 나누십시오. 제가 보기에는 그게 옳은 것 같습니다."

오문은 제가 아버지인 단왕을 설득하고 태자가 산호를 설득하는 것이 서로에게 나을 거라 생각하고 말했다.

잠 잘 때도, 잠깐 산책을 갈 때도 태자는 오문을 절대 혼자 두지 않고 따라다녔다. 덕분에 낯선 곳에서 갑자기 공주가 된 오문이지만 태자가 아낀다는 이유로 궁녀들도, 대신들도 오문을 깍듯이 공주로 대접해 주고 있을 정도였다.

태자는 한숨을 쉬었다.

"오문. 핏줄이라고 해서 해코지를 할 수 없다고 믿어선 안 된다. 지금 네 아버지는 산호를 태자비로 만들려는 너의 적임을 명심해야 한다."

"압니다. 알고말고요!"

오문까지 이렇게 나선 이상 태자도 더는 억지를 부릴 수 없었다.

"나는 밖에서 기다릴 것이다. 무슨 일이 있으면 바로 소리를 쳐라."

"어휴. 알겠습니다. 걱정 마시고 나가 계십시오. 그냥 산호 아가씨를 만나시래도……."

"그녀와 할 얘기는 이미 다 끝냈다."

오문은 태자가 언제 산호와 대화를 나누었나, 어이없어했다. 그것은 대화가 아니라 그저 경고와 겁박이었다.

어쨌거나 간신히 태자를 내보내고 두 사람만 남게 되었다.

한차례 폭풍 같은 설전이 오고간 뒤로 접견실 안에 썰렁한 기운이 감돌았다.

하지만 오문은 그 어색함에 주눅 들지 않고 차를 마시며 느긋하게 단왕의 말을 기다렸다. 차를 다 마실 때쯤 단왕이 어렵게 입을 뗐다.

"진작 이런 자리를 만들었어야 했는데, 내가 너무 늦게 왔구나."

오문은 손가락으로 빈 찻잔을 만지작거리며 멋쩍은 듯 말했다.

"정무로 바쁘신 분이니 괜찮습니다."

사실 저도 아버지를 만났다는 사실에 감격스럽지 않았던 데다가, 아버지란 사람이 낯설어 피하고 싶었기 때문에 아무렇지 않다 못해 죄송스러울 정도였다. 게다가 태자가 함께 밤을 보냈니 어쨌니, 그런 낯 뜨거운 소리를 하고 간 뒤라 단왕의 미안한 음색이 오히려 뜨끔하게 만들었다.

"너와 네 어미에 대해 미안한 마음이 컸다. 그래서 너를 찾고도 내가 정무를 핑계로 너를 만나길 피했던 것 같구나."

"괜찮습니다. 저는 뭐 다 몰랐던 일이고, 이제 와서 알게 됐다 해도 그닥 와 닿지가……."

단왕은 오문의 말이 끝나기 전에 말했다.

"네가 그동안 어찌 지냈는지는 잘 알고 있다. 나는 적이 많다. 내가 옥패를 찾는다는 것을 눈치챈 적들이 귀문에 그 일을 의뢰한 모양이더구나.

늘 살수들보다 한발 늦게 너를 찾는 바람에 이렇게 우리가 오랫동안 헤어지게 되었구나. 내가 무능했다."

"……."

살수들이 저를 찾은 이유가 정말 단왕이 말한 이유가 다일까. 귀문에서 도망친 저를 잡으려고 한 게 아니었을까. 오문의 머릿속이 복잡해졌다.

"한데 오문아."

"예?"

"나의 미안함과 별개로 너는 태자비가 될 수 없다."

"아…… 그건……."

"네 어미가 천해서도 아니고, 태자비로 내정된 산호가 있어서도 아니다."

"……왜 아버지란 분까지 나서서 안 된다고 하시는지 사실 저는 잘 이해가 안 갑니다. 산호 아가씨의 부친 되시는 은도명이라는 분과의 의리가 어렵게 찾은 딸인 저보다도 더 중한 것인지, 저는 정말 모르겠습니다."

"물론 그것도 중하다. 단왕부는 늘 황제의 감시와 견제를 받아왔다. 내가 은도명을 죽였다는 의심을 받을 수도 있는 상황이었다. 나는 필사적으로 산호를 구해와 태자비로 만들겠노라 폐하께 약조를 드렸다. 한데 이제와 내 딸이라는 너를 태자비로 받아 달라 한다면 황제께서 단왕부를 어찌 보겠느냐? 너와 태자가 우연히 만났다는 말을 황제가 믿을 것 같으냐?"

"그것은 전하와 제가 해결할 것입니다."

"그래. 그렇다 치자. 하지만 네가 태자비가 될 수 없는 더 큰 이유가 있다."

"……?"

단왕의 얼굴이 무서울 정도로 심각하게 굳어 있었다. 그리고 그가 부들거리는 입술로 나직이 뱉은 말에 오문은 심장이 쿵 떨어지는 것처럼 느꼈다.

"네가…… 네가 귀문에 있었기 때문이다."

"……!"

태자의 말이 옳았다. 그의 말대로 단왕은 제가 어디에 있었는지를 알고 있었다. 오문은 소름이 돋고 갑자기 매우 우울해졌다.

"귀문에서 살수 교육을 받은 너를 황실에 보낼 수 없다. 너는 내 딸이지만 나는 너를 믿을 수 없다. 네가 황실로 간 후에 살수임이 밝혀지거나, 혹은 네가 살인이라도 저지른다면 그 죗값은 고스란히 단왕부로 떨어질 터!"

단왕이 무섭게, 그러나 누가 들을세라 낮게 다그쳤다.

오문의 맑고 검은 눈동자가 음울하고 탁하게 가라앉았다. 그녀의 시선은 단왕의 눈을 보고 있지 않았다. 그녀는 천천히 감정을 느낄 수 없는 일정한 음색으로 물었다.

"그걸…… 언제 아셨습니까?"

"나는 단왕이다. 너는 잘 모르겠지만 음지의 일은 내가 황제보다 더 밝을 것이다. 북천 땅이 원래 그런 곳이다. 온갖 더럽고 추잡스러운 일들이 황실과 먼 이곳에서 벌어지고 있다. 내가 알면서도 간혹 그런 짓을 눈감아주는 것은 대업을 위해, 혹은 세상을 돌아가게 하는 데는 필요악이라는 것이 있기 존재하기 때문이다."

"……"

오문은 단왕의 말을 인정할 수 없어 침묵했다.

"살수였던 네가 어찌 황궁에 들어갈 수 있단 말이냐? 황제께서 아시면 가뜩이나 태자 전하의 시해사건을 단왕부의 짓이라 의심하시는 모양인데, 내가 너를 어찌 황실로 보내!"

오문은 고개를 들어 단왕을 똑바로 바라보았다.

단왕은 순간 저도 모르게 흠칫했다. 음울하던 그녀의 눈동자에 검은 소용돌이가 이는 것 같았다. 귀문의 수장이자 단왕부의 왕인 자신이 계집의 눈빛에 일순 멈칫한 것이 수치스러웠다. 단왕은 더욱 엄한 얼굴로 오문을 응시했다.

한동안 그렇게 서로 지지 않으려는 듯 서로의 눈동자에 시선을 고정했다.

그러다가 오문이 먼저 물었다.

"전하께서는 정말 제 아버지가 맞긴 하신 겁니까?"

단왕은 오문이 뭔가 아는 것처럼 직설적으로 따져 묻자 인상을 찌푸리며 정말 어이없다는 듯이 물었다.

"그게…… 무슨 뜻이냐? 내가 네 가짜 아비 행세라도 한단 말이냐? 왜? 어째서 내가 그런 짓을 한단 말이냐?"

오문은 기가 막혔다. 정말 이 사람이 제 아버지라면 제가 왜 이 사람에게 정을 느낄 수 없는지, 소름이 끼치는지 알 것 같았다. 아버지가 맞냐고 물으면, 왜 그렇게 생각하느냐, 서운해하고 걱정스럽게 반문할 줄 알았다.

한데 지금 질문은 한참 잘못됐다. 어째서 가짜 아비 행세를 하냐니? 어떻게 그런 질문이 튀어나올 수 있을까. 그가 저를 진심으로 딸이라 여긴다면 자신의 입장을 변명할 게 아니라 제 마음을 달래 주어야 했다.

그래서 오문은 실소를 흘렸다.

"지금 나를 비웃는 게냐! 나는 너를 찾아 공주로 만들어주었다. 태자와 혼인하는 것을 막는다 해서 나를 의심하다니 너무하지 않느냐! 네가 태자비가 되면 우리 전부가 위험하다. 너는 무사할 줄 아느냐? 네가 가장 위험해. 아버지가 자식이 잘못된 길로 가는 것을 막는 게 죄란 말이냐?"

비틀린 입술을 바로 한 오문의 표정은 석상 같았다. 그리고 그녀의 목소리는 느리고 작았지만 힘이 느껴졌다.

"제가 귀문에 있었고, 귀문에게 쫓기는 걸 알았다면 지금 그런 말보다 먼저 물으실 게 있지 않습니까?"

"무엇을?"

"그간 얼마나 고초가 많았느냐? 상한 곳은 없느냐? 네 어미는 어찌 되었느냐? 아비를 원망하지는 않았느냐? 어린 것이 얼마나 무서웠겠느냐? 그 많은 질문 중 어찌 하나도 없으십니까?"

추궁하듯 묻는 말에 점점 원통함이 묻어 나왔다.

단왕은 제가 감정적인 부분에서 실수했음을 깨달았다.

'영악한 계집 같으니. 쯧.'

사소한 말 하나도 놓치지 않고 의심하고 파고드는 오문 때문에 단왕은 짜증이 났다. 하지만 깊은 한숨을 내쉬며 아련한 눈빛으로 말했다.

"내게 많이 실망한 모양이구나."

"실망이 아니라 의구심이 드는 겁니다. 제 아버지가 맞긴 한 겁니까?"

"내가 아비로서의 모습을 네게 보여주지 못한 것은 인정한다. 미안하고, 가슴이 아프구나. 하지만 어쩔 수 없구나. 나는 아버지이기 전에 이 왕부를 다스리는 왕이다. 나는 늘 사사로운 감정보다 만인을 위한 길을 먼저 생각해 왔다. 그래, 내가 너를 먼저 안아주고 네 아픈 마음부터 다독여 주어야 했다. 미안하구나."

단왕의 후회 어린 음성과 자책감에도 한번 치켜 올라간 오문의 날카로운 눈빛은 달라지지 않았다.

"어느 날 갑자기 옥패 하나 때문에 저를 껴안고 딸이라 하셨습니다. 딸이 아니라 옥패를 찾은 것에 기뻐하시는 전하의 모습을 보면서도 모르는 척했습니다. 속없이 웃는 모습이 다가 아닙니다. 공주가 됐다며 헤죽거리는 제 모습이 우스워 보이셨습니까?"

"오문아."

단왕이 그녀의 이름을 부르며 손을 잡으려 했다. 오문은 탁자 위에 있는 제 손을 치워 버리고 분노를 터트렸다.

"그 이름은 제가 세상에서 가장 수치스러워하는 이름이며 가장 버리고 싶은 이름입니다!"

"……."

"누구 때문에 그 이름을 갖게 되었는지 책임을 물을 생각은 없습니다. 하지만, 적어도 제 아버지가 될 준비가 되셨다면 그 긴 시간 동안 다른 이름 하나 정도는 생각해 두셔야 했습니다. 저를 진심으로 그리워하고 찾으셨다면 말입니다."

"……!"

오문은 벌떡 일어나 단왕이 저를 잡을 틈도 없이 문 밖으로 달려 나갔다.

문을 열자 무호가 팔짱을 끼고 벽에 기대 서 있었다. 그들을 호위하러 온 장우 일행도 함께였다. 아까 오문이 안에서 큰 소리로 외치는 것이 밖에까지 들렸다. 물론 그 말의 내용은 알 수 없었지만 오문의 속상한 마음이 그 외침에 고스란히 담겨 있었다.

장우는 오문이 눈에 눈물이라도 그렁그렁 매달고 나올 줄 알았는데 전혀 달라진 게 없는 얼굴을 보고 피식 웃고 말았다.

"왜 웃으십니까?"

"우는 여인은 딱 질색인데, 우리 공주님 씩씩한 것 하나는 보기 좋습니다."

"지금 저 놀리시는 겁니까?"

"그럴 리가요. 단왕부의 공주님이자 태자비가 되실 분을 놀리다니요. 제 목이 달아납니다."

확실히 놀리는 것 같아서 오문은 어떻게 좀 해달라는 표정으로 무호를 바라보았다.

그러자 무호는 오문과 눈을 맞추며 팔짱을 풀었다.

"그래. 놀리는 건 아니다. 그런 거면 내가 장우의 목을 베어 줄 테니."

"믿어 보겠습니다."

장우는 제 목을 걸고 나누는 두 사람의 대화가 진심인지 농인지 헷갈린지라 입을 다물었다.

그러고나자 무호가 오문의 뺨에 손끝을 갖다 댔다. 무호의 손이 부드럽게 오문의 뺨을 위로 쓸자, 오문이 그 움직임을 따라 고개를 들어 무호와 눈을 맞추었다.

"뭐라고 퍼붓고 온 게냐?"

"전하의 말씀이 옳았습니다."

"……."

"그가 알고 있을 거라고 한 거 말입니다. 전하의 말씀이 전부 옳아서 화가 났습니다. 그래도 믿어보고 싶었거든요."

무호가 신뢰와 애정을 담은 눈동자를 천천히 깜빡여 보였다.

괜찮다. 네가 틀린 것이 아니라 단왕이 잘못된 것이다. 그렇게 위로해 주는 것 같았다.

"속이 시원하냐?"

오문은 대답 대신 고개를 끄덕였다.

"그럼 속을 비웠으니 다시 채우러 가자."

"또 배가 고프십니까?"

"북천 땅에 왔으니 진짜 북천의 음식을 먹어봐야지."

"그건 그렇습니다."

오문의 얼굴에는 한 점의 우울함도 남지 않았다.

자다 깬 영춘이 눈을 비비며 산호를 바라보았다. 두 번 연속 자다 깬 얼빠진 얼굴로 아리따운 산호를 만나게 된 영춘은 제 꼴이 얼마나 우스울까 조금 민망해졌다.

"전하는 지금 안 계십니다."

그래서 얼른 용건만 나누고 다시 들어가기 위해 묻지도 않은 말을 쏟아 냈다.

"어디 계십니까?"

산호도 할 말만 빨리 나눌 생각인 듯했다.

"오문 공주님과 함께 왕야를 뵈러 간다 하셨습니다."

"그래요? 흠……. 하면 안에서 기다리겠습니다."

"……."

"안내해 주십시오."

"안내만 해드려도 되겠습니까?"

"그것 외에 또 다른 용무가 있어야 합니까?"

산호의 태연한 물음에 영춘은 기가 막혔다. 지난번에 저를 붙잡아 두고 계속 말을 시키지 않았나.

"제가 요즘 수면 부족이라 함께 있어 드리지는 못할 듯해서요."

"흠. 그래요?"

묘한 일이었다.

호위가 저와 함께 있을 바에 잠을 자겠다는 태도로 나오는데 그를 괴롭히고 싶어졌다.

'그래. 지루하진 않겠지.'

산호는 누굴 괴롭혀 본 적이 없었고 이유 없이 남을 괴롭히는 것을 혐오해 왔다. 한데 지금 자신이 그러려고 하고 있었다.

"안내만이라면 제가 가드리겠습니다. 아니면, 지난번에 가셨던 그 길로 가시면 됩니다."

영춘은 산호가 아니라 궁녀를 보며 말했다.

'당신들이 길을 알잖아. 잘 안내해 드려. 그게 당신들 일이잖아?'

그러나 궁녀들은 자신들이 길을 안다고 해도, 아가씨를 모시는 게 자신들 일이긴 해도, 손님으로 온 이상 그렇게는 안 되겠다는 듯이 턱을 치켜들었다. 지금 여기서 젤 높은 사람은 영춘이었고 자신들이 모시는 아가씨는 그런 대접을 받아야만 하는 분이었다.

"많이 피곤하신가 봅니다. 그럼 가서 저와 차라도 한 잔 나누시지요. 제 화원에서 제가 직접 기른 국화를 말렸습니다. 피곤하실 때 마시면 괜찮을 겁니다."

궁녀들은 말은 안 했지만 놀란 표정으로 아가씨를 바라보았다. 아가씨는 세자인 단유천과도 이렇게 길게 먼저 말을 건넨 적이 없었기 때문이다.

'태자 전하의 호위라서 더 신경 쓰시나 보다.'

그녀들은 그렇게 생각하고 다시 표정을 가다듬었다.

그러나 영춘의 표정은 그렇지 못했다. 그는 못 먹을 걸 씹은 표정을 지었다.

"왜 그러고 계십니까? 국화차가 싫으시면 다른 걸 가져올까요? 복숭아꽃이나 천일홍도 있습니다."

영춘은 그녀가 물러서지 않을 거라는 걸 깨달았다.

"……국화차…… 좋지요."

"그럼 이거 태자 전하의 침실에 놓아주시겠습니까?"

산호는 제가 정성껏 꾸민 화병을 영춘에게 건넸다. 영춘은 그것을 질색한 얼굴로 보았다.

"이걸 어디에 두라고요?"

"태자 전하의 침실 말입니다."

"......"

영춘은 황당하다는 눈으로 산호를 바라보았다.

"왜 그런 눈으로 보십니까?"

"태자 전하의 침소에는 웬만하면 아무것도 갖다 두지 않는 게 좋습니다."

"예?"

"향도 오래 맡으면 사람을 죽일 수 있는 경우가 있어서 말입니다."

"......!"

산호는 하마터면 자신이 태자 시해범으로 몰릴 수 있었다는 걸 깨닫고, 자신의 화병을 흉물스러운 것을 보는 듯 바라보았다.

"그리고 또 전하께서는 전장을 누비시던 사내대장부 아니겠습니까? 꽃은 어울리지 않는 것 같습니다."

"아……! 그렇군요. 제가 어리석었습니다. 조언해 주셔서 감사합니다."

두 번이나 실수를 지적 받았지만 산호는 그다지 부끄러워하는 기색이 없었다.

영춘은 산호에게 감사를 받고 나서야 자신이 지금 그녀를 돕고 있다는 걸 깨달았다.

'헉! 이래도 되나? 난 오문을 응원해야 했던 거 아니었나?'

그러고 나서 생각해 보니 저는 처음부터 산호 아가씨랑 태자 전하께서 잘되시길 기도했던 것 같았다. 어느 순간, 수상한 단왕부의 움직임과 태자 전하의 고집에 휘말려 잊고 있었지만.

"조, 조언까지야……."

"하면, 이 꽃, 여기까지 가져온 게 아까우니…… 가지시겠습니까?"

"……."

영춘은 산호가 내미는 화병을 보며 눈썹을 꿈틀거렸다.

"왜요? 꽃 싫어하십니까?"

"……저도…… 사내대장부라서요."

"아! 그렇지요. 참."

"절…… 조롱하신 겁니까?"

"그럴 리가요."

묘한 분위기가 이어지자, 영춘은 어쩐지 말이 통하지 않는 이 아가씨로부터 벗어나기 위해 잔머리를 굴렸다.

"어! 산호 아가씨?"

오문이 경쾌한 걸음으로 달려오다 산호를 보고 멈칫했다.

뒤이어 태자와 장우 일행이 나타났다.

산호는 마침 태자를 기다리던 중이라 늘 그와 함께 있던 오문의 등장을 보고도 그리 놀라지 않았다.

"밤새 평안하셨는지요. 공주님."

예법에 익숙하지 않은 오문은 그녀의 영혼 없는 인사에 뭐라 대답을 해줘야 하나 머뭇거리다가 그녀의 손에 들린 화병을 발견했다.

"예, 뭐……. 아, 아가씨도 평안…… 어? 그 꽃은 아가씨께서 꾸미신 겁니까? 아무것도 모르는 제가 봐도 아주 예쁩니다. 정말 이렇게 예쁜 꽃꽂이는 본 적이 없는 것 같습니다. 그렇지 않습니까? 전하?"

"그래."

태자는 짧게 정직하게 대답했다.

"전하께 드리려던 것인가 봅니다."

오문이 사심 없이 천진난만하게 말하자 산호는 당황했다.

"아, 아니, 이건……."

조금 전 영춘이 말해주지 않았나. 사내대장부에게 꽃 선물은 아니라고. 모욕 받은 듯한 영춘의 표정을 보았으니 태자의 표정이 어떻게 될지 알 것 같았다.

그런데 아니라고 말하기도 전에 오문의 수다가 이어졌다.

"전하! 저기 저 분홍색 꽃은 먹어도 되는 겁니까? 맛있어 보입니다."

"먹어도 된다만 혀가 마비된다."

"헉! 위험한 꽃이네요? 그럼 저기에는 먹어도 되는 꽃이 없습니까?"

그러자 태자가 산호의 화병 앞으로 가 연노랑 봉우리가 줄지어진 꽃줄기를 뚝 따서 오문에게 주었다.

"이건 먹어도 된다."

"헉! 그걸 따면 어떡합니까! 남의 작품을 그렇게 망가트리면 어쩐답니까!"

"흠……."

태자는 꽃봉오리 하나를 입에 넣어 오물거리며 산호에게 말했다.

"내 건 줄 알았소."

산호는 눈만 깜빡거리며 두 사람의 행태를 지켜보다가 냉큼 화병을 태자에게 건넸다.

"물론, 전하의 것입니다. 얼마든지 드셔도 됩니다."

"이 독화도?"

무호의 말에 산호는 그 독화를 냉큼 잡아 빼고 화병만 건넸다.

"고맙소. 영춘아. 안에 넣고 오너라."

영춘은 황당했다. 태자가 제게 화병을 내밀기 전에 산호가 제게 독화를 내밀고 있었기 때문이다.

"설마 저 먹으라고 주시는 겁니까?"

"사내대장부도 꽃을 좋아하시는 것 같아서요. 혀가 마비된다니, 말을 못하겠습니다."

산호는 영춘이 허튼 충고로 제 마음을 어지럽힌 것이 화가 났는지, 함부로 지껄이지 말라는 살벌한 경고를 했다.

"입 다물고 있겠습니다."

"저기, 지금 저희들이 북천 땅을 구경하러 나가는 길이거든요. 함께 가시겠습니까? 아가씨께서 저희를 안내해 주시면 딱 좋겠습니다."

오문은 저희를 기다린 산호가 허탕을 치는 게 미안해서 한 말인데 산호는 예상외의 말을 했다.

"북천 땅? 그것참 흥미롭군요. 저 역시 나가본 적이 없어서 말입니다."

"한 번도요?"

"지금까지 제가 나가본 길 중 가장 먼 곳이 바로 이곳입니다."

오문은 저와 정반대로 살아온 산호를 세상에서 가장 불쌍하고 가여운 여인처럼 보다가 빽 소리쳤다.

"바깥 세상에 얼마나 맛있고 재밌는 게 많은데 여기서만 계셨단 말입니까! 어서 따라오세요!"

박력 있는 오문의 외침에 조금 놀란 산호가 머뭇거리며 대답했다.

"허락을 받아야……."

"두 발 달린 다 큰 짐승이 누구 허락을 받아야 한답니까?"

"왕야께서……."

그러자 이번엔 태자가 말했다.

"원래 몰래 먹는 게 더 맛있소."

"들으셨지요? 이분이 많이 해보셔서 잘 아시는데 몰래 먹는 재미가 그만이랍니다. 저야 뭐, 그런 건 해본 적이 없지만요. 하하……."

"그랬겠지. 넌 그냥 굶주렸으니, 동냥밥도 맛있었겠지. 뭔들 맛이 없었을까."

"동냥?"

산호가 고개를 갸웃하자, 오문은 끝까지 생글생글 웃으면서 말했다.

"제가 누구 때문에 동냥밥을 먹었을까요? 네?"

"같이 갑시다. 맛있는 걸 사주겠소."

태자는 오문의 말을 못 들은 척하고 괜히 산호에게 말을 걸었다.

그래서 태자 일행은 산호를 데리고 함께 궁을 나섰다.

제 39 장
이루어질 수 없는 운명

단왕은 다시 정무를 보러 가지 않고 오문과의 마지막 대화를 곱씹으며
접견실 안을 계속 서성이고 있었다.

오문이 막 문을 나가려고 할 때 단왕이 그녀를 다시 불러 세웠었다.

"오문. 잘 들어라. 지금에 와서 아버지로서 내가 해줄 수 있는 것은 너
를 공주로 만들고 네가 위험에 빠지지 않도록 해주는 것밖에 없다."

"죄송합니다만 저는 공주도 싫고 어머니를 그렇게 외롭게 만들고 지켜
주지 못한 아버지란 분도 싫습니다. 그러니 아무것도 해주시지 않아도 됩
니다."

오문은 단호하고 분명하게 선을 그었다.

"좋다. 하면 할 수 없지. 우리가 이미 서로 반대의 입장에서 만났으니
운명을 원망할 수밖에."

단왕은 노한 음성으로, 그러나 안타깝다는 듯 말했고, 오문이 이를 비

웃었다.

"아무 데나 운명이란 단어를 입에 올리지 마십시오. 비겁하게 운명이란 말로 왕야의 잘못을 덮으려 하지도 마십시오. 운명도 사람이 만들어가는 것이라 했습니다."

"그래. 지금 너처럼 말이지. 네가 어리석은 결정으로 네 운명을 스스로 망치고 있다는 것을 알아 두어라."

"지금까지 살아오면서 이토록 행복했던 적은 없습니다. 제 스스로 결정해서 제 운명을 개척한 중에 이번만큼 잘한 일은 없었습니다. 아니, 두 번째인 모양입니다. 스스로 귀문에서 빠져나오지 않았더라면 태자 전하를 만나 사랑을 논하게 되는 일도 없었을 테니까요."

"곧 끝날 것이다. 너와 태자 전하의 어리석고 철없는 사랑놀음은 여기까지일 것이다. 아비로서 너를 대하는 것은 이번이 끝이라 했다. 이 문을 나서기 전에 내게 아버지인 날 선택할지, 태자를 선택할지 결정해야 할 것이다. 그 결정에 따라 나는 북천 땅의 왕으로서 너를 대할 수밖에 없다."

단왕은 진중하게 왕의 위엄을 담아 으름장을 놓았지만 오문은 그런 협박에 무너지지 않았다.

"무슨 수로 저와 태자 전하를 떼어놓을 수 있단 말입니까? 전하께서는 저를 한시도 떼어놓지 않으시는데 말입니다."

이번엔 단왕이 비웃었다.

"단왕부가 무사하려면 나는 아버지가 아닌 왕으로서 너의 존재를 폐하께 고할 수밖에 없겠지."

"……!"

한마디도 지지 않고 반박하던 오문이 굳은 얼굴로 입을 다물었다.

반대로 단왕의 비웃음은 더 짙어졌다.

"귀문에서 도망쳐 나온 제 자식이 폐하의 곁에 있겠다고 하옵니다. 비통한 마음으로 이 글을 폐하께 올리니, 부디 단왕부만은 지켜주시옵소서."

단왕은 폐하께 올릴 서신을 직접 읊조려 오문을 긴장하게 만들고는 얼어붙은 그녀에게 엄한 목소리로 말했다.

"마지막 기회다. 태자 전하를 포기하고 나와 함께 여기서 살겠다고 하면 나는 귀문에게 큰 재물을 주고 너를 구할 것이다."

"……."

"오문아. 아비로서 내가 이렇게 빌겠다. 나는 네 어미에게 다 주지 못한 정을 너에게 전부 줄 것이다. 나를 믿어라. 태자께서는 너를 구해주지 못하신다. 전하 또한 그 사실을 알면 배신감에 너를 죽이려 할 것이다."

오문은 눈을 한 번 깜빡이더니 굳어 있던 표정이 평온해졌다.

"그럼 그의 손에 죽으면 됩니다."

"……!"

"죄가 있다면 벌을 받을 것입니다. 죄가 없다고 밝혀지긴 힘들겠지만 저는 버텨볼 겁니다. 전하를 믿으니까요. 또한, 저도 한 말씀 드리자면, 산호 아가씨는 결코 태자비가 되지 못할 겁니다. 절대로 왕야께서 염원하시던 일은 일어나지 못할 것입니다. 저와 전하를 떼어놓는다 해도 말입니다. 아니, 설사 제가 죽는다 해도 말입니다."

단왕은 오문의 그 마지막 말이 계속 신경 쓰였다. 마치 뭔가 알고 있는 듯한 표정으로 확신하지 않았던가.

'내가 무엇을 놓치고 있는 것일까?'

단순한 추측만으로 그렇게까지 앞날을 확실하게 예견할 수는 없다. 오기와 반항심에 그냥 뱉는 말 같지 않고 의미심장했다.

'흠……. 내가 지어낸 이야기를 태자가 믿지 못한 것처럼 보이긴 했는데, 다시 생각해 봐도 특별히 의심 갈 만한 부분은 없어. 오문이 귀문에 왔을 때도 젖을 먹고 있을 때였으니 시간상의 오류는 없는 듯한데……. 하면 대체 뭘까?'

단왕이 깊은 생각에 잠겼을 때 그의 아들 단유천이 들어왔다.

"아버님. 무슨 고민을 하시기에 대신들이 불러도 오지 않으셨습니까? 모두 걱정하고 있습니다."

단왕은 최근 성장한 단유천을 믿고 오문이 했던 말을 들려주었다.

그러자 단유천이 코웃음을 쳤다.

"흥! 그 계집이 보통 설쳐 대는 게 아닙니다. 태자가 좋아해 주니 제가 정말 뭐라도 된 줄 알고 헛소리를 지껄이는 것뿐일 것입니다. 아버지께서 놓치고 계신 것 따위가 있을 리가 없습니다. 태자 역시 본래 제가 믿고 싶은 대로 믿고, 하고 싶은 대로 하는 인간이라 근거도 없이 의심하고 있겠지요."

"과연 그럴까……?"

"제가 가까이 있어 보았기에 잘 압니다. 태자는 앞뒤 분간 못하고 내키는 대로 행동하는 망나니 애송이에 불과하고, 오문 역시 그를 믿고 기고 만장한 철부지일 뿐, 아버님께서 우려하실 만한 일은 없을 것입니다. 그들이 뭔가 꼼수를 부렸다면 함께 있었던 제가 모를 리가 있겠습니까?"

"하긴……."

"그것보다, 생각보다 빨리 오문을 제거할 때가 온 것 같습니다."

"응?"

"놈들이 다 함께 궁 밖에 나갔다 합니다."

"궁 밖에? 이틀 후에 떠난다더니 설마 벌써 도망치듯 가버린 것이냐!"

단왕은 태자 일행이 말도 없이 도망친 줄 알고 화들짝 놀라 고민하던 것도 잊어버리고 말았다.

"그게 아니라, 지금 산호까지 데리고 궁 밖에 구경을 나갔다 합니다."

"뭐라? 이 와중에 지금 뭘 하러 갔다고? 산호까지 데리고 간 게 확실한 게냐?"

"예. 확실합니다. 믿기지 않을 만큼 한심한 놈들입니다. 하니, 놈들의 말을 너무 신경 쓰지 마십시오. 그것보다 지금이야말로 오문을 없앨 절호의 기회입니다."

오문을 살려두어도 산호가 태자비가 되는 데는 별문제가 없었다. 단왕이 오문에게 경고했던 그대로 하면 될 일이었다.

하지만 오문을 그냥 살려두자니 은도명의 친딸이 살아 있는 것이 언젠가는 알려질지도 모른다는 찜찜함과, 귀문의 살수들이 오문 하나 때문에 수도 없이 죽어갔으니, 그에 대한 복수를 하지 않고는 참을 수 없었다.

"하면 서둘러라."

그렇지 않아도 이미 계획했던 일이 있었다. 오문이 제 제안을 거절했으니 더는 꺼릴 것도 없었다.

'꺼리다니? 내가? 하? 주혜령 그 계집의 딸이라고 내가 너무 봐주었나 보구나.'

생각해 보니 그랬다.

작정하고 숨은 아이를 작정하고 찾을 수도 있었는데, 옥패 이야기를 듣기 전에는 기를 쓰고 살아난 게 기특하기도 해서 그냥 내버려 두었었다. 그때 잡아 죽였다면 지금 이렇게 일이 꼬이지 않았을 것이다.

"주혜령……. 네 딸을 곧 네 곁에 보내주마."

궁 밖 번화한 거리로 나온 일행은 모두 평복을 입고 있었음에도 너무 눈에 띄었다.

태자와 산호의 화려한 외모는 평복으로 가리기 힘들었고, 장우 일행의 나무토막 같은 딱딱한 걸음걸이와 거들먹거리는 듯한 어깻짓은 보통 사람들에게는 매우 위협적이었기 때문이다.

거기에다 태자가 제 곁에서 떨어지지 못하도록 꼭 붙들고 있는 명랑한 오문이라든가, 하품을 하며 지루해하는 영춘까지 놓고 보면 일행의 조합이 영 어울리지 않았다.

사람들의 관심이 자신들에게 쏠린 것을 알고 산호가 눈살을 찌푸렸다.

"왜 저희를 저렇게 기분 나쁜 눈초리로 보는 겁니까?"

그러자 오문이 밝은 목소리로 알려주었다.

"기분 나쁘다니요? 태자 전하께서 그러시는데 저건 부러워서 저렇게 보는 거라고 했습니다. 우리가 잘난 탓이니까 즐기라고 하셨습니다. 그렇죠?"

태자는 지금 저희를 보는 눈빛은 단순히 부러움만은 아니라는 걸 알고 있었지만 그냥 그렇다고 고개를 끄덕여 주었다.

"정말 그런 겁니까? 해괴한 짐승이라도 보는 듯한 기분인데……."

"절대 그런 거 아닙니다."

사내들은 오문과 산호의 대화를 못 들은 척하고 앞만 보고 걸어갔다. 그러던 장우가 한 객잔 앞에 멈췄다.

"여기인 것 같습니다."

그렇게 일행을 잠시 세워 두고 안으로 들어간 장우가 금방 다시 나왔다.

"자리를 옮겼다 합니다. 여기서 얼마 떨어지지 않은 곳이니 금방 도착할 것 같습니다."

"오. 그래요? 갑자기 왜 그랬을까요?"

오문이 묻자, 소식을 듣지 못한 장우는 더 심상한 표정으로 대꾸했다.

"글쎄. 가서 물어보자."

꼭 따지고 말겠다는 듯 장우가 화난 것처럼 보이자 오문이 그의 옆구리를 팔꿈치로 쿡 찌르며 짓궂게 소곤거렸다.

"상 언니가 집착하는 사내한테 사족을 못 쓰는데, 알고 그러시는 거죠?"

그러자 장우의 어깨가 흠칫 떨렸다.

"나 말고 또 누가 이렇게 집착한 적 있나 보지?"

오문은 장우는 진짜 그런 놈이었구나, 라는 걸 깨닫고 고개를 좌우로 흔들었다.

"아니오! 그런 사내를 만났으면, 하고 꿈꿔 왔다는 거죠. 하하."

장우가 꽤 만족한 얼굴로 고개를 돌리는 것을 보고 오문은 속으로 투덜거렸다.

'끼리끼리 논다더니, 태자나 대장이나……. 쯧쯧.'

집착 강한 사내들 뒤로 크게 쩍쩍 입을 벌리고 하품하는 영춘이 보였다.

그리고 그런 영춘에게 호기심 어린 시선을 던지는 산호가 보였다.

오문은 그 시선이 묘하게 느껴져 고개를 갸웃했지만, 이내 나타난 간판이 반가워 그 생각은 잊어버렸다.

『백골기예단.』

기예단이 정말로 한곳에 정착한 것이다.

"와! 단주! 정말 축하드려요!"

오문은 광두의 손을 붙잡고 제 일처럼 기뻐했다.

"아, 아니야. 그런 게 아니라…… 지인을 만났는데 몇 년만 가게를 맡아 달라고 해서……."

광두는 객잔에서 우연히 오랜만에 지인을 만나 이야기를 나누었다. 그런데 그 지인이 급히 북천을 떠나야 할 일이 생겨 몇 년 정도 가게를 비우게 되었는데, 팔고 싶지도 않고 세를 받자니 한 번에 받아야 해서 아무도 들어오지 않는다는 이야기를 들었다.

마침 광두는 모아둔 돈이 조금 있었고, 몇 년이나 낼 세는 안 됐지만 나머지는 나중에 갚기로 하고 건물을 빌리기로 했다는 것이다.

본래 주로 술장사를 하던 객점이라 기예단이 공연을 하며 술을 팔기도 딱 좋았다.

사연을 들은 오문은 조금 걱정스럽게 말했다.

"흠……. 그 사람이 무슨 일로 떠난 건지는 여쭤 보셨어요? 너무 좋은 조건이라 수상한 것 같아서요."

듣고 있던 태자나 다른 사람들도 해주고 싶었던 말이었다.

광두는 머리를 긁적이며 말했다.

"그래서 나도 의심을 하긴 했는데……. 여기저기 알아보니, 별로 문제될 만한 게 없는 것 같더라고."

"그래도 그렇지, 단왕부에 온 지 며칠 만에 덜컥 이렇게 일을 저지르셨다니까? 어휴, 난 몰라. 알아서 하겠지."

상이 팔짱을 끼고 투덜거리자 금이 까칠하게 말했다.

"넌 이제 기예단에서 나간다 이거지? 남은 우리는 어떻게 되어도 상관없고?"

"그러게 단주 단속 좀 잘하지 그랬어!"

다툼이 시작되었다.

이런 소란을 겪어본 적 없는 산호는 눈살을 찌푸리며 뒤로 물러나 영춘의 뒤에 숨었다.

오문은 이 싸움에 장우까지 끼어들게 될까 봐 얼른 그들을 말렸다.

"어휴. 왜들 또 싸우고 그래? 그러지 말고, 어차피 이렇게 된 거 그냥 별일 없을 때까지는 즐기면 좋잖아. 아! 여기서 음식도 팔잖아요? 내가 국수 만드는 거 알려줄게요. 다 같이 국수도 먹고."

그러자 숨어 있던 산호가 고개를 내밀며 물었다.

"국수도 만들 줄 압니까?"

"예! 제가 이래 봬도 국수명인입니다. 에헴."

태자가 국수명인이라고 부를 때는 질색해 놓고 이제는 제 입으로 자화자찬을 늘어놓아도 부끄러운 줄 모르게 되었다.

무호는 그런 오문을 기특하게 바라보고 있었다.

"태자비가 되면 다시는 국수를 못해 줄 테니, 오늘 솜씨를 발휘해 보는 것도 좋겠지."

굳이 산호가 있는 데서 태자비를 운운하는 태자가 못마땅했던 오문은 그 말을 무시하고 기예단에게 말했다.

"상 언니는 떠날 거니까, 화한테 가르쳐 줄까?"

화가 뭐라 대답하기 전에 광두가 말했다.

"화는 뭐 언제까지 여기 있겠냐? 됐고, 그냥 나한테 알려다오. 저놈들은 공연하느라 바쁠 테니, 내가 해야지."

"그래요. 그럼. 따라오세요!"

오문이 앞장서 가자 당연하다는 듯 태자가 따라왔다.

"전하는 어딜 오십니까?"

"널 따라가는 중이다."

"그러니까 왜요? 전하께서 주방에 오시면 제 입장이 뭐가 됩니까?"

"아무래도 불안하다."

"무슨 일이 생기면 비명을 지르겠습니다. 그래 봐야 그릇을 엎는 정도 겠지만요."

대체 광두의 주방에서 무슨 일이 생긴다고 이러는지, 제가 도망갈까 봐 불안해하는 것 같아 오문은 못마땅했다.

장우와 영춘도 그런 태자를 붙잡았다.

"전하. 주방까지는 안 됩니다. 아무리 체통도 위신도 없는 황실이라지 만 그래도 그건 아니옵니다."

"예. 폐하께서 아시면 오문만 야단맞을 겁니다!"

그래서 결국 태자는 아쉽게 오문의 손을 놓아주었다.

그러고도 그는 자리에 앉지 못하고 주방으로 가는 길목을 서성이며 촉 각을 곤두세웠다.

이를 본 산호가 영춘에게 말했다.

"전하께서 겁을 내시는군요."

"네?"

"사신이라 불린 태자 전하께서도 두려운 게 있다니 신기합니다."

산호는 말과 달리 매우 씁쓸해했다.

오문을 잃을까 봐 두려워하는 태자를 보니 제가 비집고 들어갈 틈이 조금도 없다는 것을 깨닫게 된 것이다.

'이걸 보여주려고 나오자고 한 걸까? 오문, 영악한 계집.'

그러나 오늘 하루 밖에 나온 덕분에, 그녀가 알던 세상에서 열여덟 해 를 갇혀 지냈을 때보다 더 많은 것을 알게 되었다는 것을 부정할 수는 없 었다.

광두를 따라 주방 안으로 들어간 오문은 생각보다 깨끗한 주방에 감탄했다.

"와. 주인이 굉장히 깔끔한 성격이었나 봐요."

"으…… 응. 그 사람이 좀 그렇지."

"어디 보자……. 육수부터 끓여놔야 하니까……."

오문이 분주하게 주방을 왔다 갔다 하는 동안 광두도 오문의 눈치를 살피며 뭘 하는지 분주했다.

"단주. 큰 솥이 있었으면 좋겠는데 안 보여요."

"기다려 봐. 내가 찾아올 테니까."

그러면서 광두는 주방 한쪽, 창고가 있는 쪽문으로 사라졌다.

그리고 얼마 지나지 않아, 오문은 이상한 냄새를 맡았다.

'어? 이게 뭐지?'

발밑을 보니, 향이 피워져 있었다. 광두가 뭘 하는지 바빠 보였는데 향을 피우느라 그런 모양이었다.

'아까 단주가 이걸 했구나. 벌레 잡는……! 설마!'

냄새는 매우 옅어서 오문처럼 훈련을 받지 않으면 눈치채지 못할 정도였다.

'이게 왜 여기……!'

그것이 문제였다. 문득 떠오른 오문의 기억이 이 향의 위험성을 경고했다. 깜짝 놀라 향을 끄려는데 오문의 사지가 굳어가기 시작했다.

'태자 전하!'

가장 먼저 굳어버린 혀가 비명을 지를 수 없게 만들었다.

전부 마비되기 전에 오문은 사력을 다해 주방문을 열려 했다.

'흡!'

덥수룩하고 투박한 손이 오문의 입을 막고 그녀를 뒤로 당겼다.

"미, 미안하다. 오문아. 너한테 아무 일도 없을 거라고 했다. 그러니까 잠깐만……. 응?"

'단주!'

"어쩔 수 없었다. 정말……. 흑, 미안하다. 태자 전하와 잠깐 떨어져 있기만 하면 된다고 했다. 정말 그게 다야."

'누가? 누가 그랬는데? 단왕이? 대체 무슨 약점이 잡혀서 나한테 이러는 겁니까!'

할 수만 있다면 소리치고 발버둥 치고 싶었다. 그리고 오문은 타들어 가던 향이 폭발하듯 화악 불길이 이는 것을 보았다.

'아, 안 돼!'

「……이 향을 피워 연기를 마시게 하면 연기를 마신 사람의 몸이 일시적으로 마비된다. 그러나 그게 다가 아니다. 향에서 연기가 그칠 때쯤 갑자기 큰 불길이 피어올라 사람을 태워 죽이는 향이다. 불길을 우습게 보지 마라. 화마처럼 순식간에 몸을 집어삼킬 것이다.」

향을 발견한 순간 바로 기억하고 문 밖으로 달아났다면 무사했을까.

광두가 저를 죽일 마음이 없었고 살기를 눈치채지 못한 것이 화근이었을까? 광두는 저 향이 뭔지나 알고 피운 것일까? 누가 준 것일까? 단왕이? 아니다. 귀문이다. 저것은 귀문에서만 쓰는 무기였다.

어쩌면 단왕이 귀문에 저를 넘겼을지도 모른다. 아버지로서 저와의 인연을 끊겠다 했다.

'독하고 잔인하고 매정한 인간 같으니라고! 당신 같은 사람이 내 아버지일 리 없어! 내 어머니가 사랑한 사람일 리 없어!'

오문은 펑펑 소리 내서 울고 싶어졌다. 가슴에 끓어오르는 분노와 서러움이 이토록 가득한데, 하필 지금은 온몸이 마비되어 울 수가 없었다.

지금까지 오문이 겪었던 어떤 위험도 지금처럼 불길하지 않았다.

이것이 끝인 것만 같아 견딜 수 없었다.

'말도 안 돼! 이렇게 죽을 수는 없어!'

방금 전까지 웃으면서 태자를 떼어놓고 왔다. 주방에 들어가는데 무슨 위험이 있을까, 그의 걱정을 비웃었다. 그가 보고 싶어졌다. 마지막으로 한 번만 봤으면……. 그의 말을 들었어야 했을까?

'아니야. 그건 잘한 거야. 하마터면 태자 전하까지 잃을 뻔했다.'

점점 눈앞이 흐려졌고 의식의 끝자락에 불길이 제 키만큼 치솟아 오른 것을 보았다.

하지만 다행히 그녀는 불타 죽지 않았다.

나무토막처럼 딱딱하게 굳은 오문의 몸은 광두의 어깨에 들린 채 쪽문을 열고 창고로 들어갔기 때문이다. 창고 안은 어둡고 아무것도 없는 것처럼 보였지만, 광두는 포대 자루를 치우고 그 아래 숨겨져 있는 문을 열고 지하로 난 계단으로 들어갔다.

허겁지겁 달려간 광두는 땅 위로 난 계단 앞에서 누군가를 발견하고 흠칫 놀라 멈춰 섰다.

"그, 금아!"

"……."

금은 광두를 안타깝고 답답하다는 눈으로 노려보았다.

"금아……. 이, 이건……. 네, 네가 어떻게?"

"상이 그러더라고요. 단주는 어떻게 우리에게 그 많은 무예를 가르쳤을까? 단주의 과거는 뭘까?"

"그, 그건……."

"그래서 나도 생각해 봤는데, 아무래도 이상하더라고요."

"그, 금아……."

"갑자기 누굴 만나고 와서 웬 번듯한 곳에 백골 기예단 간판을 걸지 않나! 창고 방으로 들어간 사람이 나오질 않아 보니, 포대자루가 옮겨져 있더라고요."

"금아. 사정이 있었다. 내가 오문을 어찌하려는 것도 아니다. 모르는 척해다오. 응?"

"무슨 사정? 단주 정체가 도대체 뭔데! 어찌하려는 게 아니면 왜 오문을 그 지경을 만들었어! 어디로 데려가려고!"

"아이고. 금아. 나 죽는다. 오문을 죽이려는 게 아니다. 오문만 빼돌려 주면 나 살게 해주겠다고 했어. 나뿐만 아니라 우리 전부가 사는 길이야."

"그러니까 그게 뭐냐고! 오문을 빼돌린다는 건 도대체 무슨 말이고!"

금이 버럭 소리를 질렀다.

사실 그는 상이 그 얘기를 하고 간 뒤로 계속 마음에 걸려 광두를 주의 깊게 살폈고, 어젯밤 이 비밀 통로를 알아냈다. 그때까지만 해도 수상하긴 했지만 설마 이런 짓을 벌일 줄은 예상도 못했었다.

한데, 게으른 광두가 일을 배우러 오문을 데리고 주방에 간다니 어젯밤 본 창고방의 비밀 통로가 신경 쓰여 바깥에서 그 비밀 통로로 들어와 기다리고 있었던 것이다.

보지 않길 바랐지만 결국 이렇게 광두와 마주치자 실망감과 배신감, 분노와 의문에 미쳐 버릴 것만 같았다.

광두가 누군가. 단주가 누군가! 저를 거둬주고 먹여준 은인이자, 아버지이자, 형님이었다. 오문과 광두 둘 중에 누가 더 중요하냐 묻는다면 저는 당연히 광두가 중요했다.

한데 이건 아니지 않나. 오문을 빼돌리다니? 누구에게? 오문은 지금 태자와 한창 사랑에 빠져 있는데, 어째서 이 아이의 행복을 뺏으려 한단 말인가!

"나중에, 나중에 말해주마. 내가 살기 위해서이기도 하지만 산호 아가씨를 위하는 일이라니 거절할 수가 없었다……."

"개소리하지 말고!"

"이, 이럴 시간이 없다, 이놈아! 산호 아가씨는 내 은인의 따님이란 말이다! 그분의 따님이 태자비가 되도록 도와드리고 싶었다!"

"뭐? 도대체 단주는 예전에 무슨 짓을 하고 다닌 건데? 은도명이 어째서 단주의 은인이야?"

그때였다. 통로 문 밖에서 누군가 나타나 봉으로 금의 등을 후려쳤다.

퍼억.

"컥!"

"헉! 금아!"

퍼억.

"어윽!"

광두가 애타게 금의 이름을 부르는데, 비틀거리던 금은 등을 한 대 더 얻어맞고 쓰러지고 말았다.

"아이고 금아!"

"죽이진 않았다."

비쩍 마른 사내가 비열한 음성으로 말하자 광두가 울부짖었다.

"그래도 그렇지, 사람을 그리 무자비하게 패는 경우가 어디 있나! 이러다 죽으면 어쩌려고!"

"쯧. 이런 일 하나 제대로 처리 못해 잔챙이를 달고 온 주제에 말이 많군."

그는 광두에게 며칠 전 가게를 빌려 준 그 사내였다.

"말로 해도 됐을 텐데, 왜!"

"죽이지 않은 걸 고맙게 여기고, 그 계집이나 이리 내."

"정말 죽이지 않을 건가? 약속한 대로 내 비밀도 지켜주고, 이 아이도 살려줄 건가!"

"그거야 난 모르지. 난 높으신 분들이 시키는 대로 할 뿐이거든."

"뭐, 뭐? 약조가 다르지 않나!"

"동료를 팔아먹고 목숨을 부지한 배신자가 약조를 운운해? 나라를 배반한 놈이 뻔뻔하군."

"이…… 이!"

광두의 눈에 불똥이 튀었다. 오문의 안전을 약조 받았기에 그의 제안을 받아들였었다. 오문을 넘겨주고 자신은 여기 쓰러져 있다가 누군가 오문을 납치했다고 말할 생각이었다. 그런데 금에게도 들켜 이제 돌아갈 곳도 없게 되어버렸다.

사실 광두의 계획은 어리석었다. 태자가 그런 어설픈 말을 믿을 리가 없었다. 오문을 납치한 사람들이 들어와 있다면 그들의 기척을 눈치채지 못할 리가 없으니까.

애초에 이들이 광두에게 이 일을 시킨 것도 그 때문이었다. 오문도, 태자 일행도 인기척과 살기를 너무 빨리 알아차렸기 때문에 태자가 오문을 떼어놓게 하기 위해 이런 방법을 이용한 것이다.

그리고 이들은 광두를 살려둘 생각이 없었다.

"날 속였어! 이 아이를 살려준다 하지 않았나! 부안국에서 새 삶을 살게 해준다고 하지 않았나!"

"내가 말했지? 난 아무것도 모른다고. 내가 아는 건 한 가지밖에 없다."

"……!"

서걱.

광두는 눈앞에서 번쩍하는 빛을 보았다. 그 빛이 제 가슴을 가르는 것 또한 보았다.

그리고 그다음에는 극심한 통증과 함께 가슴에서 핏물이 터져 나왔다.

"저, 전부…… 거짓……!"

광두는 너무 억울했다. 살기 위해 오문을 넘겨주었는데, 결국 제가 죽어가고 있었다. 이게 다 천벌이라는 생각이 들었지만 그래도 저는 옛 동료의 말을 믿었다.

"배신자를 살려두면 안 된다는 것. 덕분에 내가 공을 세우게 됐군."

그의 말이 끝나자마자 광두의 몸이 바닥으로 털썩 쓰러졌다. 동시에 오문의 몸이 떨어지자, 그가 오문을 받았다.

광두는 오문을 안고 돌아서는 그의 발목을 붙잡았다.

"계암……. 부탁하네. 그, 그 아이…… 살려주게. 부탁…… 하네."

마지막으로 사력을 다해 목소리를 쥐어 짜냈다.

계암이라 불린 사내의 비쩍 마른 광대뼈가 하늘로 승천하는 것 같았다.

"저 금이란 놈을 살려준 것만으로 다행인 줄 알아. 내 얼굴을 봤다면 저놈도 죽였을 테지만."

그 말과 함께 계암은 광두의 등을 짓밟아 가슴의 핏물을 더 넘치게 만들었다.

"크아아악!"

광두는 고통스럽게 비명을 지르다가 결국 숨이 끊어지고 말았다.

그리고 계암은 광두의 몸에 침까지 뱉으며 돌아서며 그를 비웃었다.

"멍청한 놈. 간자 짓을 하다 붙잡혔을 때 순순히 죽었어야지. 여태 도망쳐서 잘 살았으면 끝까지 그러든가. 여긴 왜 기어 올라와? 쯧쯧."

한때는 동료였던 부안국의 간자 계암은 그렇게 냉정하게 돌아서 통로

밖으로 신속하게 빠져나갔다.

그리고 잠시 후, 금은 온몸을 부들부들 떨었다. 그의 얼굴 밑에 눈물이 가득했다.

"흐윽. 으으윽…… 흑!"

귀를 찢는 듯한 광두의 마지막 비명 소리에 차츰 정신이 들었다.

그러나 금은 죽어가는 광두를 살리기에는 이미 늦었다는 것을 알았고, 공포심과 등을 맞은 충격으로 몸이 잘 움직여지지 않아 계속 그렇게 혼절한 척해야만 했다.

금은 힘겹게 손을 짚고 몸을 일으켰다.

"다, 단주……. 단주!"

혹시나 하는 희망은 산산이 부서졌다. 엎어져 죽어 있는 광두의 몸 아래는 이미 피바다였다. 그는 창백하게 얼어붙은 사람 같았다. 생기와 온기가 전혀 느껴지지 않는.

"단주! 단주! 으아아아! 흐어어엉!"

무릎걸음으로 기다시피 다가간 금은 광두의 몸을 흔들며 짐승처럼 울부짖었다.

이렇게 허무하게 죽을 수 있다니! 한심한 사내였지만 정이 많고 겁도 많은 사람이었으며, 제게는 가족이었다. 금은 어린애처럼 목 놓아 울었다.

"금!"

창고로부터 이어진 길에서 누군가가 금을 부르며 달려 나왔다.

불길을 뚫고 온 흔적이 역력한 듯 옷 여기저기가 새까맣게 그을려 타들어 가고, 심지어 얼굴과 손은 시뻘게진 채.

그렇게 달려온 무호는 그야말로 사신 같았다.

아니, 살기가 충만한, 어디로 튈지 모를 악귀 같은 모습이었다.

무호는 무시무시한 눈길로 울부짖는 금을 노려보았다. 그의 목에 서슬 퍼런 칼날을 들이대고 냉담하고 위협적인 목소리로 물었다.

"오문은?"

눈물을 쏟아 내던 금이 텅 빈 눈동자로 두려움 없이 무호를 바라보았다.

"……."

"네가 본 대로 말하라."

금은 슬퍼할 틈도 주지 않는 태자가 원망스럽다는 생각이 들었다가, 이렇게 망연자실할 때가 아니라 오문이라도 살려야 한다는 생각이 퍼뜩 들었다.

"본 건 없고 들은 것만 있습니다."

"말하라!"

금은 제가 들은 말을 정리해 보았다. 워낙 의식이 가물가물할 때 들은 말이라 전부 다 기억나지는 않았다. 그래도 중요한 말은 들은 듯했다.

"아마 부안국…… 예, 부안국밖에 없을 것입니다. 간자라고 했고…… 나라를 배반했다고도 광두를 비난했습니다."

"뭐라? 귀문이 아니라 부안국의 간자라고?"

갑자기 전혀 예상치 못한 인물이 튀어나와 무호를 혼란스럽게 했다.

주방에서 갑자기 불길이 치솟았을 때, 누구보다 먼저 주방에 달려갔으나 불길은 오히려 객점 전체를 태울 것처럼 무호의 앞을 가로막았다.

사람들이 비명을 지르며 객점 밖으로 뛰쳐나갔다.

그러나 무호는 도포를 벗어 물에 적신 후에, 불길 속으로 뛰어들었다. 장우와 영춘이 뜯어말렸으나 그들을 뿌리쳤다.

뒤에서 장우와 영춘이 소리치는 것도 들리지 않았다. 무호의 머릿속에는 저 불길 안에 오문이 있다는 것뿐이었다. 미칠 것 같았다. 뜨거움에 몸부림치고 있을 오문을 생각하면 제 심장도 타들어 가고 있었다.

"오문! 오문!"

그렇게 재빠르게 화마 속으로 들어왔더니 오문은 온데간데없고 창고의 문이 열린 것이 보였다. 뭔가 잘못됐다는 생각이 들었다. 오문이 불길을 피한 것은 다행이지만 어쩐지 그녀를 쉽게 찾지는 못할 것 같은 생각이 들었다. 창고 방까지 연기가 자욱해 앞이 보이지 않았다.

덮어쓴 도포는 열기에 다 타버렸고 불길이 창고 역시 태우기 시작했다. 이러다가 무호 역시 타 죽을 것 같았다. 바로 그때 불길이 옮겨 붙은 바닥에 계단이 이어진 것이 보였다.

그렇게 죽을힘을 다해 여기까지 왔건만 오문을 찾긴커녕, 죽은 광두와 금을 만나게 되었다. 이들이 오문을 데려간 자들과 한통속일 거라 무호는 확신하고 있었다. 침입자의 소리는 들리지 않았었다. 그렇게 소리 없이 오문을 지하로 끌고 간 자라면 내부의 소행일 테니 말이다. 때문에 금의 말도 다 믿을 수는 없었다.

"목을 베어버리기 전에 사실대로 말하는 게 좋을 게다!"

무호의 차가운 이성이 미쳐 날뛰기 시작했다.

처음 보는 태자의 악귀 같은 모습에 금의 안색이 창백해졌다. 가뜩이나 지금 눈앞에서 아버지나 다름없던 광두가 죽었다. 슬퍼할 겨를도 없이 저를 윽박지르는 태자 때문에 넋이 나간 듯했다.

"계암…… 계암이라고 불렀습니다. 광두가…… 오문을 살려달라고, 제발 살려달라고…… 죽어가면서도 그렇게 말했습니다."

횡설수설하듯 앞뒤 없이 하는 말이었지만 무호는 무슨 일이 있었는지 상황을 파악했다.

당장 오문을 잡아간 놈의 뒤를 밟아야 했지만 그를 놓칠 경우를 대비해 놈이 어디로 가고 있는지 정도는 파악하고 쫓아야 했다. 무호는 오문을 찾기도 전에 일이 생길까 마음이 급했다.

"그래서! 그가 오문을 죽이겠다 했느냐!"

"노, 높은 분들이…… 알아서 하실 일이라고……."

"젠장! 부안국으로 갔군! 대체 왜!"

단왕도, 귀문도 아닌 부안국에서 왜 오문을 납치했을까, 그것을 생각하고 있을 만큼 시간이 많지 않았다. 그는 황급히 오문을 찾기 위해 지하 통로를 빠져나갔다.

그러나 밝은 태양 아래에 선 무호는 망연자실했다.

무호가 선 곳은 빽빽하게 들어선 허름한 건물들과 그 사이로 거미줄처럼 얽힌 좁은 길이 가득했다. 마치 미로의 한가운데에 선 것처럼. 후미진 뒷골목, 사방으로 뻗어나 얽히고설킨 길 앞에서 무호는 쥐고 있던 검을 떨어트리고 말았다.

"전하!"

영춘과 장우가 뒤따라 달려 나오다 그가 칼을 떨어트리는 것을 보았다.

장우는 사지로 몰렸던 절망적인 격전지에서도 본 적 없는 무호의 모습에 가슴이 철렁했다.

영춘 역시 태자에게 이런 패배감을 안겨준 것이 제가 빨리 오지 못한 탓일지도 모른다 자책했다. 저 역시 그의 뒤를 따라 불 속으로 뛰어들긴 했지만 불타서 무너지는 천장에 길이 막혀 오는 데 시간을 지체하고 말았던 것이다.

무호가 그들의 목소리를 듣고 뒤를 돌았다. 그리고 제 손바닥을 바라보며 중얼거렸다.

"뜨겁군."

"예?"

무호는 불 속에서 달구어진 검을 그대로 쥐고 있었던 것이다. 그의 손바닥은 이미 물집이 터져 벌겋게 부어올라 있었다.

장우와 영춘은 태자가 떨군 검과 그 손을 번갈아 보고서야 그가 검을 떨어트린 연유를 알 수 있었다.

그것이 뜨겁다는 것을 지금은 깨달았다는 것이다. 즉, 태자는 지금 지극히 이성적이고 차분한 상태였다. 결코 절망하고 있는 게 아니었다는데, 두 사람은 크게 안도했다. 어쩐지 세상 두려울 게 없는 그가 좌절하는 것만큼은 보고 싶지 않았다.

"금을 데려와라. 물을 것이 있다."

"오, 오문은 찾지 않아도……?"

"이 근방을 전부 다 뒤져서 쥐새끼 하나를 찾는 것은 불가능하다."

비도 오지 않은 마른 땅에는 족적도 남지 않았다. 다니는 사람이라도 많으면 목격자라도 찾으련만 뒷골목은 밤의 거리인 듯 사람 그림자 하나 없었다.

장우와 영춘도 태자의 말을 듣고 상황을 파악했다. 하지만 이대로 태자가 오문을 찾는 것을 쉽게 포기하다니 이해할 수 없었다.

"부안국의 간자가 저지른 일이라더군. 뭔가 감이 잡힐 듯해. 금이란 놈을 데려와라."

무호는 그 높은 분들이라는 게 부안국 사람들이라고 확신했고, 계암이라는 간자가 오문을 부안국에 데려갈 때까지는 살려둘 것임을 확신했다.

다만, 어째서 갑자기 부안국인지를 생각해야 오문의 안위에 대해서도 추측할 수 있었는데, 자세히는 모르겠지만 이것이 부안국 혼자 저지른 일이 아니라는 것은 알 것 같았다.

"부안국의 간자라니요? 설마 그럴 리가요!"

장우는 자칫 전쟁으로 변질될 수 있는 일이라 크게 놀라고 의심했다.

"그럴 리가 없지. 그놈들끼리 한 짓이 아닐 게다."

잠시 후, 장우가 기진맥진해 쓰러져 있는 금을 데리고 태자의 앞에 끌고 왔다.

금은 광두와 나누었던 대화를 모두 전했다. 은도명과 간자였던 광두 사이에 있었던 일은 광두가 자세히 말하지 않아도 추측할 수 있었다.

"은도명이 광두를 이용해 부안국의 간자들을 색출했고, 그는 살려준 모양입니다."

"예전에 그런 일이 있긴 했었지. 하면 광두는 누군가로부터 산호가 태자비가 될 수 있도록 오문을 납치하라고 지시를 받았다. 하나, 그 누군가가 아마도 부안국 사람은 아닐 것이다. 부안국이 오문을 납치해서 얻을 수 있는 이득은 없으니까. 더군다나 은도명에게 원한이 있는 부안국에서 그의 딸인 산호가 태자비가 되길 원치는 않겠지."

"하면 다른 세력이란……."

장우 역시 짐작 가는 바가 있어 목소리가 어두워졌다. 마침 저 멀리서 자신들을 찾아 헤맨 기예단과 나머지 친위대 대원들이 달려오는 것이 보였다.

피로 물든 광두의 시신과 진이 빠져 쓰러진 금을 발견한 기예단 식구들은 사색이 되어 울부짖으며 달려왔다.

산호만 조금 멀찍이서 천천히 다가오며 태자를 바라보았다. 첫 바깥나들이에 무서운 일을 경험한 산호는 도도하게 평정심을 유지하고 있었지만 평소와는 분명 다른 표정이었다. 대체 지금 무슨 일이 일어났냐는 듯 묻고 있는 것 같았다.

무호는 조금 전 하다 만 이야기를 다시 시작했다.

"내 생각엔 말이다. 사람을 잘못 잡아간 듯해."

단왕은 객점에서 대낮에 불이 나 건물이 홀라당 타버렸다는 은밀한 보고를 받았다.

보통 이런 보고는 왕에게까지 올라가지는 않지만 이번엔 경우가 달랐다. 그 건물이 태자와 함께 온 일행이 자리를 잡은 건물이었고, 심지어 태자 일행과 산호까지 함께 있다가 변을 당했기 때문이다.

어디 그뿐인가.

단왕이 어렵게 찾은 오문 공주가 누군가에게 납치되었다. 믿을 수 있는 일부 대신들과 단왕의 최측근만 모아둔 자리에서 그는 불같은 노기로 모두를 벌벌 떨게 했다.

평소 단왕은 신하들을 정도에 맞게 대해왔다. 그런 그가 납치당한 공주의 일에는 광기가 느껴질 만큼 분노하자 다들 어쩔 줄 몰라 했다.

그때 단유천이 나섰다.

"전하. 지금은 분노를 가라앉히시고 오문 공주를 납치한 자들이 누구인지, 또 그들이 원하는 것이 무엇인지를 알아내야 하옵니다. 제 생각에 이 일이 백성들에게까지 알려지면 좋지 않을 듯하니……."

"알고 있다!"

단왕이 버럭 소리를 질러 아들의 말을 막자, 대신들은 눈에 띄게 어깨를 움츠렸다.

"모두들 잘 들어라."

"예. 전하!"

"이 일은 당분간 공표하지 않는다. 공주가 보이지 않는 것은 수업을 받는 중이라 소문을 내라. 공주가 납치당한 것이 사방에 알려져서 좋을 게 없다. 놈들은 우리에게 원하는 것이 있을 것이다. 하니, 백성들이 동요하지 않도록 당분간 지켜보는 것이 나을 것이다."

"예! 전하!"

대신들은 자신들의 생각을 정리하고 말할 용기조차 없었다. 그저 단왕의 화를 가라앉히는 데 급급해 머리를 조아릴 뿐이었다.

"또한 얼마 전 내 귀에 들어온 소식에 의하면 최근 들어 몸을 숨기기 급급했던 부안국의 간자들이 움직이고 있다 한다."

"허억!"

"그, 그런……!"

단왕부의 대신들은 아무도 단왕의 정보력을 의심하지 않았다.

그들은 왕야가 키웠다는 정보책들이 얼마나 정확하고 신속하게 정보를 가져다주는지, 그간 수많은 경험으로 잘 알고 있었다. 그들이야말로 단왕부의 진짜 힘이었다.

"내 그들을 색출하여 이번 일에 대해 물을까 한다. 그러니 그대들은 다른 일에 힘써야 할 것이다."

"다른 일이라 하면 무엇이옵니까?"

"태자 전하께서 곧 떠나신다 하셨다. 아끼던 오문을 잃은 상심이 크실 것이나, 일이 이렇게 된 이상 예서 전하를 더 모시는 것은 위험한 일이다."

"그것은 그렇사옵니다. 이번 일만 해도 전하께서 잘못되시기라도 했다면……."

"허허……. 생각만 해도 끔찍하옵니다. 모두 단왕부가 책임을 질 뻔했사옵니다."

"그러니 전하께서 돌아오시면 최대한 설득해 한시라도 빨리 돌아가시라 할 것이다. 그때 산호를 함께 보낼 것이니, 그 일을 차질 없이 준비하도록 하라."

"예! 전하!"

마침 태자를 모시러 간 단왕의 군사들이 그의 환궁을 알리자 대신들은 더욱 분주해졌다.

태자 일행은 불탄 객점으로 돌아가기 직전에 이미 단왕이 보낸 군사들과 마주했다.

"왕야께서 태자 전하와 산호 아가씨가 몰래 나가신 것을 알고 무척 걱정하고 계시옵니다. 단왕부는 그리 평화로운 곳이 아니옵니다. 결국 왕야께서 걱정하신 대로 되었으니 이 사실을 전하면 무척 침통해하실 것이옵니다."

왕궁의 근위대장이란 자는 단왕부에서 태자가 불에 타 죽을 뻔한 일이 폐하의 귀에 알려질까 전전긍긍하는 듯했다. 태자는 그를 비웃으며 말했다.

"태자를 불태워 죽이려 한 것치고는 공주만 잃었으니, 폐하께서 오해하시는 일은 없을 걸세."

그의 속을 꿰뚫고 한 말에 그는 매우 송구해하며 쩔쩔맸다.

"그, 그런 뜻이 아니오라……."

"왕야께서 공주의 실종을 비밀로 하고 싶은 듯하니, 조용히 돌아가겠다. 안내하시게."

그날 저녁, 궁에 당도한 태자는 단왕과 독대했다.

"공주를 잃은 슬픔을 이해하오."

먼저 위로의 말을 꺼낸 것은 의외로 태자였다.

단왕은 조금 놀란 표정이었으나 이내 표정을 수습하고, 적당히 침통하고 씁쓸한 표정을 지어 보이며 고개를 저었다.

"아니옵니다. 일이 이렇게 되고 보니, 그 아이가 전하와 함께 사랑을 나누고 싶다고 졸라댔을 때 야단치지 말 것을 그랬나, 안타까울 뿐이옵니다. 제가 그렇게 야단을 치고 내쫓다시피 하지 않았다면 궁 밖에 나가 이런 변을 당하는 일은 없었을지도 모르니 말이옵니다."

"그리 말씀하시니, 나를 탓하시는 것 같소. 내가 밖에 나가자 하는 바람에 이런 일이 생겨 버렸으니……."

"어찌 그런 말씀을 하시옵니까! 아니옵니다! 저는 결코 전하를 원망하지 않사옵니다. 모두가 단왕부에서 생긴 일! 제가 왕부를 잘 다스리지 못해 간자들이 대낮에 공주를 납치하는 일이 생기고 전하께서도 큰 변을 당할 뻔하지 않았사옵니까. 제가 어찌 폐하께 죄를 청하지 않을 수 있겠습니까."

"아니오. 다 내 욕심 때문이 아니겠소. 오문의 마음이 변하기라도 할까 봐 내가 너무 서둘렀소. 낯선 땅에서 내가 얼마나 무기력한지, 오문이 사라진 뒷골목에서 내가 얼마나 망연자실했는지 부끄러울 뿐이오."

태자의 풀 죽은 목소리에 단왕은 크게 황망한 표정을 지으며 걱정스러워했다.

"전하! 전하께서는 훗날 제화국의 황제가 되실 분이옵니다. 오문 그 아이는 잊으시옵소서! 그 아이는 반드시 제가 찾아 전하께 보낼 것이옵니다. 하오니, 오문으로 인한 패배감을 버리시옵소서!"

"예. 비겁하지만 나는 그리할 것이오. 내가 지켜야 할 것은 오문 한 사람이 아니라, 제화국의 백성들이니, 잊을 것이오. 해서 나는 한시라도 빨리 이곳을 떠날까 하오."

얼마 전 서로 보이지 않는 신경전을 벌일 때와 비교하자면 지금 이들의 대화는 너무나 다정했다. 같은 슬픔을 공유한 이들이 서로의 죄책감을 나누며 위로하는 듯 보였다. 물론 그들의 속마음은 하나같이 상대를 믿지 않았지만.

'이놈이……! 무슨 수작을 부리려고 이리 순순히 나온단 말인가! 혹, 진짜 오문을 잃어서 크게 충격이라도 받은 것인가!'

태자 역시 속으로는 이를 갈고 있었다.

'어디서 속이 뻔히 보이는 거짓을 나불거려? 제화국의 황제가 되실 분? 지랄! 언젠가 네놈의 그 두꺼운 낯가죽을 생으로 벗겨주고 말 것이다!'

서로의 진짜 표정을 감춘 채 두 사람은 서로를 다독였다.

"전하. 이 와중에 이런 말씀을 드려야 한다는 것이……."

"무슨 말씀을 하실지 알고 있소. 산호, 나의 태자비가 될 여인. 그녀 또한 함께 데리고 떠나겠소. 폐하께서 무척 보고 싶어 하시니……."

태자는 이제 와서 갑자기 효자가 된 듯 산호까지 순순히 받아들였다.

단왕은 여러모로 태자가 수상쩍었지만 오문을 잃은 혼란스러움이 그의 눈동자에 엿보였다.

'실패를 해본 적이 없는 놈이었지. 자신만만하던 놈이 제 잘못으로 제 것을 잃었으니, 그 충격이 클 수밖에. 현실도피를 하려는 것인가.'

태자가 안절부절못하며 눈물까지 참으려 하는 모습은 진짜 같았다.

귀문의 수장으로서 보아도 완벽했다.

'그래도…… 조금 지켜봐야겠지만.'

지금쯤 계암이라는 간자와 오문은 부안국의 국경을 넘었을지도 모른다.

이제 와서 태자가 뭘 어찌할 수 있겠나 싶으면서도 완전히 마음을 놓을 수는 없었다.

'부안국으로부터 공주를 붙잡았다는 소식이 오기 전에 얼른 태자를 보

내야 할 텐데……'

그때는 정말 태자가 어쩌지 못할 테니, 그가 어서 이곳을 떠나길 바랄 뿐이었다.

"전하. 언제든 떠나실 수 있도록 산호를 준비시켜 두겠사옵니다. 너무 상심하지 마시고 떠나기 전까지 편히 쉬시옵소서."

"아니, 그럴 것 없소. 지금 당장 떠나겠소."

"예?"

"미안하오만, 예서는 하루도 더 견디지 못할 듯하니, 채비를 서둘러 주시오. 그리고…… 오문의 일은 모두 단왕께 맡기겠소. 목숨만이라도 살릴 수 있게 최선을 다해 주시오."

쾌재를 불러야 할 단왕은 태자의 예상 못한 반응이 혼란스럽기만 했다.

제 40 장

재수가 없었다

갑작스럽게 제화국의 황실로 떠나게 된 산호는 호화스러운 가마에 앉아 제 목에 걸린 옥패를 만지작거렸다.

이것의 진짜 주인이 누군지 아는 산호의 마음은 무거웠다.

'정말 부안국이 그랬을까?'

산호는 어쩐지 이 일에 단왕이 얽혔을 것 같아 불안감을 감출 수가 없었다.

떠나기 전 단왕이 매우 슬픈 표정으로 제 손을 잡아 손등을 토닥거렸다.

'드디어 네가 태자비가 되는구나. 내 드디어 염원하던 일을 이루어 마음이 뿌듯하고 홀가분하다.'

그의 목소리는 공주를 잃은 지독한 슬픔이 배어 있었기 때문에 산호는 소름이 끼쳤다.

'오문이 사라져서 골칫거리를 해결했다 생각하고 있으면서…….'

단왕의 그런 냉철한 점을 불과 얼마 전까지 산호는 존경했다. 그것이 야말로 제왕의 조건이라고 생각했고, 태자비가 될 저 역시 단왕의 모습을 닮으려 애써 왔다.

한데 어째서 그가 소름 끼치게 느껴졌을까. 갑자기 왜?

산호는 옥패를 꼭 쥔 채 어제 있었던 일을 떠올렸다.

근위대를 따라 궁으로 돌아가는 길이었다. 모두가 조용히 뒤를 따르는 와중에 산호는 태자의 등을 곱지 않은 시선으로 바라보고 있었다.

'오문이 없으면 안 될 것처럼 하시더니, 그녀가 죽을지도 모르는 이 상황에 어찌 저리 태연하실까. 불 속으로 뛰어들 만큼 사랑하셨으면서 어떻게 저렇게 차갑게 마음을 돌릴 수 있단 말인가.'

산호는 오문을 잃은 그가 미처 날뛰기라도 하면 어쩌나 걱정했는데 막상 이렇게 아무렇지 않게 비아냥대며 궁으로 돌아가는 모습이 두려웠다.

'태자라 그런가……'

그러면서 그녀는 뒤를 돌아보았다. 광두의 시신을 두고 통곡하고 욕설을 뱉는 백골 기예단의 모습이 보였다.

'보통은 저렇게 슬퍼하고 분노할 테지. 난 전하를 잃으면 그리할 수 있을까?'

저 역시 그렇게는 못할 것 같았다. 문득 오문이 가엾게 느껴졌다. 그녀는 태자를 잃으면 저들처럼 가슴이 찢어지는 아픔을 느끼며 쓰러질 때까지 울 것 같았다. 한데, 지금 태자는 오문을 잃어도 그리하지 않고 있었다.

산호는 저도 모르게 영춘을 힐끗 쳐다보았다. 태자보다는 사람 냄새가 많이 나는 그는 어떨까 하고.

그는 굳은 표정이긴 했지만 태자만큼이나 냉철한 무사의 눈빛을 하고 있을 뿐이었다.

'다들 너무하는구나.'

오문이 호위인 영춘에게 같이 식사를 하자며 다정하게 권하는 모습을 산호는 인상 깊게 보았었다.

저는 저를 보살펴 주는 궁녀에게 한 번도 그렇게 해본 적이 없었다. 그래서인지, 궁녀들과 저 사이에는 아무런 정도 느껴지지 않았다.

하지만 오문과 이들은 다를 것이다. 그동안 쭉 그렇게 가족처럼 지내 왔을 것이다. 비록 짧은 시간이긴 하지만 살갑게 구는 오문을 보면 다들 정이 들었을 만도 할 텐데 어찜 이렇게 차갑게 돌아설 수 있을까.

산호는 영춘에게 크게 실망하며 스스로를 꾸짖었다.

'내가 무슨 생각을 하는 건지……. 나 역시 태자비가 되어야 할 사람. 정에 이끌릴 수야 없지.'

멀어져 가는 백골기예단의 울음소리 때문일까. 산호는 잠깐 즐거운 꿈을 꾼 것 같았다. 다시 제가 있어야 할 자리로, 원래의 산호의 모습을 찾아가고 있었다.

그랬는데 막상 이렇게 빨리 가마를 타고 황궁을 향해 가고 있노라니 돌이킬 수 없는 잘못을 저지르는 게 아닌가, 무거운 죄악감에 짓눌렸다.

곧 있으면 단왕부를 벗어날 것이다. 오랫동안 제가 살아온 곳을 떠나는데 마치 지옥을 벗어나는 듯한 묘한 기분이 들었다.

거기다 제가 가는 길이 새로운 지옥인 듯한, 기분 나쁜 울렁거림이 느껴져서 그 지옥의 울타리에 다시 들어가고 싶을 정도였다.

그제야 산호는 자신이 마음을 터놓고 고민을 이야기할 수 있는 가족도, 벗도 또는 저를 마음을 다해 성심껏 돌봐줄 아랫사람도 없다는 것을 깨달았다.

세상에 혼자 남겨진 고독감.

의지할 곳이 아무 데도 없다는 외로움.

오문이 얼마 전까지 늘 이겨내며 살았던 그 감정들을 산호는 이제야 느낄 수 있었다.

❖

오문은 한동안 느끼지 못했던 익숙한 덜컹거림에 점점 의식을 되찾고 있었다. 정신이 들어가면서 이 덜컹거림이 수레라는 것을 깨달았다.

'뭐지?'

몽롱한 가운데 오문은 눈앞에서 치솟는 불길을 기억해 냈다.

"허억!"

숨을 들이켜며 깨어난 오문은 몸을 일으키려고 들썩거리려다 실패했다.

아직도 몸의 마비가 안 풀린 걸까 싶었는데, 가만 보니 손가락과 발가락이 움직였다.

"어라?"

자기도 모르게 혼잣말을 뱉고 보니 혀도 멀쩡히 움직였다. 이제 보니 몸이 꽁꽁 묶인 탓이었다. 발목과 무릎 그리고 손이 뒤로 돌려 허리와 함께 묶여 있었다. 어안이 벙벙하고 기절한 동안 무슨 일이 있었던 것인가 알 길이 없어 답답할 때였다.

"깨어났군."

"헉!"

얇고 가벼운 사내의 음성에 오문은 또 한 번 놀라 고개를 돌렸다.

덜컹거리는 수레에는 저 말고 다른 사내가 있었다. 그는 목소리처럼 몸이 비쩍 말라 사마귀 같은 인상을 주었다.

"누, 누구세요?"

"누구긴. 납치범이다."

그러자 오문은 흠칫 어깨를 떨다가 힘겹게 꿈틀거리며 허리를 세워 앉았다. 그러더니 안도하듯이 말했다.

"후……. 그럼…… 죽이는 건 아니고요?"

귀문이 아니라니 우선은 안심이었다. 그러나 오문이 얼마나 격하고 고된 삶을 살아왔는지 알 리 없는 계암은 그녀의 반응이 어이없을 뿐이었다. 그는 눈썹이 휘어지도록 미간을 찌푸리며 물었다.

"납치당했다는데 당장 안 죽어서 다행이냐? 죽을지 살지 내가 어떻게 알아?"

"왜 모르십니까? 아무 대책도 세우지 않고 사람을 납치할 리는 없지 않습니까?"

"나는 그냥 시키는 대로 할 뿐이니까."

"아……. 똘마니구나……."

저도 모르게 튀어나온 진실된 말이었다.

"이년이!"

계암이 손을 들어 올리자 오문이 눈을 치켜뜨고 말했다.

"제 몸에 손대지 않는 게 좋을 겁니다."

"하! 왜? 태자비가 될 고귀한 분이니 납치를 당해도 그런 대접을 받고 싶으냐?"

"제가 태자비가 될 거라는 걸 알면서도 절 납치한 걸 보니, 단왕께서 배후에 있는 모양이지요."

"뭔 개소리야? 단왕이 왜? 단왕은 널 태자비로 만들려고 안간힘을 썼는데, 왜 우리한테 널 넘기겠어?"

"예? 정말 단왕께서 저를 태자비로 만들려고 하셨다고요? 이상하다.

그럴 리가 없는데요."

오문은 납치범과 이야기를 나눌수록 머리가 어지러웠다.

"그건 두 분이서 나중에 만나 이야기를 나누시고 우리는 지금 국경을 넘어 부안국으로 가는 중이니까 그런 줄이나 아셔."

"뭐, 뭐, 뭐라고요? 어, 어딜 간다고요?"

"부안국. 왜? 이제 좀 상황 파악이 돼?"

"아뇨. 전혀요."

오문은 고개를 절레절레 저으며 도대체 이게 무슨 상황이냐는 멍청한 표정을 지었다.

"하! 아무리 온실 속의 화초처럼 곱게 컸다지만 너무 순진한 거 아니야? 돌아가는 정세 정도는 알고 있어야지. 나름 궁밥을 드시고 사신 분이? 어?"

"자, 잠깐만요! 지금 뭐라고……. 온실 속의 화초요? 궁밥이요? 저기요. 납치범님! 뭔가 큰 실수를 하신 것 같아요."

"뭐라는 거야?"

오문은 납치범의 실수로 어이없이 부안국의 국경을 넘고 있는 상황에서 다급해질 수밖에 없었다.

"제 말 들으셔야 합니다. 저, 저 아닙니다! 혹시 산호 아가씨를 납치하려 한 게 아니었습니까?"

"이게 누굴 바보로 아나! 닥치고 있지 못해! 은도명의 딸, 은산호!"

"아니라고요. 전 오문이라는 태자 전하의 노비, 아니, 숙수인데요……."

"좀 전까지 태자비가 될 거라고 해놓고 누굴 속이려 들어!"

"사람 말을 끝까지 들어보세요. 그러니까 그게 어떻게 된 거냐면요, 원래는 숙수였는데요…… 전하께서 저를 사랑하게 되셔 가지고……."

"하, 하하하! 뭐 이런……! 하하하!"

계암이 큰 소리로 웃자 오문은 울상이 되어 억울함에 묶인 다리를 동동 위아래로 굴렸다.

"아, 글쎄! 아뇨! 진짜! 저 아니라고요! 왜 사람 말을 못 믿어! 아! 그렇지! 저 처음에 납치했던 광두! 광두 어디 있습니까! 광두는 절 안다니까요!"

"이봐. 광두가 널 산호라고 데려왔다니까? 광두가 누군지 알아?"

"……!"

오문은 갑자기 스산해진 계암의 목소리가 심상치 않아 그의 말을 끊지 않았다.

"네 아버지 은도명이 예전에 우리 부안국의 간자들을 수십 명이나 잡아들였지. 그 공으로 황제께서 크게 상을 내리시기도 했고. 한데 그때 내 동료들이 줄줄이 잡혀간 게 광두 그 새끼 때문이었거든? 그 새끼가 실수로 꼬리가 밟히는 바람에 은도명에게 잡혀서는 자기가 살겠다고 동료들을 팔았단 말이야."

"뭐, 뭐라고요? 광두가 누, 누구라고요?"

도무지 믿기지 않는 말이었다.

"그 꼴통새끼가 언젠가 일을 그르칠 줄 알았지만 아주 거하게 사고를 쳤지. 그 일로 부안국에서는 단왕부의 압박으로 땅을 빼앗기고 백성들을 노비로 갖다 바쳐야 했다. 나라를 팔아먹은 놈이니 죽어 마땅하지!"

광두의 어마어마한 과거와 그가 그의 조국에 지은 죄를 듣게 된 오문은 놀라움을 넘어서 경악했다. 그러다가 마지막에 들은 말에 더 커질 것 같지 않던 오문의 눈이 번쩍 뜨였다.

"자, 자, 자, 잠깐만요! 과, 광두가 죽어요? 죽였어요?"

계암은 오문이 놀라는 것을 이해할 수 없었다.

"그럼 죽였지. 그 입 싼 놈을 내가 살려둘 리가 없지."

"뭐, 뭐라고요?"

"왜? 너도 통쾌해야지. 네 아버지 덕에 목숨을 건진 놈이 은혜도 모르고 너를 적국에 넘겼는데 그 괘씸한 놈을 찢어 죽이고 싶어 해야지? 안 그러냐?"

오문은 입술을 잘근 깨물고는 계암을 노려보다 큰 소리로 버럭 외쳤다.

"안 그래요! 누가 그래! 세상에 죽어도 되는 사람은 인두겁을 쓴 짐승밖에 없다고 그랬어! 당신이 뭔데 광두를 죽여! 당신이 뭔데 그 사람을 단죄해!"

"하! 글귀 좀 읽었다고 어린년이 날 가르치려 들어?"

"십팔! 십팔 세거든! 하나도 안 어려!"

그간 태자에게 배운 욕을 써먹을 일이 없었는데, 이번에 나이를 빙자해 욕설을 퍼붓고 나니 속이 시원해지는 것 같았다.

'이 맛에 욕을 하시는구나.'

오문의 소심한 욕을 알아들은 계암의 얼굴이 시뻘게졌다.

"이, 이년이!"

"광두를 왜 죽였어! 적어도 광두는 은도명 그분을 배신한 적은 없네! 은혜는 알잖아! 자기가 살고 싶어서 어쩔 수 없이 동료들을 팔았어! 그래. 잘못이긴 해! 근데 누가 그런 유혹을 쉽게 이길 수 있어! 그래도 광두는 마지막에 산호 아가씨는 지켰잖아! 나한테는 잘못했지만!"

오문은 울지는 않았지만 물기 어린 목소리로 외쳤다.

"뭐, 뭐라는 거야, 이게! 어디서 자꾸 아닌 척해! 네가 그런다고 내가 속을 줄 알아!"

몸이 마비되기 전에 광두가 계속 말하던 것을 오문은 기억하고 있었다.

「미, 미안하다. 오문아. 너한테 아무 일도 없을 거라고 했다. 그러니까 잠깐만……. 응? 어쩔 수 없었다. 정말……. 흑. 미안하다. 태자 전하와 잠깐 떨어져 있기만 하면 된다고 했다. 정말 그게 다야.」

제게 아무 일도 없을 거라고, 그래서 저를 넘겼을 것이다. 만약 제가 이렇게 위험해질 줄 알았다면 죽으면 죽었지, 이렇게까지 하지 않았을 것이다. 오문은 그렇게 믿었다.

겁은 많지만 사람 좋은 단주가 동료들을 잃고 살아온 죄책감을 평생 떨치지 못했을 테니까. 두 번이나 그런 일을 저지르진 못했을 테니까. 그래서 그의 죽음이 너무 슬프고 안타까웠다.

"광두를 속였으면 그걸로 끝내야지! 그 사람을 죽일 것까진 없잖아!"

"하! 죽은 놈 걱정하기에는 지금 네년 상황이 그리 좋지는 못하거든? 우리 장군께서 지금 산호라는 은도명의 여식을 애타게 기다리고 계신단 말이지."

오문은 또 입술을 잘근거리면서 씨익 웃었다.

"그거 재밌네요. 저도 꼭 그분 앞에 가서 해주고 싶은 말이 있거든요."

"괜한 수작 부릴 생각 마라. 우리 장군님 심기 건드렸다가 사지를 사방에 뿌리고 목만 태자한테 보내는 수도 있어. 그분이 한 번씩 그렇게 앞뒤 안 가리고 일을 저지를 때가 있거든? 살고 싶으면 장군께 가서 태자 전하께 보내달라 싹싹 빌어."

"아마, 장군님 앞에 가서 빌어야 할 사람은 내가 아니라 당신일걸?"

오문의 자신만만한 표정에 계암은 기가 막혔다. 아무리 세상 물정 모르고 귀하게 큰 아가씨라지만 도무지 겁이라고는 없어 보였기 때문이다.

그때 두 사람의 이야기를 듣고만 있던 마부가 힐끗 돌아보며 걱정스럽게 말했다.

"저기……. 계암. 아무래도 좀 불안하지 않아?"

"뭐가?"

"아니……. 본인이 너무 산호가 아니라고 우기잖아. 한번 알아볼 필요는 있을 것 같은데?"

"멍청한 소리 하지 마. 이제 거의 다 왔는데 또 돌아가자고? 그리고 이년이 그걸 노리고 하는 말에 넘어가지 말란 말이다!"

"아니, 난 좀 신중을 기하자는 거지……. 국경 한번 넘는 게 쉬운 일도 아니고……."

오문은 그 사람의 말에 맞장구 쳤다.

"그러니까요. 사람을 아무렇지 않게 죽이더니, 본래 이렇게 일을 대충하는 분인가 보죠? 잘 알아보지도 않고?"

"닥치지 못해!"

계암이 버럭 화를 냈다. 이제 와서 마음이 흔들리면 곤란하지 않나. 제가 데려온 산호가 가짜든 진짜든 이제는 돌이키기 글렀다.

아까 그녀의 말 같지 않은 말에 따르면 태자가 그녀를 사랑해서 태자비가 되게 해주겠다 한 모양이니, 산호가 아니라도 아예 쓸모없는 인질은 아닐지도 모른다.

"이제부터 입 다물고 조용히 하는 게 좋을 게다. 다 같이 화살받이가 되고 싶지 않으면!"

오문은 계암을 노려보며 한마디 쏘아붙였다.

"이래 죽으나, 저래 죽으나 저한테는 어차피 개죽음인데 좀 더 부드럽게 사정하시는 게 어떻겠습니까?"

"오냐! 그래 주지!"

잔뜩 화가 난 계암은 결국 오문의 입에 약을 적신 수건을 갖다 댔다.

"읍!"

"국경을 넘는 동안만 잠시 주무시고 계시지요. 아가씨."

듣기 싫은 비열한 음성이 깜깜한 의식 속에 파고드는 것을 끝으로, 오문은 아무 소리도 들을 수 없게 되었다.

"줄을 타고 싶다고?"

광두는 제 키의 배꼽까지밖에 닿지 않는 오문을 보며 황당하다는 듯 물었다.

"네."

"아서라. 배울 거면 더 일찍 배웠어야지. 이미 뼈도 굳어가서 유연성도 떨어지고 키도…… 뭐, 그래…… 키는…… 아무튼 안 된다."

"그래도 해보고 싶어요."

"뭘 배운다고 하면 질색하더니 왜 이러는 거야?"

"하늘을 날잖아요. 신기해요."

"다친다."

광두는 장작을 패며 퉁명스럽게 말했다.

"다쳐도 제가 다치니까 가르쳐 주세요."

그러자 도끼를 들어 올리던 광두가 멈칫하며 오문을 쏘아보았다.

오문은 평소 헤실거리던 광두가 노려보자 겁이 나서 저도 모르게 뒷걸음쳤다.

"왜, 왜요……?"

"다쳐도 네가 다친다니! 그런 말이 어디 있어! 너 다치면 우리가 다 너를 보살펴 줘야 하고 언니랑 오빠들한테 걱정 끼치고 그럴 텐데!"

광두가 화를 내자 오문은 오히려 겁은 안 나고 머리가 텅 빈 것처럼 멍해졌다.

"보살펴 준다고요? 걱정을 해요?"

"뭐? 그럼 당연히 걱정을 하지, 안 해?"

"어…… 원래 그런 거예요?"

귀문에서는 다치면 그냥 시름시름 앓다가 죽거나 자기가 알아서 어떻게든 견디고 살아남아야 했었다. 그렇기 때문에 오문은 누가 자신을 돌봐준다는 게 신선한 충격이었다.

"……넌 대체 어디서 어떻게 산 거냐?"

광두는 오문을 매우 심상치 않게 바라보았다. 심지어 그의 목소리는 떨리고 있었고, 오문보다 더한 충격을 받은 듯했다. 부릅뜬 눈에는 안타까움과, 그리고…….

'동질감!'

오문은 그날 광두의 모습을 떠올리며 잠에서 깨어났다.

"헉!"

깜깜한 밤이었다. 때로 늑대 울음소리가 멀리서 음울하게 들려왔다.

수레는 멈춰 있었고, 이미 국경을 넘었는지 계암과 마부는 깊은 잠에 빠져 있었다. 태평하게 자고 있는 것을 보면 완전히 부안국으로 들어선 것이다.

계암은 제가 깨어나는 소리에 잠이 깬 것 같았는데 모르는 척 자고 있는 것 같았다.

오문은 이제 도망가지 못하게 손만 수레에 묶인 상태였다. 광두의 죽음이 꽤나 충격이었던 모양인지, 오문은 꿈에서까지 그를 떠올렸다.

어린 시절 처음으로 함께했던 식구가 아닌가. 그것도 어린 자신들을 돌봐주던 아버지 같은 분이셨다.

광두의 실수로 제가 팔려가서 우여곡절을 겪었지만 별로 원망하지 않았다. 심지어 그가 저를 끝까지 버리지 않고 찾아주지 않았던가. 그들이 제게 준 정은 진짜였다.

가슴이 아린다거나 무척 슬프다거나, 사실 오문은 그렇게까지 광두의 죽음이 와 닿는 것은 아니었다. 다만 어쨌든 저를 찾아와 주었고, 그로 인해 이렇게 죽음을 당한 것이 안타까웠다.

아마도 광두는 은인의 딸에게 해코지를 할 수는 없어서 제 살을 베는 심정으로 저를 넘겨주었을 것이다. 그러고도 목숨만은 해치지 않을 거라 믿었을 것이다.

그렇게 마음이 여린 것도, 어린 시절 지옥 같은 삶을 겪었기 때문일지도 모른다.

'후⋯⋯. 광두가 그래서 그랬었구나. 그 아저씨도 어릴 때부터 간자가 되는 교육을 받았겠지.'

살수 못지않게 모진 삶이었을 것이다. 그런 삶이 어울리는 성정이 아니었다.

'바보같이⋯⋯. 여기서 그런 일이 있었으면 오지 말았어야지.'

세월이 지났으니, 괜찮을 줄 알았나 보다. 오문은 광두를 조금 이해했다. 저 역시 동료들을 배신했고, 세월이 지나면 괜찮을 줄 알았으나 끈질기게 쫓기고 있었으니 말이다.

'어? 잠깐. 그러고 보니 광두가 피운 향은 귀문의 것인데?'

그 향은 귀문에서 만들었고 귀문에서만 쓰는 것이었다. 그래서 저는 처음에 귀문이 저를 태워 죽이려는 줄 알았는데 광두가 저를 산호로 속여 부안국에 넘겼다.

이상한 게 한두 가지가 아니었다. 뭔가 잡힐 듯한데 잘 정리가 되지 않았다.

오문은 광두의 죽음에 복잡했던 마음을 잠시 가라앉히고, 천천히 하나 하나 짚어 가기 시작했다.

'귀문은 부안국을 도왔고…… 또 산호의 옥패를 뺏으려 했고, 산호의 옥패를 내가 가진 건 단왕의 설명만으로는 믿을 수 없으니 그건 그렇다 치고……. 부안국은 산호를 납치해서 은도명의 원한도 갚고…… 태자비가 될 여인이니, 제화국을 찔러 보려 한 모양인데……'

어지러운 부분은 귀문이 어디까지 부안국을 도왔느냐이다.

귀문은 자신의 얼굴을 너무 잘 알고 있는 데다가 산호를 잡으려고 광두를 이용했다는 게 이해가 가지 않았다.

'광두랑 산호는 접점이 없잖아. 은도명의 딸을 광두에게 잡아 오라 한 것 자체가 이상해. 광두는 누군가에게 가짜 산호인 오문을 넘겨주라고 조종당한 거야. 그리고 그자들이 광두를 이용해 산호를 잡는 법을 알려주겠다며 계암을 찔렀고……. 계암은 산호도 나도 본 적이 없으니……. 제길! 날 산호 대신 부안국으로 넘기고 싶어 하는 곳은 한곳밖에 없잖아!'

제 아버지라는 단왕이 경고하지 않았던가.

'후……. 단왕만큼은 아니길 바랐는데…….'

아버지란 존재를 찾아다녔던 것이 허무할 만큼 단왕은 제 아버지인지, 아닌지조차 헷갈릴 정도였다.

'정말 내 아버지라면 어머니와 내가 귀찮은 존재에다가 옥패를 가져가 곤란하게 만든 짜증나는 골칫거리였겠지. 그래, 내가 없어졌으면 하고 바랄 수도 있지. 차라리 죽어버리라고…….'

굶어 죽을 정도로 가난한 집에서는 자식도 짐이었다. 그런 경우를 많이 봐와서인지, 저를 죽이려 하는 아버지란 작자의 마음이 이해가 안 가는 것은 아니었다.

'나도 뭐 이제 아버지라고 안 봐줘도 되니까.'

한데 만약에 아버지가 아니라면 모든 것이 복잡해진다. 일단 단왕은 옥패가 가짜라는 것도 몰랐고, 귀문과 적대관계라고 주장했으나, 이번 일에 단왕이 함께했다면 귀문과 단왕은 한통속이었다.

'귀문, 옥패, 단왕…… 산호, 은도명…… 부안국, 북천 땅…… 간자, 광두, 향, 화재…… 어? 어!'

오문은 이번 일과 관련된 단어들을 전부 떠올리며 곱씹어보다가 하마터면 소리를 지를 뻔했다. 갑자기 떠오른 기억이 너무나 절묘하게 하나의 그럴듯한 이야기를 완성해 주었기 때문이다.

'그때, 그, 내 옥패를 보고 북천 땅에서 본 것 같다고 한 화상을 입은 여인이 있었잖아! 귀문이 옥패를 계속 찾았고, 그 여인은 화재로 화상을 입었다고 했고……! 은도명의 집은 원인 모를 화재로 불탔어! 단왕이 산호를 거뒀……! 헉!'

소름이 돋았다. 은도명의 집에 원인 모를 큰 불이 일어 멸문이 이를 정도로 가술들이 죽어나갔다.

원인 모를 불.

은도명이란 분은 장수로서도 꽤 이름을 떨친 분이라 했는데, 집에 불이 나도 모를 정도로 잠들 리가 없었고, 그렇게 큰 불이 일어난 것에 대해서도 아직까지도 사람들이 이상하다고 수군거리곤 했다.

귀문이 한 짓이다. 저를 납치할 때 쓴 향을 곳곳에 피웠을 것이다.

귀문은 스스로 그런 짓을 하진 않는다. 누군가의 사주가 있었다.

은도명이라는 거물과 그의 식솔들 전부를 없애는 일이다. 아무나 그런 일을 사주할 수 없다. 그토록 큰 화재에서 산호 아가씨는 어떻게 살아남아 단왕의 손에 구조되었을까?

오문은 이가 바드득 갈렸다.

불행히도 태자의 추측이 맞아떨어졌다. 그의 말대로 단왕이 귀문과 결탁하여 은도명의 집에 불을 지른 그날부터 계속해서 함께 일을 해온 게 분명했다.

'악마구나. 내 아버지라는 분은 참으로 인두겁을 쓴 짐승이었구나.'

어머니가 늘 인두겁을 쓴 짐승은 죽여도 된다 했던 말이 괜히 하신 게 아니었구나, 누군가를 두고 하는 말이었음을 깨달았다. 저와 어머니가 귀문에 붙잡혀 간 것도 단왕이 보냈다면 앞뒤가 맞았다.

그래도 가족이라고 죽이진 않고 보낸 걸까? 아니면 저를 살수로 키워 태자를 죽이는 데 이용해 보려 한 걸까?

귀문은 배신자 오문을 찾았던 게 아니라, 단왕의 사주를 받고 옥패를 가진 오문을 찾았던 것이다. 단유천이 손금을 봐주겠다고 했을 때, 기절한 제 가슴에 손을 넣으려 했을 때도 옥패를 찾느라 혈안이 돼 있었던 것뿐이리라.

'잠깐! 그럼 산호 아가씨는 뭐야. 그 괴물 같은 사람을, 원수를 은인인 줄 알고 이용당하면서 자란 거야?'

아버지에게 버림받은 저나, 잔인한 희생양이 된 산호 아가씨나, 불쌍하긴 매한가지였다. 어쩐지 동질감이 드는 와중에 오문은 제가 끼워 맞춘 이야기가 전부 틀리길 바라고 있었다.

그도 그럴 게, 그 사실이 맞는다면 단왕이 끔찍하고 무시무시한 일을 벌일 게 분명하니 말이다.

'문제는 내가 아니야. 이런 짓을 벌인 진짜 이유가 뭐냐는 거지! 산호 아가씨를 태자비로 만들어서 대체 뭘 하려는 거야?'

지금까지 귀문의 행보를 보면 누군가의 사주로 태자를 시해하려 해왔고, 거기에 단왕의 딸인 저를 이용한 적도 있었다. 즉, 단왕은 태자를 죽이고 그 자리에 단유천을 앉히고 싶은 것이 분명했다.

'어쩜 좋아……. 전하께서는 무사하실까? 이 사실을 알고 계실까? 알고 계시겠지? 그러니까 계속 의심하시고, 나쁘게만 보셨겠지? 아셔야 할 텐데……. 나 같은 거 없어졌다고 정작 중요한 일은 못 보시면 안 될 텐데…….'

태자를 생각하니 마음이 무거웠다. 저를 구하지 못했다고 자책하고 있는 것은 아닌지, 혹은 저를 찾겠다고 정작 자신의 몸을 돌보지 않는 것은 아닌지, 그렇게 방심하다가 단왕에게 당하면 어쩌나, 오문은 너무 불안했다.

'하……. 결국 나는 전하께 짐만 되는 거였구나.'

오문은 이대로 부안국에 가게 된 것이 확실한 것 같아 자포자기하고 수레에 몸을 기댔다. 그러고는 긴 한숨을 쉬며 중얼거렸다.

"국경을 넘을까 말까, 그렇게 고민을 했는데, 진짜 국경을 넘네."

그러고 보니 태자에게서 벗어나 국경을 넘겠다 결심했을 때는 그에게 붙잡혀 꼼짝을 못했다.

참으로 얄궂다. 그와 함께하겠노라 안겨서 기뻐했더니, 이렇게 국경을 넘고 있다. 어째서 운명은 항상 제가 원치 않는 방향으로 흘러가는 것일까?

단왕이 말한 운명이란 게 이런 건가? 운명을 거슬러서 이렇게 벌을 받는 걸까? 가질 수 없는 사람을 가져서? 주제도 모르고 남의 것을 빼앗아서?

욕심을 낸 대가가 목숨을 잃어야 할 정도라니 원망스럽다. 이제 겨우 마음을 잡았는데 태자와 헤어지게 된 것이 마음이 아팠다. 그러나 한편으로는 이런 식으로나마 헤어질 수 있어서 다행인 것도 같았다.

자신들은 함께해서는 안 될 사람들인 게 확실한 모양이었다.

"하……. 이게 재수가 좋다고 해야 할지, 더럽게 재수가 없다고 해야 할지……."

오문의 마지막 읊조림이 무척이나 쓸쓸했다.

"지금…… 뭐라 하셨습니까?"

산호는 너무 두렵다는 듯이 물었다.

단왕부를 막 벗어날 무렵이었다. 남쪽으로 가던 일행은 태자의 지휘 아래 멈춰 섰다. 그러고는 갑자기 산호를 따라온 단왕부의 식솔들을 포박하기 시작했다.

그때까지만 해도 가마 안에 있던 산호는 놀라고 두렵긴 했지만 입은 다물었다. 저를 따라온 궁녀들이 잔뜩 겁을 먹고 어찌 된 일이냐 제게 물어도 저 역시 모르는 것은 매한가지였다. 어차피 묻지 않아도 다 말해줄 테니, 아랫것들처럼 호들갑을 떨고 싶진 않았기 때문에 입술을 깨물고 아무 말도 하지 않고 있었다.

한데, 홀로 부안국에 가겠다는 태자의 청천벽력 같은 말을 듣고는 저도 모르게 입을 떼고 말았다.

"그렇게는 제가 허락할 수 없사옵니다."

장우가 단호한 말을 뱉으며 태자의 앞을 가로막았다.

그 모습에 조금 안심한 것도 잠시, 산호는 이어지는 장우의 말에 절망했다.

"저도 함께 가겠사옵니다."

하지만 정신이 멀쩡한 이가 한 명 있었다.

"무슨 말 같지도 않은 말씀이시옵니까! 장우 형님은 또 왜 이러십니까? 부안국이라니요? 거기가 어디라고 뒷간 다녀오겠다는 듯이 쉽게 말씀하십니까!"

제화국은 단왕부를 방패로 내세워 부안국과 싸우고 있었다.

허를 찌르는 그들만의 전략으로 아직도 굳건히 버티고 있는 제화국의 가장 큰 적국. 부안국은 작은 부족들이 연합해 제화국이라는 거대한 나라와 견줄 만큼 강해졌다. 본래도 호전적인 자들이었거만, 그들은 크고 작은 싸움에서 점점 전술을 익혀 감히 제화국이 함부로 할 수 없는 나라로 성장해왔다.

서강이 여러 부족들과 난전을 벌이는 상황이라면 단왕부는 나라와 나라가 맞붙는 격렬한 전쟁을 치러 왔다.

그런 곳인데도 태자는 제 발로 국경을 넘겠다 한다. 단왕부도 태자를 도와줄 수 없다. 아니, 도와주지 않을 것이다. 오히려 춤을 출 만큼 좋아할 것이다.

태자가 부안국에게 잡혀 해를 당하면, 단왕부는 그때서야 태자의 복수를 한다는 명분으로 나설 것이다. 그렇게 부안국을 치고 영웅이 되어 비어 있는 태자 자리에 단유천이 오를 것이 자명하다.

이중 그것을 모르는 사람은 아무도 없었다.

영춘이 지적하는 것은 알면서도 간다는 것에 발끈한 것이다.

"걱정하지 마라. 부안국은 나를 죽이지 못한다."

"장담하지 마십시오! 부안국은 전하를 해하지 않더라도 전하를 이용해 무슨 짓을 저지를지 모르옵니다! 볼모가 되시는 것이란 말입니다!"

"어째서 내가 잡힐 것이라 여기느냐?"

"전하!"

"국경을 넘는 것 정도야 일도 아니다."

태자의 대수롭지 않은 말에 영춘과 산호는 기가 막혔다. 오문을 구하겠다고 적국의 국경을 넘겠다니, 아무리 사랑하는 여인이라도 태자가 그러면 안 되는 것이 아닌가. 한데, 태자는 그것이 오히려 아무 일도 아닌 것처럼 말하고 있었다.

"허구한 날 궁궐 담을 넘으시더니, 국경도 그런 건 줄 아십니까!"

영춘의 분노에 장우가 그의 어깨를 툭 치며 말했다.

"그게 아니라는 것은 아시고 계실 것이다."

"예?"

"부안국이 서강의 부족들보다는 좀 더 경계가 삼엄하긴 할 테지만 난이도가 좀 높아진 것뿐이다."

장우는 서강에서 태자가 어떻게 국경을 넘는지 잘 봐왔다. 마치 제 안방을 드나들듯 심심하면 건너가 장기까지 두고 오지 않았던가.

"지금 무슨 말씀 하시는 겁니까? 예?"

그런 사실들을 전혀 알지 못하는 영춘은 평소 냉정한 장우가 왜 이러는지 답답해서 발까지 쾅쾅 굴렸다.

"난이도라……. 그래, 서강은 좀 시시했다."

태자는 먹잇감을 찾은 듯 씨익 웃었다. 서강은 제가 미쳐 날뛰기에는 여러모로 좀 모자란 감이 있었다. 국경을 넘는 것도 그렇지만, 제게 해코지를 한 것도 아닌데 먼저 건너가 시비를 걸었던 것이 미안해서 봐주기도 많이 봐줬다. 하나, 이제 그럴 필요가 없었다. 부안국은 건드리지 말아야 할 것을 손댔다.

산호는 비장해진 분위기에 놀라 마른침을 꼴깍 삼켰다.

그 소리를 들었는지 태자가 그녀를 바라보면서 마치 경고하듯 영춘에게 말했다.

"영춘아. 너는 산호 아가씨와 그 식솔들을 안전하게 궁으로 데려가야 할 것이다."

태자는 안전이란 단어에 힘을 주었는데 그것이 그들의 안전이 아니라, 단왕의 귀에 들어가지 않도록 조심하라는 말임을 알아듣지 못하는 이가 없었다.

"그럴 수는 없습니다! 저는 태자 전하의 호위입니다. 꼭 가셔야 하신다면 제가 가는 것이 옳습니다!"

"네가 아니라 장우가 가야 하는 이유를 설명해야겠느냐?"

"……."

말문이 막힌 영춘이 잔뜩 인상을 찌푸리며 장우를 질투 어린 시선으로 쳐다보았다.

장우는 한숨을 푹 쉬며 말했다.

"그리 보지 마라. 나도 나름 고충이 많았다."

국경을 함께 넘을 때도 많았고, 혼자 국경을 넘어간 태자를 구출하러 가거나, 뒤처리를 하러 수도 없이 국경을 넘어야 했다.

"어쨌거나 저는 그리 못합니다. 이대로 혼자 돌아가면 전 폐하께 맞아 죽을 겁니다."

"영춘아. 폐하께서는 너를 때리시긴 해도 죽이지는 않을 것이다."

"글쎄! 맞는 것도 싫습니다!"

"그리고 나는 오문을 데려가기로 폐하와 약조했다."

"예? 언제 그런 약조를 하셨단 말입니까?"

"하여간 약조를 했고, 내가 국경을 넘은 사정을 대강 말씀드리면 아마 폐하께서도 짐작하시는 바가 있을 것이니, 너를 크게 혼내지는 않으실 것이다."

"지금 얘기가 어째 제가 혼날까 봐 혼자 못 가겠고 떼쓰는 것처럼 됐습니다만, 전 그래서가 아니라, 전하의 호위로서……!"

"그래, 그래. 알았다. 한데, 네가 따라가 봐야 너는 국경을 넘어본 적이 없는 초짜라서 짐만 될 뿐이다."

"국경을 자주 넘어본 게 이상한 겁니다! 그리고 같이 안 가면 될 것 아닙니까! 왜 자꾸 가시겠다고 고집 부리시냔 말입니다! 아무리 전하께서 오문을 사랑하셔도 그러시면 안 되는 겁니다. 그러실 거면 산호 아가씨는 왜 궁으로 데려가시는 겁니까!"

산호는 영춘을 뜯어말리고 싶었다.

괜히 나서서 저를 더 불쌍하게 만들고 있지 않나. 영춘이 그렇게 말하지 않아도 지금 저는 꽁꽁 묶인 제 식솔들에게조차 가여운 시선을 받고 있는데 말이다.

산호는 잔인할 것 같은 태자의 대답을 기다리느라 입술이 바짝바짝 타들어 가고 있었다.

태자는 산호를 흘끗 보며 말했다.

"왜냐니? 데려가는 것이 아니라 엄연히 구해주고자 하는 것이다."

"예?"

영춘이 말도 안 된다는 듯이 되물었다.

하지만 산호는 태자의 말을 듣는 순간 오히려 빛을 본 것 같은, 눈앞이 환해진 듯한 기분이 들었다. 태자에게서 생각보다 차갑고 매몰찬 말을 듣지 않아서였을까? 아니면 저를 구해주려 했다는 말에 다정함을 느낀 것일까?

'아니야. 나는…… 정말로 구원받은 거야.'

가짜 산호의 족쇄에 묶여 살아온 인생에서 비로소 벗어났다.

잘못된 삶인 줄도 모르고 살았고, 단왕의 속셈은 모르겠지만 하마터면 아무것도 모르고 꼭두각시놀음을 할 뻔했다.

태자는 그것을 알게 해주고, 또 그들에게서 벗어나게 해주려고 저를 데리고 나온 것이리라.

"저는……."

"그대가 할 일은 그 옥패를 전하께 보여 드리면 되는 것이오."

"……."

"영춘과 함께 황궁으로 가 기다리시오. 나는 오문을 폐하께 데리고 가야 할 의무가 있소."

산호는 어차피 거절할 힘도 없었기에 순순히 고개를 숙였다.

"전하! 참으로 이러실 것입니까? 정말 이 영춘을 버리실 것입니까!"

영춘이 털썩 주저앉아 아예 태자의 바짓가랑이를 붙잡고 늘어지자 태자는 정말로 분노한 표정으로 살벌하게 내려다보았다.

"전하!"

"어딜…… 오문도 안 하는 짓을……!"

처음으로 저를 붙들고 매달린 사람이 사내라는 데, 무호는 크게 분노했다.

영춘은 부들부들 떠는 태자의 음성에서 좋지 못한 기운을 느꼈다.

퍽.

아니나 다를까, 영춘은 오랜만에 태자에게 걷어차였고 더 이상 반항할수가 없었다.

"으…… 전하……. 하면 귀하신 몸에 생채기 하나도 만들어 오시면 안됩니다! 아시겠습니까!"

"또 지랄 맞은 잔소리를!"

산호는 오문이 경고했던 말이 거짓이 아니라는 것을 알았다. 방금 전제게 정중하게 할 말을 다 하던 태자가, 지인을 대할 때는 제대로 설명하는 것 대신 욕설과 폭력을 행사하는 것을 직접 보았기 때문이다.

'낯을 가리긴 가리시는구나.'

아무튼 태자의 고집과 폭력 행사로 상황은 빠르게 마무리되었다.

친위대 중 몸이 날래고 대범한 세 명만이 태자와 장우를 따라 부안국으로 가고, 나머지는 영춘과 함께 환궁하기로 결정 나면서 그 자리에서 헤어지게 되었다.

장우는 뒤에서 아무 말 않고 쓸쓸한 미소를 짓는 상을 바라보았다.

상은 괜찮다고 고개를 끄덕여 보였지만 실은 심적인 타격이 매우 컸다. 광두를 잃고, 심지어 광두가 오문을 넘겼다는 사실을 받아들이기 힘들었던 것이다. 하지만 저보다 어린 화를 생각해서라도 장우를 따라가겠다 말할 수 없었다.

물론 장우 역시 위험한 길에 상을 데려갈 생각은 조금도 없었다. 다만, 상이 이렇게 힘든 순간에 제가 곁에 있어주지 못하는 것이 미안하고, 무사히 돌아오겠다는 약조를 해줄 수 없기에 인사조차 건네지 못하고 있을 뿐이었다.

그들의 마음을 눈치챈 금이 상의 어깨에 손을 얹고 장우를 바라보며 고개를 끄덕여 보였다.

장우는 오늘따라 금이 오라버니로서 듬직해 보여 조금 안심할 수 있었다.

하지만 곧 금이 짓궂은 표정으로 상의 어깨를 제 가슴 쪽으로 끌어 당겨 안아 보였다.

마치, 당신이 오지 않으면 내가 갖겠다, 라는 경고 같았다.

그래서 장우는 결국 상에게 다가가 그녀의 허리를 끌어안고 사람들의 시선 따위는 아랑곳하지 않으며 박력 넘치는 말로 못을 박아 두었다.

"네가 누구의 것인지, 항상 잊지 말아야 할 것이다."

그러자 상은 부끄럼 없이 그 말을 받고 한술 더 떠 경고했다.

"저는 머리가 나빠 빨리 오지 않으면 잊어버립니다. 알아서 하십시오."

그럭저럭 다들 어느 정도 인사가 끝나고 헤어질 준비를 마쳤다.

태자는 품속에서 봉투를 꺼내 영춘에게 안겨 주었다.

"이게 뭡니까?"

"잘 가지고 가서 폐하께 전해 드려라. 그래야 네가 매를 덜 맞는다."

"결국 맞긴 맞는다는 거 아닙니까!"

"하여간 살고 싶으면 그걸 꼭 전해 드려야 한다."

영춘은 투덜거리면서도 제 생명을 지켜줄 봉투를 소중하게 품속에 넣어두었다.

그리고 나서야 일행은 북서쪽에 있는 부안국과 동쪽에 있는 황궁을 향해 각각 찢어졌다.

영춘은 멀어지는 태자의 뒷모습을 보면서 한동안 움직이지 못하고 한숨만 푹푹 내쉬었다.

"후…… 무사하셔야 할 텐데……"

산호는 잘은 모르지만 국경을 넘는다는 것이 불가능에 가까울 정도로 힘들다는 건 알 것 같았다.

"그런데 궁금하긴 합니다. 대체 어떤 수로 국경을 넘는 건지 말입니다."

"뭐 이런……"

계암은 어이가 없었다.

납치당한 여린 아가씨가 사내 둘이 있는데도 생각 없이 퍼질러서 쌔쌔 자고 있는 모습은 상식적으로 이해하기 어려웠기 때문이다.

밤새 뭐라 중얼중얼거리고 한숨을 푹푹 쉬며 납치당한 여인의 모습을 잘 보여주는가 싶었더니, 어느샌가 곯아떨어져 이 모양이 돼 있었다.

"야. 일어나. 야! 아가씨! 일어나시지요!"

계암은 처음엔 공손하게 오문을 깨웠으나 그녀가 미동도 하지 않자,

급기야 막말에 어깨를 흔들기까지 했다.

오문은 밤새 고민에 빠져 잠을 설쳤다가 어차피 죽기밖에 더 하겠나 싶어 그냥 포기하고 잠이 들었다.

사실 납치당했다 뿐이지, 가는 동안 귀문을 만날 일도 없을 것 같고, 어찌 보면 도착하기 전까지는 안전한 것 아닌가. 그리 생각해서 그런지, 아주 깊이 잠들어 저를 깨우는 소리도 잘 듣지 못했다.

하지만 계암이 어깨를 흔들며 깨우자 반쯤 잠에서 깨서는 눈도 뜨지 못하고 중얼거렸다.

"으…… 음……. 왜요……?"

"왜긴! 해 뜬 지가 언제인데 아직도 자고 있어! 일어나!"

위기의식이라고는 눈곱만치도 없는 아가씨 때문에 어쩐지 납치범인 계암만 울컥했다. 마치 제가 귀한 아가씨를 편안히 모시고 온 기분이 들지 않나.

"으음……. 해 떠도 상관없잖아요. 일 나갈 것도 아닌데……."

오문은 몸을 더 웅크려 말면서 짜증을 냈다.

자는 걸 좋아하긴 했지만 깨워도 모를 만큼 깊이 잠든 적은 손에 꼽는데, 오늘이 그런 날이었다. 그리고 어쩐지 몸도 무겁고 꼼짝도 하고 싶지 않았다. 가을이 다가오는 북천 땅은 밤이 되면 기온이 내려가 확실히 춥기도 했고, 체온이 내려가서인지 잠에서 깨는 게 영 쉽지 않았다.

"일은 안 나가도 도착했으니 일어나십시오!"

결국 계암은 크게 소리치고 말았다. 사실 아까부터 도착했다고 몇 번이나 말했는지 모른다. 제 약을 올리겠다고 이러는 건지 도통 일어날 생각을 않는 것이다.

"도…… 착?"

도착했다는 말이 이제야 귀에 들어온 오문이 게슴츠레하게 실눈을 뜨며 부스스하게 일어나 앉았다.

국경을 넘고, 밤을 맞이했고, 이제 부안국 안쪽으로 들어온 모양이었다. 그래도 그렇지, 사람 소리 하나 들리지 않는데, 성 안에 들어가면 깨우지 왜 벌써 깨우나 속으로 투덜거리며 실눈마저 감고 하품을 했다.

"벌써…… 도착했다고요?"

수레에 주저앉은 오문이 눈을 비볐다. 햇볕이 눈을 뜨지 못하게 괴롭히는 바람에 오문은 한참이나 눈을 비비고 있었고, 그동안 저를 기다려 주는 듯 계암도 다그치지 않았다.

적막감이 흐르는 것을 보면 사람 사는 곳은 아직인 것 같은데, 왜 이리 급히 깨우나. 오문은 여전히 몽롱한 상태에서 눈을 떴다.

천천히 몇 번 깜빡거리던 오문의 눈에 흐릿하지만 풍경이 보이기 시작했다. 그러다가 눈앞이 선명해지는 순간, 너무 놀라 눈이 번쩍 떠졌다.

"헉!"

그녀의 시야에 들어온 광경은 어마무시했다.

"절 어디에 데려온 겁니까!"

수천 명의 군사가 가운데로 쭉 뻗은 길을 두고 양쪽으로 마주 본 채 도열하고 있었다. 즉, 그 길 위에 있는 저를 바라보고 있는 것이다.

"어디긴! 말하지 않았느냐! 장군께 갈 거라고!"

오문은 그제야 그가 말하는 장군이 한창 사선에서 싸우고 있는 장군이라는 걸 깨달았다. 볼모로 잡혔으니 궁으로 보내질 거라 생각했지 병영으로 보내질 줄은 생각도 못했기 때문이다.

"어쩐지 빨리 도착했다 했더니……! 빨리 좀 깨우시지 그랬습니까?"

"뭐, 뭐가 어째?"

"부끄럽게 이 많은 사람이 제가 퍼져 자고 있는 걸 봤다는 거 아닙니까! 너무하시네요."

"뭐 이런! 내가 얼마나⋯⋯!"

억울한 계암은 더 따지지 못했다.

"흠⋯⋯. 열여덟 살이라 들었는데, 더 어려 보이는군."

갑자기 끼어든 중후한 목소리에 오문과 계암이 동시에 고개를 돌렸다.

그러자 길 끝에 이어진 계단 위에, 제법 위엄 있는 의자에 앉아 있는 장군의 모습이 보였다. 중년의 사내는 군살 없이 단단해 보였으나 마치 곰을 연상하게 할 만큼 거대해 보였다.

가뜩이나 몸집이 작은 오문에게는 더욱 그랬다. 그렇다 보니 저도 모르게 어깨를 움츠리게 됐는데, 그 모습을 본 장군이 눈살을 찌푸리며 말했다.

"확실히 아직 어려."

그러자 오문은 또 어깨를 펴며 발끈했다.

"저 열여덟 살 맞습니다!"

그 당찬 주장에 조금 놀란 듯한 장수가 오문의 가슴 쪽을 힐끗 쳐다보더니 이내 피식 웃었다.

"말 같은 소리를 해야지. 이봐, 계암. 너 지금 산호라는 아가씨의 몸종 계집을 데려와 놓고 산호라고 하는 건 아니겠지?"

가뜩이나 볼모로 잡힌 여인이 자신이 산호가 아니라고 주장해 왔기 때문에 계암은 산호가 맞다는 확신이 서지 않아 얼른 대답하지 못했다.

그러나 그 대신에 오문이 불쾌하다는 듯 소리쳤다.

"왜 말이 안 되는데요! 제가 동안이긴 합니다만, 장군님의 그 음험하고 편협한 시선으로 저를 판단하지는 말아주십시오!"

오문이 똑 부러지게 노골적인 시선을 지적하자 장군은 더욱 느긋하게 의자에 기대앉아 오문의 모습 전체를 천천히 또, 자세히 살펴보기 시작했다.

오문은 저를 훑는 장군의 시선이 불편해 치를 떨며 몸을 움찔움찔했으나 장군은 개의치 않고 그녀를 꼼꼼하게 관찰했다.

"너."

"예?"

"산호 아니지?"

"……!"

오문은 뜻하지 않게, 제가 먼저 아니라고 우길 필요가 없어져서 놀랐고, 계암은 확신에 찬 장군의 말에 놀라 눈이 번쩍 뜨였다.

"자, 장군님!"

"너, 무슨 근거로 저 계집을 산호랍시고 데려온 게냐? 일단 복장부터가 어딜 봐서 궁에서 자란 아가씨란 말이냐."

"그것은 산호 아가씨가 태자 전하와 함께 변복을 하고 궁 밖에 나오셨을 때라……."

"그렇다 치자. 한데, 저 앉은 자세를 봐라."

"……?"

팔짱을 끼고 가부좌를 하고 있는 오문은 제 자세가 어떻다는 건가 고개를 갸웃했다.

하지만 계암은 안 그래도 그것이 신경 쓰이고 있던 터라 아무 말도 못했다. 귀하고 엄하게 자란 아가씨라면 웅크리고 앉아 무릎을 감싸거나 한쪽 무릎을 세우고 앉아 치마가 날리지 않도록 손을 내리고 있었을 것이다. 한데 오문은 마치 바지를 입었을 때처럼 행동거지가 자유분방했으니 말투는 그렇다 쳐도 몸에 배인 자세만 봐도 산호가 아니라는 것을 알 수 있었다.

"저, 그, 그것이…… 부, 분명 태자비가 될 여인이라며 그놈이……! 그, 그리고 태자 전하께서도 저 아이와 함께 있었습니다. 매우 다정하게 말입니다!"

쩔쩔매며 말을 더듬던 계암은 제가 왜 그랬는지, 정당한 이유를 꺼내기 시작했다. 그러다가 두 사람이 얼마나 다정하게 걸어왔는지를 기억해내고는 죽어가던 목소리가 높아졌다.

"그래? 계집, 네가 말해보아라. 네가 태자비가 될 은도명의 딸 산호가 맞느냐?"

이번에는 오문이 피식피식거렸다.

장군은 기분 나빠하며 호통치지 않고 조용히 물었다.

"그 웃음은 무슨 뜻이냐?"

"어이가 없어서요."

"무엇이?"

"대체 찾는 사람이 누구입니까? 태자비가 될 여인입니까? 산호 아가씨입니까?"

제 41 장
잘못 건드렸다

오문의 당돌한 질문은 불곰같이 건장한 사내도 흔들어놓았다.

장군은 한참이나 대답을 못하고 이리저리 머리를 굴리다가 어렵사리 반문했다.

"태자비가 될 여인이자, 산호. 그 둘이 같은 여인으로 알고 있는데?"

"제 질문이 어려웠나 봅니다. 제가 묻고자 하는 것은 볼모로 쓰기에 어느 쪽을 원하시냐는 질문이었습니다."

"……!"

장군은 허를 찌르는 영리한 질문을 받고 눈앞의 계집이 한낱 시중드는 계집이 아니라는 것을 깨달았다. 그래서 지금까지와는 달리 자못 진중하게 물었다.

"너는 누구냐?"

"저는 오문이라고 합니다."

이름을 물은 것은 아니었지만 시원시원한 대답을 들으니, 장군은 본의 아니게 이야기의 주도권을 오문에게 빼앗기고 자신도 이름을 밝히고 말았다.

"나는 동신조라고 한다."

오문의 눈이 휘둥그레졌다. 오문도 들은 적 있는 장수의 이름이었기 때문이다. 마치 이야기 속에서나 나올 법한 분이 저와 이야기를 나누고 있으니 놀랄 수밖에 없었다.

부안국에서 가장 강하고 가장 용맹한 장수.

그러나 그는 그 힘을 믿고 황제의 앞에서도 짖어대거나 제 뜻에 반하면 황제의 측근이라도 반드시 죽여 버리는 만행을 저질러 몇 번이나 참수당할 뻔했다. 그때마다 공을 세워 간신히 죽음을 면했지만 매번 같은 실수를 반복하는, 늘 오늘만 살 것처럼 대책 없이 앞만 보고 달려가는, 태자무호 못지않은 기인이 있다 했다.

"와! 부안국의 미친개!"

동신조라는 이름을 듣자마자 머릿속에 파바박 하고 그의 별호가 날아와 박혔다. 유명 인사를 직접 만났다는 반가움에 저도 모르게 욕이나 다름없는 별호로 그를 불렀다. 그리고 그 직후 사방에서 살기를 뿜어대며 저를 노려보자 그 압박감에 눌려 숨이 막히고 안색이 새파래졌다.

그 모습을 본 부안국의 장수 동신조는 미간에 깊은 주름을 만들며 심상치 않게 물었다.

"너, 살기를 느끼는군."

그의 말 한마디에 병사들 역시 놀랐는지, 죽일 듯한 분노가 흩어졌다.

덕분에 저를 향한 살기에서 해방된 오문이 겨우 숨을 쉴 수 있게 되었다.

"하아……!"

동신조는 숨을 고르는 오문을 구미가 당기는 표정으로 바라보았다. 볼모로 쓸 수 없을지는 몰라도 여러모로 흥미로운 계집임은 분명했다.

"산호는 아닌데, 태자와 함께 다정하게 길을 걷고 살기를 느끼는 계집이라……? 그래서 네 정체가 무엇이냐?"

숨을 가다듬자마자 직설적으로 파고드는 물음에 이번엔 오문이 눈살을 찌푸려야만 했다.

정체라니……?

제 정체가 뭔지 저도 잘 알지 못해서 어떻게 말해야 할지 혼란스러웠다.

귀문의 훈련제자? 백골 기예단의 단원? 도망친 노비? 소면 명인? 단왕의 숨겨진 공주? 그리고…….

"제화국 태자 전하의 숙수입니다."

"……."

고르고 고른 대답은 제가 가장 마음에 들어 하고, 또 이들을 이해시키기 알맞은 조건에 부합한 대답이었다. 그러나 제 생각과 달리 아무도 받아들이지 못하고 있는 것 같아서 주절주절 설명을 덧붙였다.

"제가 어려 보여도 열여덟이고요, 소면 명인이라 불릴 만큼 음식을 웬만큼 합니다. 거기다 태자 전하께서는 입맛이 까다롭달까, 맛에 대해 집착이 있으시달까, 아무튼 요리가 전하의 입맛에 딱 맞아서 이렇게 끌려다니고 있었습니다."

"……."

"후……. 안 믿으시면 할 수 없죠."

"어떤 태자가 어린 계집을 숙수로 쓰고 다정하게 산책한단 말이냐?"

"우리 전하가요."

사실을 말하는 데 거리낄 게 어디 있겠는가. 오문은 가슴까지 펴고 자랑스럽게 말했다.

"그걸 믿으란 말이냐?"

"그러니까 안 믿으시면 할 수 없다고 말씀드리지 않았습니까?"

"아무리 네가 대단한 숙수라 해도……."

"너!"

이야기가 자꾸 되풀이되는 중에 계암이 퍼뜩 생각난 것을 외치며 끼어들었다.

"예?"

"너, 분명 내가 태자비가 될 여인이 맞냐 했더니 그렇다 하지 않았느냐! 어느 안전이라고 거짓말을 지껄여!"

오문은 황당하다는 표정으로 말했다.

"제가 언제 거짓말을 했습니까? 분명 제가 여쭈지 않았습니까? 태자비가 될 여인이 필요한 건지, 산호가 필요한 건지. 그랬더니 뭐라 하셨습니까? 제 정체가 뭐냐 묻지 않으셨습니까? 그래서 제가 솔직하게 이름도 말씀드리고 하는 일도 말씀드렸습니다."

"이…… 이!"

듣고 보니 맞는 말이지만 어린애 말장난에 놀아난 것 같아 계암은 무척 분했다.

하지만 동신조는 오문의 대답을 옳다고 인정하고 다시 물었다.

"하면 너는 오문이라고 대답했으니, 산호가 아니지만 태자와 정을 나눈 그의 연인이라 이 말이냐?"

오문은 수줍은 기색도 없이 고개를 끄덕였다.

"예. 그렇습니다."

그러자 동신조의 안색이 어두워졌다.

"어디…… 아픈 게냐?"

"……지금 절 욕하신 겁니까?"

"진심으로 걱정이 돼서 물었다만?"

"전 멀쩡합니다. 걱정해 주실 거라면 태자 전하를 걱정해 주십시오. 그분이야말로 숙수를 태자비로 만들겠다니, 머리가 어떻게 되신 게 분명합니다."

"그건 고마워할 일이군. 내가 걱정할 일이 아니지."

"하아……. 그건 그러네요."

적국에서는 태자가 미쳤다고 하면 만세를 외치고 기뻐할 일이었다.

"네가 태자비가 될 거라 했던 태자의 말을 증명할 수 있느냐?"

"제가 그걸 뭐 하러 증명합니까? 그래 봐야 절 이용해서 태자 전하를 압박하려 하실 텐데요. 괜히 그랬다가 전하께 비웃음당하면 전 두 번 죽는 기분일 텐데 그러고 싶진 않습니다."

동신조는 오문이라는 계집이 태자를 꽤 사랑하고 있다는 것을 알 수 있었다. 저 때문에 태자가 위험해지는 것도 싫고, 태자가 저를 버려 죽는 것이 두려운 게 아니라 그에게 버림받는 것 자체가 두렵다고 말하고 있었다.

"죽고 싶은 게냐?"

위협이 아니라 정말 그러고 싶은지를 물었다.

오문은 한숨을 푹 내쉬며 말했다.

"죽고 싶은 사람이 어디 있겠습니까? 전 늘 살고 싶어서 발버둥 치면서 살아왔습니다."

늘 죽음이 코앞에서 비켜갔는데 이번에는 비켜가는 죽음을 제 손으로 붙잡아야 할 것 같았다.

'……살아 있는 게 민폐였던 모양입니다.'

제가 진작 죽었더라면 산호 아가씨는 전전긍긍하지 않고 궁으로 갔을 것이고, 태자께서도 그녀와 순탄하게 맺어졌을 것이다. 물론 광두도 죽지 앉았을 것이다.

"살 방법이 있다면 살겠느냐?"

"볼모로서 저는 가치가 없지 않겠습니까?"

"볼모를 말하는 게 아니다. 네가 내 노리개가 되어주면 된다."

"⋯⋯예?"

오문은 제가 잘못 들은 줄 알고 다시 물었다.

"내가 네 몸을 취하면 너는 살 수 있다. 태자에게 네 존재를 알리지도 않을 것이니, 태자를 핍박할 일도, 태자에게 버림받을 일도 없지."

"⋯⋯."

오문은 황당해서 싫다 좋다 대답도 못하고 있었다.

대놓고 노리개가 되라니!

"왜? 태자를 좋아했다니 얼굴을 따지나 보지? 나도 계속 보면 꽤 괜찮은 얼굴이다. 그냥 봐도 봐줄 만하지."

"아니요⋯⋯."

"못 봐줄 정도냐?"

"아, 아니, 그게 아니라⋯⋯ 싫다고요."

"내가?"

더럽게 사람 말을 못 알아듣는 분 같았다.

"아뇨. 제 몸을 취한다 어쩐다 그러셨잖습니까? 전 싫습니다."

"권력을 좋아하나? 내가 마음만 먹으면 부안국의 왕이 되는 것도 어려운 일은 아니다. 귀찮아서 하지 않을 뿐이지."

"아니라고요! 쯥! 그리고 무슨 장수라는 사람이 그렇게 아무렇지 않게 반역을 입에 올리십니까!"

가만 보니 말리는 사람도 아무도 없다. 아마 이런 헛소리를 자주 한 모양이다. 이런 점은 태자랑 닮은 구석이 있었다.

'아, 난 왜 저런 것들만 꼬이지?'

좀 정상적인 사람은 없는 것일까, 절 좋다고 하는 사내들은 하나같이 범상치 않으니 이것도 참 재주였다.

"네가 잘 모르는 모양인데, 넌 쓸모가 없어졌다."

"압니다! 아주 잘 압니다. 그래서 죽을 것 같은 예감도 들고요. 그래도 싫습니다."

이제 오문은 슬 짜증이 났다. 얘기가 처음으로 돌아가지 않았나. 죽고 싶지 않다고 아까 분명 얘기했는데 또 그 얘기를 하고 있다.

"그런데도 너는 천하태평이구나. 이러면 우리 체면이 서지 않아. 네가 제대로 겁을 먹고 위기의식을 갖도록 도와주고 싶구나."

"굳이 그렇게까지 안 도와주셔도 되는데요……."

"아니다. 사양하지 마라. 어쩌면 네가 진짜 산호일지도 모르니, 너를 고문해서 자백을 받는 방법도 있다. 또, 가장 잔인한 방법으로 죽여 태자에게 보내는 방법도 있지. 네가 겁을 먹고 울부짖게 만들 방법은 수없이 많다."

"그런 건…… 안 하시면 좋겠습니다."

오문은 말만 들어도 겁이 난다는 듯 기죽은 목소리를 냈다. 그가 하는 말이 농담은 아닐 것이다. 그가 미친개로 불리는 또 다른 이유가 그에게 반하는 자들을 잔혹하게 다스리기 때문이었다.

"그래. 서로 피를 보지 않고 상부상조하는 편이 깔끔하겠지. 쓸모가 없어진 너를 여기까지 잡아 온 저 모자란 놈도 내 주머니에서 나가는 돈으로 키웠다. 그렇기 때문에 나는 본전을 뽑기 위해서 너를 내 노비로 삼을 수 있고, 노비는 응당 주인이 원하는 일은 무엇이든 해야지."

어디서 많이 들어본 듯한 짠내 나는 논리였다.

"하……! 요즘 다들 살기 어려우신 모양입니다."

"무슨 소리냐?"

동신조가 이맛살을 찌푸리자 더욱 불곰 같아 보였다.

"아 뭐……. 아무것도 아닙니다. 아, 아무튼 전 또 노비가 되고 싶지 않고, 심지어 장군께 몸을 바칠 마음은 조금도 없으니, 어쩌면 좋습니까?"

"오해할까 봐 말해두자면 너는 내 취향은 아니다."

동신조는 자존심이 상한 건지 굳이 하지 않아도 될 말을 했다.

"오해…… 는 했습니다만 취향이 아니시면 그냥 죽이시든지 하십시오."

"서강의 사신이라지? 어린놈이 그런 별호를 얻을 때는 이 광견자 동신조를 뛰어넘을 만한 대단한 놈이라는 말일 테고, 나는 그 풋내 나는 애송이보다 못하다는 것이 불쾌해. 내가 칼밥을 먹은 지가 벌써 스무 해가 훌쩍 넘어간단 말이다."

오문은 주변을 둘러보았다. 방금 그가 자기 스스로 미친 개자식이라고 말하는데도 아무도 말리거나, 놀라거나 하지 않았다. 그러면서 왜 제가 말했을 때는 죽이려 한단 말인가. 본인이 저리도 자랑스러워하는데!

"듣고 있느냐? 산만한 녀석 같으니라고."

"귀는 열려 있습니다."

"아무튼 그런 의미에서 그놈이 아끼던 것을 나도 가져 보겠다. 그 대단한 놈이 데리고 놀던 계집이라면 쓸 만하지 않겠느냐? 그놈이 가진 것을 내가 갖지 못한다면 광견자가 사신보다 못한 놈이 될 테지."

여태 오문은 동신조의 말에 짜증이 나긴 했지만 화가 나거나 하지 않았었다. 하지만 지금은 매우 불쾌했다.

"잘못 알고 계십니다. 전하는 계집을 데리고 노는 분이 아니십니다."

정색한 표정으로 단호하게 말하자 동신조는 처음 오문의 말에 놀랐을 때처럼 눈이 커졌다.

"계집을 데리고 놀지 않으면 뭣하러 숙수를 핑계로 데리고 다닌단 말이냐? 혹 사내를 끼고 노는 놈이냐?"

오문은 미친개에 대한 한 가지 소문을 더 기억해 냈다. 혼인도 하지 않고 때와 장소에 상관없이 늘 여인을 끼고 사는 문란한 사내라는 것을.

"전하께서는 늘 진심이십니다. 아껴 주고 존중해 주셨습니다. 가벼운 마음으로 사람을 갖고 놀지 않습니다. 그런 마음가짐에서부터 풍모가 다르니, 장군께서 질 수밖에요."

태자가 저 같은 것 때문에 적국에게 휘둘려 큰일을 망칠 만큼 어리석지 않다 여길 뿐이지, 저에 대한 마음만은 진심이라고 믿고 있었다. 그도 그럴 게, 강에서 뛰어내려 저를 구할 때 이미 그의 집요한 집착을 보지 않았던가. 한번 자신의 것이라 여기면 끝까지 지켜주고 아껴주는 분이었다.

생각해 보니 함께 북천의 요리를 먹으러 갔다가 요리도 먹지 못하고 제대로 인사도 나누지 못한 채 찢어지듯 이별한 것이 안타까웠다. 그는 지금 제가 누구에게 어디로 잡혀갔는지 알까?

'설마 폭포에 뛰어내렸던 것처럼 불 속에 뛰어든 것은 아니겠지…….'

그러다 몸이 상하신 건 아닐까, 걱정이 밀려왔다.

"저런! 존중의 의미를 알고 쓰는 게냐? 계집을 옆에 두고 탐하지 않는다면 그거야말로 예의가 아니지. 그게 아니라면 그놈이 어딘가 부실하거나."

동신조는 자신의 잘못된 신념을 옳다고 믿고 있는 듯했고, 그것이 오문을 화나게 만들었다.

오문은 순박하고 천진난만한 표정을 지우고 차갑고 나직하게 경고했다.

"그분을 욕되게 하지 마십시오. 제가 진짜 화내기 전에."

오문의 살벌한 경고에 일순 정적이 감돌았다. 그것은 어린 계집의 살벌함에 놀라서가 아니라 뜻밖의 말에 황당함을 느낀, 그런 정적이었다.

그러다 동신조가 피식 웃는 것을 시작으로 여기저기서 오문을 무시하는 웃음이 터졌다.

"큭큭큭."

오문은 그 기분 나쁜 웃음을 듣고도 꿈쩍 않고 동신조를 노려보았다.

"네가 진짜 화내면 어찌 되는지 궁금하구나?"

"저를 잡아 온 것을 후회하게 해드리겠습니다."

"크하하하! 이것 참. 어이없는 계집이구나!"

모두가 크게 웃을 때도 오문은 차가운 표정으로 가만히 앉아 있었다.

그러더니 웃음이 잦아들 때쯤 오문이 말했다.

"저는 아주 재수 없는 계집이라서요, 저를 지금 죽이지 않으시면 후회하실 겁니다."

태자 무호로부터 중한 임무를 받고 먼저 황궁으로 떠난 이가 있었다.

친위대에서 가장 어리고 발이 날랜 자로, 태자가 중장대 시절부터 파발로 부려먹던 자였다. 그는 태자가 준 봉투를 고이 간직하고 조심스럽게 단왕부를 떠났으나, 사흘째 되던 날 방심하다 봉투를 잃고 말았다.

옷을 벗고 목욕을 하는 사이에 누군가 옷 속을 뒤져 봉투를 가져간 것이다. 그러나 그는 그 사실을 알고도 별로 걱정하지 않았다.

'진짜 태자 전하 말대로네.'

태자가 이것을 제게 주며 단단히 일러준 말이 있었다.

「가는 길에 서신을 노리는 자가 있을 것이다. 최대한 경계하고 뒤를 조심해야 한다.」

「예, 전하. 목숨보다도 더 귀하게 여길 것입니다.」

「아니, 그럴 것 없다. 그러는 척만 하면 된다.」

「예?」

「매우 중요하고 은밀한 서신이라 여기도록 흉내만 내라. 사람이란 완벽하지 않아. 그렇기에 누구나 실수를 할 수 있지. 내 말 알아듣겠느냐?」

「즉, 잠깐 방심하는 순간 잃어버리도록 하란 말씀이십니까?」

「그렇지. 내가 원하는 것은 저들이 이 서찰이 진짜라고 믿게 하는 것이니까.」

태자가 하라는 대로 임무를 끝낸 대원은 뒤통수에 따라붙던 기분 나쁜 시선으로부터 해방된 것이 홀가분하기만 했다.

그리고 그 봉투는 다시 사흘을 거슬러 올라가 단왕의 손에 넘겨졌다.

서찰을 빼앗아 오라 명을 받은 수하는 제가 얼마나 바짝 따라붙었으며, 몇 번이나 들킬 위험이 있었는지, 그리고 기회를 놓치지 않고 재빨리 서찰을 낚아챈 것을 자랑스럽게 보고했다.

단왕은 그에게 큰 상을 내린 것은 물론, 태자가 일부러 이것을 보게 했다고는 눈치채지 못했다.

"어디 한번, 그놈이 대체 뭘 꾸미고 있는지 볼까?"

태자가 너무 당당하게 나대며 저를 의심한 척하는 것이 조금 마음에 걸렸다.

단순히 생각 없고 자만에 찬 놈인지, 진짜 감춰둔 한 수가 있는 영리한 녀석인지, 아니면 뭔가 약점이라도 잡았는지 등을 알기 위해 태자를 감시했더니, 황궁으로 누군가를 급히 보냈다는 정보를 입수했던 것이다.

'미리 눈치채고 감시하길 잘했지. 역시 뭔가 꿍꿍이가 있었던 게야.'

단왕은 자신이 제법 머리 좋은 태자를 꿰뚫어 보고 그의 머리보다 더 위에 앉아 있다는 것을 뿌듯해하며 봉투를 열었다.

그 안에는 태자가 황제께 보내는 글귀와 그림이 있었다.

오문을 쏙 빼닮은 여인의 화상에 고개를 갸웃한 단왕이 그 옆의 글귀를 읽었다.

『이 여인을 어머니라 부르며 함께 살아온 아이가 있다면 어찌해야 하겠습니까?』

그 글귀를 읽은 단왕이 서신을 든 손을 부르르 떨었다. 그러다가 그는 큰 소리로 웃어 젖혔다.

"으하하하하!"

도저히 웃음을 참을 수 없었다. 단왕은 태자가 감은 좋은 녀석이라 인정해 주기로 했다. 오문의 어미가 주혜령이 아닌가 추측한 듯한데, 이 화상만으로 그것을 입증하기는 힘들 것이다.

'오문의 어미니까 오문을 닮았다 생각하고 그린 모양이군. 크크, 달라. 주혜령은. 오문에게서 주혜령의 모습이 보이긴 한다만 이 그림에서는 주혜령이 보이지 않아.'

황제께서 이 화상을 받았다 해도 아무 문제될 것이 없어 보였다. 괜한 수고를 한 것 같지만 그래도 마음은 한결 편안해졌다. 제가 우려하던 일들이 이제 하나도 남지 않은 것이다. 산호가 황궁으로 갔고, 황제가 오문을 만날 일도 없을 것이다.

'게다가 오문은 지금쯤 죽었거나 제가 공주라고 우기고 있겠지.'

단왕은 오문을 구해줄 생각이 조금도 없었다. 오히려 공주를 납치한 것을 명분 삼아 부안국과 한판 벌릴 생각이었다.

'요즘 너무 조용했지.'

단왕은 평화를 싫어했다. 평화로운 세상에서는 제가 쌓을 공적이 너무 적기 때문이다. 지금의 황제보다 더 많은 전승을 거두고, 태자보다 제 아들이 영웅이 되어야 했다.

'곧 공주가 납치되었다 공표해야겠군.'

그 시각 오문은 동신조와 팽팽하게 신경전을 벌이고 있는 중이었다.

"저를 감당하실 수 있는 분은 태자 전하밖에 없었습니다."

동신조는 납치당해 온 계집이 이렇게 겁 없이 구는 것도 처음 보지만 제 목숨을 갖고 협박을 하는 경우는 앞으로도 보기 힘들 것 같아서 해괴한 것을 보는 눈으로 오문을 이리저리 살펴보았다.

"어디…… 흐음……. 지금 아주 화가 난 듯한데? 얼마나 더 화나게 만들어야 날 후회하게 해줄 테냐? 어디 한번 보여다오. 내가 감당할 수 없다는 것이 어느 정도인지 궁금하구나."

그는 목을 쑥 빼고 오문을 놀리듯 비아냥거렸다.

"생각해 보니 장군님께서 굳이 절 화나게 만들지 않으셔도 될 것 같습니다."

그러면서 오문은 옆에 있는 계암을 홱 쏘아보며 물었다.

"광두에게서 절 납치해 오라고 할 때 뭐라 협박했습니까?"

갑자기 질문을 받은 계암은 오문의 날카로운 눈빛에 당황했지만 이내 화를 내며 말했다.

"뭐라 했겠느냐? 그놈이 자식들처럼 아끼는 녀석들을 전부 같이 죽여 주겠다 했지."

"아, 역시. 그랬을 것 같더라니. 직접 들으니까 정말 화가 나네요."

오문의 분위기가 달라지고 있었지만 계암은 여전히 오문을 가소롭게 여기며 코웃음을 쳤다. 네까짓 게 뭘 어쩌겠냐는 듯이.

오문은 사실 그냥 여기서 죽으려 했지만 태자가 모독당한 것도 화가 나고, 광두의 죽음에도 다시금 분노가 솟구쳐 가만있지 않으리라 이를 갈았다. 그래서 그녀는 눈을 치켜뜨고 한껏 비웃으며 말했다.

"도와주는 자가 없었다면 태자 전하로부터 저를 납치할 엄두도 내지 못했을 거면서 잘난 척 거들먹거리지 마시지요."

"흥! 광두를 이용한 것도 내 능력이다!"

"거짓말."

"하! 잔머리 굴리지 마라. 어떻게든 벗어나고 싶어 꼼수를 부리는 건 줄 모를 것 같으냐?"

"아니지 않습니까. 광두를 이용하면 손쉽게 산호를 데려다줄 거라고 알려준 자가 있었을 텐데요."

"……!"

계암의 표정이 딱딱하게 굳는 것을 동신조도 보았다.

"그것뿐만이 아니지요. 광두에게 준 향도 그자에게서 받은 게 분명합니다."

"네, 네가 그걸 어떻게!"

계암은 오문에게 심문을 받고 있는 기분이 들었지만 부정할 수가 없었다. 은밀하게 벌어진 일들에 대해 너무 소상히 알고 있지 않나.

"그 사람이 누군지나 알고 도움을 받으신 겁니까?"

"그, 그건……."

"보세요. 잘 알아보지도 않고 넙죽 제안을 받아들이니까 이런 실수를 하는 겁니다. 당신은 그자한테 놀아난 겁니다. 왜냐면 그자가 광두에게 직접 다른 지령을 내렸으니까요. 산호 대신 날 데려다주라고."

"……!"

계암은 광두가 저를 속였다고 생각했지, 제게 이 일을 알려준 자가 일을 꾸몄다는 것은 모르고 있었다.

"증거도 없이 함부로 몰아가지 마라!"

"흥! 그 향이 범상치 않은 물건인 건 알고 계시겠지요?"

"너는 마치 아는 듯 말하는구나! 내가 네 말에 속아 넘어갈 줄 아느냐?"

"당연히 잘 알지요. 그걸 쓰는 곳은 한 곳밖에 없는데, 제가 한때 그곳에 몸담은 적이 있으니까요."

"뭐?"

두 사람의 대화를 심상치 않게 듣고 있던 동신조가 물었다.

"그곳이 어디냐? 부안국의 일을 방해한 그 집단이 어딘지, 내가 알고 싶군."

오문은 망설임 없이 심드렁한 표정으로 대답했다. 이 얘기를 하려고 계암을 붙잡고 물고 늘어졌던 게 아닌가.

"귀문."

"……!"

이번에는 아까와 같은 정적이 아니었다. 한차례 거대하고 묵직한 충격이 파도처럼 쓸고 지나갔다. 믿기 어려운 말을 이토록 쉽게 내뱉으니 되레 더 믿을 수가 없는데, 그게 아니라면 계암이 벌인 일을 소상히 알고 있는 것은 설명할 길이 없지 않나.

동신조가 아직 정리되지 않은 속내를 감추지 못하고 어렵게 입을 뗐다.

"그…… 귀…… 귀문…… 이라니? 네가 감히 우리를 놀리는 게냐?"

"놀리다니요? 전 분명히 말씀드렸습니다. 저를 죽이지 못하게 되실 거라고."

"네가 귀문의 사람이라면 어째서 너를 죽이지 못한다는 게냐!"

"전 엄연히 귀문에서 나온 사람입니다. 귀문의 사람이라 취급하지 말아주십시오."

"뭐가 어쩌고 어째! 말을 빙빙 돌리지 말고 제대로 말하거라!"

침착하던 동신조가 주먹으로 팔걸이를 내려칠 만큼 화를 냈다.

성난 불곰의 표효 같은 외침에도 오문은 흔들림이 없었다.

"저를 죽이지 못하실 겁니다. 저는 귀문이 누구의 사주를 받고 이 일을 저질렀는지도 알 것 같거든요. 그리고 아마 곧 장군께서도 알게 되실 겁니다."

"언제까지 너의 헛소리를 들어주어야 하느냐!"

"단왕부가 공주를 잃어버렸다는 공표를 하게 될 때까지요."

"……!"

너무나 구체적인 대답이고 상상조차 할 수 없는 예언을 장담하듯 말하니 다들 어이없어했다.

"그 뒷얘기는 그때 들려 드릴 테니, 저를 그동안 옥에 가두시는 게 어떨까요?"

"대체…… 대체 네 정체가 무엇이냐!"

"나중에 다 말씀드리겠습니다. 벌써부터 골치 아픈 표정 짓지 마십시오. 제가 후회할 거라 하지 않았습니까? 아직 놀라실 일도, 더 골치 아픈 일도 많이 남아 있습니다. 그게 싫으시면 지금 제가 드린 말씀은 전부 잊고 절 죽이시면 될 일이고요."

"……."

이미 들은 이야기를 어찌 들은 적 없는 것으로 할 수 있단 말인가.

동신조는 어금니를 꽉 깨물었다.

몰랐으면 모를까, 만약 오문이 한 말들이 전부 사실이라면 좋지 않은 일이 벌어질 것 같은 예감이 들었고, 그때 가서 일을 해결하려면 오문의 말이 큰 도움이 될 테니, 그녀를 죽일 수 없게 된 것이다.

오문은 동신조의 표정만 보고도 제 운명이 어찌 될지 알 수 있었다.

"이왕이면 독방을 쓰고 싶습니다."

"옥사가 객잔인 줄 아느냐!"

오문은 씨익 웃으며 말했다.

"그렇게 알고 계신 분이 있더란 말이죠."

오문에게 옥사에서 편히 지낼 수 있는 방법을 알려주었던 무호는 열심히 말을 달려 생각보다 일찍 국경 근처까지 왔다.

"여기서부터가 문제입니다. 도망치는 것은 문제없지만 단왕에게 수상한 자들이 국경을 넘었다는 소식이 들어가면 안 되지 않겠습니까."

장우는 단왕부의 국경을 넘는 일이 부안국의 국경을 넘는 것보다 더 힘들 것 같았다. 단왕부와 부안국 사이에는 몸을 숨길 곳 없는 너른 평야가 존재했다. 때문에 국경을 넘어가기가 쉽지 않았다.

"오문을 납치한 자도 넘었으니 우리라고 못 넘겠느냐? 무슨 수가 있겠지."

"아마 그자들이 따로 움직이는 통로가 있을 겁니다."

가끔 목숨을 걸고 넘어오는 부안국의 백성들도 있고 간자들도 넘나드는 것을 보면 길이 있는 것은 분명한데, 아마도 그 길이란 것이 쓰고 나면 막아버리고 다른 길을 만드는 것 같았다.

확실한 건 가장 빠른 길은 성문과 성문을 통과하는 것이었다.

"그럴 시간이 없다."

"서강에서처럼 시원하게 숲을 헤치고 목책을 넘을 수 있다면 좋으련만……."

물론 그것도 쉬운 일은 아니었지만 이렇듯 훤히 드러나지는 않았다.

서강에서 국경을 넘기 힘들었던 점을 꼽으라 하면 넘기는 쉬우나 넘자마자 들개처럼 달려드는 군사들을 상대해야 한다는 점이었다. 국경을 넘자마자 군영이었기 때문에 사실상 험한 숲이 국경이나 다름없었다.

그러나 지금은 성벽을 두 개나 넘어야 했다.

"그럼 시원하게 성문을 지나가자."

"예, 그거 좋…… 예?"

무심코 대답하던 장우가 흠칫 고개를 돌렸다. 태자의 표정은 진지해 보였다.

"네가 앞장서라. 내가 뒤를 따르지."

"……."

장우는 대답하지 않았다.

"왜?"

"저는 이런 곳에서 죽고 싶지 않습니다."

"변했군. 전에는 나를 구하러 사선을 넘나들며 몸을 불사르던 놈이."

태자는 장우가 상을 만나더니 충심이 변했다고 꼬집었다.

하지만 장우는 당당했다.

"변하지 않았습니다. 그때도 죽고 싶지 않았습니다."

"그때와 지금이 다르지 않다. 우리 모두 예서 죽을 일은 없다."

"어떻게 문을 통과할지 구체적으로 말씀해 주십시오."

"이럴 때는 아버지가 황제라는 점이 참으로 편리하구나."

"무슨 생각을 하고 계신지는 잘 모르겠지만, 이제라도 아셨으면 충심은 없더라도 효심은 좀 가지시는 게 어떻겠습니까?"

장우는 무호가 태자라는 걸 안 후로 한 번도 황제에 대해 좋게 말하는 것을 본 적 없고, 걸핏하면 사고를 치는 것을 봐왔다.

거기다 영춘에게 들은 것들도 있어서 태자와 황제 사이가 어떤지 이제 잘 알고 있었다. 솔직히 제가 황제라도 태자 같은 아들을 둔다면 골치가 아플 것 같았다.

무호는 장우의 말을 완전히 무시했다.

"것보다 깃발을 하나 만들어야겠다."

"무슨 깃발 말입니까?"

"제화국 황실의 깃발 말이다."

"갑자기 여기서 그런 깃발을 어찌 만든단 말입니까?"

"그럴 줄 알고 내가 준비해 왔다."

"예?"

무호는 품속에서 검은 천과 금실로 수놓아진 화려한 기를 꺼냈다.

"이게 갑자기 어디서 나셨습니까?"

"훔쳤다."

"어디서요!"

"백골 기예단이 짐을 정리할 때."

그 말을 들은 장우가 기를 자세히 보니, 황금 용의 문양이 조금 달랐다. 용이 아니라 이무기였던 것이다.

"공연 때 쓰는 깃발이라더군. 펄럭거리면 어차피 잘 표시가 안 날 것이다."

"이걸 들고 가서 어쩌잔 말입니까?"

"내가 이걸 들고 네 뒤를 따르겠다. 내 얼굴은 너무 눈에 띄니, 최대한 깃발로 얼굴을 가리는 게 좋겠지. 대신 네가 이렇게 외치면 된다."

"뭐라고 말입니까?"

태자는 근엄한 목소리로 말했다.

"여기서 젤 높은 놈을 불러와."

황실의 깃발을 달고 달려온 절도 있는 무인들의 기도가 심상치 않았다. 병사들은 상대가 다짜고짜 소리치는 것에 당황했다.

"예?"

"네놈들 말고, 여기서 젤 윗대가리가 누구냐? 그놈을 데려오란 말이다."

장우는 태자가 한 말에 조금 더 살을 붙여 거만하게 외쳤다. 군영 밥을 오래 먹은 장우는 병사들을 어떻게 다루는 게 좋은지 잘 알고 있었다.

가뜩이나 잔뜩 경계하고 있던 병사들은 자신들의 예상이 맞았다 여기며 황급히 수문장을 데려왔다.

그러나 수문장은 부하들과 달리 조금은 의심하는 얼굴로 나타났다.

"황실에서 오셨습니까?"

"황제 폐하께서 동신조와 은밀히 나눌 말이 있다 하시니 문을 열어라."

"송구하옵니다만 아무 말도 듣지 못한 데다……."

단왕부도 제화국에 속해 있다지만 단왕부에서 자체적으로 키운 장졸들이다 보니 황제의 밀명이라는 말에 크게 흔들리지 않는 것 같았다. 하지만 이 정도쯤은 예상하고 있었다.

"은밀히라 말하지 않았느냐!"

장우는 큰소리로 수문장을 나무랐다.

"하나…… 확인 절차는 필요합니다. 신분패라도……."

장우는 본래 황제께서 준비해 준 밀사의 패를 갖고 있었으나, 수성촌에서 처음 관청을 탈환한 뒤로 그 신분패는 황제께 반납해야만 했다. 때문에 지금 가지고 있는 가짜 신분패로는 큰소리칠 입장이 못 되었다.

"지금까지 변복을 하고 은밀히 움직여 가짜 신분패밖에 없다."

"그것을 어찌 믿으란 말입니까?"

결국 태자가 시키는 대로 할 수밖에 없는가. 장우는 긴 한숨을 내쉬었다.

"미안하지만 우리는 자초지종을 설명할 시간이 없다."

그 말이 끝나기 무섭게 장우는 재빨리 수문장의 허리춤에 있는 검을 뽑아 그의 목에 갖다 댔다.

채앵.

"헉!"

"수문장님!"

갑자기 일어난 일에 가슴이 철렁한 병사들이 허둥지둥 일행을 포위했다.

그러나 이렇게 될 걸 미리 알고 있던 태자와, 함께 온 친위대 대원들이 더 빨랐다. 장우와 수문장을 빙 둘러 호위하듯 칼을 빼 들고 서자 병사들은 아무도 다가오지 못했다.

"성문을 열어라."

"아, 안 된다!"

"입 닥쳐! 우리는 네놈들 따위 베어버리고 성문을 부수고 나갈 수도 있다. 하나, 돌아오는 길에 다시 봐야 할 사이이니 얼굴 붉히는 일 없도록 문 열어!"

역시나 장우가 할 만한 말은 아니었다. 낯가림이 심하다는 태자는 돌아오는 길을 염두에 두었던 것이다. 그 말을 직접 해야만 했던 장우의 얼굴은 아직 돌아오는 길이 아닌데도 벌써 붉어졌다. 이렇게 분탕질을 하고 할 말은 아니지 않나.

"돌아오는 길이라고 말하면 믿을 줄 아는가! 성문을 열어선 안 된다.

수상한 자들이니 당장 활을 쏘아라!"

"하, 하지만!"

"수문장님······."

병사들은 어찌해야 하나 울상이 되어 갈피를 잡지 못하고 창과 활을 겨누고 있었다. 결국 참을성 없는 무호가 나섰다.

"나는 괜찮으니 어······ 커헉!"

무호는 장우가 붙잡고 있는 수문장이 또 뭐라 입을 열려는 순간, 그의 복부에 퍽 소리가 날 정도로 강하고 정확하게 주먹을 꽂아 넣었다.

"수문장님!"

수문장이 게거품을 문 채 눈을 까뒤집고 쓰러지는 것을 장우가 낚아채자 눈치 빠른 친위대 대원들이 냉큼 그자를 말 위에 태워 장우의 뒤에 돌아앉게 앉혔다. 어찌나 손발이 척척 맞는지 모든 일이 눈 깜빡할 새 벌어졌다.

"우리 수문장님을 어쩌려는 겁니까!"

"얼른 내려놓으십시오!"

"이런다고 우리가 문을 열어줄 것 같습니까!"

전쟁이 한창인 국경지대의 병사들이었다. 악에 받친 외침에는 두려움보다 분노가 느껴졌고, 궁병들은 금방이라도 활을 쏠 것처럼 노려보고 있었다.

그래서 무호는 그들의 사기를 꺾어줄 필요가 있다고 느꼈다.

"귀찮게 하는군. 그래도 같은 편이라고 아껴주려 했거늘."

그 말이 끝나자마자 무호는 대뜸 말에서 뛰어내려 성벽 위로 달리기 시작했다. 물론 제 앞에 걸리는 것들은 모조리 주먹을 날려주고, 그들 중 한 명을 방패 삼아 끌고 가며 제게 활을 겨누는 궁병들에게 달려갔다.

"으악!"

“비켜!”

“컥!”

몇몇 궁병이 위협용으로 활을 쏘아 댔지만 저희들의 아군이 화살에 맞을 뻔한 것을 무호가 오히려 구해주었다.

그러자 이제 무호가 가는 길이 알아서 뚫렸고 궁병들 역시 병사들이 화살에 맞을까 봐 겁이 나서 쏘지 못했다. 무호는 한 궁병의 활과 화살을 빼앗아 들더니 갑자기 성벽 아래 먼 곳을 향해 활을 겨누었다.

슈웅—

멀리 호를 그리며 날아간 화살이 땅에 꽂힌 채 부르르 떨었다.

“네놈들의 수문장을 저기에 산 채로 놓아주겠다. 하니 문을 열어라. 당장 문을 열지 않으면 다음 화살이 박히는 것은 땅이 아니라 네놈들의 수문장이 될 것이다.”

활을 빼앗긴 궁병의 동공이 흔들렸다. 그가 활을 뺏기고 침을 꿀꺽 삼키는 동안 제법 시간이 흘렀음에도 아무도 무호를 공격하지 않았다.

사실 몰려드는 수많은 병사가 무호 하나를 잡지 못해 아수라장이 된다는 게 말이 되지 않았다. 이들이 사력을 다해 덤벼들지 못한 것은 자칫 진짜 황제께서 보내신 사신이면 어쩌나 하는 마음과, 실력이 출중함에도 불구하고 자신들을 죽일 마음은 없다는 것을 보았기 때문이다. 심지어 아군의 화살에 맞을 뻔한 군사를 구해주지 않았던가.

“무, 문을 여, 열어드리겠습니다.”

“오늘 여기서 있었던 일을 확인하고 싶으면 그리하라. 단왕에게 변명거리가 필요하거든 신분패를 확인했다 해도 좋다.”

“예! 예! 감사합니다!”

병사들은 무호와 장우에게서 군율이 몸에 밴 자신들과 같은 동질감을 느꼈다. 상부에 보고할 변명까지 만들어주니 더욱 그랬다. 그래서 자연히 상관으로 대하며 문을 열어주었다.

"무사히 다녀오십시오!"

태자 일행은 군례까지 받으며 달려 나갔다.

"참으로 전하가 걱정됩니다."

아직 수문장을 허리에 묶고 달리던 장우가 말했다.

"무엇이?"

"한두 번도 아니고 폐하께서 용서해 주실지 모르겠습니다."

"걱정할 것 없다. 다 생각하고 저지른 일이다. 폐하께서도 어쩔 수 없을 것이다."

"정말입니까? 그럼 무슨 생각으로 사기를 치신 건지 여쭤도 되겠습니까?"

"제화국에는 황자가 나밖에 없다."

"……그게 다입니까?"

"날 폐위시키거나 죽이면 단유천이 태자가 될 텐데, 황제는 속이 좁아 그 꼴은 못 보시지. 단유천보다 내가 더 낫다는 걸 보이고 싶어서 예전부터 극성맞으셨다."

황제는 무호가 걸음마를 떼기 전부터 단유천보다 못하면 안 된다는 경쟁심을 심어주었다. 덕분에 무호는 문무와 예악을 비롯한 온갖 잡기까지 배우고 익혔다. 그로 인해 무호의 반항심은 이미 어릴 때부터 시작되었고, 황제는 아들의 반항을 늘 무력으로 제압했다. 하지만 밖에서는 최고라 치켜세우며 무호의 허물을 덮어주곤 했다.

아마 무호에게 무슨 일이 생겨 단유천이 태자가 된다면 황제는 광분하여 무슨 일을 저지를지 모른다.

대충 이야기가 끝날 무렵, 화살이 박힌 땅에 당도했다.

장우는 수문장을 그 옆에 던져 놓으며 노모가 키워 주고 있는 자신의 아들을 떠올렸다.

'내 아들 녀석은 저따위로 키우지 말자.'

황제는 자식교육을 망친 게 분명했다. 무호가 태자가 아니라 범부의 자식이었다면 분명 제멋대로 살다가 벌써 사고 치고 맞아 죽었을 것이다.

"이제 다음 관문이 남았습니다. 저곳도 사신으로 위장해서 넘을 생각 이십니까?"

다시 출발하기 전에 장우가 물었다.

"먹힐 것 같으냐?"

"아니요. 전혀."

"그럼 내가 어찌할 것 같으냐?"

"그 방법만은 아니길 바랍니다."

오문은 원하던 독방에 갇혔으나 독방이란 게 태자가 말한 것처럼 좋지 않았다.

일단 가을로 접어든 부안국의 밤은 매우 추웠다. 또한 병영의 옥사는 바닥 또한 그냥 울퉁불퉁한 흙바닥이라 야영이나 다름없었고, 혼자라고 잘 못 챙겨주는지 먹을 것도 제대로 주지 않았다.

밤이 깊었으나 춥고, 배고프고, 지루했던 오문은 잠을 자지 못하고 벌떡 일어나 투덜거렸다.

"뭐야. 그냥 굶어 죽으라고 가둔 건가?"

잔뜩 골이 난 오문이 주변을 둘러보는데 저를 지키는 사람도 보이지 않았다. 어제까지는 보였던 것 같은데, 지키지도 않는 걸 보면 그냥 죽으라고 그러는 게 분명했다.

'이래 죽으나 저래 죽으나.'

그렇게 생각한 오문은 문 앞으로 가서 주저앉았다. 사방에 빼곡한 창살이 깊이 박혀 있었으나 문 아래만은 그렇지 않았다. 그래서 그녀는 양손으로 문 아래를 열심히 파기 시작했다.

딱딱한 땅을 맨손으로 파려니 손톱에 흙이 박히고 여간 힘든 게 아니었다. 하지만 여기만 벗어나면 도망치는 것쯤이야 별로 어렵지 않을 것 같았다. 다행히 흙은 아래로 갈수록 물렀다. 집중해서 열심히 파다 보니 어느 정도 구덩이가 파여서 마치 개구멍처럼 드나들 수 있는 길이 만들어졌다.

'이럴 때는 몸이 작아서 다행이네.'

더 파지 않아도 얼추 몸이 들어갈 듯했다. 오문은 설레는 기분으로 문 아래로 머리를 밀어 넣었다.

턱.

"⋯⋯!"

어깨가 빠져나가려는 순간 머리에 무언가가 탁 걸렸다. 오문은 소스라치게 놀라며 그대로 굳어버렸다.

문 앞에 가로막힐 게 없지 않았던가?

"큰소리칠 땐 언제고 도망가시려고?"

"⋯⋯."

들어본 적 있는 목소리였다.

'제기랄! 창피하게!'

목까지 벌겋게 물든 오문은 차마 고개를 들지도 입을 열지도 못했다.

"이대로 목을 치면 딱 좋을 텐데⋯⋯."

아쉬움이 묻어나는 음성에 오문은 제가 예상한 대로 상황이 흘러갔음을 눈치챘다. 동신조는 저를 죽일 수가 없게 된 것이다. 그러나 오문은 모르는 척 말했다.

"그럴 생각이 없으시면 발을 좀 치워주시면 안 될까요? 다시 얌전히 들어가 있겠습니다."

그러자 오문의 머리를 발로 밀어내고 있던 동신조가 슬쩍 발을 치우며 말했다.

"안 그래도 문을 열어주려고 했는데 그럴 필요가 없었군."

기어 나오라는 뜻이었다. 오문은 고개를 들어 애써 활짝 웃어 보였다.

"절 찾으셨습니까? 그런 줄 알았으면 기다렸을 텐데……."

"나와. 물어볼 게 있다."

동신조는 기어이 문을 열어주지 않았다.

잠시 후, 흙투성이가 된 오문은 동신조의 집무실로 끌려갔다.

이미 동신조 휘하의 장수들이 도끼눈을 하고 오문을 기다리고 있었다.

동신조가 상석에 가 앉으며 모두에게 앉으라고 명하자, 장수들은 긴 탁자에 서로 마주 보고 앉았다.

"저도 앉을까요?"

오문은 마침 끄트머리 자리가 하나 비어 있기에 물어보았다. 그러나 다들 눈을 부릅뜨며 말없이 화를 내기에 그냥 서 있기로 했다.

"단왕부에서 이런 것을 보내왔다."

동신조가 돌돌 말린 비단 두루마리를 탁자 위로 던져 놓자, 그것이 데굴데굴 굴러가 서 있는 오문 앞에서 멈췄다.

"읽어 보거라."

두루마리를 펼쳐 든 오문은 단왕부에서 보냈다는 내용을 읽어가면서 별로 놀라는 기색이 없었다. 이미 말해주지 않았냐는 듯 태연하게 읽어 내린 오문이 두루마리를 돌돌 말아 다시 동신조 앞으로 굴러가게 했다.

"……."

아무도 오문의 건방진 태도를 지적하지 않았다. 그보다 그녀가 무슨 말을 할지가 더 궁금했기 때문이다.

하지만 오문은 팔짱까지 끼고 도도하게 동신조를 바라보았다. 할 말이 있으면 먼저 해보라는 듯이.

결국 아쉬운 쪽은 자신들이라 동신조가 먼저 물었다.

"단왕부에서 이렇게 나올 걸 어찌 알았느냐?"

"귀문이 단왕부를 도왔으니까요."

"그건 또 무슨 소리냐?"

"말씀드렸다시피 귀문이 광두를 이용해 계암을 속였습니다. 그렇다면 귀문을 움직일 만한 재물과 권력을 가졌고, 부안국에서 산호 아가씨를 납치하려는 계획을 미리 눈치챌 만한 정보력을 가진 세력, 그만한 세력이 흔하지는 않겠지요. 게다가 이번 일로 이득을 보는 쪽은 단왕부밖에 없습니다."

산호가 납치당하면 단왕부는 지금까지 고이 길러온 산호를 태자비로 보낼 수 없으니 귀문을 시켜 방해했다 볼 수 있다. 또한, 산호 대신 공주를 보내면 전쟁의 명분이 될 수 있다. 지금 단왕이 보낸 서신의 내용만 봐도 자신들이 단왕부의 함정에 걸렸음을 알 수 있었다.

『어렵게 재회한 나의 공주를 납치해 간 무도한 부안국의 장수여. 그대의 왕에게 전하라. 나 단왕은 제화국의 황제를 대신해 부안국을 부안의 병사의 피로 물들일 것이다. 하나, 무사히 공주를 보내주고 그대의 왕이 나를 왕으로 받든다면 부안국에도 평화가 올 것이다. 공주의 목숨이 안타까우나, 나는 이번 기회에 부안이 더 이상 우리 단왕부를 넘보지 못하도록 그 나라를 지우고자 한다. 기한은 나흘. 그 안에 답을 보내주지 않으면 우리는 집결하여 부안국을 칠 것이니, 백성을 구하는 길이 무엇인지 심사숙고하기 바란다.』

절대 협상할 수 없는 내용이 담겨 있었다. 부안국이 나라가 아닌 단왕부의 부안이란 지방으로 속해야만 전쟁을 멈추겠다는 것인데, 즉 항복을 종용하는 글이었다. 지금쯤 단왕부의 백성들은 자신들을 납치해 간 부안국에 심한 반발심을 느끼고 있을 테니, 분노한 병사들의 사기는 어떨 것인가.

싸워도, 싸우지 않아도 부안국의 앞날이 어두워 보였다.

광견자 동신조마저도 제멋대로 날뛸 수 없는 상황에 이르렀다. 산호를 납치하고자 한 것은 은도명과의 원한을 핑계 삼아 제화국의 황실과 타협하기 위함이었다. 황실에서도 단왕부의 세력이 커진 것을 경계하는 듯해 일을 벌여본 것인데, 단왕부에서 설마 공주를 내주고 산호를 빼돌릴 줄이야.

하지만 아직 단왕의 뜻대로 되지 않을 길이 남아 있다.

"하나, 우리는 단왕부의 공주를 납치한 적이 없다."

오문은 고개를 저었다.

"아니요. 멍청한 계암이 공주를 납치했습니다."

그 자리에 장수로서 앉아 있던 계암이 발끈한 표정으로 오문을 노려보았지만 오문은 그를 본 척도 하지 않고 동신조를 똑바로 보며 말했다.

"단왕께서 직접 인정하신 공주, 이제부터 저를 공주의 예로 대우해 주시지요."

제 42 장
두 마리의 투견

동신조의 집무실은 사람 목소리가 잘 들리지 않을 정도로 넓은 곳은
아니었다. 하나, 다들 조금 전 오문의 말을 제대로 알아듣지 못한 것 같았
다.

　그래서 오문은 흙을 파느라 더러워진 손으로 귓등에 머리카락을 넘기
며 위엄 있고 도도하게 말했다.

　"단왕부의 유일한 공주 오문이라고 합니다."

　"……."

　옷은 물론이고 얼굴까지 흙을 묻힌 채, 목소리를 가다듬어 봤자, 지금
그녀는 좋게 봐도 거지꼴이었다.

　오문은 아무도 대답하지 않고 저를 이리저리 훑어보며 치를 떠는 장수
들의 반응을 눈치챘다.

　"하아……. 좀 씻고 올까요?"

　동신조는 그녀의 말을 무시했다.

"너를 살려둔 것을 후회할 거라 했었지? 그것부터 듣고 싶군. 난 아직도 내가 너를 살린 것을 왜 후회해야 하는지 모르겠다."

"장군께서는 지금 혼란스러우시죠? 차라리 저를 죽였다면 아무것도 모르실 테니까 공주 따위 납치한 적 없다 우기기라도 할 수 있으실 텐데, 제가 이렇게 살아 있는 덕에 제게 조언을 구하게 되셨거든요."

"내가 네게 도움을 청할 일은 없을 것이니 후회하지 않는다."

"전 단왕부의 공주입니다. 저를 이용하시면 이번 일을 해결할 수도 있는데, 고개 숙여 부탁하시는 편이 좋지 않을까요?"

"네가 믿을 수 있는 말을 한다면 모를까, 허무맹랑한 소리를 지껄이는데 그걸 더 들을 필요가 있을까?"

"그럼 죽이시든가요."

동신조의 바위 같은 주먹에서 살기가 무럭무럭 피어올랐다. 당장이라도 조그마한 오문의 머리를 으스러트릴 것 같았다.

그러나 오문은 그 주먹을 비웃었다.

"저는 별로 삶의 미련이 없습니다. 살려고 발버둥 치는 걸로 보이신다면 쳐 죽이셔도 괜찮습니다."

"……!"

"미련은 아니지만 복수를 하지 못해 안타깝긴 하네요. 부디 단왕부의 침략을 이겨내시고, 될 수 있으면 단왕을 잡아 죽여주시면 좋겠습니다."

"뭐라? 단왕부의 공주라고 하지 않았더냐? 역시 그 말이 거짓이었군!"

쾅. 콰지직.

동신조는 오문의 머리 대신 자신의 팔걸이를 내려쳐 부서트렸다.

"거짓말 아닙니다. 단왕이 거짓말을 하는 게 아니라면."

"무슨 헛소리를 지껄이는 게냐! 딸이라는 계집이 아비를 죽여달라 비는 경우가 어디 있단 말이냐!"

"여기 있습니다."

오문은 단호하고 차가운 음성으로 동신조의 불같은 화에 맞섰다.

그래서 동신조는 그녀가 무슨 말을 하는지 들어보기로 하고 그녀가 말을 이어 갈 수 있도록 잠시 침묵했다.

"여기, 단왕이 자신의 딸이라고 주장하는 저! 바로 이 오문이, 두 번이나 딸을 죽음으로 몰아넣은 아버지란 작자를 죽이고자 합니다!"

"……."

동신조는 오문의 원한이 사무친 목소리를 듣고 그녀의 아픔을 조금은 이해했다.

물론 아직도 그녀가 진짜 공주라는 것은 믿기 어려웠지만, 단왕이 보낸 서찰에 따르면 오문은 단왕의 전쟁 도구로 희생당한 것이나 다름없었다. 하지만 두 번이라는 부분은 이해 가지 않았다.

"그렇다 치자. 어째서 두 번이냐?"

"두 번은 무슨. 아마 수시로 절 죽이려 했을 겁니다. 애초에 절 공주로 만든 것도 거짓일지도 모릅니다."

"후회하지는 않는다만 흥미가 당기는군. 이야기를 자세히 듣고 싶어졌어. 네 사연이 우리에게 도움이 될 것 같은데, 내 생각이 맞느냐?"

"물론입니다. 이제야 알아들으시는군요."

"좋다. 그럼 일단 나가서 씻고 온 후에 천천히 얘기하도록 하지."

동신조는 극단의 조치를 내렸다. 그녀가 공주라는 것을 믿고 대화를 이어가려면 일단 저 거지꼴은 면해야 대화에 집중할 수 있을 것 같았다.

부안국의 서쪽, 범명성은 단왕부와 인접한 곳이라 가장 높고 견고한 성벽으로 둘러싸여 있었다. 게다가 그 성을 지배하는 자는, 부안국의 왕실에서도 손쓸 수 없을 만큼 포악하고, 계집이라면 사족을 못 쓰는 더러운 인성이라 평이 자자한 광견자 동신조였다.

비록 그의 별호가 더럽긴 했지만 장수로서 그 실력은 부안국의 최고였으며, 의외로 전술에서만큼은 현명하고 신중한 자였다. 단왕부의 자랑, 단왕부의 영웅이라는 단유천과도 여러 번 붙어 싸웠으나 서로 이기지도, 지지도 않을 만큼 팽팽하게 싸워왔다.

하나, 어찌 보면 그 전투는 동신조의 승리였다.

동신조는 일개 장수였고, 단유천은 왕부의 세자. 두 사람이 가진 군사력을 비교하긴 힘들기 때문이다. 더군다나, 왕에게 미운털이 단단히 박힌 동신조의 병력은 그렇게 많지 않았다.

어쨌거나 범명성은 단순무식하게 뚫고 지나가기 어려운 성임은 분명했다.

"아니길 바랐습니다만."

장우는 지금이라도 태자의 마음을 돌리고 싶었다.

"더 좋은 방법이 있다면 말해도 좋다."

국경을 마주한 성벽 사이에는 드넓은 초원이 펼쳐져 있었다. 그 초원에도 한때는 사람이 살았으나, 긴 전쟁으로 민가는 전부 불타 없어지고 간혹 아주 작은 숲만 듬성듬성 있었다.

숲이라고 해봐야 나무 몇 그루와 수풀이 다였지만 태자 일행은 그 수풀 속에 몸을 숨기며 간신히 범명성의 성벽 바로 아래에 당도했다.

"차라리 조금 전에 한 것처럼 사신인 척하고 지나가는 건 어떻겠습니까?"

"그렇게 해서는 몰래 들어갈 수가 없다."

"동신조는 그렇게 만만한 장수가 아닙니다. 마라한 같은 작은 부족의

왕 정도로 생각하시는 것은 아니시지요?"

성을 넘는다 해도 그다음에 동신조와 담판을 지을 생각은 말라는 뜻이었다. 오문이 갇혀 있는 곳만 알아내서 빼내 오자는 것이지만 그 또한 가능한 일인지 의문이었다.

"쓸데없는 잔소리가 늘었구나."

"후……. 하면, 이건 어떻겠습니까. 저희가 먼저 올라가 병사들을 유인해 보겠습니다. 전하께서는 저희와 반대 방향으로 가십시오."

"그러려면 집결지와 시간을 정해야 한다. 일이 어떻게 될지 예상할 수 없으니 그냥 함께 움직이는 게 좋겠다."

장우는 고개를 저었다.

"너무 눈에 띕니다. 차라리 저희가 흩어져서 소란을 피울 동안 전하께서 오문을 구해 빠져나가는 것이 나을 것입니다. 날이 밝기 전에 빠져나가는 것을 목표로 삼고 각자 알아서 살아남아 돌아가는 것으로 하는 게 어떻겠습니까?"

"썩 마음에 드는 작전이 아니다."

"더 좋은 방법이 있으면 따르겠습니다."

무호는 장우가 괘씸하게도 제가 한 말을 그대로 돌려주는데 할 말이 없었다.

저는 사실 이대로 조용히 들키지 않고 성벽을 기어 올라가 군사들을 한 명씩 덮쳐 옷을 갈아입고 돌아다닐 생각이었다. 만약 들킬 것 같은 상대가 있으면 그놈들만 죽이면 되는 게 아닌가.

하지만 장우는 밤이기에 더욱 병사들이 무리지어 다니는 것이 눈에 띌 테고, 성벽 위로 올라섰을 때 소란이 일지 말라는 법이 없어 위험하다고 주장했다.

"이번만큼은 저를 따라주십시오. 저는 전하의 친위대장입니다. 어찌 됐든 전하를 위험에 빠트릴 수는 없습니다."

무호는 장우와 친위대를 믿어보기로 했다. 서강에서 서로를 믿고 의지했던 것처럼.

"알았다. 하나, 떠나기 전에는 모두 모여야 한다. 나가는 것은 각자 움직여서 될 일이 아니다. 동시에 떠날 수 있도록 만날 곳을 정하자."

그 뒤로도 한참 동안 장우는 범명성의 구조를 땅에 그려가며 모두에게 길을 알려주었다.

"넌 이걸 어찌 알고 있느냐?"

"서강 태수께서 보낸 정보원이 알아 온 것입니다. 몇 년 전이라 조금 다를지도 모르지만 도움은 될 겁니다."

논의가 끝나자 약속했던 대로 태자가 가장 나중에 성벽을 올랐다. 맨손으로 성벽을 오르는 것도 쉽지 않거니와 워낙 조심스럽게 움직이다 보니 시간이 제법 많이 걸렸다.

잠시 후, 먼저 올라간 장우 일행이 일부러 소란을 일으키는 소리가 들렸다. 군사들이 우르르 몰려가고 여기저기서 큰 소리가 났다. 진영이 발칵 뒤집힌 것이다.

그동안 무호는 재빨리 성벽을 올라가 어둠 속으로 몸을 감추었다. 그러고는 지나가는 병사 한 명을 붙잡아 기절시킨 후 옷을 갈아입었다.

'보자. 오문이 있을 만한 곳이 어딜까.'

무호의 머릿속에 장우가 그려준 지도가 펼쳐졌다.

그 시각, 오문은 심하게 화려하고, 심하게 천을 아낀 듯한 옷을 입고 화장까지 한 채 동신조를 만나러 가는 길이었다.

'아니, 사내들이 득실한 곳에 웬 시녀들이 이렇게 많아. 그리고 또 이 옷은 뭐야? 이런 게 여기 왜 있냐고!'

오문이 불만 가득한 얼굴로 시녀들을 따라가는데, 저 멀리서 소란스러운 소리가 들리는 것 같아 우뚝 멈춰 섰다.

"왜 그러십니까?"

시녀가 갑자기 멈춰 선 오문을 이상하게 쳐다보았다.

"저기, 좀 시끄러운 것 같아서요."

그러자 시녀들은 고개를 갸웃거리며 아무 소리도 안 들리는 것처럼 말했다.

"글쎄요. 종종 밤에도 훈련을 하니, 그런 건가 봅니다."

"그래요?"

오문은 그런가 보다 하고 따라갔지만 속으로는 무슨 훈련을 저렇게 실전처럼 하나 싶었다. 얼핏 들었지만 '잡아라!' 라든가 '저기다!' 라든가 하는 소리들이 실제상황처럼 절박하게 들렸기 때문이다.

"그나저나 성이 무척 가난한가 봅니다. 뭐 하러 이렇게 옷감을 아꼈을까요. 여기 옷에 붙은 장신구 하나만 없어도 옷감을 살 수 있을 것 같은데요!"

물론 오문은 어째서 옷이 이 모양인지 잘 알고 있어서, 그저 빈정댄 것뿐이었다. 저도 창관에 있어 봤지만 기녀들은 사내들을 위해 반쯤 헐벗은 옷을 입어야 했다. 하지만 여긴 창관도 기방도 아니지 않나!

시녀들도 오문의 빈정거림을 알아듣고는 웃으며 말했다.

"장군님의 취향이십니다. 이해해 주십시오."

시녀들의 옷만 봐도 동신조의 취향은 충분히 노골적으로 알 수 있었다. 딴에는 공주랍시고 제일 화려한 옷을 입혀 준 듯한데, 하나도 고맙지 않았다.

어깨와 쇄골이 다 드러나 있고, 주름진 치마의 오른쪽은 허벅지까지 길게 잘려 걸을 때마다 맨 다리가 드러나 보폭을 크게 해서 걷지도 못했다. 게다가 심지어 왼쪽 치맛단은 오른쪽보다 더 높이 올라가 있어서 종아리를 내놓고 걸으니 낯 뜨거웠다.

"아무리 자기 취향이 그렇다고 해도 모든 여인들에게 이런 옷을 입히는 건 너무한 일입니다. 날도 추운데, 평범한 옷도 있어야 할 게 아닙니까."

"어찌 생각하실지 모르지만, 저희 모두 장군님의 눈에 들고 싶어 안달 난 계집들이라 이런 옷이 오히려 좋습니다."

"왜요? 왜 저런 무례한 사람의 눈에 들고 싶은 거죠?"

시녀들은 수줍게 웃으면서 말했다.

"멋진 분이시니까요."

"에? 저런 불곰이? 미친개라고 불리는 작자가 멋지다고요?"

"다른 나라에는 어찌 소문이 났는지 모르겠지만 우리 부안국에서는 장군님한테 안겨 보고 싶은 여인들이 줄을 섰답니다."

"하! 진짜 멋진 분을 못 보셔서 그런 겁니다."

오문은 부안국에는 멋진 사내가 없거나, 아니면 제가 너무 눈이 높아진 모양이라고 고개를 절레절레 저었다.

"공주님께서도 이왕 장군님과 한 배를 타기로 하셨으니, 진짜 한 배를 타시는 것도 나쁘지 않을 겁니다."

시녀장으로 보이는 시녀가 짓궂은 농을 건네는데 오문은 질색하며 멈춰 섰다.

"그럴 의도로 절 이렇게 입힌 거라면 가지 않겠습니다!"

분명 동신조는 저와 앞으로의 일에 대해 이야기를 나누고자 했을 뿐인데, 시녀들이 너무 저를 꾸며놓는 게 영 수상했던 참이었다.

"어휴. 그런 거 아닙니다. 계속 싫다 싫다 하시니, 제가 약이 올라 그랬습니다. 장군님은 싫다는 여인은 절대 건드리지 않는 분이니 안심하십시오."

"정말요?"

"예. 그럼요. 더군다나 공주님 아니십니까. 저희에게도 예를 다해 모시라 했습니다. 만약 옷이 불편하시면 그것도 곧 다른 옷을 준비해 올릴 테니 조금만 참아주십시오."

"아니, 뭐, 그렇게까지 번거롭게 만들 생각은 없었는데……."

사실 이 옷에 딱 하나 마음에 드는 것이 있었는데, 조금 답답하긴 하지만 가슴을 모아서 조여주는 끈이 있었다. 작은 것도 모으면 커진다고, 태어나 처음으로 가슴골이 깊이 파인 것을 제 눈으로 볼 수 있게 된 것이 감동이었다.

'아이씨. 그래도 이걸 동신조한테 보여주고 싶지는 않은데.'

이왕이면 태자가 이 모습을 봐주면 얼마나 좋을까.

오문은 그를 떠올리느라 저도 모르게 걸음이 느려졌다.

'단왕이 공표했으니, 내가 여기 잡혀 있는 것은 당연히 아실 테고…….'

제가 없어진 후로 태자는 어쩌고 있을까.

잘 드시고, 잘 주무시고 계실까.

저를 지키지 못해 분노하고 계실까.

어쩔 수 없는 일이라 금방 잊고 산호 아가씨와 웃고 계실까.

'아니야. 그건 아닐 거야. 그분의 집착이 얼마나 무서운데. 아마 날 잃고 화가 나서 어쩔 줄 몰라 하고 계시겠지.'

오히려 그게 걱정이었다. 서강에서도 종종 국경을 넘나들며 분란을 일으켰다는 것을 들었기에 더 그랬다. 국경을 넘겠다고 설쳐 대는 태자를 말리느라 진땀 빼고 있을 영춘과 장우의 모습이 눈에 선해 저도 모르게 아련한 미소를 짓다가 쓸쓸한 눈동자로 하늘을 올려다보았다.

'아니, 그것도 아닐 거야. 설마 아무리 무모해도 여기가 어디라고 여기까지 오시겠어……. 그냥 내가 죽었다고 생각하시겠지. 단왕이 이런 서찰을 보냈으니 동신조가 광분해서 날 죽였다고 여기실지도 모르겠네.'

밤하늘에 별은 무수히 많으나 달은 하나밖에 없었다. 세상 어디에도 달은 오로지 하나, 같은 달밖에 없으니, 밤마다 달을 보고 있으면 어떤 날은 그와 함께 달을 보고 있을지도 모른다는 생각이 들었다.

'제가 어쩌면 여기서 살아남을지도 모릅니다. 한데, 돌아갈 수 있을지는 모르겠습니다.'

밤이 되면 그의 빈자리가 더 크게 느껴졌다. 함께 지붕 위에 올라 달구경을 하며 죽엽청을 나눠 마신 일이 아주 먼 옛날의 일인 듯했다.

그가 너무 보고 싶었다. 그와 함께했던 밤의 공기가 그리웠다.

'제가 돌아갔을 때 전하의 옆에는 자리가 없을 것 같아서 말입니다.'

오문은 조용히 마음속으로 이별을 고했다.

그리고 시녀들의 재촉에 이끌려 조금 빠른 걸음으로 동신조를 만나러 갔다.

동신조는 아까 그 집무실이 아니라 그보다 조금 개인적인 공간으로 오문을 불렀다.

가뜩이나 옷도 이렇고 해서 들어가고 싶지 않았지만 시녀들이 괜찮다고 설득해서 문을 열었다.

막상 들어가 보니 확실히 침실 같은 곳은 아니었다. 평소 음주가무를 즐기는 동신조가 장수들과 함께 기녀를 대동하여 술을 마시며 회포를 푸는 장소라 했다. 그리 크지 않은 전각은 풍류를 즐기기 좋게 무희들이 춤을 출 수 있는 공간까지 마련돼 있었다.

다만, 조촐하게 차려진 술상의 상석에는 동신조 홀로 앉아 잔을 기울이고 있을 뿐 늘 함께 술을 마신다는 장수들은 보이지 않았다.

안으로 들어선 오문은 잔뜩 인상을 찌푸렸다.

"응? 이렇게 차려입으니 정말 달라 보이는군."

"……."

"아! 말투는 이해하거라. 아직 공주가 확실하다 믿을 수는 없으니, 공주의 예우는 조금 미뤄두지."

그럼에도 오문이 계속 표정을 풀지 않고 서 있자 동신조는 곰곰이 생각하다가 피식 웃었다.

"설마, 이런 자리에 불러들였다고 해서 화가 나신 건가? 걱정 말거라. 난 다만, 서로 허심탄회하게 이야기를 나눠보고자 함이지, 다른 마음은 없었으니까. 앉지. 부하들보다 내가 먼저 이야기를 듣고 고민을 좀 해봐야 할 것 같으니."

"……."

그런데도 오문이 요지부동이자 동신조가 술병을 조금 소리 나게 내려놓으며 짜증스럽게 물었다.

"안 잡아먹겠다고 했을 텐데?"

그제야 오문은 볼멘소리로 말했다.

"저는 뭐든 잡아먹고 싶은데요."

"뭐?"

"제가 얼마나 굶었는지 아십니까? 이왕 술상을 차렸으면 삶은 고기라도 내줄 것이지, 이 부실한 상은 뭐란 말입니까?"

방 안으로 들어서던 오문은 술상이 차려진 것을 보고 눈이 번쩍 뜨였다. 며칠을 굶어 허기가 져 죽겠는데, 먹을 게 있다니 기뻤다.

한데, 막상 들어와 보니 술상이라고 봐 온 게, 말린 생선 몇 조각과 야채 볶음밖에 보이지 않았다.

"……."

"왜요? 왜 그렇게 보십니까?"

"네가 공주라는 사실을 내가 믿을 수 있도록 노력이라도 해야 하지 않을까?"

"뭐 공주님은 꽃과 이슬만 먹고 사는 줄 아십니까?"

투덜거린 오문이 맞은편에 털썩 주저앉아 생선 조각을 입에 넣고 우물거리면서 또 태자를 떠올렸다.

아무 맛도 안 나던 골담초 꽃 맛이 이렇게 그리울 줄이야.

'전하와 함께 있을 때는 노비여도 늘 배가 불렀는데…….'

이상하게 서럽고 눈물이 날 것만 같아서 오문은 괜스레 투덜거리며 고개를 돌렸다.

"먹는 것 같고 치사하게……. 옥에 가둬도 먹을 건 줘야지."

동신조는 오문의 눈에 이슬 같은 게 맺힌 것을 보고 오문이 울고 싶은 만큼 고기가 먹고 싶은거라고 생각했다.

"후……. 알았다. 고기를 준비해 주마."

동신조가 사람을 부르려 할 때였다.

"장군님!"

그가 입을 떼기도 전에 누가 찾아왔다.

"왜? 무슨 일이냐?"

"치, 침입자가 있습니다."

부하는 매우 두렵고 송구하다는 듯이 말했다.

"침입자라니?"

"그것이…… 수는 많지 않은데, 아무래도 단왕 쪽에서 정찰조를 보낸 게 아닌가 싶습니다."

"쯧. 방비를 어찌했기에 그런 것들이 성을 넘어온단 말이냐!"

"송구합니다. 한데, 성벽을 넘자마자 발각되어 쫓고 있는 중이긴 합니다."

오문은 오는 길에 들었던 소리가 그것이었구나 고개를 끄덕였다.

"모두 생포해서 데려오너라. 단왕부에 본때를 보여주지."

"예!"

부하가 나가려고 할 때였다.

"아, 잠깐!"

"예?"

"거기 누구라도 좋으니, 가서 고기 좀 가져오라 해라."

"고, 고기요? 무, 무슨 고기를……?"

위협이 될 정도는 아니지만 적이 침입한 와중에 고기를 찾으시니 부하가 되묻는 것은 당연했다.

"고기 몰라? 사람 고기를 가져오라는 것도 아닌데, 뭘 물어?"

"아…… 예! 가, 가져오라 하겠습니다."

그가 허둥지둥 나가고 나자 동신조는 연거푸 술을 마셨다.

"너도 마실 테냐?"

"그러고 싶지만, 참겠습니다."

"훗. 진지하게 이야기를 나누고 싶은 모양이군. 하나, 본래 술이 좀 들어가야 본심이 나오니, 술이야말로 사람을 더 깊고 순수하게 만들어주는 영약이라 할 수 있지."

풍류를 아는 사내의 멋들어진 허세가 참으로 동신조다웠다.

"빈속에 술을 마시면 안 됩니다."

그러나 오문의 대답도 오문다웠다.

"……."

두 사람은 같은 이야기를 하는데도 그 방향이 너무 달라서 말을 하면 할수록 더 멀어지고 있었다.

할 말이 없어진 동신조가 또 한 잔을 비운 뒤에 오문을 노골적으로 살펴보기 시작했다.

"흠……. 네가 정말 단왕의 공주라 한다면, 그 앞에 네가 했던 말은 어찌 되는 것이냐? 귀문에 몸담았다 했지? 태자의 숙수라고도 했고. 그게 거짓이었느냐?"

"저는 거짓을 말한 적이 없습니다."

"하면 전부 사실이다? 그게 가능하다 보느냐? 내가 내 부하들을 납득시키려면 나부터 이해가 돼야 한다. 하니, 나를 이해시켜 보아라."

"사실 저도 얼마 전에야 제가 공주라는 사실을 알았고, 또 그것이 단왕의 음흉한 속셈이라는 것을 깨달았습니다."

"너는 단왕을 아버지라 인정하지 않는 게냐?"

"예. 인정할 수 없습니다. 어찌 제 어머니가 그런 자를 깊이 사랑할 수 있었겠습니까? 제 어머니가 혈육의 정을 끊어내고 혈육을 도구로 이용하는 그런 자를 사랑할 리가 없습니다."

오문은 이제 확실히 이해할 수 있었다. 어머니의 그 눈빛은 제가 태자를 그리는 것보다 더 깊고 더 간절했으며 더 슬퍼 보였다. 오직 한 사람만을 바라보는 그 눈동자가 단왕 같은 종자를 향할 리가 없다고 확신했다.

제게 사람의 목숨이 얼마나 소중한가를 가르쳐 주신 분 아닌가.

아버지를 선택한 것이 후회 없는 선택이었다 하시며 스스로 목숨을 끊지 않으셨던가. 마지막까지 아버지를 사랑했다면 더더군다나 단왕일 리 없었다.

"그저 추측일 뿐이었느냐?"

동신조는 사랑을 논하는 오문의 말에서 당위성을 느끼지 못했다. 그는 여인과 사랑을 나누는 것보다 하룻밤을 즐기는 것을 더 이롭다고 생각하는 사람이니, 오문의 직감을 가소롭게 여겼다.

"추측인지, 아닌지가 중요합니까?"

"뭐?"

"제가 진짜 공주인지, 아닌지가 중요합니까?"

"그걸 말이라고……!"

오문이 하는 말을 믿으려면 그녀의 정체를 확실히 해두어야 하는 게 당연한 게 아닌가. 그녀를 믿었다가 만약 단왕의 술수에 놀아난 것이라면 큰일이지 않은가.

"장군께서 듣고 싶은 말은 물러설 곳 없는 이 상황을 바꿔줄 방책 아니었습니까? 저는 그 해답을 갖고 있습니다."

오문의 말이 틀린 것은 아닌지라 동신조는 일단 그녀의 말을 들어보기로 했다. 진실 여부는 그 후에 제가 스스로 판단해야 할 일이었다.

"좋다. 우선은 들어보지."

"그러기 위해서는 장군께서 믿기 싫으셔도 제가 공주라고 믿고, 저를 공주로 대해주셔야만 합니다."

"어째서?"

"장군께서 먼저 저를 믿으시고, 또 그 믿음이 번져서 군사들도, 백성들도 믿게 해야지요. 그래야 적의 백성들도, 적의 군사들도 저의 말을 믿을 것입니다."

"네가 말하는 적이란 게 단왕부란 말이지? 좋다. 네 방책을 들어본 후에 너를 믿을지 생각해 보겠다."

오문은 의심 많은 동신조를 설득하기 위해 숨도 고르지 않고 재빨리 말했다.

"단왕부 곳곳에 벽보를 붙이고 소문을 내주십시오."

"뭐라고 말이냐?"

"단왕부의 공주 오문은 천륜을 저버린 부왕을 원망하니, 살수를 보내

딸을 죽이려 한 아버지를 더 이상 아버지라 여기지 않겠노라."

"……!"

확실히 그 말의 파급력은 컸다. 본래 나쁜 말과 충격적인 소문은 더 빨리 퍼지는 법이다. 단왕부의 백성들이 단왕을 의심하기 시작할 테고, 단왕이 거짓 공표를 한 것인지, 동신조가 거짓을 퍼트리는지 말이 많을 것이다. 하지만 그것만으로 판세를 엎을 수는 없을 것 같았는데, 다행히 오문에게는 다른 생각이 있는지 계속해서 말을 이어 갔다.

"생명의 은인이신 동 장군을 부군으로 삼고 단씨 일가를 무너트리……."

"자, 잠깐!"

가만히 듣고 있던 동신조가 벌떡 일어났다.

"왜 그러십니까?"

"부, 부군이라니? 누가 누구의? 내가 잘못 들은 건 아니겠지?"

"너무 곤란해하시는 거 아닙니까? 전 뭐 좋아서 이러는 줄 아십니까?"

"싫으면 그런 생각을 하지도 말았어야지!"

오문은 기가 막혔다. 제가 어디가 어때서 혼인하자는 말에 저리도 정색이란 말인가. 자존심이 잔뜩 상한 오문은 그게 가짜 혼인이라고 말해주기가 싫어졌다.

"그렇게 싫어하시는 걸 보니 꼭 이 혼인을 해야겠습니다."

"아까는 그리도 날 싫어한다 하더니, 왜 갑자기 마음이 바뀐 게냐!"

"혼인을 하시면 지금까지처럼 마구 순진한 여인들을 꼬드기지는 않으시겠지요. 모두를 위해 저를 희생하기로 했습니다."

"헛소리 마라! 그 혼인 이야기는 뺄 것이다."

오문은 입을 삐죽거리며 그를 노려본 후에 다음을 이어 갔다.

"단씨 일가를 반드시 무너트려 그 죗값을 받게 할 것이다. 단왕은 살수들과 결탁하여 수많은 악행을 저질러 왔으며 백성들을 거짓으로 호도하여 전쟁터로 나아가게 했다. 하나, 이제 그 죄가 명백히 드러나게 되었다. 백성들이여. 공주인 나를 버린 것도 아버지인 단왕이시며, 나를 이용하고자 다시 궁으로 불러들인 이도 단왕이시다. 두 번이나 아버지로부터 버림받은 내가 눈물로 호소하니, 부디 그의 간악한 말에 속지 말지어다.”

짝짝짝.

동신조가 박수를 쳤다.

“심금을 울리는 내용이로군. 좋아. 한데 단왕은 분명 이 글을 네가 쓴 게 아니라, 내가 억지로 쓰게 했다고 퍼트릴 것 같은데……?”

“그때는 제화국 황실에 도움을 청할 것입니다.”

“어떻게? 설마 태자에게 도와달라 할 셈은 아니지?”

“저를 제화국으로 보내주십시오. 하면 황제와 대신들 앞에서 고하겠습니다.”

“제화국?”

“제가 귀문에서 보낸 태자 전하의 시해범이며, 이 모든 것이 단왕이 꾸민 일이라고 고할 것입니다.”

“……!”

동신조는 너무 놀라 마시려던 술잔을 그냥 들고만 있었다. 죽으러 가겠다는 말과 다름없는 어마어마한 계획이었다.

“제화국과 함께 단왕부를 치십시오.”

“그, 그것을 어찌 믿으란 말이냐! 너를 제화국으로 보내면 우리에게 공주가 없다는 것을 단왕부가 알게 될 것인데, 오히려 네게 속아 너를 놓아준 꼴밖에 더 되겠느냐!”

“…….”

오문은 아무 말도 하지 않고 먼 곳을 바라보듯 허망한 표정으로 가만히 앉아 있었다.

저 역시 부족하다는 것을 알고는 있지만, 이 정도로 끝내고 싶었다. 그러나 동신조가 저를 믿지 않으니 어쩔 수가 없게 되었다.

"흥. 잘난 척하더니, 네 방책이란 게 겨우 이게 다였던 모양이구나?"

"제가 이곳에서 부안국의 편에 서서 살아 있다는 걸 보이기만 하면 되는 것입니까……."

"그래. 그 방책을 내놓아야지!"

"전 방책을 드렸습니다. 싫다 하신 건 장군님이시죠."

"뭐?"

"저라고 좋을 리가 없지요. 저는…… 이미 다른 분을 마음에 품었고…… 또……."

무슨 말인가 하려던 오문은 입을 다물어 버렸다.

"호, 혼인 말이냐!"

"세상에 널리 알릴 화려한 혼례를 올리는 겁니다. 제가 환하게 웃어 드리겠습니다."

제화국에 이 소식이 알려지면 태자 전하의 심정이 어떠할까? 제가 배신했다고 여기실까? 그래서 죄를 고하러 제화국으로 온 저를 지독하게 벌하실까?

오문은 너무 많은 생각을 해서 그런지, 배가 고파서인지, 머릿속이 팽팽 돌아 어지러울 지경이었다.

"호, 혼례라니! 내 삶에서 부인이란 있을 수가 없다!"

"장군님의 그 뜻을 모르는 이가 별로 없으니, 저희의 혼인이 아마도 크게 회자될 것입니다."

"이……!"

동신조가 뭐라 반박하려던 찰나, 문 밖에서 누가 부르는 소리에 말을 다 하지 못했다.

"장군. 고기를 가져왔다 합니다."

"고, 고기……! 후……. 들여보내!"

중요한 순간에 등장한 고기 요리가 동신조를 더 미치게 만들었다.

방법이 그것밖에 없냐고 오문의 멱살을 잡고 머리를 탈탈 털어내고 싶은 때에 기름지고 고소한 고기가 안으로 들어왔다.

"공주 앞에 놓아주어라."

"예."

"일단 좀 먹어. 배를 채우고 나면 더 좋은 생각이 떠오를지도 모르지."

고기를 든 병사가 오문의 뒤에서 다가와 그녀의 앞에 먹음직스러운 접시를 놓았다. 그런데 김이 모락모락 올라오는 요리를 보고도 오문은 젓가락을 들지 않았다.

"……먹기 싫어졌습니다."

"왜?"

"확답을 듣기 전에는 먹지 않겠습니다."

"까불지 말고 먹어!"

"싫습니다. 차라리 굶어 죽겠습니다."

"고기를 갖다 달랄 때는 언제고, 누굴 놀……!"

동신조는 변덕을 부리는 오문 때문에 화가 나서 버럭 소리를 지를 뻔했으나 그러지 못했다.

그녀의 뒤에 서 있던 병사가 허리를 펴고 그녀의 어깨에 손을 얹었기 때문이다.

"너, 네 이놈……! 이게 무슨 짓이냐!"

눈이 휘둥그레진 건 동신조뿐만이 아니었다.

병사를 돌아본 오문은 제가 지금 헛것을 보는 건가 싶었다. 하지만 그러기엔 어깨의 촉감이 너무 생생했다. 그리고 병사의 비틀린 입에서 비아냥거리는 말이 나오는 순간, 오문은 이것이 허상이 아니라는 것을 확실히 알 수 있었다.

"헐벗고 굶주리더니 낭군도 알아보지 못하는군."

헐벗었다는 말에서, 유독 그가 잡은 어깨가 부서질 듯 아픈 것도 착각이 아님을 알 수 있었다.

"……저, 전하?"

오문은 자신 없는 목소리로 물었다. 투구 아래 그늘로 가려진 얼굴은 아무리 보아도 태자의 얼굴이었고, 거만하면서도 울림 있는 음성은 태자의 것이 분명했기 때문이다.

"왜? 투구를 벗어야 확실히 알겠느냐?"

병사는 오문의 대답을 듣기도 전에 투구를 벗어 던졌다.

동신조는 별안간 이게 무슨 일인가 싶어, 그가 하는 짓을 말리지도 못하고 있었다. 게다가 투구를 벗어 던진 그의 얼굴은 사내가 봐도 다시 한번 보게 될 만큼, 잘생겼다는 말로 다 표현하기 힘들 정도였다.

동신조가 그의 얼굴에 넋이 빠져 있는 동안 오문은 갑작스런 그의 등장에 놀라 넋이 나갔다.

"쯧. 또 멍청한 표정을 하고 있군. 먹어라. 뱃속이 비면 머리도 비는 법이다."

무호는 오문의 손을 잡고 그녀의 손에 젓가락까지 쥐여 주었다.

오문은 그의 부드러운 손길을 다시 느끼게 될 거라고는 상상도 못했기에 젓가락을 손에 들고도 그의 얼굴을 빤히 쳐다볼 뿐이었다.

"저, 전하?"

"그래. 나다."

"전…… 하?"

"왜 자꾸 부르느냐?"

아무리 생각해도 태자가 여기 있다는 게 말이 되지 않았다.

믿기지 않는 게 당연한데, 그는 평소와 다름없이 태연해서 정말 그가 맞는 것 같아 혼란스러웠다.

"정말…… 전하가…… 맞으십니까?"

"세상에 이런 얼굴을 가진 자가 둘이나 있을 것 같으냐?"

"……!"

정말 그였다!

진짜 그가 왔다. 어째서인지 모르지만 저를 만나러 온 것은 확실한 것 같았다. 저 재수 없는 거만함을 가진 자가 세상에 둘이나 있을 리가 없다. 저 말투를 누가 흉내 낼 수 있단 말인가.

"전하……! 제, 제가 헛걸 본 게 아니었습니까?"

오문은 가슴이 뛰고 입이 다물어지지 않았다. 숨 쉬기가 어려울 만큼 뭐라 형용할 수 없는 뭉클함이 벅차올라 목이 멜 정도였다.

"헛걸 보진 않았다만 네가 헛소리를 지껄이는 건 들었다."

한데 태자의 목소리는 어쩐지 무척 화가 난 듯했다.

믿기지 않을 만큼 반가웠던 것도 잠시, 오문은 그가 방금 한 말을 곱씹어볼 생각도 못하고 그의 싸늘한 눈빛에 소름이 돋았다.

오문은 의자에서 벌떡 일어나며 외쳤다.

"왜, 왜 화가 나셨습니까? 저 도망가지 않았습니다!"

불안했다. 저는 도망가려던 게 아니라 붙잡혀 왔는데, 그가 오해하는 것 같았다. 기껏 저를 찾으러 온 사람을 이대로 떠나보내게 될까 봐 그의 팔을 덥석 붙잡았다.

"도망가지 않았다는 건 안다."

"한데, 왜 화가 나신 겁니까?"

"누구와 혼인한다고?"

"……!"

"네가 어찌 이럴 수 있느냐? 내 온갖 갖은 협박으로 너를 위협했는데도 꿈쩍도 않더니, 싫다는 놈에게 매달려? 저런 게 네 취향이었느냐!"

동신조는 가만히 있다가, '저런 거' 취급을 당하며 손가락질까지 받자 어이가 없어서 화도 나지 않았다.

"이보시오……."

대신, 오문이 '전하'라고 부른, 어쩌면 태자일지도 모르는 사내를 조용히 불러 보았다.

"그럴 리가 있습니까! 저는 다만 전하께 돌아가려고……!"

"그게 어찌 나한테 돌아오는 길이냐! 저런 자와 혼인을 치르고 다시 돌아오면 내가 받아줄 것 같으냐!"

두 사람은 동신조는 없는 사람 취급하며 그의 말은 들리지도 않는 것처럼 소리 높여 다투었다.

'이것들이! 여기가 지들 집인 줄 알아!'

동신조는 부하들을 불러 저 두 사람을 붙잡을까 하다가 관뒀다. 이 소란에도 아무도 들여다보지 않는 것을 보면 이미 태자라는 작자가 주변을 정리하고 들어온 것 같았다.

"안 받아주실 거 압니다. 하지만 그래도 마지막으로 전하 얼굴 한 번만 뵙고 마지막 인사라도 드리고 싶었습니다."

오문은 아직도 무호와 재회한 것이 믿기지 않는지 연신 눈동자를 굴리며 그의 얼굴에서 눈을 떼지 못했다. 만약 이게 꿈이라면, 금방 깨버리기 전에 원 없이 그의 얼굴을 보아 두고 싶었다.

"아직도 나를 모르는구나. 나는 한 번 가지기로 한 것은 절대 놓치지 않는다."

"전하……."

"그렇게 왔어도 나는 너를 안아주었을 것이다."

무호는 오문의 그렁그렁한 눈을 마주보며 그녀의 뺨에 양손을 갖다 댔다.

"너도 울 줄 아는구나."

그 말에 그만 오문의 눈동자에 고여 있던 눈물이 주르륵 흘러내렸다.

"하……! 정말 울 줄 아는구나."

오문도 저의 눈물이 잘 이해되지 않았다. 슬픈 건지, 기쁜 건지, 서러운 건지, 감격스러운 건지, 한마디로 정의할 수도 없었다.

"그러게요……. 전하께서 저를 울리셨으니, 정말 절 책임지셔야겠습니다."

"그런 거라면 얼마든지."

한편 동신조는 술을 병째로 들이마시며 두 사람의 이야기를 듣지 않으려고 발버둥 쳤다.

'저 망할 것들이 뭐라고 지껄이는 게야! 도저히 맨정신으로는 못 들어주겠다!'

풋풋한 젊은것들의 사랑 놀음 따위에는 전혀 면역이 없었다. 손끝이 오그라들어 술병을 놓칠 뻔하자 도무지 참을 수가 없었다.

쾅―

"……!"

술병을 세게 내려놓고 벌떡 일어나 소리치려던 동신조는 탁자에서 손을 떼지도 못하고 일어나던 그대로 얼어붙고 말았다.

오문이 돌연 손을 뻗어 태자의 목을 끌어내리더니 그의 입술에 입을 맞추는 게 아닌가.

그것도 아주 진하고 깊은 입맞춤이었다!

'제기랄! 눈도 버렸다!'

물론 동신조도 입맞춤을 좋아한다. 제가 하는 것도, 보는 것도. 농염한 입맞춤은 전희에 빠져선 안 될 중요한 의식 중 하나였다. 하나, 사랑을 믿지 않는 동신조는 지금 눈앞에 펼쳐진 입맞춤을 보고 있자니 온몸이 뒤틀리는 듯 괴로웠다.

저들의 입맞춤은 전희도 아니었으며, 그렇다고 가볍지도 않았다. 당장 입을 맞추고 끌어안지 않으면 사라져 버릴까 봐 전전긍긍하는 연인들만 보여줄 수 있는 그런 것이기에 못 볼 꼴을 본 듯 불쾌해졌다.

"그마안!"

결국 동신조는 있는 힘껏 소리 질러 두 사람을 떼어놓았다.

"······!"

그 소리에 놀란 오문이 눈을 먼저 번쩍 뜨고 수줍게 태자를 놓아주었다.

동신조는 고개를 옆으로 숙인 오문이 보통이 넘는다고 생각했다.

'할 짓 다 해놓고 뭘 수줍어하고 있어! 저 교활한 것 같으니!'

태자는 동신조가 눈을 부라리며 오문을 노려보자 그녀의 어깨를 감쌌다.

이를 본 동신조가 이번에는 태자를 보며 이죽거렸다.

"나머지는 침실에서 하시든가."

"방을 내주면 그리하지."

동신조는 태자가 제가 생각했던 것 이상으로 뻔뻔하고 겁을 상실했다는 것을 알게 되었다.

"그대가 진정 제화국의 태자라 해도, 이곳은 부안국이며, 나 동신조가 다스리는 성 안이오."

그는 옆에 내려놓았던 매우 크고 무거운 검을 집어 들며 짐짓 위엄 있는 음성으로 태자를 위협했다.

"알고 있다. 제대로 찾아왔지."

위협이 먹히지 않자, 동신조는 눈에 더 힘을 주고 더욱 묵직한 음성으로 말했다.

"어찌 왔는지는 모르겠으나, 나가는 것은 쉽지 않을 것이오."

"그것은 염려해 주지 않아도 된다. 나는 당장은 나갈 생각이 없다."

"누가 누구를 염려한단 말이오!"

한껏 무게를 잡았건만 잠깐도 버티지 못하고 무너져 내렸다.

"내가 밖에서 들어보니, 상황이 매우 여의치 않은 듯하니, 본인 걱정이나 하시게. 우리 일은 우리가 알아서 할 테니."

태자는 태연히 병사의 갑옷을 벗어 던지며 느긋하게 말해 동신조를 더 화나게 만들었다.

"그대가 제화국의 태자거나 말거나, 어차피 아는 이도 없으니 이 자리에서 죽여 없애고 말 것이다!"

그렇게 동신조가 그 무거운 검을 머리 위로 한껏 들어 올려 태자에게 달려가는데, 태자는 두려운 기색은커녕 가만히 서서 말 한마디로 그를 멈추게 했다.

"아는 자가 왜 없나. 황제께서 알고 계신데."

"……!"

그가 주춤하는 사이 오문이 화들짝 놀라며 끼어들었다.

"정말요? 폐하께서 전하가 여기 온 것을 아신단 말입니까? 어떻게요? 어떻게 허락을 받으신 겁니까?"

"생각이 없구나. 폐하께서 그것을 어찌 허락하실 수 있겠느냐?"

"그러니까요! 전하를 이렇게 위험하게 두실 리가 없지요!"

"것보다 얼마나 멀리 계신지 잊었느냐? 내가 언제 가서 허락을 받아온

단 말이냐?"

"아! 그럼 또 통보만 하고 오셨단 말씀이십니까!"

"영춘을 보냈다."

"헉! 그러다 호위님 죽습니다!"

"산호도 함께 보냈다."

"……!"

오문은 산호 아가씨를 보냈다는 말에는 어떤 말도 할 수 없었다. 그녀를 황실에 데려다 놓고 저를 구하러 오면 어쩌자는 것인가. 순간 태자가 원망스럽고 답답했다.

그 속을 알아본 무호가 웃으면서 말했다.

"아마 내가 보낸 것들을 받아보시면 영춘을 죽이지는 않으실 게다."

그 말을 들으니 태자가 영춘에게 무언가를 보냈으며 산호를 보낸 것 역시 황제께 무언가 보여주고자 함이라는 것을 오문은 눈치챌 수 있었다.

하나, 그렇다고 해서 안심할 수 있는 건 아니었다.

"대체 무슨 일을 벌이시는 겁니까?"

"글쎄다. 네가 벌이는 일만 할까?"

그러면서 무호는 검을 내려놓고 있는 동신조를 쳐다보았다.

"정말…… 제화국의 태자 되시오?"

"반갑군. 부안의 광견자, 동신조. 망나니 취급 받던 시절 나와 같은 부류의 장수가 있다기에 한번 보고 싶었는데, 결국 이리 보게 되었군."

오문은 그런 데 동질감을 느끼는 태자를 보면서 오랜만에 낯이 뜨거워졌지만 저도 모르게 미소를 지었다.

진짜 태자, 태자 무호가 저를 향한 사랑과 집착으로 이렇게 달려와 준 것이다.

❖

　단왕부는 불과 며칠 전만 해도 거리에 나온 사람들이 산호 아가씨를 떠나보내며 환호성을 지르는 등 축제와 같은 분위기였다.

　그러던 것이 하루아침에 초상집 같은 분위기가 되더니, 다음 날은 분노에 찬 사람들이 들불처럼 들고 일어나 공주를 구하러 가자, 아우성이었다.

　그리고 지금은 또 서늘하게 가라앉아 폭풍전야같은 분위기였다.

　너무나 큰 충격과 배신감을 느낀 백성들은 믿는 자와, 불신하는 자로 나뉘어 곳곳에서 다툼이 이는 등, 쉬쉬하면서도 흉흉했다.

　이렇게 된 것은 이른 새벽 단왕부 여기저기에 붙은 벽보 때문이었다.

　『제화국의 태자인 나 무호가 단왕부의 백성들에게 알린다. 거짓을 일삼고 천륜을 저버렸으며 군신의 의리마저 저버린 단왕을 벌하라. 누구도 좋다. 혈육의 정을 나눈 공주를 살해하고, 그것을 부안국의 죄라 호도하려 했으며, 태자인 나를 죽이고 세자 단유천을 태자로 만들려 한 간악한 단왕의 목을 가져오너라. 가짜 산호를 내세워 폐하를 기망한 것은 이미 황제께서도 알고 계신 사실이며, 단왕에게 버림받은 가엾은 공주 역시 아직 살아 계시다. 나와 함께 부안에서 단왕과 싸우고자 하는 자는 언제든 국경을 넘어 오너라. 내가 있는 곳이 곧 제화국이다.』

　"마지막 문장은 빼라 하지 않았습니까!"

　동신조는 이미 붙어버린 벽보를 들고 부들부들 떨었다.

　"그 마지막 말에 백성들의 가슴이 뜨거워질 것인데, 어째서 빼라는 것인가!"

"마치 범명성이 전하께 함락된 것처럼 보이지 않습니까!"

사실 누가 봐도 마지막 문장은 오해의 소지가 있었고, 태자의 노림수라는 것 역시 눈치챌 수 있었다.

한데 태자만 인정하지 않았다. 태자는 고개를 저으며 답답하다는 듯 동신조를 나무랐다.

"어찌 그리 부정적으로만 생각하는가? 내가 분명 부안을 거론하지 않았는가. 우리 둘이 힘을 합쳤다는 것을 보여주기 위함일세. 아마 지금쯤 단왕은 국경의 경계를 강화하고 혼란스러워하는 백성들을 힘으로 억누르고 있겠지."

"얼렁뚱땅 넘기지 마십시오! 이 마지막 문장을 고쳐서 다시 벽보를 붙이십시오!"

"괜히 귀찮은 일 만들지 말고 가서 그대의 왕이나 잘 다독이게."

"그러니까 이 마지막 문장 때문에 부안국의 왕께서도 심기가 상하실 것 같다 이 말입니다!"

"말이 안 통하거든 그대가 왕을 하시게."

"……!"

"뭘 놀라는 표정인가? 솔직히 말하면 내가 그냥 부안국을 가질까 하다가, 그대에게 양보하는 것이니……."

무호는 말을 다 잇지 못했다.

동신조가 그의 목에 검을 겨누고 있었기 때문이다.

"내 목은 그대가 생각하는 것보다 훨씬 더 비싸."

"저도 마음만 먹으면 제화국을 가질 수 있다는 걸 명심하십시오. 제화국 따위 단왕부와 힘을 합……!"

무호를 위협하던 동신조 역시 더 말을 잇지 못했다.

"거기서 한마디만 더 해보시오. 내가 그대의 심장을 꺼내 진짜 미친개한테 먹이고 말 것이니.”

장우가 동신조의 등을 날카로운 칼끝으로 찌르고 있었기 때문이다.

그리고 그때 오문이 문을 열고 들어섰다.

“어라? 또 싸우고 계십니까?”

“회의 중이었다.”

태자가 제 목의 칼날을 무시하고 뒤로 빠지며 말했다.

“여기서는 회의를 입으로 안 하고 칼로 하는 모양입니다.”

오문이 눈을 흘기며 묻자 태자는 턱을 치켜세우며 더 큰소리를 쳤다.

“힘센 자가 발언권이 강할 수밖에.”

“그래서 회의가 끝나는 중이긴 한 겁니까? 날도 춥고 해서 따뜻한 떡을 만들어 왔는데 식을까 봐서요.”

“진작에 끝났다. 어떠냐? 이 마지막 줄이 괜찮지 않나?”

곰곰이 벽보의 글귀를 읽어가던 오문이 인상을 찌푸렸다.

“마지막 줄은 모르겠고 제 얘기가 너무 없는 거 아닙니까? 아직 살아 계시다, 이 부분을 고쳐 주십시오. 아직 살아서 비정한 아버지를 원망하고 있다, 라고요. 그리고 북천 땅에는 이 가녀린 비운의 공주를 구할 용자가 없는가, 이렇게 덧붙이는 게 좋겠습니다.”

무호는 쓸데없는 문구가 붙어서 깔끔하던 벽보가 길어지는 것이 탐탁지 않았다.

“가녀리다는 말뜻을 모르는 게 아니냐?”

“저도 이 회의에 칼을 들고 참가하길 바라십니까?”

회의가 길어지면 떡이 식는다. 무호는 오문의 수정 요구를 최대한 들어줄 수밖에 없었다.

제 43 장
비운의 공주

다시 붙은 벽보는 사람들의 마음에 큰 안타까움과 슬픔을 불러왔다. 백성들은 이제 두 명만 모여도 벽보 얘기에 열을 올리며 공주를 동정했다.

감정에 호소한 벽보, 게다가 본인이 태자라고 주장하고 나서니, 아무 증거가 없더라도 설마 그런 거짓말을 할까, 태자와 오문을 옹호했다.

본래 백성들은 순수했다. 분명 저희들 눈으로 태자와 산호가 함께 떠나는 것을 보았음에도, 황제께서도 산호가 가짜라는 걸 안다는 말 때문에 온갖 억측이 난무했다. 상황이 이렇다 보니 그동안 쌓아 올린 단왕 부자에 대한 신망은 하루아침에 물거품이 됐다.

"황제께서 가짜 산호임을 알아차리자, 내가 먼저 태자와 오문을 죽인다. 왜?"

분노한 단왕의 질문은 신하들을 향해 있었다.

"저, 전하. 그것이…… 벽보에 따르면 전하께서 전쟁으로 나라를 혼란케 하시어 죄를 덮고, 세자 저하께서 전쟁을 승리로 이끄시고 태자에 오른······."

쾅!

백발의 수염을 가진 노쇠한 신하가 조심스럽게 설명했으나 단왕의 분노를 막을 수는 없었다.

어떻게 설명한다 해도 화를 내지 않기란 힘들기에 신하들 역시 놀라지는 않았다.

"내가 내 딸을 죽이고, 태자 또한 죽이고, 어찌 이리 태평하게 앉아 있을 수 있겠는가! 당장에 살수를 보내 나를 처단하려는 황제부터 죽여야 하지 않겠는가!"

"전하!"

"전하! 부디 고정하시옵소서!"

단왕의 분노가 걷잡을 수 없이 커져 황제를 죽이겠다는 말까지 나오자 신하들이 전전긍긍했다. 자신이 모시던 주군이 역모를 일으키면 자신들 역시 죽은 목숨 아닌가.

"자네들이 말해보시게! 내가 지금 이대로 가만히 앉아서 부안국의 간악한 수에 당하고만 있어야 하는가!"

신하들은 단왕의 질문을 기다렸다는 듯이 앞다투어 의견을 내놓았다.

"전하 아니옵니다! 어찌 가만히 있을 수 있겠습니까! 우선은 폐하께 자초지종을 설명하는 서신부터 보내야 할 것 같사옵니다."

"예. 그것이 먼저이옵니다! 태자 전하께서 어찌 되셨는지, 전하의 안위부터 여쭈어야 하옵니다."

"만약 저들이 태자 전하마저 납치한 것이라면, 그때 백성들께 폐하의 뜻을 알리면 이러한 허황된 소문들도 잠잠해지지 않겠사옵니까."

"하아. 하면, 부안국에 있는 나의 공주는, 그동안 내 공주가 저들에게 이용당하는 것을 가만히 보고만 있어야 하는가!"

"전하……."

"아니다, 아니야. 다 내 탓일세. 공주가 나를 원망하고 있다 해도 이상할 게 없지. 그 어린것이 생사를 넘나들며 고생할 때도 나는 지켜주지 못했는데, 힘들게 재회했건만, 또 사지로 끌려간 딸을 모른 척했지. 비정한 아비다. 공주가 나를 벌하는 것이다."

단왕은 매우 괴로운 표정으로 자책했다.

"전하! 부디 마음을 단단히 잡수시옵소서! 공주님께서 전하의 뜻을 모르지 않을 것이옵니다. 분명 저들이 황실과 왕부를 교란하려는 간교한 수작을 부리는 것이니, 전하께서 더욱 의연하셔야 하옵니다."

"오늘은 이만 파하겠다. 더는 아무것도 생각할 수가 없구나."

"전하……."

신하들은 며칠 사이에 심신이 쇠약해진 단왕의 모습을 안타까워하며 물러났다.

신하들이 물러나자 단왕은 곧장 아들인 단유천을 불렀다.

"이 일이 어찌 된 것인지 너는 알겠느냐?"

단왕의 노기 어린 목소리를 들은 단유천은 고개를 들지 못했다.

"일단은 귀문의 연락책을 이용해 태자 일행이 어찌 되었는지 알아보라 했습니다. 조금만 더 기다려 주십시오."

"산호에게 딸려 보낸 자들이 아무 소식도 보내지 않고 있다. 이미 일이 틀어졌다 봐야지. 태자가 부안국에 있다는 것이 사실일지도 모른다는 얘기다."

단왕이 낮은 목소리로 다그치자 단유천 역시 이를 갈며 이번 일에 대한 분노를 감추지 못했다.

"다른 것은 다 그렇다 치고, 황제께서 산호가 가짜인 걸 안다는 게 무슨 소리인지, 그것이 어디서 나온 확신인지부터 알아내야 한다."

"귀문을 움직여야겠습니다."

"그것은 안 된다. 그동안 옥패 때문에 귀문을 너무 많이 노출시켰다. 더 이상은 위험해."

"하오나! 우리가 어째서 이렇게 당하고만 있어야 합니까! 우리가 가진 힘이 훨씬 더 강합니다. 귀문을 이용하면……."

"그만!"

단유천은 단왕이 큰소리를 내자 어쩔 수 없이 입을 다물었지만 할 말을 다 하지 못해 억울해하는 것이 얼굴에 그대로 나타나 있었다.

"그간 조금 성장했나 했더니, 여전하구나!"

"아버님!"

"내가 어째서, 또 그동안 내 아버지는 어째서 귀문을 숨겼겠느냐! 귀문은 우리가 가진 마지막 힘이다! 비록 우리가 제화국의 황제가 못 되더라도 우리는 그 지하 세계에서 제화국 못지않은 힘을 누리며 세상을 지배하며 살았다. 지금까지 수많은 왕과 황제들은 자신들이 세상을 다스리고 있다 생각했지만, 우리가 바꾼 것을 보아라. 우리 힘으로 우리가 원하는 왕과 황제를 보위에 올렸다."

"아버님께서는 그것이 억울하시어 제화국을 가지고 싶어 하신 게 아니십니까! 아버님 역시 저와 같은 야망을 갖고 계시면서 어째서 주저하시는지 이해가 가지 않습니다!"

"귀문과 단왕부의 군사들을 합쳐 전쟁에 이용한다면 우리는 분명 승리할 것이다. 하나, 나라를 차지하고 하늘이 내린 정통 황제임을 인정받기 위해서는 힘만 갖고 있어서는 안 돼!"

단왕은 아들에게 온전한 제화국을 갖게 하고 싶었으나 단유천은 생각이 짧았다.

"안 될 게 뭐가 있습니까! 반항하는 자들은 힘으로 제압하고 백성들에게 공포심을 심어주면 따르지 않을 수가 없습니다! 저희에게 반기를 드는 자들은 귀문의 살수들이 처단하고 전쟁에 있어서는 이 단유천이 용맹하게 나아가 싸워 백성들을 지켜주는 영웅이 되면 될 게 아닙니까!"

"영웅은! 영웅은 살수들과 손을 잡고 백성들을 공포로 몰아넣지 않는다!"

"그런 영웅도 있습니다! 부강한 나라를 만들면 결국엔 누구라도 따를 것입니다!"

"부강한 나라? 아니, 네 방식으로는 부강한 나라를 만들지 못해. 속으로 곪아터진 나라는 부강해지지 못한다!"

단왕이 비록 귀문의 수장이지만 그는 왕부를 다스리는 왕야였다.

나라를 다스린다는 것이 어떤 것인지, 어떤 마음으로 백성들을 돌보아야 하는지, 그 이론만큼은 확실히 알고 있었기에 지금의 단왕부가 있을 수 있었다.

비록 그것이 마음에서 우러나온 것은 아닐지라도, 더러운 일은 오직 귀문에게 맡긴 채 자신은 군왕의 길을 착실히 걸어나갔다.

단왕에게 귀문은 그런 것이었다.

저의 오점을 지워 주고 제 앞길을 가로막는 장애물을 없애주는 도구.

그 도구를 전면에 내세워 악의 우두머리가 되면 백성들의 신망을 얻을 수 없다. 단왕은 그 당연한 이치를 모르는 단유천에게 화가 나고 실망하고 있었다.

"지금은 그런 것을 따질 때가 아니지 않습니까? 우리가 당한 후에야 그것이 무슨 소용이 있단 말입니까? 일단은 당장 벌어진 일부터 정리하자는 것입니다. 그 뒤에 민심을 달래면 될 일입니다."

"내게 반기를 드는 자를 다 죽이고 나면 이 세상에 누가 남을 것 같으냐?"

"예?"

"무능력한 간신들을 데리고 부강한 나라를 다스리겠다고?"

"……."

마치 새로운 사실을 알게 된 것처럼 단유천의 눈썹이 꿈틀거렸다.

"잘 들어라. 그자들은 우리가 한 것과 똑같은 짓을 할 수도 있는 자들이다."

"……!"

그랬다. 단유천은 정말 거기까지는 생각지 못하고 있었다.

"그들은 우리를 저 하늘 위에 있는 황제가 아니라, 저희들과 같은, 언제든 힘만 있으면 갈아치워도 되는 그런 존재로 여길 것이다."

단왕의 말은 모두 옳은 것이었으나 불행히도 단유천은 끝내 단왕의 말을 전부 이해하지 못했다.

'그 간신들에게 힘을 주지 않으면 될 것 아닌가! 항상 내가 더 강하면 그만이다!'

그는 아버지에게 자신의 말이 옳다는 것을 증명해 보이고 싶었다.

'이대로는 안 돼. 이렇게 전쟁도 미루고 기다리고만 있다가는 저들의 뜻대로 되는 것이다. 아마도 이렇게 우리를 혼란에 빠트리고 전쟁을 준비하고 있겠지.'

단유천은 그럴 거라 확신했다.

무엇보다 태자가 부안국에 있다는 말은 절대 있을 수 없는 거짓이라고 확신하고 있었다. 자신들이 태자를 잡은 적도 없고, 태자 역시 미치지 않고서야 거길 갈 리가 없지 않나.

그러나 단유천은 한 가지 사실을 간과하고 있었다.

태자는 미쳤다는 것을.

그래서 그는 이 사태를 해결할 다른 길을 모색하기 시작했다.

장우는 본래 계획과 달리 범명성에 눌러앉은 게 불안하기 짝이 없는데, 태자는 오문만 있으면 된다는 듯 여유만만이니, 한숨이 절로 나왔다.

가뜩이나 정상이 아닌 태자가 요즘은 거의 오문에게 미쳐 있는 것 같았다.

범명성에 몰래 침입한 날, 죽을 각오로 유인책을 펼쳤건만, 태자는 그 각오를 허무하게 만들었다. 어째서 스스로 동신조에게 자신을 드러내는 위험한 짓을 하신 건지 멱살을 잡고 싶을 정도였다.

다행히 동신조와 이해관계가 맞아떨어져 이렇게 남의 집에 기생하고 있지만 상황이 좋기만 한 것은 아니지 않나.

한데 태자는 하마터면 오문을 잃을 뻔한 것 때문인지, 밤낮을 가리지 않고 오문과 붙어 다니고 있었다. 부안국은 제화국의 적국인데, 태자의 방탕한 모습을 굳이 적들에게 보여줄 필요는 없지 않나.

장우는 환한 대낮부터 후끈한 두 사람을 더 이상 두고 볼 수 없었다.

그는 또 붙어서 아옹다옹하고 있는 오문과 태자를 떼어놓기로 결심했다.

"왜 자꾸 옷을 갈아입으라고 하십니까?"

오문은 새로 받은 옷이 꽤 마음에 들었다. 지난번처럼 노출이 심하지도 않은 데다가 가슴을 모아주는 끈은 그대로였다. 자랑스럽게 그 옷을 입고 돌아다니던 중 태자와 마주쳤다. 오문은 태자의 팔에 매달려 반갑게 팔짱을 꼈다.

그런데 태자는 오문의 가슴이 팔에 닿자 갑자기 눈빛이 싸늘해지더니 그때부터 옷을 갈아입으라고 성화인 것이다.

"안 어울린다."

"어울립니다!"

"차라리 남장을 해. 너는 남장할 때가 가장 어울렸다."

오문이 그런 말에 발끈하지 않을 리가 없었다.

"전하의 괴상한 취향을 제게 강요하지 마십시오. 그러니까 사람들이 전하가 남색을 밝히는 줄 알지요!"

"남색이라니! 너야말로 그 꼴로 병사들이 우글거리는 이곳을 돌아다니다니 어쩔 생각이냐!"

"어쩔 생각이라니요? 전하야말로 도대체 무슨 생각을 하시는 겁니까!"

마치 제가 사내들의 시선을 받아보려고 작정한 사람처럼 모는 것 같아서 오문은 매우 기분이 나빴다.

"가슴을 가려도 모자랄 판에!"

그제야 오문은 태자가 이 옷에 화가 난 이유를 알 수 있었다. 집착 강한 태자는 다른 사내들의 시선이 오문의 가슴에 닿는 게 싫었던 모양이다.

"이게 신경 쓰였던 겁니까?"

태자에게 예쁘게 보이고 싶었던 오문은 태자가 저의 달라진 모습을 신경 쓰고 있었다는 게 은근히 기뻤다.

"그렇게 억지로 가슴을 강조하지 않아도 너는 다른 장점이 많다."

기대와 다른 태자의 대답에 오문의 얼굴이 빨개졌다.

"어, 억지로라니요!"

"날 위해서라면 편하게 입고 있어라. 네가 그러고 돌아다니는 걸 보는 게 더 불편하다."

"지금도 충분히 편합니다!"

"편하지 않아. 부자연스러워! 마치 봐달라고 하는 것처럼 어째서 일부러 그러고 다니는 것이냐?"

"자연스럽습니다!"

"거짓말! 내가 네 가슴을 모르는 것도 아니고!"

"뭘 다 아는 것처럼 말씀하지 마십시오! 그동안 꽤 컸단 말입니다."

"열여덟 살이나 먹어서 며칠 만에 가슴이 커졌다고 주장하는 건 뻔뻔하지 않느냐?"

마구 지르다 보니 오문 자신이 생각해도 말이 안 되는 주장이었다.

"솔직하게 말씀하시지요! 누가 저한테 반할까 봐 걱정돼서 그러시는 거라고!"

"하!"

"왜요? 비웃으시는 겁니까!"

"좋다. 그럼, 네 말이 맞는지 확인을 해보자."

"무슨 확인요?"

태자는 오문을 번쩍 안아 들었다.

"엇! 왜, 왜요?"

"왜긴? 내가 모를 줄 아느냐? 확인해 달라고 억지를 부리는 걸 못 알아들을 줄 알아?"

"그런 거 아닙니다!"

"각오해라. 확인해 보고 거짓말이면 가만히 안 놔둘 테니까."

"하나도 안 무섭습니다."

"그래. 겁먹을 필요는 없지."

무호가 음흉하게 웃는 걸 보고 오문도 그의 팔에 안겨서 새치름하게 미소 지었다. 혼내준다는데 겁먹지 말라는 게 무슨 뜻인지 잘 안다는 듯이.

그런데 한창 닭털을 날리고 있는 그들 앞을 장우가 가로막았다.

"어딜 가십니까?"

"알 것 없다."

"알아야겠습니다."

"왜? 날 따라다니지 말고 가서 네 볼일 보거라."

"제 볼일이란 게 전하를 따라다니는 겁니다만."

"알았다. 휴식 시간을 주마."

장우는 태자를 꽤 오래 봐왔다. 그래서 나름 그를 잘 다루는 편이었다. 한때 그의 상관의 자리에 있던 게 도움이 된 건지도 모르지만 적어도 장우는 무호가 겁이 나서 할 말을 못하지는 않았다.

"전하. 지금은 한가하게 쉬고 있을 때가 아닙니다."

"난 지금 쉬러 가는 게 아니다."

장우가 매서운 눈으로 오문을 찌릿 바라보자 찔끔한 오문이 태자의 귓가에 입술을 갖다 댔다.

"전하. 확인은 이따 밤에……."

오문은 머리카락을 손으로 배배 꼬며 수줍은 듯 앙큼하게 속삭였다.

"밤에는 또 밤에 할 일이 있고……."

"전하!"

장우가 버럭 소리를 질러 두 사람의 애정 행각을 일단 막았다.

그러자 태자가 말했다.

"오문 공주는 가련한 비운의 여인이다. 내가 연약한 그녀를 위로해 주는 모습은 전혀 이상해 보이지 않을 게다."

장우는 그것을 용납할 수 없었다.

"그럼 마음만 위로해 주십시오! 마음만!"

할 말 다 하는 장우였지만 결국 태자를 막지는 못했다.

단왕부는 혼란스럽고, 범명성은 전쟁에 대비해 훈련으로 바쁘고, 진노한 부안국의 왕이 범명성에서 동신조를 끌어내리려 할 것이고, 이런 판국에 황제께서 이 일을 아신 후에는 일이 또 어찌 될지, 두려운 정세였다.

장우는 세상이 이토록 숨 쉴 틈도 없이 분주하게 돌아가는데 저는 여기서 뭘 하고 있는지, 한심하게 느껴졌다.

심지어 태자마저 사랑에 빠져 바쁜 것을 보니 심술이 났다.

"제기랄. 누구는 없어서 이러고 있나!"

지금쯤 상이 뭘 하고 있는지, 무슨 생각을 하는지, 그녀가 궁금해졌다.

긴 여정 길에 상은 지쳐 갔다. 저만 지친 것이 아니라 저보다 어린 화를 보니 이렇게 가다가는 내일 저희들은 움직이지도 못할 것 같았다.

어디 사람만 지쳤을까. 말도 상태가 좋지 않았다. 특히 수레를 끄는 말들은 당장에라도 쓰러질 듯 위태로워 보였다.

"호위님!"

상은 정신없이 앞만 보고 달려가던 영춘을 불러 세웠다.

"무슨 일이냐?"

태자와 헤어진 후 영춘은 아직도 마음이 상한 것인지, 아니면 광두 때문인지, 저희를 대하는 태도가 곱지 않았다. 그러나 눈칫밥 먹고 살아온 상은 그딴 걸 신경 쓰지 않았다.

"마음이 급하신 건 알겠습니다만 이러다가 우리 전부 쓰러지겠습니다."

"하아……. 알았다. 쉬었다 가자."

영춘은 일행을 쉬게 하고 말들도 물을 먹게 했다.

마차에 있던 산호도 연신 좁은 마차에 앉아 이리 흔들리고 저리 흔들리다 보니 힘들긴 마찬가지였다. 상은 산호가 마차에서 내리는 것을 보고 다가가 팔을 잡아주었다.

"고맙다."

산호는 그동안 인사하는 법을 배웠다. 저보다 아랫사람한테는 한 번도 인사를 해본 적이 없었다. 당연한 걸 누리고 살았다 생각했는데, 이번 여정길에 제가 짐이 된다는 것을 깨닫고는 저도 모르게 사람들의 눈치를 살피게 된 것이다.

상은 이 세상 물정 모르는 아가씨의 변화가 신선하기도 하고, 오문이 없으니 산호와 이야기를 나누곤 했다.

"뭘요."

"나도 말을 탈 수 있으면 좋을 텐데."

"말 타는 법을 알려 드릴까요?"

"……."

산호는 상을 빤히 쳐다보았다.

"왜요?"

"너는 내가 재밌느냐?"

산호가 갑자기 정곡을 찔러 오자 상은 미안한 기색으로 물었다.

"……어찌 아셨습니까? 기분 나쁘셨습니까?"

"내가 이상해?"

"음…… 이상하긴 하지요. 저도 많은 아가씨들을 봐왔지만 산호 아가씨만큼 머릿속이 새하얀 사람은 처음 보거든요."

산호는 인상을 찌푸렸다.

"내가 백치란 말이냐?"

"아! 맞다! 그렇게 말하면 백치라고 들릴 수도 있겠네요! 절대 그런 뜻은 아니고요, 뭐랄까, 아무것도 그려진 게 없는 새하얀 종이요. 하나씩 하나씩 그려서 채워 넣으면 나중에는 어떤 그림이 될지 궁금한 그런 거요."

"그럼…… 너는 나한테 다른 악감정은 전혀 없는 것이냐?"

"악감정이라니요? 왜요?"

"너는 오문 공주와 각별한 사이고 나는 오문 공주한테 적인 사람이니까."

상은 피식 웃었다.

"왜 웃느냐?"

"태자비가 될 사람이라고는 안 하십니다? 벌써 포기하신 겁니까?"

"……!"

이번엔 산호가 속마음을 들켜 뜨끔했다.

"저야 뭐 아무것도 모릅니다. 태자 전하께서 무슨 생각으로 오문을 구하겠다고 국경을 넘는 건지, 그러면서 왜 산호 아가씨는 궁으로 모시라 했는지, 솔직히 모르겠습니다. 그런데 한 가지는 확실히 압니다."

"무엇을?"

"산호 아가씨는 누가 시킨다고 시키는 대로 하는 분은 아닐 거라는 거요."

"……."

"그런 분이셨으면 아마 매일매일 불안한 얼굴로 눈물짓고 계셨을 테니까요."

산호는 단왕부를 떠난 후, 단 한 번도 울거나 하지 않았다. 제 수발을 들어주던 이들이 죄인처럼 갇혀 끌려가는데도, 앞으로 어떻게 되는 거냐고 귀찮게 묻지도 않았다.

단왕이 태자비로 키운 산호는 처음으로 제 생각대로, 제 의지대로 무엇이 옳은지, 어찌해야 하는지, 깊이 생각하고 있었다.

갑자기 산호가 스르르 일어나 개울가로 갔다. 저 아래 영춘과 몇몇 사내가 말에게 물을 먹이는 것이 보였다. 산호는 품속에 있던 작은 호리병을 개울가에 던져 버렸다.

"그게 뭡니까?"

뒤따라온 상이 개울가 바위틈에서 산산조각 난 호리병을 보며 물었다.

"태자 전하를 유혹하는 미약."

"예?"

"네 얘기를 듣고 보니, 저걸 넙죽 받아 온 내가 부끄럽구나."

"아……! 혹시 왕야께서 주신 겁니까?"

산호는 대답하지 않았다.

처음 호리병의 냄새를 맡았을 때, 그 향기로움에 반해 자신감이 생겼었다.

'이런 미약이라면 정말 태자 전하를 유혹할 수 있을지도 몰라.'

한데, 태자가 오문을 구하러 국경을 넘겠다 했을 때부터 저 약병이 부담스럽게 느껴졌다.

'겨우 미약으로 저 마음이 부서질까?'

전부 부질없고 소용없는 짓 같다 싶을 때, 상의 말을 듣고 보니 제 마음이 확실히 보였다.

'내가 누굴 위해 태자비가 되어야 하지?'

생각해 보면 저는 위험을 무릅쓰고 국경을 넘을 만큼 태자를 갖고자 하는 욕심이 없었다.

"사람을 약으로 홀리려고 하다니, 단왕께서도 참……."

"아니, 왕야께서 주신 건 아니고……."

그때였다. 갑자기 개울가 아래가 소란스러워졌다.

히이잉!

말 울음소리가 요란하고 고삐를 잡은 사람들이 비명을 질러댔다.

"아악! 왜, 왜 이래!"

"야! 너 왜 이래!"

가만 보니 말들이 비명 같은 울음소리를 내며 몸부림치고 있었다.

"……!"

놀란 산호가 가만히 있는 사이에 상이 달려갔다.

"괜찮으십니까!"

상은 사람들을 도와 말을 진정시켜 보려고 했다. 한데, 소용없었다.

괴로운 듯 몸부림치던 말들이 하나둘씩 픽픽 쓰러지기 시작한 것이다.

"헉! 왜, 왜 이러는 거야!"

특히 영춘이 가장 당황했다. 제가 너무 말을 혹사시켜서 이렇게 쓰러지는 것인가, 가책을 느끼며 쩔쩔맸다. 그런데 영춘은 상과 눈이 마주치는 순간 쓰러져 가는 말들을 잠시 잊을 만큼 놀라고 말았다. 쓰러진 말을 살피던 상이 정말로 귀신 같은 표정으로 영춘을 바라보고 있었기 때문이다.

"왜? 왜 그리 보는 것이냐? 무섭게 왜 그래!"

상은 뭔가에 크게 놀란 사람처럼 손을 떨더니 천천히 고개를 돌려 산호를 바라보았다.

산호는 영문도 모른 채 상황을 지켜보다가 소름 끼치는 상의 눈동자를 마주하고 흠칫하고 말았다. 그녀가 왜 저를 그렇게 보는 것인가, 왜 말들이 쓰러졌는데 저를 쳐다보는 것인가, 저더러 오라는 것인가, 짧은 순간 많은 생각이 스쳐 지나갔다.

답답한 마음에 한 걸음 옮기던 산호의 걸음이 갑자기 우뚝 멈췄다.

'쓰러진 말?'

저쪽은 개울가 아래였다. 제가 있는 곳에서 물이 흐르고 있었고, 조금 전까지만 해도 말은 건강했다. 산호는 제가 던져 버린 호리병을 바라보았다. 상의 저 눈빛이 무엇을 말하는 것인지 알 것 같았다.

「아가씨, 어렵게 구한 약입니다. 태자 전하의 마음을 얻으시려면 우선 전하에게 안기셔야지요. 이 약을 술에 타면 간단하답니다. 아! 아가씨께서는 절대 드시면 안 됩니다. 이건 사내에게만 효과가 있고 여인이 먹으면 그날 밤 아이를 갖기는 힘들다고 합니다. 명심하십시오!」

명랑하고 밝은 아이였다. 단유천이 얼마 전 제게 태자비로서 배워야
할 게 있다며 그 아이를 데려왔었다.

몸이 부들부들 떨리기 시작했다.

두려움? 분노?

뭔지 모르겠지만 제 안에서 저를 붙잡고 있던 실들이 가닥가닥 끊어지
는 기분이 들었다. 그리고 산호는 정말로 실 끊어진 인형처럼 그 자리에
털썩 주저앉고 말았다.

시간은 지지부진하게 흘러가 완연한 가을에 들어섰다. 북천 땅의 가을
은 서강의 겨울보다 추웠다.

그렇게 약 한 달이 지나 계절이 바뀌어가는데도 상황은 그대로였다.
단왕부와 범명성은 어느 쪽이 거짓말을 하고 있는지, 사신이 오고 가며
설전을 벌이고 있을 뿐이었다.

범명성에 온 단왕부의 사신들은 자신들 눈으로 태자와 공주를 확인했
으나, 단왕이 그 두 사람을 죽이려 했다는 것은 믿지 않았다.

사신들은 오히려 동신조의 속임수에 속은 것이라며 두 사람을 설득하
려고만 할 뿐, 진실을 알고 싶어 하지 않았다. 그들에게 필요한 것은 진실
이 아니라 이 전쟁에서 살아남는 것이기 때문에 자신들이 알고 싶어 하는
것만 들으려 했다.

그러던 중 드디어 이 팽팽한 대치 상황을 끝내줄 사건이 터졌다.

"어찌 책임지실 겁니까!"

동신조가 소리치자, 다른 범명성의 장수들이 함께 무호를 노려보았다.

"난 책임지겠다 한 적은 없다만?"

태자의 성의 없는 대답은 장우마저도 감싸줄 수 없었다.

저도 저 짧은 말투 때문에 예전부터 얼마나 얄미웠던가. 아니나 다를까, 장내의 장수들이 울분을 토했다.

"전하의 말대로 먼저 장계를 올렸으나 소용이 없지 않소!"

부안의 왕은 옹졸한 자였다. 지금까지 동신조를 살려둔 것도 동신조가 없으면 단왕부를 이길 자신이 없어서였다.

하지만 이제는 다르다. 단왕부가 범명성을 압박하고 있고, 부안국 전체가 단왕부와 힘을 합친다면 동신조와 그의 군사들을 물리칠 수 있게 되는 것이다.

약은 수만 부리는 부안의 왕은 이런 정세를 놓치지 않고 있었다. 왕은 범명성이 제화국의 태자에게 넘어간 듯 쓰인 벽보의 글귀를 문제 삼아 동신조가 제화국 태자와 손을 잡고 나라를 넘겼다는 반역의 죄를 씌웠다.

닷새 안에 항복하고 태자의 목을 가져오지 않으면 범명성을 치겠다는 경고를 보내온 것이다. 게다가 이 와중에 단왕부는 말이 아니라 무력으로 이들을 압박해 왔다.

"기다리면 될 거라더니, 단왕의 군사가 성문 밖에 진을 치고 있질 않소!"

이래저래 진퇴양난이라 범명성은 큰 위기에 빠졌다.

장수들의 말이 옳다는 듯 태자는 고개를 끄덕이며 대답했다.

"생각보다 빨리 일이 터졌군."

"태자 전하!"

"남의 일이라고 그리 쉽게 결론 내리지 마십시오!"

"태자나 되시는 분이 매사에 그리 대충 하시면 안 되지요! 책임을 져 주십시오!"

"한 달 동안 태자 전하가 이곳에서 한 일이 뭐가 있습니까!"

"그러게 말입니다! 오문 공주와 붙어서 노닥거리기만 할 뿐, 우리가 아무리 방책을 달라 해도 들은 척도 하지 않으셨습니다!"

"예! 마치 생각해 둔 수가 있는 것처럼 유유자적하게 범명성의 밥과 술만 축내지 않았습니까!"

듣기만 해도 부끄러운 비난들이 쏟아졌다.

그러나 태자는 들끓는 성화가 조금 가라앉고 다들 씩씩댈 때까지 기다렸다.

"할 얘기들은 다 끝난 것인가?"

"할 말이 없으면 없다고 솔직히 시인하시고 우리를 따라주셔야겠습니다!"

동신조의 바로 밑에 있는 장수가 성질을 참지 못하고 소리쳤다.

"따르다니? 어떻게?"

"별수가 없지 않습니까! 이대로 반역자가 되어 범명성의 수많은 장졸들과 백성들을 죽음에 몰아넣을 수는 없습니다!"

"그래서 내 목을 가져가 결백을 주장해 보겠다고?"

"우리가 살려면 그렇게라도 해야 하지 않겠습니까!"

챙—

그 말이 끝나자마자 검이 뽑히는 살벌하고 날카로운 소리와, 검신이 떨리는 웅웅대는 소리가 거의 동시에 들렸다.

검은 방금 소리친 장수의 목에서 떨고 있었다.

"그 입 닥쳐라."

동신조의 검이었다.

"자, 장군!"

"순진한 건지, 멍청한 건지!"

동신조가 부하를 죽일 듯이 닦달하는데, 정작 부하 장수는 뭐가 잘못됐는지 모르고 있는 것 같았다.

"멍청한 것 같은데?"

태자가 얄밉게 한몫 거들고 나서자, 모두의 이목이 태자에게 집중됐다.

"자네들 왕이 내 목을 가져가면 잘도 용서해 주겠군. 잘 봐줘도 귀향이 겠지."

"……!"

"그럴 수가, 라는 표정인 걸 보니, 순진한 건가?"

태자가 놀리듯이 하는 말에 장수의 얼굴이 시뻘게졌다.

덕분에 긴장감이 돌던 장내의 분위기가 조금 풀어졌고, 동신조는 한숨을 쉬고 검을 거두었다. 문득 오문이 후회할거라고 경고했던 것이 생각났다. 깊이 후회하고 있었다. 계집 하나를 납치해 온 일이 이렇게 골치 아픈 일로 번질 줄이야!

"저 역시 부하들과 생각이 다르지는 않습니다. 아무 해결책도 없이 일을 이 지경으로 만들지는 않았겠지요. 이야기를 들어본 후에 제가 전하의 목을 거둘지도 모를 것 같습니다."

"나야말로 묻고 싶군."

태자는 동신조를 똑바로 쏘아보며 평소보다 진중한 목소리를 냈다.

"내가 이곳에 온 날, 나를 붙잡을 기회가 있었음에도 가만히 두고 보았지. 자네는 이미 그때 나를 이용해 부안국의 왕이 될 역심을 품었을 텐데? 일이 잘못될 것 같으니 내 탓으로 돌려 책임을 회피하려는 겐가?"

날카로운 질문에 장수들은 놀란 눈으로 동신조를 바라보았다. 그동안 왕에게 숱한 핍박을 받아왔지만 국경지대로 내쫓겨 자유롭게 사는 것에 만족하는 듯 보였기 때문이다.

"왕께서 또 무슨 꼬투리를 잡아 저를 죽이려 하실지, 언제까지 이렇게 일가도 이루지 못하고 쫓기듯 살아야 하나, 잡생각이 많을 때긴 했습니다."

동신조는 순순히 인정했다. 제가 혼인을 포기하고 사는 것은 자유롭고 방탕한 삶을 즐기려는 의도만은 아니었다. 저로 인해 제 가족들도 비참한 죽음을 맞이할까 봐 의도적으로 피한 것이었다. 저를 따르는 장졸들도 책임지기 힘든데, 가족들까지 책임지기에는 어깨가 너무 무거웠다.

"장군……."

부하 장수들은 언제부터 장군이 그런 마음을 품었는지도 놀라운 데다가, 저희들도 몰랐던 것을 태자가 단박에 알아차렸다는 것이 민망하고 죄송스럽기까지 했다.

동신조는 손을 들어 부하들의 입을 다물게 한 뒤 다시 자리에 털썩 앉았다. 그리고 그 특유의 묵직한 목소리로 비아냥거리기 시작했다.

"명색이 제화국의 태자 되시니, 제화국에서 군사라도 보내줄 거라 생각했습니다. 한데, 아무 소식이 없는 걸 보니 망나니 태자를 버리기로 한 게 아닌가 싶습니다만."

동신조가 비아냥거려도 태자는 느긋하게 웃기만 했다.

"그 웃음이 진짜 여유를 부리는 웃음이길 바랍니다."

"우습지 않은가? 왕에게 버림받은 장수와 황제에게 버림받은 태자. 그럴듯한 조합이 아닌가?"

"버림받은 것들끼리 손을 잡고 세상을 엎을 수만 있다면 아주 통쾌한 결말일 테지만, 지금 우리 상황은 그렇지 않은 듯합니다. 안 그렇습니까?"

동신조는 지금 태자의 농을 받아주고 있을 만큼 마음이 여유롭지 않았다.

"황제께서는 날 버리지 못하신다. 그분은 그렇게 담대하신 분이 못 돼. 날 버리실 생각이었다면 애초에 서강에서 날 꺼내주지도 않았을 테지."

"……무슨 말씀이십니까? 지원군이 올 거란 뜻입니까?"

"지원군이 올지도 모르지. 하나 그건 내가 확신할 수 없는 문제이니, 처음부터 배제했네."

"하면 뭘 믿고 일을 저질렀단 말입니까?"

"우리가 압박하면 저들도 다급한 마음에 무리수를 두게 되지. 지금처럼."

"지금은 우리가 당하게 생겼습니다."

"저들도 그렇게 생각하겠지. 그들의 기세에 우리가 압박당해 저들처럼 무리수를 두게 생겼지. 내 목을 갖다주는 게 낫지 않을까 하는. 한데 잘 생각해 보시게."

"예?"

"내 생각보다 일이 먼저 터지긴 했으나, 저들이 큰 실수를 범한 건 사실일세. 여기 앉아 난리법석을 떨 일이 아니라 자축이라도 해야 할 판이지."

"……?"

장수들이 서로 마주 보며 어리둥절해하자, 결국 무호가 매우 귀찮다는 듯이 일어났다.

"후……. 우선은 백성들이 동요하지 않도록 해야 하네. 그리고 우리는 지원군이 오지 않아도 지금보다 훨씬 많은 병력을 갖게 될 걸세."

귀가 솔깃한 이야기에 다들 태자의 말에 집중했다. 그리고 잠시 후 태자의 간략한 설명을 들은 모두가 무릎을 탁 치며 자신들의 어리석음을 깨달았다.

"양쪽으로 압박당하고 있다고만 생각했지, 중요한 것을 놓치고 있었습니다."

동신조는 한결 밝아진 얼굴로 자신을 일깨워 준 태자에게 감사했다.

"하면 그대들이 할 일이 무엇인지도 알 텐데?"

"예. 병사들을 철수시킬 준비를 하겠습니다."

태자는 동신조의 대답에 만족했다. 아예 머리가 나쁜 인간은 아니었던 것이다.

"자, 그럼 나는 이왕 판을 벌렸으니, 좀 더 즐겁게 놀아볼 연구를 해봐야겠네."

장우는 고개를 저으며 얄미운 태자의 뒤를 따랐다. 분명 같은 편인데 태자의 방책이 실패하길 바라는 그런 마음이 드는 것은 어째서란 말인가.

이튿날 밤, 달이 진다는 그믐밤이라 다른 날보다 어두웠다.

그 어둠 속에서 빛나는 거라고는 범명성을 환하게 밝히고 있는 횃불과, 성 앞에 진을 치고 있는 단왕부 진영의 횃불들뿐이었다. 그런데 그 범명성을 밝히던 횃불들이 갑자기 일제히 꺼졌다.

"뭐야?"

"왜 갑자기……?"

보초를 서던 단왕부의 군사들은 갑자기 암흑천지가 된 깜깜한 범명성을 수상하게 바라보았다.

"보고해야 하는 거 아니야?"

"글쎄. 확실히 이상하긴 하지?"

갑작스러운 변화이니 일단 보고는 해야 할 듯해, 몇 명의 병사가 잠든 상관을 깨우러 가려 할 때였다.

두웅―!

커다란 북소리가 밤공기를 크게 뒤틀어놓았다.

둥― 둥―!

"헉!"

"이건 또 무슨 소리야!"

"북 소리 같은데? 갑자기 왜들 이러는 거야."

놀란 병사들의 발걸음이 멈추는 것과 거의 동시에 막사에서 장수들이 칼을 차고 뛰쳐나왔다.

"대체 이게 무슨 소리냐? 무슨 일이냐!"

"저, 저희도 잘 모르겠습니다."

"갑자기 불이 꺼지더니……."

"뭐? 불이 꺼져?"

이 와중에도 북소리는 계속 크게 울려 퍼지고 있었다. 바람 한 점 없는 초원의 밤은 소리를 더 크고 멀리까지 울려 퍼지게 했고 잠들었던 병사들까지도 놀라서 밖으로 튀어나왔다. 사방에서 들리는 듯 착각이 일긴 했지만 북소리는 성 위에서 울리는 게 분명했다.

"왜 갑자기 북 소리가……."

여기저기서 억측이 오가는 웅성거림이 들렸다. 적의 갑작스러운 변화는 승패에 큰 영향을 미치기에 병사들은 두려움을 느끼고 있었다.

"제기랄! 누가 가서 알아보고 오너라!"

"예, 예!"

몇 명의 병사가 두려운 마음을 안고 성 가까이로 떠났다.

선발대로 보내진 단왕부의 장수는 위협만 주고 공격은 하지 말라는 명을 받은 터라 이 상황이 더 혼란스러웠다.

"대체 이게 무슨 일일까요?"

"글쎄다. 범명성에 무슨 변고가 생겼거나, 저놈들이 무슨 수작을 부리려는 듯한데……."

"전자이길 바랄 수밖에요."

총지휘장과 그 휘하의 젊은 장수가 불안한 듯 어둠에 묻힌 범명성을 바라보았다. 그런데 그때 성문 바로 위에 있는 성벽에만 횃불이 환하게 집중되어 밝아졌다.

"……!"

"헉!"

여기저기서 까무러칠 만큼 놀라는 소리가 들렸다. 장수들도 순간 숨이 멎을 뻔했으니 병사들의 두려움이 이해가 갔다.

불이 밝혀진 하늘 위, 분명 발 디딜 곳 없는 그곳에 웬 여인이 고고한 자태로 서 있었기 때문이다.

"귀, 귀신!"

"귀신이다!"

"귀신이야! 귀신!"

"범명성이 귀신 들린 성이었어!"

공포심이 사방으로 퍼졌다. 하늘거리는 흰 옷을 입은 여인은 분명히 공중에 떠 있었고, 북을 치는 소리가 점점 더 많이 겹쳐지기 시작했다.

북이 한두 개가 아니란 얘기였다.

"지, 진정들 하거라! 저들이 인형을 세워 우리를 교란시키려는 작정이다! 진정들 해!"

장졸들은 귀신의 존재를 부정하며 병사들을 다독였다.

"그, 그렇지! 인형일 거야!"

"그래. 세상에 귀신이 어디 있어!"

귀신을 보았다는 것을 믿고 싶지 않은 병사들과, 귀신의 존재를 본래 믿지 않았던 병사들은 말도 안 되는 일이 사실은 사람의 짓이라고 생각하니 한결 마음이 편해졌다.

두려움을 완전히 떨친 것은 아니나, 강한 어조로 그럴 리 없다고 큰소리를 치자, 다른 병사들도 그 말을 믿으며 점차 소란이 잦아들었다.

"활을 가져와라!"

"예?"

"불화살을 날려 저것을 태워 버릴 것이다!"

"하지만 사정거리가 너무 멉니다!"

"가까이 가서 쏘면 될 게 아니냐!"

"함정이면 어쩌시려고요? 장군께서 위험해지시면 모두 끝입니다."

젊은 부하 장수가 말렸지만 지휘장은 단호했다.

"저것들이 우리 병사들의 사기를 떨어트리려는 것을 보고만 있으란 말이냐!"

"하면 제가 가겠습니다."

"아니다. 이번 기회에 지휘장인 내가 직접 나서서 귀신을 물리치는 것을 보여주는 것이 좋겠다. 장군이 직접 용맹스럽게 앞에 나서는 것을 보여주면 적군의 사기는 떨어지고 아군은 더욱 힘을 얻겠지."

"그것은 좋은 생각입니다만……."

젊은 장수 섭낭은 이번 전쟁이 영 탐탁지 않았다. 백성들의 지지를 얻고 훌륭한 명분이 있어도 이기는 것이 쉽지 않은 것이 전쟁인데, 이번엔 그렇지 않았다.

저 역시 왕부의 장수이긴 하나, 단왕 일가에 의심이 들기 시작했다. 범명성에 다녀온 사신들에 의하면 그곳에서 공주와 태자를 보았다지 않나. 백성들에게 이 사실이 퍼져 나갈 것을 쉬쉬하느라 공표하지 못하고 있을 뿐이다. 게다가 단왕의 앞에서는 사신들이 입을 모아 공주와 태자께서 깊은 오해를 하고 있다고 말했지만 사실 그들도 뒤에서는 그것을 반신반의하고 있다고 했다.

한데 제 상관인 지휘장은 전쟁의 명분도, 백성들의 지지도, 심지어 진실이 무엇인지에도 관심이 없었다. 그는 오로지 단왕에게 잘 보여 출세하고 싶은 욕심밖에 없는 자였다. 때문에 이번 선발대에도 자진해서 출정하겠다 했다.

가뜩이나 개운치 않은 전쟁에, 믿음직스럽지 못한 지휘장까지 모시게 되어 섭낭의 근심이 컸다. 그래서일까. 오늘 밤 일어난 이상한 일들이 어쩐지 불길했다.

"불화살을 가져오너라!"

지휘장이 병사를 시켜 기어이 불이 붙은 화살을 가져오게 하자, 섭낭은 더 이상 말리지 못했다.

화살을 메긴 채 지휘장이 말을 달려 나갔다.

그의 모습은 이야기책에서나 나올 듯한 용맹한 장수의 그림 같은 모습이라 병사들이 숨죽여 그를 바라보았다.

힘차게 달려간 지휘장은 사정거리가 가까워지자 말의 속도를 늦추었다.

'좋아. 이제 얼마 안 남았다.'

그리고 곧 목표물이 시야에 들어왔다.

'재수 없게 정말 사람같이 생겼군. 그러고 보니 오문 공주와 닮은 듯도 한데……'

정말 오문 공주와 닮은, 그 진짜 사람 같은 인형을 보자니 소름이 돋았다.

'설마, 정말 귀신일 리가……'

그는 말을 멈추고 화살과 함께 불길한 생각을 날려 버리려는 듯 성벽 위의 목표물을 겨냥했다.

그런데 그 순간이었다. 갑자기 성벽 위의 횃불이 다시 꺼졌다. 그리고 북소리가 더 이상 빨라질 수 없을 만큼 빨라지는 게 아닌가.

"……!"

둥둥둥둥둥 ─!

'뭐야. 갑자기…… 헉!'

어둠이 모든 시야를 가리고 커다란 북소리가 모든 소리를 잠재운 바로 그 직후, 아무도 알아차리지 못하게 성벽에서부터 화살 하나가 쏘아져 나갔다.

"끄으……"

지휘장은 자신조차 어디서 날아왔는지 알 수 없는 화살에 목이 뚫렸다.

비명조차 지르지 못하고 그는 눈을 부릅뜨고 말에서 떨어졌다.

쿵.

히이잉—

"……!"

북소리가 일제히 멈추자 주인 잃은 말이 우는 소리가 들렸다. 북소리도 빛도 사라진 초원에는 말소리를 제외하고는 무겁고 짧은 침묵만 존재했다.

곧이어 어리둥절한 병사들의 웅성거리기 시작했다. 성벽의 횃불이 꺼진 후였기 때문에 어둠 속에서 무슨 일이 일어났는지 알 길이 없었다. 확실한 것은 지휘장이 말에서 떨어졌다는 것이다. 그가 겨누고 있던 불화살은 쏘아지지도 못하고 지휘장과 함께 땅에 떨어져 있었다.

"뭐야? 어떻게 된 거야? 어째서 장군께서 쓰러지신 거야!"

"장군께서 어찌 되신 거야?"

"설마 진짜 귀신 소행은 아니겠지?"

"말 같지도 않은 소리 하지 마! 세상에 귀신이 어디 있어!"

공포심이 번지기 시작하자, 이를 부정하는 목소리도 높아졌다.

"그럼 저건 어떻게 설명할 건데! 장군님께서 활을 쏴보지도 못하고 저렇게 혼절하신 게 안 보여!"

"저놈들이 무슨 수작질을 했겠지! 귀신의 소행은 아닐 거라고!"

"그렇게 확신하면 네가 가서 장군님을 모셔 와보든가!"

"내가 귀신 짓이 아니라고 했지, 내가 가면 멀쩡할 거라 했어?"

귀신의 존재를 믿는 사람도, 믿지 않는 사람도 다들 같은 마음이었다.

예측할 수 없는 적의 공격에 대한 두려움.

'저들이 원하던 것이 이것인가? 장군께서 저리되셨으니 오늘 밤이 지난 후에도 아무도 저 성벽에 오르려 하지 않겠군. 아니, 당장 밤마다 이렇게 잠도 자지 못하게 소동을 일으켜 물러나게 할 셈인가?'

젊은 장수 섭낭의 근심은 출정 전보다 더 깊어졌다.

"아, 아무튼, 귀신이든 뭐든 누, 누가 장군님을 모셔 와야 할 텐데!"

"그렇긴 한데, 누, 누가 가지?"

"난 싫어. 장군님도 저렇게 쓰러지셨는데!"

"그, 그래. 저주야. 귀신을 공격하니까, 이렇게 된 거야!"

"귀신 얘기 좀 그만해!"

원래라면 병사들의 다툼을 야단쳐야 했지만 섭낭은 그럴 수가 없었다. 공포는 윽박지른다고 될 일이 아니었다. 공포심의 정체를 정확히 밝혀야만 이 불안감을 잠재울 수 있기 때문이다.

'하아……. 내가 가야 하는가.'

섭낭이 직접 움직이려던 찰나였다. 갑자기 또 성문 위쪽에만 횃불이 걸렸고 이를 본 섭낭도 심장이 철렁할 만큼 놀라 주춤하고 말았다.

"……!"

병사들이 또 한 번 경악한 비명을 내지르며 뒤로 물러나거나 나자빠졌다.

"으악!"

"귀신이다!"

"으으악!"

이번에도 횃불이 환하게 밝혀주는 곳에 귀신 같은 인형이 멀쩡하게 공중에 떠 있었다. 게다가 이번에는 팔을 들어 움직이기까지 했다.

"헉! 저, 저기……!"

"우, 움직였다! 저것 봐! 귀신이 틀림없어!"

"움직였어! 귀신이야!"

"진짜 귀신이었어!"

몇몇 심약한 병사들은 더 두면 혼절할 것처럼 사색이 되어 벌벌 떨었다. 섭낭은 더 이상 두고 볼 수 없었다.

"내가 다녀오겠다."

"장군님!"

섭낭의 부관이 화들짝 놀라 그를 말렸다.

"보시지 않았습니까! 지휘장께서도 그렇게 가셨다가 변을 당하셨습니다!"

"안다. 한데, 이 상황에 누가 가겠느냐?"

"제, 제, 제가 가겠습니다."

섭낭은 겁을 잔뜩 먹고도 의리를 지키려는 부관의 어깨를 툭 치며 싱긋 웃어주었다.

"귀신이 나타나는 이유는 원한 때문이라지?"

"예?"

"가서 얘기를 들어보고 오겠다."

"자, 장군님?"

부관은 섭낭이 진심으로 걱정이 되었다. 귀신에 홀린 건 아닌가, 그래서 제 발로 귀신에게 가는 것인가, 그런 걱정이었다.

"괜찮다. 장군께서 무턱대고 귀신을 없애려 하시다 변을 당하신 것 같다. 나는 그냥 이야기를 들으러 가겠다. 저것이 사람의 수작이든, 진짜 귀신이든, 맨몸으로 가는 사람을 공격하진 않겠지."

"장군님!"

부관은 올먹이면서까지 섭낭을 말렸으나, 그는 무기를 전부 던지고 말에서 내려 귀신을 마주 보며 걷기 시작했다. 그의 등 뒤에서 병사들이 또 무슨 일이 생길까 두려워하는 웅성거림이 들렸다.

섭낭은 제 앞에서 뭔가 날아오지는 않을까, 설마 진짜 귀신은 아니겠지 등등, 머릿속이 복잡해서 아무렇지 않은 척하기 힘들었다. 심지어 이 싸늘한 날 식은땀까지 흘렀다.

'공포의 원인을 알아내지 않으면 공포심은 사라지지 않는다. 어쩔 수

없다.'

그리고 두려운 것만큼 호기심도 컸다. 이런저런 생각들을 하며 천천히 무거운 걸음으로 앞으로 나아갔다. 그리고 마침내 제 상관의 주검을 발견했다.

"......"

어쩐지 느낌이 그랬다. 그냥 쓰러지신 게 아니라 살해당하셨을 거라는 예감이 맞았다. 섭낭은 장군의 목을 꿰뚫은 화살을 발견했다.

성벽 위로 고개를 들어 사람들이 귀신이라고 두려워하는 그녀의 얼굴을 똑바로 바라보았다. 막상 그녀의 얼굴을 보니 무서운 귀신과는 거리가 멀었다. 꽤 앳되고 어여쁜, 호감 가는 인상이었던 것이다. 그래서인지, 섭낭은 아까보다는 훨씬 용기가 났다.

"화살로 장군을 죽인 걸 보면 귀신은 아닌 모양입니다!"

성벽까지 들리도록 큰소리로 말하자 귀신이 생긋 귀여운 미소를 짓는 게 아닌가. 그 미소를 보는데 어디서 본 것 같은 얼굴이기도 했다.

"저는 여기 이 장군님의 부하 장수, 섭낭이라 합니다. 저와 이야기를 나눌 수 있겠습니까!"

섭낭의 당차고 예의 바른 목소리를 들은 귀신이 더욱 귀엽고 환하게 웃으며 맑은 목소리로 대답했다.

"저는 비운의 공주, 오문이라 합니다."

『4권에 계속…』